SHERRYL WOODS
La caricia del viento

Editado por Harlequin Ibérica.
Una división de HarperCollins Ibérica, S.A.
Núñez de Balboa, 56
28001 Madrid

© 2013 Sherryl Woods
© 2015 Harlequin Ibérica, una división de HarperCollins Ibérica, S.A.
La caricia del viento, n.º 87 - 1.9.15
Título original: Wind Chime Point
Publicada originalmente por Mira Books, Ontario, Canadá

Todos los derechos están reservados incluidos los de reproducción, total o parcial. Esta edición ha sido publicada con autorización de Harlequin Books S.A.
Esta es una obra de ficción. Nombres, caracteres, lugares, y situaciones son producto de la imaginación del autor o son utilizados ficticiamente, y cualquier parecido con personas, vivas o muertas, establecimientos de negocios (comerciales), hechos o situaciones son pura coincidencia.
® Harlequin, HQN y logotipo Harlequin son marcas registradas por Harlequin Enterprises Limited.
® y ™ son marcas registradas por Harlequin Enterprises Limited y sus filiales, utilizadas con licencia. Las marcas que lleven ® están registradas en la Oficina Española de Patentes y Marcas y en otros países.
Imagen de cubierta utilizada con permiso de Harlequin Enterprises Limited. Todos los derechos están reservados.

I.S.B.N.: 978-84-687-6688-1
Depósito legal: M-19547-2015

Capítulo 1

¡Embarazada y en paro! Aquellas eran dos palabras que Gabriella Castle jamás se había imaginado aplicándose a sí misma, por lo menos no combinadas de aquella forma. Pero en aquel momento, por una vuelta del destino que habría sido imposible anticipar, estaba sin empleo y, sorprendentemente, esperando un hijo. Un auténtico exceso después de años de absoluta dedicación a su carrera y tendencias adictivas hacia el trabajo.

Sentada en medio del confortable cuarto de estar de su casa de Raleigh, en Carolina del Norte, tenía la mirada fija en un cuadro que costaba más de lo que algunas personas ganaban en un año. Su hermana Emily la había convencido de que lo comprara cuando se había quedado a dormir en su casa varias semanas atrás. Lo había visto en el catálogo de una casa de subastas, Sotheby's se llamaba, o algo así, y había insistido en que era justo lo que necesitaba para poner cierto orden en la anárquica decoración de aquel cuarto.

–Además, es una buena inversión –había añadido con entusiasmo–. Dentro de unos años, probablemente habrá triplicado su valor.

Gabi se preguntó si podrían devolverle el dinero. Probablemente lo iba a necesitar.

Y, entretanto, no pudo evitar preguntarse si su hermana

no podría encontrar un cuadro, o una fórmula mágica, que pusiera su vida en orden.

Aunque ya habían pasado tres días desde que había entrado en el despacho de su jefa, esperando que la felicitara por su última campaña como relaciones públicas de la compañía de biomedicina para la que trabajaba, para terminar saliendo con una indemnización por despido, todavía no podía creer lo que había pasado. Gabi llevaba trabajando desde los dieciocho años y ascendiendo en la empresa desde que había cumplido veintiuno.

Guiada por la ambición y la determinación de demostrar a su padre su valía, se había trazado un plan desde que empezó a estudiar en la universidad, y había aceptado toda una sucesión de prácticas y trabajos de verano para adquirir la experiencia que le permitiera conseguir un trabajo de primera en cuanto se licenciara. Había tenido la esperanza de que aquel trabajo se lo proporcionara su padre, pero Sam Castle la había rechazado.

Una vez contratada por una empresa de la competencia y más decidida que nunca a conseguir su objetivo, había disfrutado de un meteórico ascenso y, a los veintiocho años, se había convertido en la directora ejecutiva del departamento de relaciones públicas. Todo el mundo había dado por sentado que sería la vicepresidenta del futuro. Desde luego, se lo merecía.

Desgraciadamente, aquel destino profesional no conjugaba bien con el hecho de ser madre soltera, por lo menos, en ciertos círculos.

Y no era que su jefa la hubiera despedido. No, Amanda Warren se había limitado a hacer imposible que se quedara. Había diseñado un plan para esconder a Gabi de la mirada pública mientras durara el embarazo. Además, le había dejado las cosas bien claras. Sus días como portavoz de la compañía habían terminado.

Gabi podía haberse quedado a luchar por sus derechos, pero estaba tan afectada por la noticia de su embarazo que no tenía la energía necesaria para emprender una batalla legal. De modo que había optado por llegar a un acuerdo que le proporcionara un mínimo de dignidad, una indemnización decente y tiempo para considerar sus opciones de futuro.

¡Un futuro que incluía la presencia de un hijo! Por supuesto, aquel era el verdadero golpe, la inesperada noticia que al principio la había dejado completamente estupefacta y que la había lanzado a aquella espiral.

Evidentemente había sido consciente de que ningún método anticonceptivo era cien por cien infalible, pero había pensado que la combinación de la píldora con los preservativos sería razonablemente efectiva. Paul Langley, su novio, con el que llevaba saliendo cinco años, también lo había pensado. De hecho, había estado tan convencido de ello que su primera reacción había sido negar que el bebé fuera suyo.

Después, una vez convencido de la verdad, le había dejado claro que lo del embarazo era cosa de ella, que un hijo no formaba parte del trato. Hasta entonces, Gabi no había sido consciente de que su relación fuera un trato de duración condicionada al tiempo que Paul estimara conveniente.

Mientras reflexionaba sobre la manera tan busca con que había perdido el control de su vida, sonó su móvil. Vio en la pantalla que era Samantha, su hermana mayor. Consciente de que no dejaría de insistir hasta que ella aceptara la llamada, contestó intentando inyectar una nota de ánimo a su voz.

–Como no contestabas he llamado a tu oficina y me han dicho que ya no trabajas allí –le explicó Samantha, asombrada–. ¿Qué ha pasado?

Gabi suspiró. Habría dado cualquier cosa por poder ocultar a su familia su catástrofe profesional, por lo menos durante algunos días más.

–He renunciado –le explicó a su hermana–. O me han obligado a renunciar, eso depende del punto de vista.

—¿Pero por qué? —preguntó Samantha indignada—. Espero que no haya sido por los días de vacaciones que pediste para ir a ayudar a la abuela después del huracán.

—No, claro que no. Eso lo comprendieron. Además, me debían muchos días de vacaciones. Si hubiera sido ese el problema, me habrían despedido hace meses.

—¿Entonces por qué? —preguntó Sam con gratificante incredulidad—. Tú le has dado a esa compañía presencia en todo el territorio nacional. ¿Qué les ha pasado a esos desagradecidos?

Gabi sonrió ante aquella apasionada defensa.

—En realidad, ha sido su propio trabajo el que les ha proporcionado esa presencia. Lo único que yo he hecho ha sido darla a conocer.

—Tú siempre tan humilde, pero las dos sabemos cuál es la verdad —Samantha vaciló un instante y preguntó—: ¿Qué vas a hacer ahora, Gabi? ¿Ya lo has decidido? Sé lo importante que era para ti ese trabajo. Era tu vida.

—¿Y eso no te parece terrible? —preguntó a su vez Gabi.

Por primera vez veía claramente el error que había cometido al concentrarse casi exclusivamente en su trabajo. Definitivamente, su relación con Paul había ocupado un papel secundario, algo que les había convenido a ambos. Desgraciadamente, teniendo en cuenta la actitud de Paul tras los últimos acontecimientos, dudaba que incluso una dedicación a tiempo completo a su pareja hubiera cambiado algo.

—La próxima vez harás las cosas de otra manera —la tranquilizó Samantha—. Ahora ya sabes que no hay ninguna empresa que merezca que le dediquen tanto tiempo y energía, si después puede terminar tratándote así. ¿Has empezado a buscar algo?

—Todavía estoy intentando asimilar lo que ha pasado —admitió Gabi—. Con la indemnización que me han dado, tengo para algún tiempo.

—Bueno, ya sabes que en cualquier otra compañía te

contratarían inmediatamente. Llama a papá. Tiene un millón de contactos en el mundo de la biomedicina. A lo mejor incluso decide reconsiderar la decisión de no contratar a nadie de la familia y lo hace él mismo.
—No, ahora no —respondió Gabi.
No quería que su padre se enterara todavía del embarazo y, además, tenía la impresión de que su embarazo podría suponerle un problema con otros anticuados directivos. En cuanto a su padre, bueno, bastaba con decir que todavía no estaba preparada para enfrentarse a su reacción.
—¿Por qué no? —la presionó Samantha—. Este es uno de los raros momentos en los que papá podría ayudarte. Siempre ha querido hacerlo.
—No estoy segura —contestó Gabi.
Su padre era un hombre muy conservador. Era muy consciente de que en su campo de trabajo era necesario causar siempre muy buena impresión, demostrar seriedad en sus objetivos. En su empresa no se permitían los errores, ni personales ni profesionales. Con su familia había sido igual de rígido. Gabi tenía la impresión de que se pondría de parte de su jefa y, si ese era el caso, no quería saberlo hasta que se hubiera recuperado del impacto y hubiera trazado algún plan para su vida.
—¿Hay algo que me estás ocultando? —preguntó Samantha con recelo—. Te conozco y sé que no es propio de ti el quedarte parada sin hacer nada. Me sorprende que no tuvieras otro trabajo el mismo día que te despidieron.
—¿No te has enterado? Estamos atravesando una época de crisis.
—Y tú eres muy buena en tu trabajo y tienes a papá como mentor. De todas nosotras, eres la que está más unida a él. ¿Por qué no le has pedido ayuda?
Consciente de que su hermana no iba a dejar de presionarla, Gabi tomó aire y lo soltó.
—Porque estoy esperando un hijo, ese es el motivo —es-

tuvo a punto de atragantarse con el sollozo que acompañó sus palabras.

Se produjo un silencio mortal ante aquel anuncio, hasta que Samantha exclamó suavemente:

–¡Dios mío! ¿Vas a tener un hijo, Gabi? ¿Estás segura?

–¿No crees que no se lo habría dicho a mi jefa si no lo estuviera? –replicó Gaby secamente.

–¿Y esa es la razón por la que te han despedido? –preguntó Samantha, claramente impactada por la noticia–. ¿Eso no es ilegal?

–Técnicamente, no me han despedido. Me han degradado, así que he sido yo la que ha propuesto que llegáramos a un acuerdo. Un acuerdo beneficioso para todo el mundo, en palabras de Amanda. ¿Quién iba a imaginar que tenía más labia de la que yo jamás habría soñado tener? –se preguntó Gabi, incapaz de disimular la amargura que impregnaba su voz.

–Muy bien, olvidémonos por un momento del trabajo. Ahora eso no importa –le dijo Samantha–. El hijo es de Paul.

Gabi agradeció que no hubiera ninguna sombra de duda tras las palabras de su hermana.

–Por supuesto.

–¿Y cómo se lo ha tomado?

–Como si yo hubiera hecho algo imperdonable. Por supuesto, no hace falta que te diga que ha desaparecido de escena.

–¡Qué miserable! –exclamó Samantha–. A mí nunca me ha gustado.

A pesar de la tensión del momento, Gabi sonrió.

–Pero si no le conocías.

–Precisamente por eso no me gustaba. ¿Qué clase de hombre se niega a conocer a la familia de su novia? Ni siquiera dio la cara cuando estuvimos ayudando a la abuela después del huracán.

–Gracias a Dios. Si le hubiéramos puesto un martillo en la mano, probablemente habría sido un desastre.

–No es la clase de hombre que necesitas –afirmó Samantha–. ¿Y qué me dices de Wade Johnson? Es el hombre perfecto para una crisis.

Gabi se tensó ante la repentina mención de aquel hombre que no había dejado de pasar un solo día por Castle's by the Sea, el restaurante de la familia, mientras estuvieron haciendo las reparaciones después del huracán.

–¿Por qué lo sacas ahora a relucir?

–Porque estuvo todo el rato en el restaurante después de la tormenta, igual que Boone. Y porque vi cómo te miraba, como si no hubiera visto nada tan perfecto en toda su vida.

–Estás loca.

–Déjame recordarte que le dije lo mismo a Emily sobre Boone y mira cómo están ahora los dos. Dentro de unos meses, Emily y Boone estarán casados, siempre y cuando él pueda convencerla de que fije ya una fecha para la boda. Ese tipo de cosas se me dan bien, Gabi. Reconozco la química entre un hombre y una mujer incluso cuando ellos la niegan.

–Bueno, pues esta vez te estás equivocando. Además, ¿no te parece que este no es el mejor momento para pensar en una relación? Dentro de unos meses voy a tener un hijo de otro hombre.

Samantha tomó aire al recordarlo.

–¿Por lo menos estás contenta con la noticia? –preguntó vacilante–. ¡Un hijo, Gabi! Me parece increíble.

Gabi posó la mano en su vientre y notó un ligero movimiento. La primera vez que había sentido aquella diminuta vida en su interior, se había quedado encantada. Estar embarazada podía ser un problema. Aquel embarazo ni siquiera había sido el fruto del amor. Y le había costado un empleo. Pero aun así, ya quería a aquel niño más que a nada en el mundo. Haría cualquier cosa para protegerlo y se aseguraría de que tuviera todo lo que se merecía, incluyendo dos padres que le recibieran como un preciado tesoro cuando llegara el momento.

–Estoy pensando en darlo en adopción –admitió ante Samantha, decidiendo que aquel era un buen momento para sopesar una idea que no había mencionado a nadie más.

Sus palabras fueron recibidas por un silencio cargado de estupefacción.

–¿Samantha? ¿Sigues ahí?

–¿Vas a renunciar a tu hijo?

Gabi cerró los ojos.

–Creo que es la única manera de asegurarme de que disfrute de una buena vida. Y, para ser sincera, no quiero sentirme atada a Paul por este niño. No quiero aceptar ni un céntimo suyo para mantenerlo. No quiero que una persona tan egoísta forme parte de la vida de mi hijo.

–¡Pero cariño! Olvídate por un momento de Paul –protestó Samantha–. Tú puedes ofrecerle a ese niño una vida maravillosa. Puedes ofrecerle una familia que le adorará desde el instante en que nazca.

–Ningún niño debería llegar a este mundo con una madre soltera y sin trabajo –repuso Gabi con cansancio.

–No hables como si fueras una indigente. Y encontrarás un trabajo en cuanto lo necesites –insistió Samantha–. Además, todos te ayudaremos. Emily, la abuela, yo... incluso papá en cuanto llegue el momento. Será su primer nieto. Sabes tan bien como yo que se emocionará en cuanto se entere.

–¿Estás segura? –preguntó Gabi con escepticismo, en un tono más propio de Emily que suyo.

Emily era la única de las hermanas que jamás había creído que su padre las quisiera de verdad. Además, Sam Castle apenas prestaba atención a sus propias hijas, a no ser que se metieran en algún problema. Era muy poco probable que le entusiasmara la idea de tener un nieto. La imagen de su padre sentado en una mecedora y acunando a un bebé era tan absurda que invitaba a la risa.

—En cualquier caso, todavía no tienes que decidirlo —dijo Samantha, evitando presionarla—. Seguiremos hablando de ello cuando nos veamos.

—¿Cuando nos veamos? —preguntó Gabi con recelo—. ¿Desde cuándo tienes pensado venir?

—Mañana iré en coche a casa —contestó Samantha, como si llevara semanas preparando aquel viaje, y no solo unos pocos minutos—. Podemos reunirnos en Sand Castle Bay. Ahora mismo no tienes nada que te retenga en Raleigh, así que no quiero protestas. Ya me has dicho que todavía no estás buscando trabajo, de modo que podrías intentar disfrutar de estos inesperados días de vacaciones. Necesitas el sol y la brisa marina para poder analizar tu situación con cierta perspectiva. Y sabes que tengo razón. Estoy segura de que así podrás verlo todo con mayor claridad.

—No sé si estoy preparada para contarle todo esto a la abuela.

—Como no vayas, Emily y yo vendremos a buscarte y te llevaremos a rastras si hace falta —insistió Samantha, negándose a concederle ninguna tregua.

—¿Emily ya está allí? —preguntó Gabi sorprendida—. Yo pensaba que estaba trabajando día y noche en ese puesto que le ofrecieron en Los Ángeles.

—También tiene que organizar una boda. Y sigue insistiendo en que la abuela modernice un poco el restaurante. Boone y ella llevan un par de días allí. Dice que necesita nuestra opinión sobre sus planes de boda. Por eso te llamaba, para decirte que nos ha pedido que nos pongamos en acción.

Gabi soltó una carcajada.

—¿Desde cuándo Emily está dispuesta a escuchar nada de lo que tengamos que decir respecto a su vida?

—Dice que hay bodas increíbles en esos culebrones en los que he actuado yo y que seguro que sabré alguna cosa al respecto. Además, somos sus hermanas y tendremos que estar en el banquete de boda. Y te sugiero que si no quieres terminar vistiendo de un color muy poco favorecedor, pero que está de moda últimamente en Hollywood, vayas a hablar con ella. Hazme caso, soy la mayor y sé de lo que hablo.

Gabi soltó una carcajada.

–¿Desde cuándo? Yo siempre he sido la más sensata y todo el mundo lo sabe.

–Si eso fuera cierto, no te habrías metido en este lío –bromeó Samantha–. Hasta mañana, cariño. Y no te preocupes, todo va a salir bien, te lo prometo.

Gabi colgó el teléfono y suspiró. Sand Castle Bay era el último lugar al que le apetecía ir en aquel momento, pero Samantha tenía razón en una cosa. Era exactamente el lugar al que realmente pertenecía.

Wade estaba sentado en el suelo del cuarto de estar de su hermana, con dos niños de menos de tres años trepando sobre él. Bueno, solo uno de ellos trepaba. El otro babeaba abrazado a su pecho.

–¿Tío Wade? –susurró Chelsea sentándose en su regazo y acurrucándose contra él.

–¿Qué te pasa, cariño? –preguntó Wade, cambiando la postura de Jason para hacerle más sitio a su sobrina.

–Quiero un gatito para mi cumpleaños –anunció la niña, que estaba a punto de cumplir los tres años.

Wade sonrió, completamente consciente del intento de manipulación. En cuanto alguna de sus sobrinas ponía sus enormes ojos azules en él, estaba dispuesto a concederles cualquier capricho. Pero un gatito... Louise se enfadaría. Su hermana siempre había dicho que no habría mascotas en su casa hasta que su hijo más pequeño hubiera dejado de llevar pañales y, si Wade la conocía bien, preferiblemente hasta que fuera a la universidad.

–¿Y mamá qué dice? –le preguntó a la niña, que apoyó la cabeza contra su pecho con un profundo suspiro.
–Dice que no –admitió con tristeza.
–Pues me temo que vamos a tener que hacerle caso. A lo mejor lo consigues cuando crezcas un poco más y puedas cuidar tú sola al gatito.
–Pero yo ya voy a cumplir tres años –le recordó su sobrina.
–Creo que necesitas crecer todavía un poco más. Tener un gatito es una gran responsabilidad.
Alzó la mirada hacia su hermana, que se cernía sobre él con los brazos en jarras.
–Buena respuesta –le dijo, y miró después a su hija con el ceño fruncido–. Y en cuanto a ti… ¿no habíamos quedado en que no intentarías convencer ni a tu tío ni a tu padre de comprar nada que yo ya te había dicho que no?
Chelsea le dirigió una sonrisa con la que normalmente conseguía encandilar a cualquiera que se cruzara en su camino.
–¡Pero yo quiero un gatito! ¡Y lo quiero de verdad!
–Y yo te he dicho que no, y también de verdad –respondió Lou, aunque las comisuras de sus labios delataban una sonrisa–. Ahora, ve a lavarte las manos antes de cenar. Papá está a punto de llegar.
Chelsea dejó escapar otro suspiro de resignación y se alejó obedientemente.
–Cuando sea mayor, esa niña se va a convertir en una política artera, será una experta en llegar a todo tipo de acuerdos secretos –predijo Lou.
Wade se echó a reír.
–O a lo mejor llega a ser una abogada tan inteligente como su mamá –sugirió–. Un hombre más débil le habría traído el gatito mañana mismo, pero yo ya la conozco. Y también he oído la norma sobre la prohibición de las mascotas miles de veces con los más mayores.
Lou se sentó en el borde del sofá y, por un momento,

Wade distinguió el agotamiento en su rostro. Frunció el ceño, se acercó a ella y le tendió al bebé. La miró de reojo mientras Lou acariciaba instintivamente la mejilla sedosa de Jason con los nudillos y parecía relajarse.

–¿Estás bien, hermanita?

–Solo intentando hacer malabares con todo lo que tengo encima. No sé en qué estaba pensando cuando decidí tener todos esos hijos y trabajar al mismo tiempo.

–Estabas pensando en que serías una madre increíble, en los hijos tan maravillosos que ibas a tener con Zack y en que siempre contarías con mi respaldo.

Lou consiguió esbozar una sonrisa al oírle.

–Eres un regalo del cielo –se mostró de acuerdo con él–. Creo que conservo la cordura gracias a que te tengo aquí durante un par de horas cuando vuelvo a casa del despacho. Los niños te adoran y eso me permite darme un respiro y convertirme en una persona civilizada para cuando llega Zack. Y, créeme, mi marido lo aprecia.

–A mí también me viene bien estar con los niños –contestó Wade con voz queda–. Sobre todo, ahora.

Lou alargó la mano para apretarle el hombro con cariño.

–Estás de tan buen humor el noventa y nueve por ciento del tiempo, que a veces me olvido de que tu vida no ha sido precisamente un lecho de rosas durante estos últimos dos años.

–No sigas por ahí –le suplicó Wade–. Todavía no estoy preparado para hablar de Kayla y del bebé.

–Ya han pasado dos años –continuó Lou con voz suave, ignorando su súplica–. Sé que perder a tu mujer y a tu hijo te desgarró, Wade, pero nunca quieres hablar sobre ello. Y guardarse todo ese dolor no tiene que ser bueno.

Wade le dirigió una mirada cargada de ironía.

–Es algo que me viene de forma natural. Los Johnson no hablan de sus sentimientos. Es una lección que aprendimos de papá. Cuando mamá nos dejó, no volvió a mencionarla nunca más. Y se suponía que nosotros tampoco teníamos que hacerlo.

—Y los dos sabemos que eso lo consumió vivo —repuso Lou—. No pienso permitir que sigas sus pasos. Si no quieres hablar conmigo, busca a alguien con quien puedas hablar.

—¿Te refieres a un profesional? No, gracias.

—¿Entonces piensas aferrarte a ese dolor durante el resto de tu vida? ¿No quieres volver a salir con nadie, ni casarte, ni tener hijos? —le preguntó—. Eso sería una auténtica lástima. Tú has nacido para ser padre, Wade. Pregúntaselo a mis hijos. Todos estarían dispuestos a decírtelo. Bueno, excepto Jason, pero estoy segura de que lo hará en cuanto aprenda a hablar —miró sonriente al bebé, que acababa de agarrarle un mechón de pelo—. ¿Verdad, cariño?

Wade sonrió al verla. Jason, un bebé de siete meses, había llegado al mundo como una inesperada bendición. Aunque, con dos hermanos y dos hermanas mayores, su llegada había sido la gota que había colmado el vaso de Louise, que había enviado a su marido a hacerse la vasectomía como medida de precaución.

—Ahórrate el discurso, hermanita. Mi vida está perfecta como está. Y te aseguro que no estoy viviendo como un monje.

La expresión de Lou se iluminó.

—¿De verdad? Cuéntame.

¿Qué podía decirle? ¿Que por fin había conocido a una mujer que le había llamado la atención? ¿Que ella no le había hecho ningún caso? ¿Que la mujer en cuestión vivía en Raleigh y no había vuelto a Sand Castle Bay desde hacía semanas? El único contacto que tenía eran los informes de su entrometida abuela. Sí, definitivamente, eso tranquilizaría a su hermana.

—Ya te informaré cuando haya algo que contar —dijo al final, y se levantó—. Ahora, creo que será mejor que me vaya.

Lou le miró sorprendida.
–¿No piensas quedarte a cenar?
–No, esta noche no. He estado trabajando en una nueva talla y me gustaría ponerme otra vez con ella.
–¿Y no puedes atrasarlo durante una hora para comerte unos espaguetis con tu familia? –le preguntó Lou con expresión escéptica–. No me engañas, Wade Johnson. Estás intentando evitar que siga entrometiéndome en tu vida.
Wade sonrió.
–En ese caso, te servirá de lección –le aconsejó–. Deja de entrometerte.
Lou se levantó y le abrazó.
–Jamás. Eres mi hermano y te quiero. Mi trabajo consiste en asegurarme de que seas feliz.
–Ya soy suficientemente feliz –le aseguró Wade–, así que deja de preocuparte por mí.
Mientras se alejaba en el coche, Wade vio a su cuñado aparcando en el sitio que él acababa de dejar libre y le saludó con la mano. Era un hombre afortunado. Se preguntó si Zack sería consciente de lo maravilloso que era contar con una familia, si sabría hasta qué punto le envidiaba él.
Pero, a pesar de la atracción que sentía hacia Gabriella Castle, se preguntó si alguna vez tendría el valor suficiente para arriesgarse a soportar un dolor como el que había supuesto su primer matrimonio. ¿Podría un hombre soportar una pérdida como aquella más de una vez en la vida?

Como ya era mediodía cuando Gabi llegó a la costa, se dirigió directamente a Castle's by the Sea. Sabía que allí encontraría a su abuela y muy probablemente también a Emily que, poco a poco, estaba transformando la decoración del restaurante. Sus esfuerzos progresaban a paso de tortuga porque su abuela se resistía a cambiar y porque Emily pasaba cada vez más tiempo en Los Ángeles, volcada en un proyecto que la apasionaba.

Eran cerca de las dos cuando llegó. Como en Castle's solo servían desayunos y comidas, la clientela había comenzado a marcharse y la puerta estaba cerrada para evitar que siguieran entrando clientes. Gabi entró por una puerta lateral y se dirigió a la cocina.

Tal y como esperaba, su hermana estaba encerrada en el pequeño despacho, mirando muestras de tela. Gabi asomó la cabeza.

–¿Has conseguido venderle la idea de cambiar la tapicería de los bancos? –le preguntó.

La frustración cruzó el rostro de Emily por un instante, pero se levantó de pronto y envolvió a Gabi en un abrazo.

–¡Un bebé! ¡Qué alegría!

Gabi parpadeó.

–¿Pero ya lo sabes?

–Samantha nos lo dijo después de hablar contigo. Pensó que te resultaría más fácil no tener que dar la noticia tú misma.

–¿De verdad? –Gabi parecía dudarlo–. ¿Y no estaría intentando poneros a Cora Jane y a ti de su parte?

–No sabía que había partes –respondió Emily en un lamentable intento de aparentar inocencia.

Samantha, dada su condición de actriz, podría haberlo conseguido, pero Emily fracasó rotundamente.

–Estoy pensando en dar el bebé en adopción. Samantha lo desaprueba. ¿Te suena eso de algo?

–Es posible que lo haya mencionado –dijo Emily–. Pero no hablemos de eso ahora. Me alegro de que estés aquí. Boone y yo tenemos noticias que daros.

–Así que por fin habéis fijado una fecha para la boda –aventuró Gabi, consciente de que aquel había sido el tema estrella desde la Navidad anterior.

Emily asintió feliz.

–El dos de junio. Sorprendentemente, de pronto me di cuenta de que me apetecía disfrutar de una boda tradicional en verano –se encogió de hombros–. O a lo mejor eso es lo que quiere la abuela. En cualquier caso, esa es la fecha. Creo que Samantha y tú vais a estar despampanantes vestidas con colores pastel. Eso también he querido tenerlo en cuenta.

–¿Eres consciente de que para entonces ya estaré muy, pero que muy embarazada? ¿Estás segura de que el pasillo será lo suficientemente ancho como para que yo pueda pasar?

–Si no lo es, apartaremos los bancos. Hablaré con Wade al respecto.

Gabi entrecerró los ojos ante la segunda mención intencionada de aquel nombre.

–¿Wade?

–Sí, al fin y al cabo, es maestro carpintero –contestó Emily despreocupadamente–. Se pasa por aquí de vez en cuando. Yo creo que viene a buscarte, y la abuela también.

Gabi sacudió la cabeza y posó la mano en su muy visible barriguita.

–No me parece el mejor momento para hacer de casamentera, ¿no crees?

–No estoy haciendo de casamentera –insistió Emily–. Solo estoy diciendo que suele pasarse por aquí y que siempre está dispuesto a ayudar. De hecho, es posible que esté cortejando a la abuela. Sus tartas le entusiasman.

–Como tú digas –replicó Gabi–. Será mejor que vaya al comedor y me enfrente a lo que me espera. ¿La abuela está muy afectada con la noticia?

–Se le iluminaron los ojos cuando se enteró –respondió Emily–. Si esperas que esté dolida y cargada de reproches, olvídalo. Siempre se pone de nuestro lado, sea cual sea el error que cometamos –se tapó la boca con la mano y la miró arrepentida–. No quiero decir que ese bebé sea un error. No era eso lo que quería decir y lo sabes.

Gabriella abrazó a su hermana.

–Lo sé. Y curiosamente, a pesar de todo lo que ha pasado, yo tampoco lo he pensado nunca. Incluso en el caso de que decida entregar a este niño en adopción, sé que será una bendición para una familia que desea desesperadamente un hijo.

Pero mientras lo decía, sintió un ligero aleteo en el vientre que hizo que el corazón se le subiera a la garganta. Una cosa había sido tomar la decisión de dar al niño en adopción al conocer la noticia del embarazo. Entonces había estado enfadada con Paul, y más enfadada todavía consigo misma. El bebé ni siquiera había sido una realidad para ella. Pero en aquel momento sí lo era.

Y aquello, sospechaba, iba a complicar seriamente su determinación de hacer las cosas bien.

Capítulo 2

Wade se decía a sí mismo que pasaba por Castle's casi cada tarde para disfrutar de las tartas caseras que Cora Jane incluía siempre en el menú, pero la verdad era que lo hacía porque, normalmente, iban servidas con alguna mención a Gabriella. Esperar con tal ansiedad la mínima noticia de una mujer a la que apenas conocía, una mujer que estaba, además, a tanta distancia de él, era lamentable. De eso no había duda. Pero teniendo en cuenta su falta de vida social desde que había perdido a su mujer y a su hijo, consideraba aquella fascinación no correspondida como un síntoma de progreso en el largo camino de su recuperación.

Aquel día había dado ya un par de bocados a un excelente pastel de melocotón coronado con una bola de helado de vainilla cuando se abrió la puerta de la cocina y vio a Gabi cruzándola en persona. El tiempo pareció detenerse. Wade estuvo a punto de tragarse la lengua al verla. Era tan guapa como recordaba. Y también era más que evidente que estaba embarazada, una condición que ni siquiera su ancha camiseta podía disimular. De hecho, teniendo en cuenta la delicada complexión de Gabi, casi realzaba más su barriga.

Desde luego, aquel era un giro de los acontecimientos que no había anticipado. El corazón comenzó a latirle erráticamente mientras lo asaltaban los recuerdos. Recuerdos de Kayla en aquel momento del embarazo, de lo resplandeciente que estaba, de la emoción que habían compartido. Había sido una época intensamente feliz que había terminado devorada por la tragedia de una pérdida todavía inconcebible.

Pero Wade apartó aquellos recuerdos del pasado sombrío para embeberse de la vista de Gabi que, a pesar de su natural belleza, no podía ocultar su profundo agotamiento.

Inmediatamente se avivó en Wade el deseo de protegerla. Incapaz de ponerse freno a sí mismo, comenzó a pensar en cómo podría cuidarla. Era realmente irónico, puesto que de todas las mujeres que había conocido, aparte de su hermana, Gabriella era la mujer más independiente y eficaz con la que se había encontrado. Pero eso no parecía importarle al caballero andante que parecía llevar dentro.

Después, lo asaltó otro pensamiento más inquietante. ¿Se habría casado Gabi? En el caso de que así fuera, Cora Jane lo habría mencionado y no habría seguido alimentando su interés con una letanía de insinuaciones en absoluto sutiles. Tampoco podía imaginar los motivos por los que Cora Jane no había mencionado aquel embarazo, puesto que sabía que si pasaba por allí no era por sus tartas, sino en busca de migajas de noticias sobre su nieta. ¿Sería también eso una novedad para ella?

Advirtió que Gabi todavía no se había movido. Quizá fuera porque estaba acostumbrando los ojos a la tenue luz, pero a Wade le pareció que, realmente, no quería entrar al comedor. Imaginó que no le apetecía ver a Cora Jane. Después de vacilar durante lo que a Wade le pareció una eternidad, al final, tomó aire y avanzó con paso enérgico y expresión de firme determinación.

–¿Estás buscando a Cora Jane? –le preguntó Wade cuando Gabi pasó a su lado.

Gabi dio un pequeño respingo, pero consiguió esbozar una media sonrisa.

—¡Wade! No te había visto.

—Yo tampoco esperaba verte por aquí —desvió la mirada hacia su barriga—. Supongo que los dos estamos sorprendidos. ¿Quién es el afortunado padre?

Gabi se encogió visiblemente ante aquella pregunta.

—Desgraciadamente, el padre no se considera en absoluto afortunado. No he vuelto a verle desde que le di la noticia.

Lo dijo despreocupadamente, como si la irresponsable conducta de aquel hombre no tuviera mayor importancia, pero Wade detectó el dolor en sus ojos.

—Ese hombre es un estúpido —dijo con vehemencia—. Lo sabes, ¿verdad?

—Digamos que hay un creciente consenso al respecto —admitió Gabi.

Wade la miró con los ojos entrecerrados. Podría seguir indagando para conocer toda la verdad en aquel momento. Gabi había mencionado la existencia de un novio en agosto, pero el tipo en cuestión no había aparecido por allí. Wade había creído tan poco en aquella relación como, evidentemente, las hermanas de Gabi. Mientras se encargaba de los trabajos de carpintería, mantenía siempre el oído atento a las conversaciones, sobre todo cuando mencionaban a Gabi. Por supuesto, era consciente de que había ciertos límites a la hora de escuchar conversaciones ajenas, pero en aquel caso, se trataba de Gabi, y, al fin y al cabo, estaba encaprichado con ella. ¿Qué se suponía que tenía que hacer? ¿Pedirles que bajaran la voz?

—¿Estabas enamorada de él? —le preguntó, manteniendo un tono neutral y la mirada fija en sus ojos.

Advirtió la sorpresa en su rostro antes de que se sentara frente a él.

—¿Sabes? Eres la primera persona que me lo pregunta.

—A mí me parece una pregunta lógica —contestó—. ¿O tu familia ya sabía cómo estaban las cosas?

Gabi le sonrió.

—Creo que lo sabían. Samantha me dijo que sabía que ese tipo era un imbécil cuando no se pasó por aquí para ayudar después del huracán. No estoy segura de por qué intenté yo excusarle entonces. Supongo que, en cierto modo, sabía que no encajábamos.

Wade asintió.

—¿Y ahora qué planes tienes? Y antes de que intentes contestar que ninguno, recuerda que por aquí se dice que comenzaste a hacer planes cuando empezaste a ir al colegio y que desde entonces no has perdido la costumbre.

Gabi se echó a reír.

—En realidad, fue en el instituto, pero tienes razón. De todas formas, y por increíble que parezca, todavía estoy intentando averiguarlo. He sufrido demasiados cambios inesperados en muy poco tiempo. Un embarazo, el descubrimiento de que mi pareja es un imbécil y la pérdida de mi empleo.

Wade soltó un silbido.

—¿También has perdido el trabajo? Todo un triplete, y no de los buenos.

—A mi jefa no le ha gustado mi conducta moral.

Aquella era la razón del cansancio que había notado en ella, concluyó Wade. De hecho, hasta le sorprendió que tuviera tan buen aspecto teniendo en cuenta los golpes que había recibido. Imaginaba que habría ido a Sand Castle Bay para pasar algún tiempo con la familia y recuperarse, pero a lo mejor era aquella la única oportunidad que tenía de demostrarle que no todos los hombres eran unos imbéciles.

—¿Sabes lo que necesitas? —le preguntó en un impulso, decidido a aprovechar una ocasión que podría no volver a repetirse nunca más.

—¿Aparte de un plan?

–Eso ya llegará –respondió con confianza–. Necesitas salir a cenar e ir después al cine. Así te olvidarás de todo. ¿Qué te parece mañana por la noche? Pasaré a buscarte a las seis, a no ser que prefieras acostarte temprano. Recuerdo que cuando Kayla... –se interrumpió al mencionar a su esposa y cambió de nombre–. Cuando Lou estaba embarazada –se corrigió rápidamente–, lo único que le apetecía era dormir.

–¿Lou? ¿Tu esposa?

Wade se echó a reír al ver la expresión de desaprobación con la que acompañó la pregunta.

–No todos los hombres somos unos canallas, cariño –respondió, alegrándose de no tener que contarle la triste historia de su esposa–. ¿No te acuerdas de Louise? Es mi hermana mayor. Tiene cinco hijos, todos ellos unos diablillos, que es lo que se merece por lo mucho que me hizo sufrir cuando éramos pequeños.

A Gabi se le iluminó el semblante.

–Claro que me acuerdo de Louise. ¿Cinco hijos? ¡Caramba! Yo pensaba que pretendía ser abogada.

–Lo pretendía y lo es. Las dos os parecéis mucho, sois mujeres con mucha determinación. Cuando queréis algo, nada se os pone por delante. Deberíais quedar en algún momento. Ella podrá contarte lo que te espera cuando un bebé pone toda tu vida del revés.

–Este bebé ya lo ha hecho –le recordó Gabi.

–¿Qué me dices de lo de la cena? ¿Te parece bien a las seis? –la presionó, decidido a no permitir que se le escapara aquella oportunidad.

Wade pensaba que Gabi no solo necesitaba el apoyo de su familia en un momento como aquel. También necesitaba un amigo, alguien que la escuchara de manera imparcial. Y él podía ser ese amigo.

Gabi le miró con el ceño fruncido.

–No creo que sea una buena idea, Wade –contestó ella–. Ahora mismo mi vida es muy inestable.

—¿Y crees que si te quedas en casa y te concentras en ti misma podrás solucionarlo todo? –preguntó Wade en tono escéptico.

—No, pero…

—Muy bien, en ese caso, nos veremos mañana a las seis –la interrumpió.

Se levantó de la mesa y le dio un beso en la frente.

—Y ni se te ocurra darme plantón. Tengo aliados.

Por su expresión resignada, Wade comprendió que sabía exactamente a qué aliados se refería. A lo mejor, si no hubiera sufrido tantos contratiempos, se habría resistido con más vehemencia. Pero, en aquellas circunstancias, Gabriella se limitó a suspirar.

—Te veré a las seis –le dirigió una mirada amenazadora–. Y quiero palomitas.

Wade sonrió.

—Por supuesto.

Y no pudo dejar de sonreír mientras pagaba a Cora Jane, que había permanecido sospechosamente fuera de escena durante todo su encuentro con Gabi.

Mientras le tendía el cambio, la abuela de Gabi decidió darle un consejo.

—Como le hagas algún daño a esa chica, no habrá un solo lugar en la tierra en el que puedas esconderte –le advirtió.

Era una amenaza particularmente fiera procediendo de una mujer que apenas medía un metro cincuenta.

—Entendido –respondió sombrío, y le dio un beso en la mejilla–. Pero no tienes por qué preocuparte.

—Si no estuviera convencida de ello, no habrías pasado ni un solo segundo a solas con ella –le aclaró Cora Jane, demostrándole que su ausencia había sido deliberada–. Sobre todo en un momento en el que es tan vulnerable.

—¿Quieres venir mañana con nosotros de carabina? –preguntó Wade medio en broma.

—No creas que no estaría dispuesta a hacerlo, Wade

Johnson, si no pensara que eres exactamente lo que ella necesita. Pero no me demuestres que estoy equivocada.
—Entendido.
Y lo entendía mucho más de lo que la propia Cora Jane pensaba. Había visto con sus propios ojos lo frágil que era Gabi. Y verla así, habiendo conocido de primera mano a la mujer triunfadora y confiada que había sido apenas unos meses atrás, le hizo desear destrozar algo de un puñetazo. La barbilla del idiota de su ex habría sido un blanco perfecto.

Cora Jane encontró a Gabriella exactamente donde Wade la había dejado. Parecía como si cargara todo el peso del mundo sobre sus hombros. Se inclinó y le dio un beso en la mejilla, antes de instalarla a hacerle sitio en el banco. Se instaló después a su lado y la tomó de la barbilla.
—¿Estás bien, cariño?
Para su sorpresa, Gabi la miró y estalló en lágrimas.
—Todo es un desastre —se lamentó con un sollozo—. Ya sé que lo sabes porque Samantha es una bocazas, así que no puedes negar que esta vez lo he fastidiado todo.
Cora Jane la abrazó y dejó que se desahogara. Desde que le habían dado la noticia del embarazo, había estado pensando en la mejor manera de manejar la situación. Pero nada, reflexionó, la había preparado para el desprecio por sí misma que estaba escuchando en la voz de Gabi. Cuando se le secaron las lágrimas, Cora Jane la miró directamente a los ojos.
—Ahora, jovencita, vas a tener que escucharme de verdad —dijo en un tono con el que pretendía captar la atención de su nieta—. Vas a tener un hijo, algo que a partir de este momento vamos a considerar todos como la bendición que es. Has roto con un hombre que, evidentemente, no te merecía. Has perdido un trabajo que te estaba absorbiendo la vida. Y ahora estás aquí, junto a tu familia, que

está dispuesta a apoyarte y a ayudarte de cualquier manera que necesites. Yo pienso limitarme a ver la parte positiva de todo esto y te sugiero que hagas lo mismo.

Al rostro de Gabi asomó una llorosa sonrisa.

–Siempre había pensado que la capacidad para ver el lado bueno de las cosas la había heredado de mamá, pero ya veo que ha sido de ti.

Cora Jane sonrió y le apretó la mano.

–Tengo mis momentos –contestó con modestia–. Pero volvamos un momento a tu embarazo. Cuéntame cómo te encuentras, físicamente, no emocionalmente.

–Cansada –admitió Gabi.

–En ese caso, estás en el lugar ideal. Mientras estés aquí, podrás dormir hasta la hora que quieras.

Gabi la miró asombrada.

–¿No vas a obligarme a levantarme al amanecer para ir a recoger los encargos de la panadería?

Cora Jane se echó a reír, plenamente consciente de que todas sus nietas odiaban las servidumbres a las que obligaba un restaurante que comenzaba a servir desayunos a las seis de la mañana.

–No, por lo menos esta semana –contestó–. La semana que viene, ya veremos cómo te encuentras. Ahora quiero que te concentres en descansar, respirar aire fresco y hacer ejercicio.

–Te quiero –le dijo Gabi, inclinándose contra ella.

–Yo también te quiero, y también quiero a ese niño que llevas en tu vientre. Por cierto, Samantha ha llamado desde casa. Ha llegado hace unos minutos y ha empezado a preparar la cena. Ve a buscar a Emily y vete con ella a casa, pon los pies en alto y relájate. Esta noche tendremos que concentrarnos en la boda de Emily y Boone. Mañana ya nos ocuparemos de todo lo demás.

Gabi sonrió.

–Lo dices como si pudieras arreglar mi vida en una sola tarde.

—A lo mejor no tan pronto —admitió Cora Jane—, pero tengo la sensación de que mañana por la tarde podrían comenzar las cosas a rodar.

Gabriella la miró con el ceño fruncido.

—Wade Johnson no es la respuesta —le advirtió con contundencia.

Cora Jane no discutió, se limitó a sonreír ante la enfática declaración de su nieta.

—Supongo que tendremos que esperar a verlo, ¿no te parece?

—¡Abuela!

—Vamos —la urgió Cora Jane—, Emily ha encontrado un vestido de novia perfecto. Estoy deseando que lo veáis las chicas.

—Y también ha encontrado una tela ideal para tapizar los asientos del restaurante —dijo Gabi aprovechando la ocasión—. Pero no pareces muy entusiasmada.

—Esta vieja tapicería nos ha hecho un gran servicio durante muchos años —respondió Cora Jane resoplando ligeramente.

—Eso explica por qué está llena de quemaduras de la época en la que se podía fumar dentro de los restaurantes y de manchas dejadas por niños revoltosos —contraatacó Gabi.

—Tu abuelo la escogió —le explicó Cora Jane con los ojos repentinamente llenos de lágrimas—. Todos los detalles de este restaurante están elegidos al gusto de Caleb.

Gabi la miró en silencio.

—¿Por eso no quieres cambiar nada? ¿No es porque estés siendo una cabezota?

Cora Jane se echó a reír.

—Bueno, claro que estoy siendo cabezota, pero también es por la nostalgia. No me sentiría bien entrando en este restaurante y viendo cómo ha cambiado todo. Sé que tu abuelo ya no está con nosotros, pero a veces, cuando entro aquí, me parece que está a punto de salir de la cocina, o creo verlo salir del mostrador.

—Pues tienes que contárselo a Emily —le aconsejó Gabi—. Ella cree que rechazas todas sus propuestas sin pensar siquiera en ellas y eso está hiriendo sus sentimientos.

Cora Jane suspiró.

—Lo sé. Supongo que pensaba que ella misma averiguaría lo que me pasaba si seguía resistiéndome.

—Ninguna de nosotras sabe leer el pensamiento. Ni siquiera tú.

—Intentaré recordarlo.

Gabi la miró preocupada.

—¿Cómo se siente Jerry cuando te pones nostálgica con el abuelo? —le preguntó.

Se refería al que desde hacía mucho tiempo era el cocinero del restaurante, un hombre que había llegado a significar mucho más para Cora Jane desde la muerte de Caleb.

—Me comprende, o, por lo menos, eso dice —contestó Cora Jane—. Es posible que esto no tenga sentido para alguien de tu edad, pero, en cierto modo, el hecho de que él conociera a tu abuelo contribuye a que nos resulte más fácil estar juntos. No espera más de mí de lo que estoy dispuesta a darle. Sabe que tuve un gran amor en mi vida —sonrió—, y ahora agradezco el poder tener a un buen amigo a mi lado.

—¿Solo un buen amigo? —preguntó Gabi.

Cora Jane se echó a reír.

—Eso es lo único que estoy dispuesta a admitir, jovencita, y lo único que necesitas saber. Hay ciertas cosas que prefiero mantener en la intimidad.

Gabi soltó una carcajada.

—Espero que lo recuerdes y que dejes de presionarnos a Wade y a mí para que terminemos juntos.

Cora Jane se alegró tanto de ver algo de color en las mejillas de su nieta al mencionar a Wade que decidió dejarla en paz, por lo menos de momento.

—No pienso entrometerme, no —le prometió y, añadió para sí: «al menos, mientras no lo considere necesario».

Emily miró a Gabi preocupada.
—¿Estás segura de que estás preparada para hablar de esto? A lo mejor deberíamos centrarnos en ti esta noche —le dijo.

Acababan de terminar de cenar y estaban sentadas en el cuarto de estar, tomando sendas infusiones por respeto a la condición de embarazada de Gabi, aunque en condiciones normales, a esas alturas, Samantha ya habría preparado algo mucho más fuerte. Con la excusa de que al día siguiente tenía que madrugar, Cora Jane se fue pronto a la cama, dejando que sus nietas pasaran juntas la velada. Aquella era una señal de lo bien que las conocía y comprendía su necesidad de estar juntas.

—Por favor, mi situación no va a cambiar hasta dentro de unos meses —le dijo Gabi—. Podemos esperar hasta mañana para hablar de mí. Ahora quiero ver ese vestido de novia del que la abuela no ha parado de hablar.

A Emily se le iluminó la mirada.
—Es absolutamente maravilloso. Lo encontré en Rodeo Drive. Todavía hay que hacerle algunos arreglos, pero tengo las fotografías.

Sacó el teléfono móvil del bolso y les mostró una serie de imágenes para que pudieran ver el vestido desde todos los ángulos.
—¡Dios mío, es maravilloso! —exclamó Samantha con auténtica admiración.

Gabi sonrió.
—Vas a parecer una elegante princesa. ¡Y yo que esperaba que fueras envuelta en capas de volantes y encajes para así poder reírme a tus espaldas!
—¡Ja, ja! —dijo Emily—. Como si alguna vez fueran a pillarme en una de esas. Yo siempre he sido muy discreta.

–¿Y eso significa que los vestidos de las damas de honor también lo serán? –preguntó Gabi, esperanzada–. No vamos a parecer como recién salidas de *Lo que el viento se llevó*, ¿verdad? Ten en cuenta que estoy embarazada, y no quiero parecer como uno de esos globos del puesto de Macy's en Acción de Gracias.

–Jamás te haría una cosa así –le prometió Emily–. Aunque no puedo permitir que estéis más guapas que yo ese día.

–¿Qué más te da el aspecto que tengamos nosotras? –preguntó Samantha–. Boone solo tiene ojos para ti.

Emily sonrió.

–Sí, eso es cierto –contestó satisfecha.

–Por cierto, ¿dónde está Boone? –preguntó Gabi–. Ha venido contigo, ¿verdad?

–Se ha llevado a B.J. a ver a Jodie y a Frank esta noche. Hay que reconocer que tiene un gran mérito, está decidido a mantener la relación de su hijo con sus abuelos, a pesar de todo lo que hicieron ellos para destrozarle la vida.

–Y para destrozarte la tuya –dijo Samantha–. ¿Ya han aceptado que vais a casaros?

La expresión de Emily se ensombreció.

–Creo que Frank ya lo ha aceptado, ¿pero Jodie? –sacudió la cabeza–. Me temo que ella me culpará eternamente por haber arruinado la vida de su hija.

–Cosa que no hiciste –repuso Gabi con lealtad–. Tú desapareciste por completo de escena mientras Boone y Jenny estuvieron casados.

–A Jodie parece importarle muy poco la verdad –dijo Emily con cansancio–. La verdad es que es una pena. Casi lo siento por ella.

–Ahórrate la compasión –replicó Gabi–. Casi parece disfrutar aferrándose a la tristeza que le produjo la muerte de Jenny.

–Era su hija –intervino Samantha con compasión–. Es normal que esté triste por ella.

—Sí, pero no tiene por qué pagarlo con todos los que la rodean. Eso es lo único que estoy diciendo –la contradijo Gabi.

—Bueno, ya está bien de hablar de ella –dijo Emily–. Aquí está el vestido que he pensado para vosotras. Si os parece horrible, tengo otros. Y también podéis elegir el color, aunque creo que Gabi estaría guapísima con un vestido verde salvia y a ti te quedaría muy bien un amarillo claro, Samantha.

Le tendió el teléfono.

—¡Oh! –susurró Gabi–. Son preciosos –le pasó el teléfono a su hermana.

Samantha abrió unos ojos como platos.

—Es absolutamente perfecto.

De pronto, a Gabi se le llenaron los ojos de lágrimas, que comenzaron a rodar por sus mejillas sin que pudiera hacer nada para detenerlas.

—Me gustaría no estar como un tonel para entonces –susurró, sorbiéndose la nariz–. Pero para el dos de junio, tendré suerte si no me pongo de parto en medio de la ceremonia.

Emily la miró abatida.

—¿Para cuándo está previsto el parto?

—Para mediados de junio –contestó Gabi.

—En ese caso, cambiaremos la fecha de la boda –dijo Emily sin vacilar un momento–. Unas cuantas semanas no supondrían una gran diferencia y Boone lo comprenderá.

—Por mí no lo hagáis –protestó Gabi–. Tú querías casarte en verano.

—Junio, julio, agosto... En realidad, da lo mismo. Y Dios sabe que la abuela agradecerá tener una semana más para preparar la boda. A pesar de las ganas que tiene de que nos casemos, parece creer que una boda no puede prepararse en menos de un año. Ahora mismo, casi la estoy poniendo a prueba.

—Pero te conozco –dijo Gabi–. Y probablemente hayas

tenido que hacer un milagro para conseguir unos días libres en junio.

–Y ahora haré otro para conseguirlos para la fecha que digamos –repuso Emily–. No quiero que te sientas mal por tu aspecto, ni que tengas que preocuparte porque tienes los tobillos hinchados o porque vas a romper aguas en mitad del pasillo. Si me hubiera enterado antes del embarazo, habría tenido todo eso en cuenta. Será lo mejor, Gabi, te lo prometo.

Gabi volvió a agarrar el teléfono móvil y amplió la imagen del vestido de la dama de honor y de la esbelta modelo que lo lucía.

–La verdad es que no estaría mal estar así para la boda –admitió.

Emily sonrió.

–Entonces, ya está todo dicho. Hablaré con Boone y buscaremos una fecha nueva –miró a Samantha–. ¿Alguna complicación en tu vida de la que deba estar enterada?

–Ninguna –respondió Samantha.

–Que no se entere la abuela –le aconsejó Gabi–. Me apostaría cualquier cosa a que su gen de entrometida está deseando husmear también en tu vida.

–Dios no lo quiera –dijo Samantha con sincera emoción.

Pero mientras lo decía, Gabi y Emily intercambiaron una mirada de complicidad. Podían no saber lo que Cora Jane tenía en mente, pero de una cosa estaban seguras: Samantha no iba a escapar a las artimañas de su abuela.

Sentada en la estrecha cama de la habitación que había compartido con Emily cuando pasaban los veranos en casa de su abuela, Gabi sintió que la invadía una sensación de paz. Por primera vez desde hacía semanas, no tenía un nudo en el estómago. Era como si hubiera tomado todas las decisiones que debía de un día para otro, o como si hubiera escrito la primera palabra de un nuevo plan. Y el responsable de aquel cambio era aquella casa de ventanas abiertas por las que entraba la brisa marina y el sonido de las anticuadas campanillas de viento de Cora Jane tintineando desde el porche.

El sonido era tan familiar, tan reconfortante, que podía sentirse como si volviera a ser niña, una niña sin ninguna preocupación en la vida y todo un verano por delante.

Llamaron a la puerta un segundo antes de que se abriera.

–¿Estás despierta? –preguntó Samantha, aunque entró en la habitación y se sentó en la cama gemela sin esperar respuesta–. ¿Qué tal has dormido?

–Como un tronco –admitió Gabi–. Hacía siglos que no dormía tan bien.

–¿A pesar de todo el ruido de fuera? –gruñó Samantha.

Gabi sonrió.

–Siempre has odiado las campanillas de la abuela.

–Porque siempre han hecho un ruido insoportable. Lo primero que pienso hacer hoy es conseguir unos tapones para los oídos.

–¿Ese ruido no te recuerda a los veranos en la playa? –le preguntó Gabi entusiasmada–. Dicen que los olores remueven los recuerdos, la sal de la brisa, el olor de las galletas en el horno, el del árbol de Navidad... Pero en mi caso, esa labor la hacen esas campanillas. Me siento como si volviera a ser una niña.

–Sí, yo también –admitió Samantha–. Cuando era pequeña tampoco me dejaban pegar ojo.

–¿Cómo es posible que a una mujer que vive en Manhattan, con todos esos camiones de basura, taxis y sirenas sonando en medio de la noche, le molesten unos cristalitos haciendo música al ritmo de la brisa?

Samantha se encogió de hombros.

–Supongo que es a lo que estoy acostumbrada –a su

rostro asomó una sonrisa–. Bueno, ahora háblame de la cita que tienes con Wade esta noche.

Gabi la miró con incredulidad.

–¿Cómo demonios…? Bueno, no importa, sé que la abuela nos espía. No es una cita. Vamos a salir a cenar y a ver una película. No tiene ninguna importancia.

–A mí eso me parece una cita, y hablo por experiencia propia. A diferencia de ti, yo tengo regularmente ese tipo de citas.

–Wade se ha compadecido de mí, eso es todo, y cree que necesito distraerme.

–¡Qué considerado! –replicó Samantha con expresión divertida–. Tú sigue diciéndote a ti misma que es algo completamente inocente y todo eso. Me da rabia no haber estado delante para veros juntos. Me habría dado cuenta de si saltaban o no las chispas entre vosotros. La abuela dice que sí, pero de ella no te puedes fiar, porque ve lo que quiere ver. Emily tampoco ve gran cosa últimamente, salvo a Boone. Ni siquiera sabía que habías pasado cerca de media hora hablando con Wade. Sus poderes de observación se encuentran en un estado lamentable.

Gabi suspiró.

–¿Para eso querías que viniera? ¿Para emparejarme con Wade? Yo pensaba que querías ayudarme.

–Empujarte hacia Wade es una manera de ayudarte. Es un gran tipo.

–Que probablemente no tenga el menor interés en que le endosen una mujer que está embarazada de otro hombre –la contradijo Gabi–. ¿Qué hombre sensato querría una cosa así?

–Si quieres saber mi opinión, creo que la sensatez está sobrevalorada. ¿No era Paul sensato?

–Entendido, acepto el argumento –admitió Gabi–. Pero, por favor, no insistas en esto. Ahora mismo no podría soportar más complicaciones en mi vida.

–Y esa es la razón por la que Wade podría ayudarte

con la pesada carga que llevas sobre tus hombros –insistió Samantha–. Te hará reír. Incluso cuando fingías no hacerle ningún caso este verano, Wade conseguía hacerte reír.

–Me temo que en este momento no hay suficientes cómicos en el país como para hacerme reír –dijo Gabi.

–Estoy segura de que Wade está dispuesto a intentarlo –la contradijo Samantha–. La abuela dice que ayer te hizo sonreír. Y, teniendo en cuenta que te pidió salir después de enterarse de que estabas embarazada, es evidente que tu condición no le asusta. Lo cual le da también muchos puntos.

–Lo que tiene que hacer la abuela es meterse en sus propios asuntos –dijo Gabi frustrada.

No quería admitir que había sido una verdadera sorpresa descubrir que Wade no la había rechazado al saber que estaba embarazada. De lo que no estaba del todo segura era de si aquello le convertía en un hombre extraordinariamente excepcional o quizá solo en un hombre un poco raro.

Samantha se echó a reír al oír aquella alusión a la afición de Cora Jane de meterse en todo.

–Si encuentras la manera de evitar que la abuela se mantenga al margen de nuestras vidas, avísame.

Sí, Gabi también estaba segura de que aquella era una misión imposible.

Capítulo 3

Los armarios de madera que Wade había construido para la cocina de un apartamento situado al borde del mar le estaban dando problemas. Aunque había revisado las medidas una y otra vez, en cuanto había comenzado a instalarlos, había quedado claro que algo fallaba. Tommy Cahill, el contratista que le había contratado para hacer la reforma estaba tan desconcertado como él.

–Ahora mismo no puedo enfrentarme a una cosa así –dijo Wade, mirando el reloj–. Tengo que estar en otra parte a las seis.

Tommy asintió.

–Tendré que pensar en lo que ha sucedido. Es evidente que hemos pasado algo por alto. El armario de arriba encaja perfectamente. Pero los de abajo… –sacudió la cabeza–. No lo entiendo.

–Tengo una idea –intervino uno de los ayudantes de Tommy, con la clara intención de impresionar a su jefe.

–¿Ah, sí? –preguntó Tommy sin disimular su escepticismo.

El joven, de apenas dieciocho años y con unos vaqueros que parecían destinados a terminar cayéndosele hasta los tobillos de un momento a otro, sacó una canica del bolsillo y la colocó en el suelo, en un extremo de la habitación. Ante la mirada fija de Tommy y de Wade, la canica rodó hasta el fondo. Los dos hombres se miraron entonces con incredulidad.

–¡Ese maldito suelo no está nivelado! –musitó Tommy–. No está nivelado en absoluto. ¿Cómo es posible que no me haya dado cuenta?

–Ninguno de los dos nos hemos dado cuenta –dijo Wade, sacudiendo la cabeza–. Jimmy, te mereces un premio por haberlo averiguado. ¿Qué te ha llevado a pensar en ello?

El joven se encogió de hombros con las mejillas encendidas.

–No es para tanto. Estuve ayudando a mi padre cuando arreglamos nuestra casa. El suelo no estaba nivelado y tuvimos que compensar la inclinación en todas las habitaciones.

–Bueno, esto va a facilitarme mucho las cosas mañana cuando vuelva –Wade miró a Tommy a los ojos–. Porque doy por sentado que no vas a querer arreglar el suelo.

–Ni mucho menos. Eso no entraría en el presupuesto.

–¿Y no prefieres comentárselo al propietario? A lo mejor prefieren resolver ahora el problema.

–No me dejan comprar ni una caja de tornillos –dijo Tommy disgustado–. Jamás en mi vida había contado con un presupuesto tan bajo. Así que acabemos con esto cuanto antes.

Wade asintió.

–Haré algunos ajustes en la base de los armarios para nivelarlos –dijo, sopesando el problema y las posibles soluciones–. En el taller todavía tengo madera de cerezo. La traeré mañana por la mañana. Afortunadamente, los tipos que vienen a poner los mostradores de granito no tienen que empezar hasta dentro de un par de días. Para entonces, deberíamos haber acabado con esto.

Tommy asintió.

–Para eso están los márgenes de error. Nunca le doy un plazo a un cliente sin tenerlo en cuenta. Desde el huracán, con todas las reparaciones que ha habido que hacer a lo largo de toda la costa, me permito incluso alargar más los plazos. Trabajo con muy buenas subcontratas, pero ahora mismo todo el mundo está más ocupado que nunca.

Wade se volvió hacia el joven.

—Te debo una, Jimmy. Esta semana, elegiremos un día para que te invite a almorzar. Te llevaré a Castle's. Allí sirven las mejores hamburguesas de la playa.

—No creo que sea la comida lo que te atrae de ese restaurante —bromeó Tommy con una sonrisa—. He oído decir que Gabriella ha vuelto.

—Así es —le confirmó Wade—. Pero no creo que pase mucho tiempo en el restaurante.

Tommy le miró sorprendido.

—Yo creía que Cora Jane ponía a sus nietas a trabajar en cuanto ponían un pie en el pueblo.

Wade no quería explicarle la situación, de modo que se limitó a decir:

—Pues esta vez no —miró el reloj—. Y ahora tengo que irme de verdad. Mañana nos vemos. Llegaré un poco más tarde que hoy. A primera hora de la mañana tengo otro proyecto que podría llevarme algún tiempo.

Como Tommy sabía que Wade jamás retrasaba un trabajo, se limitó a asentir.

—Nos veremos cuando llegues —miró atentamente a Wade y sonrió—. Parece que tienes muchas ganas de marcharte. ¿Te espera una cita caliente?

Wade sintió que se ruborizaba.

—Solo voy a salir a cenar y al cine con alguien.

—¿Con una amiga? —insistió Tommy—. ¿Con Gabi, quizá?

—Sin comentarios —respondió Wade enfáticamente, esperando así poner fin a las preguntas.

Tommy pareció considerar la observación antes de decir.

—Me lo imaginaba. Y, si quieres saber mi opinión, ya iba siendo hora.

—Prefiero no saberla —respondió Wade.

Al igual que no tenía ningún interés en conocer ni la opinión de su hermana ni la de nadie más.

Su atracción por Gabriella podría ser un primer paso en el camino de recuperación de su duelo, pero tenía la sensación de que, con aquel embarazo de por medio, el camino que había elegido iba a estar plagado de baches. Durante las últimas veinticuatro horas, desde la primera vez que había posado la mirada en el vientre de Gabi, no se había permitido pensar ni un solo instante en el gran error que podría llegar a ser iniciar una relación con aquella mujer. De momento, estaba preocupado por la fragilidad emocional de Gabi, que no por la suya. Eso, sospechaba, llegaría más adelante.

Gabi miró su penoso guardarropa, formado por pantalones sueltos y camisetas, extendido sobre la cama, y suspiró. No podía salir con Wade como si se hubiera vestido en una tienda de ropa de segunda mano. Aquello podía no ser una cita, pero ella tenía más orgullo que eso. ¿Por qué no se había llevado algo más elegante de Raleigh?

Porque no había pensado en exponerse en público más de lo necesario, se recordó a sí misma con pesar. Y, al final, aquella noche, no solo iba a exponerse en público, sino que todo el mundo iba a percibir aquel encuentro como una cita, por mucho que Wade o ella se empeñaran en decir lo contrario.

Miró aquellas prendas de ropa intentando encontrar alguna combinación que no se le hubiera ocurrido hasta entonces, pero la verdad era que, aunque se hubiera llevado todo su armario, ya nada le quedaba bien. ¿Quién se habría podido imaginar que un ser tan diminuto pudiera tener un efecto tan rápido en su figura?

—¡Ah, justo lo que me imaginaba! —dijo Samantha entrando una vez más en la habitación y, en aquella ocasión, sin molestarse siquiera en llamar.

–¿Qué ha pasado con el concepto de intimidad en esta familia? –gruñó Gabi.

Samantha se limitó a sonreír.

–Somos hermanas. No hay secretos entre nosotras. Además, seguro que te vas a alegrar de que esté aquí.

–¿De verdad? –preguntó Gabi en tono escéptico–. ¿Y eso por qué?

–Porque estoy a punto de salvarte el día –le dijo Samantha y arrojó una bolsa en la cama.

Gabi miró con interés la bolsa, que procedía de una tienda de ropa.

–¿Eso es para mí?

–Por supuesto. Y, a lo mejor, también un poco para Wade –añadió Samantha con los ojos brillantes–. Ábrela.

A pesar de la preocupante referencia a Wade, Gabi abrió la bolsa y miró en el interior, para sacar un sencillo vestido con el cuello en uve. Era de color azul claro, un tono ligeramente más oscuro que el de sus ojos. Inmediatamente reconoció que tenía un gran potencial.

–Todavía es demasiado pronto para que te pongas ropa de embarazada –le dijo Samantha, explicando su opción–. Y por aquí no hay mucho donde elegir, pero este es un vestido bastante suelto –sonrió–. Y, confía en mí, con ese escote, nadie va a fijarse en tu barriguita.

Señaló la bolsa.

–Hay más cosas. Sigue mirando.

Gabi sacó un sujetador de encaje y un par de tangas a juego. Arqueó una ceja.

–¿Esto va en serio?

Samantha soltó una carcajada.

–¡Eh! Ya te he dicho que también he pensado en Wade mientras compraba. Ese hombre va a terminar babeando.

–Wade Johnson jamás pondrá sus ojos en ese sujetador

y esa braga —repuso Gabi con firmeza, pero con las mejillas encendidas al pensar en ello.

—A lo mejor esta noche no —admitió Samantha—. Pero las he comprado pensando en que llegará un momento en el que estarás encantada de llevar una ropa interior tan sexy.

—Sí, claro, a lo mejor dentro de siete meses —dijo Gabi—. O, después de esta experiencia, posiblemente dentro de muchísimo más tiempo. Ahora mismo, no confío demasiado en los hombres.

—Por favor, deja espacio para alguna excepción —le suplicó Samantha—. Aunque ahora estés afectada por lo ocurrido, mantén el corazón abierto.

—Y las piernas cerradas —la contradijo Gabi. Aun así, se inclinó hacia su hermana y la abrazó—. Gracias por pensar en esto. Estaba a punto de sufrir un ataque de pánico.

—Emily y yo siempre te apoyaremos en todo —le aseguró Samantha—. Para eso están las hermanas.

Y Gabi jamás lo había agradecido tanto como entonces.

Al haber salido tan tarde de la obra, Wade entró al restaurante de Cora Jane casi media hora tarde. Samantha abrió la puerta y le miró con compasión.

—No es una buena forma de empezar —susurró antes de dejarle pasar.

Wade, por su parte, tenía la mirada fija en Gabi, que a su vez le miraba enfadada. Era evidente que se había esforzado en arreglarse, pero en aquel momento estaba sentada a la mesa de la cocina con un sándwich a medio comer delante de ella. Wade esbozó una mueca al verlo.

—Lo siento mucho —se disculpó—. Se nos ha complicado el trabajo y nos ha llevado algún tiempo averiguar cuál era el problema. He tenido que ir a casa a ducharme y cambiarme. Teniendo en cuenta lo guapa que estás, estoy seguro de que no te habría gustado verme con el aspecto que suelo ofrecer al final de la jornada.

Vio que la mirada de Gabi se suavizaba ante aquel cumplido, pero aun así continuó comiendo.

—Si te acabas el sándwich, no vas a tener ganas de cenar —le advirtió Wade.

—Me lo estoy pensando —dijo Gabi cuando por fin se decidió a hablar.

—¿Qué te estás pensando? —preguntó Wade, aunque tenía muy pocas dudas sobre a qué se refería.

—En todo este asunto de la cena y el cine. Estoy completamente segura de que es una pésima idea.

Wade sonrió.

—Y yo estoy igualmente convencido de que es una idea fabulosa. Bueno, a lo mejor no lo de la cena si prefieres seguir comiendo ahora. Pero sí lo de la película. Te ayudará a olvidarte de los problemas. Y tú misma dijiste que querías palomitas.

Gabi dejó el resto del sándwich en el plato y le miró con recelo.

—¿Con mantequilla extra?

—Como tú quieras.

—¿Y con un refresco de tamaño grande, aunque eso signifique que tendré que ir al cuarto de baño cada veinte minutos?

—Puedes sentarte cerca del pasillo y salir cuando lo necesites.

—A lo mejor también quiero algún dulce.

Wade contuvo una carcajada. Con aquellas dotes como negociadora, no era extraño que hubiera sido una profesional de éxito.

—Hecho —contestó.

Gabi se levantó por fin.

—En ese caso, de acuerdo. ¿Vamos?

—¿Estás satisfecha porque has conseguido un acuerdo que te parece aceptable?

Gabi pareció pensárselo antes de asentir.
–Sí, creo que sí.
–Muy bien, pues aquí van mis demandas –dijo, ganándose una sorprendida mirada de Gabi–. No me mires así. La otra parte siempre exige contraprestaciones. Estoy seguro de que eres consciente de ello.
–Supongo que es justo –respondió, mirándole con recelo–. Dime cuáles son.
–No mencionarás ni el embarazo ni la pérdida de tu trabajo en toda la noche.
–Hecho –contestó Gabi sin vacilar.
–Y como vamos a saltarnos la cena, pasaremos por Boone's Harbor para tomar un postre después de la película –añadió.
–Me parece razonable –se mostró de acuerdo Gabi.
–Y me perdonarás que haya llegado tarde y no haya llamado para avisarte –añadió.
Gabi le miró a los ojos.
–Solo por esta vez –dijo muy seria.
–No volverá a ocurrir –le aseguró Wade–. Por lo menos, no sin que medie una llamada.
Wade oyó una risa y se dio cuenta de que Samantha había sido testigo de toda la conversación. La miró con el ceño fruncido.
–¿Tienes algo que añadir?
Samantha negó con la cabeza.
–No, creo que ya lo tenéis todo bajo control. Aunque la discusión a la hora de elegir los dulces promete ser interesante. Estoy deseando enterarme de cómo ha ido el resto de la noche.
Gabi la miró con el ceño fruncido.
–No me esperes levantada.
Samantha arqueó las cejas.
–¡Dios mío! ¿Tan rápido van a ir las cosas?
Su hermana la miró desolada.
–Déjalo. Ya sabes que no era eso lo que pretendía de-

cir. Lo que quería decir es que no pienso llegar a casa y contarte todo lo que he hecho.
—Maldita sea —se lamentó Samantha—. Me gusta vivir peligrosamente.
—Pues olvídalo —le advirtió Gabi con énfasis, y señaló con la cabeza hacia la puerta—. Salgamos de aquí antes de que empiece con los interrogatorios. Estoy segura de que mi abuela le ha encargado que sea ella la responsable de los interrogatorios esta noche.
Wade se echó a reír.
—¿Dónde está Cora Jane?
—Ha salido con Jerry. No me sorprendería encontrárnoslos en el cine, detrás de nosotros —dijo Gabi con resignación—. ¿Estás empezando a darte cuenta de por qué esto no es una buena idea?
—Hasta ahora no has dicho ni hecho nada que me haya asustado —le aseguró Wade.
De hecho, saber lo mucho que su familia se preocupaba por ella reforzaba su convicción de que aquella era una mujer a la que merecía la pena conocer.

—¡Oh, vamos! —protestó Gabi, sentada con Wade en una mesa al lado de la ventana en Boone's Harbor, el buque insignia de una pequeña cadena de lujosas marisquerías.
—¿Estás diciendo en serio que había algo en la película que te pareciera realista? ¡Pero si era como una cinta de dibujos animados!
—De acuerdo, a lo mejor es cierto que hay que apartar el escepticismo mientras ves la película —se mostró de acuerdo Wade—. Pero es una película trepidante y muy emocionante.
—¿Y eso es lo único que necesitas para que te guste una película? ¿Volar unas cuantas cosas, conducir a toda velocidad por medio de la ciudad y quedarte colgado de una cornisa?

Wade la miró con el ceño fruncido.

—Has dicho que te parecía bien ver una película de acción.

—Estaba siendo educada.

—¿De verdad lo has hecho por eso o estabas buscando una oportunidad para que termináramos discutiendo como estamos haciendo ahora? ¿Así puedes quejarte de que soy un insensible, un hombre sin gusto y un estúpido?

Gabi soltó una carcajada. Realmente había pretendido echarle en cara todas aquellas cosas.

—Es posible que tenga que retractarme. Es posible que tengas un mínimo de sensibilidad si has conseguido darte cuenta de todo eso.

—Pues tendrás que saber que estaba completamente dispuesto a ver una película romántica —le dijo con expresión estoica.

—¿De verdad?

Wade sacó un paquete de pañuelos de papel del bolsillo.

—¿Lo ves? Estaba completamente preparado para llorar.

Gabi le miró asombrada.

—Lo dices realmente en serio.

—Claro que lo digo en serio. No he sido yo el que te ha obligado a ver esta película, Gabriella. La has elegido tú.

—En ese caso, asumo las culpas por haber elegido una película estúpida e inverosímil.

—¿Qué te parece esto? La próxima vez elegiré yo la película. Apuesto a que acertaré más de lo que has acertado tú al elegir una película para mí.

Justo en ese momento llegó la camarera para tomarles nota.

—Eh, Wade —le saludó, guiñándole el ojo en un gesto de amistad—. ¿Habéis venido a cenar o solo a beber algo?

Wade miró a Gabi.

—¿Te apetece cenar o te conformas con un café y un postre?

–Probablemente en una marisquería esto sea un sacrilegio o algo parecido, pero me gustaría tomar una hamburguesa –admitió–. Vuelvo a estar hambrienta.

–En ese caso, dos hamburguesas –le pidió Wade a la camarera–. ¿Qué quieres beber, Gabi?

–Solo agua.

–Yo tomaré una cerveza –pidió Wade.

–Muy bien.

–¿Está Boone por aquí? –preguntó Gabi.

–En realidad, ha salido hace una media hora con su novia.

Gabi sonrió.

–Que es mi hermana.

La expresión de la camarera se iluminó al instante.

–¡Eres una de las Castle! –frunció ligeramente el ceño–. Gabriella, supongo. He visto a Samantha en televisión un par de veces, y tiene un color de tez distinto.

–Tienes buen ojo –dijo Gabi.

–Te presento a Francisca Daniels, más conocida como Frankie –dijo Wade–. Cuando estábamos en el colegio iba un curso por delante de mí.

–Como nosotras no estudiamos aquí, no conozco a mucha gente de la zona, a pesar de que pasaba aquí todos los veranos –dijo Gabi. Les miró alternativamente–. ¿Estabais muy unidos?

Frankie se echó a reír.

–¡Qué va! En aquella época, Wade solo tenía ojos para una mujer –una mirada de advertencia de Wade la hizo ponerse repentinamente seria–. Será mejor que entregue la orden antes de que cierren la cocina –y salió a toda velocidad.

Cuando la camarera se fue, Gabi miró a Wade.

–Desde luego ha salido disparada. ¿Estaba a punto de decir algo que te ha molestado? ¿No querías que hablara de la persona que te gustaba en aquel entonces?

–No tiene ninguna importancia.

Pero por su expresión, Gabi comprendió que sí la tenía.

–¿Tan pronto y ya estamos con secretos, Wade? Vamos, tú conoces los míos. Cuéntame los tuyos. ¿Fue una relación muy seria?

–Cuando estábamos en el instituto, probablemente no –admitió con desgana–. Pero después seguimos juntos.

–¿Durante cuánto tiempo?

–Hasta hace un par de años –contestó, y alzó la mirada para mirarla a los ojos–. Hasta que ella murió.

A Gabi le dio un vuelco el corazón.

–¡Dios mío! No tenía ni idea.

–Estuvimos casados, aunque muy poco tiempo. Kayla estaba embarazada. Y justo antes de que el bebé naciera, sufrieron un accidente y ninguno de los dos sobrevivió.

Lo contó con calma, en un tono desapasionado, pero Gabi fue testigo de la agitación de su mirada.

–¡Oh, Wade! –susurró.

Alargó la mano buscando la de Wade y entrelazó los dedos con los suyos. Él la retiró.

–No hablo nunca de eso –dijo con rotundidad.

Gabi le miró con el ceño fruncido.

–Eso no puede ser bueno. No estoy diciendo que debas desahogarte con el primero que te encuentres, pero ese es un asunto muy serio, Wade. Tuvo que ser devastador.

–Lo fue –se limitó a contestar.

Cuando vio que Gabi estaba dispuesta a continuar, él alzó una mano.

–Habíamos dicho que esta noche no hablaríamos ni de tu trabajo ni del bebé. Añadamos esto a la lista.

–Pero es evidente que eso forma parte de lo que tú eres. ¿Cómo se supone que vamos a conocernos si no hablamos de las cosas que verdaderamente importan?

–Solo por esta noche –le pidió Wade con énfasis–. El objetivo de esta noche es ayudarte a distraerte de tus problemas, no entristecerte con los míos.

Gabi percibió no solo el tono de advertencia de su voz,

sino también la súplica que se escondía tras sus palabras. Evidentemente todavía tenía los sentimientos en carne viva. Aunque Gabi jamás había vivido algo tan terrible como a lo que Wade había tenido que enfrentarse, sabía que todavía era demasiado pronto para hablar de determinados temas.

—Muy bien, por esta noche lo dejaremos —se mostró de acuerdo.

Pero algo le decía que hasta que no pudieran hablar sobre ello, habría una gran parte de Wade Johnson que no sería capaz de comprender. El hecho de sentirse de pronto mucho más intrigada de lo que esperaba, resultaba definitivamente desconcertante.

Aliviado por haber podido abandonar el tema de su matrimonio, al menos de momento, Wade presionó ligeramente a Gabi durante la cena para que se diera prisa con la excusa de que quería llevarla a casa para que pudiera descansar. En realidad, era él el que necesitaba tiempo para tranquilizarse, para recordarse que lo que pretendía era distraer a Gabi de sus problemas, y no dejar que fuera ella la que se le metiera en la cabeza.

Definitivamente, no se suponía que tuviera que seducirla, que era, sin embargo, en lo único en lo que podía pensar en aquel momento.

¡Dios santo! Aquella mujer estaba esperando un hijo de otro hombre y él solo era capaz de pensar en el sexo. De hecho, había sido en el sexo en lo primero que había pensado desde que había puesto los ojos en ella meses atrás. Necesitaba hacer algunos ajustes ante aquellas inesperadas circunstancias.

Cuando salieron a la calle, Gabriella alzó la mirada hacia el cielo cubierto de estrellas.

—En Raleigh nunca se ven tantas estrellas. Hay demasiadas luces.

—Yo nunca he conocido otra cosa —comentó Wade—. He vivido aquí durante toda mi vida y nunca he tenido mucho interés en intentarlo en ningún otro sitio.
—¿No saliste de aquí para ir a la universidad?
Wade negó con la cabeza.
—Desde muy pronto supe que lo que quería era trabajar con la madera. Mi padre me enseñó todo lo que sé sobre ebanistería. Él se ganó muy bien la vida con la carpintería y decía que también a mí se me daba bien. Así que me limité a entrar en el negocio y, cuando él se retiró, yo me hice cargo.
—Boone dice que eres el mejor de la zona —dijo Gabi.
—Por lo visto está contento con todo lo que he hecho para él.
—Y también Cora Jane —Gabi sonrió—. Por lo menos, supongo que esa es la razón por la que no dejaba de encargarte trabajos para el restaurante.
Wade se echó a reír.
—Cariño, lo que pretendía tu abuela es mantenerme firmemente plantado en tu camino. Daba por sentado que si nos veíamos con frecuencia, antes o después comenzarían a saltar las chispas entre nosotros.
Gabi esbozó una mueca.
—¿Lo sabías? ¡Qué vergüenza!
—Pero no me parecía mal. Eras la mujer más guapa que había visto en mucho tiempo. El trabajo era fácil y las vistas eran algo muy especial.
Gabi frunció el ceño.
—Gracias, creo.
—Era un cumplido, te lo aseguro —vio que Gabi continuaba con la mirada fija en las estrellas—. ¿Quieres que demos un paseo por el muelle antes de que te acompañe a casa?
—Sí —contestó con entusiasmo y se dirigieron hacia allí.
Gabi se tambaleó ligeramente en el borde. Wade le agarró la mano y la mantuvo con firmeza entre las suyas.

—¿Tienes suficiente calor? –le preguntó, casi esperando que dijera que no y así tener una excusa para pasarle el brazo por los hombros.

—Estoy perfecta –le aseguró Gabi.

—No lo dudo –musitó él, antes de darse cuenta de que acababa de hablar en voz alta.

Gabi le miró preocupada.

—Wade, estoy muy lejos de ser perfecta.

—No desde donde yo te veo –insistió Wade.

Gabi le miró entonces frustrada.

—Esto no puede llevarnos a ninguna parte. Lo sabes, ¿verdad? Ahora mismo mi vida es demasiado complicada. De aquí a algún tiempo tendré que regresar a Raleigh y comenzar de nuevo.

—Seguramente –se mostró de acuerdo Wade–. Pero eso no significa que no podamos ser amigos, ¿verdad?

—Tengo la sensación de que tú podrías querer algo más –admitió Gabi.

—Eres una mujer guapa, inteligente, divertida y deseable –dijo Wade muy serio–. Cualquier hombre que no quisiera algo más contigo sería un estúpido. Pero eso no significa que esté esperando que suceda –sonrió–. Por lo menos, no de la noche a la mañana.

—El problema es que no quiero darte falsas esperanzas –le explicó Gabi, deteniéndose al final del muelle y mirándolo con expresión solemne–. Últimamente ya me he equivocado bastante. Tú pareces un buen hombre. No quiero convertirme en uno de tus errores.

Wade la agarró por los hombros y le sostuvo la mirada.

—Estás dando demasiada importancia a un comentario inocente –le dijo con voz queda–. Hemos disfrutado de una agradable velada. Hemos podido conocernos mejor y hemos compartido unas cuantas risas. Nadie está pidiendo más. Nadie va a precipitarse, por lo menos yo. Créeme, sé perfectamente lo que es no estar preparado para complicarse la vida.

Gabi pareció interiorizar sus palabras, y al final asintió.

–De acuerdo. Podremos seguir viéndonos, pero siempre y cuando quede bien claro lo que está pasando entre nosotros.

–Seremos claros –le aseguró él–. Y nada de preocupaciones, ¿de acuerdo?

–De acuerdo.

–Y solo quedaremos cuando realmente nos apetezca. Para comer juntos, para hablar un poco... Nada realmente importante.

Gabi podría ser la gran negociadora de la familia Castle, pero Wade pensaba que en aquel momento estaba haciendo un buen trabajo al trazar una línea que podría permitirle a ella bajar la guardia. Porque una cosa era incuestionable: estaba dispuesto a decir o a hacer cualquier cosa para evitar que aquella fuera su última cita.

Capítulo 4

Sin nada que hacer por primera vez desde hacía siglos, Gabi vagaba por la casa de su abuela al día siguiente de su cita con Wade. Aunque había dormido hasta tarde, estaba inquieta y tensa. Sabía que se debía al hecho de que su vida no tenía estructura alguna en aquel momento, a que carecía de objetivo. Para una mujer que siempre había perseguido el éxito, que en muchas ocasiones trabajaba hasta dieciocho horas al día, tener que enfrentarse a tantas horas de ocio era, más que un alivio, una cruz con la que cargar.

Cuando sonó su móvil, lo agarró como si se tratara de una tabla salvavidas sin molestarse siquiera en mirar la pantalla. Al contestar, se quedó de piedra al oír la voz de Paul.

–¿Gabriella? ¿Eres tú? –repitió Paul ante su estupefacto silencio.

–¿Qué quieres? –le preguntó ella por fin.

–Me he enterado de lo que te ha pasado en el trabajo –admitió–. Lo siento.

–Gracias –contestó muy tensa–. Si eso es todo, tengo que colgar.

–¡Espera! –protestó Paul–. He pensado que podríamos hablar unas cuantas cosas…

–Paul, de verdad, ya dejaste suficientemente clara tu

postura la última vez que hablamos. No hay nada que discutir.

–Mira, de verdad siento mucho cómo me he comportado. He sido un insensible y un egoísta. El problema fue que me pillaste completamente desprevenido con todo ese asunto del bebé.

–¡Todo ese asunto del bebé! –repitió estupefacta–. ¡Qué manera de decirlo! Tú y yo concebimos un niño juntos y tú te comportaste como si lo hubiera hecho yo sola para destrozarte la vida. No sabes lo muy querida y especial que me hizo sentirme eso.

–Te he dicho que lo siento –repitió Paul con impaciencia–. Mira, sé que lo estoy haciendo mal otra vez. Lo único que quería era hablar contigo y saber qué piensas hacer a partir de ahora.

–No tienes nada de lo que preocuparte –respondió Gabi–. Me las estoy arreglando muy bien sola. Eso es lo que estoy haciendo, ¿sabes? Arreglármelas sola. ¿No era eso lo que sugeriste que hiciera cuando te marchaste de mi casa? ¿No me dijiste que debía tomármelo como un desafío nuevo al que enfrentarme?

–Eso fue antes de que perdieras el trabajo –le dijo, como si ella necesitara que se lo recordaran–. Ahora necesitarás algún tipo de ayuda económica y yo pretendo proporcionártela, por ti y por el bebé.

–No hace falta –replicó Gabi–. Ahora mismo, cuanto menos tengas que ver conmigo y con el bebé mucho mejor. No sé si mi estómago resistiría que tuviera que verte.

–Estás siendo obstinada y poco precavida. Tener un hijo es una gran experiencia. Yo soy el padre de ese niño. Me corresponde a mí apoyarle económicamente.

Gabi tomó aire y se recordó a sí misma lo que había leído en Internet sobre las adopciones.

–Solo hay una cosa que quiero que hagas por mí, y no te va a costar ni un centavo.

–¿Qué es?

–Quiero que firmes la documentación necesaria para renunciar a todos los derechos de paternidad.
Aquella petición le dejó estupefacto.
–¿Qué?
–Ya me has oído. Supongo que alguno de esos carísimos abogados con los que juegas al golf todas las semanas podrá encargarse de ello. Es evidente que no quieres a este niño y yo quiero asegurarme de que renuncies legalmente a todos tus derechos.
–¿Pero por qué? –le preguntó con recelo–. Me estoy ofreciendo a mantenerlo económicamente.
–Y yo te estoy diciendo que no quiero tu dinero. Lo único que quiero es ese documento. Quiero estar segura de que no vas a despertarte un buen día pensando que has cometido un error e intentes irrumpir en la vida de ese niño.
–No, tiene que haber algo más. Normalmente, batallarías con uñas y dientes para obligarme a pagar religiosamente por el futuro económico de ese niño.
–Lo cual demuestra que no me conoces en absoluto. No quiero nada de ti y estoy en condiciones de asegurarte que el futuro económico de ese niño será muy bueno.
–¿Ahora? ¿Sin tener siquiera un trabajo?
–No todas las empresas son tan conservadoras como la que acabo de dejar –le dijo con más confianza de la que sentía–. Volveré a trabajar. Y ahora dime, ¿vas a firmar esos documentos?
–Tendré que pensármelo.
–¡Oh, por el amor de Dios, Paul! Te estoy librando de toda responsabilidad, que era exactamente lo que querías. Deja de fingir que tienes que pensártelo. Acepta lo que te estoy ofreciendo.
–De acuerdo –dijo Paul, demostrando así que Gabi tenía razón sobre aquella repentina epifanía. No había ni una gota de sinceridad en ella.
–Mañana mismo te enviarán los papeles firmados –añadió Paul.

–Que lo envíen a Sand Castle Bay. Ahora mismo estoy en casa de mi abuela.
–Supongo que también están tus hermanas –dijo Paul con un deje inconfundible de sarcasmo.
–Sí, ¿y qué?
–Eso explica muchas cosas. El ejército de las Castle se ha reunido para formar una alianza contra el mal.

Gabi estuvo a punto de echarse a reír ante el dramatismo que estaba insinuando.

–No eres el mal, Paul. Solo eres un hombre insensible y egoísta. Te aseguro que mis hermanas han pensado muy poco en ti y, por supuesto, no se han dedicado a organizar ningún perverso plan para vengarse de ti.

Aunque eso no quería decir que Emily y Samantha no pudieran disfrutar haciéndolo en el caso de que Gabi se lo pidiera.

–No sé si termino de creérmelo.
–Pues es la verdad. No eres tan importante. En fin, espero recibir esos documentos antes del fin de semana.
–A lo mejor debería llevártelos personalmente, por si cambias de opinión cuando empieces a pensar con más claridad. Es posible que ahora mismo estén hablando tus hormonas.
–Voy a colgar –respondió Gabi sin poder contener apenas su furia–. Si no, es posible que esta conversación no termine de manera civilizada.

Antes de que Paul pudiera decir nada, cortó la llamada y lanzó el teléfono al otro extremo de la habitación. Samantha lo agarró antes de que se estrellara contra la pared. Gabi esbozó una mueca al verla.

–¿Cuánto tiempo llevas ahí? –le preguntó a su hermana.
–El suficiente como para saber que era Paul y que esta vez no estabas mucho más contenta con la conversación que cuando le diste la noticia sobre el bebé.
–Me ha acusado de estar hablando por boca de las hor-

monas –le explicó indignada, mientras caminaba para aliviar su furia.

Samantha se echó a reír.

–Bueno, probablemente sea cierto, pero no me parece muy diplomático que te lo señalara. ¿Por qué ha llamado? Porque ha sido él el que ha llamado, ¿verdad? No has sido tú.

–¡Claro que no! Ha sido él. Ha llamado para tranquilizar su conciencia. Quería darme dinero.

–¿Y lo has rechazado?

–Claro que lo he rechazado –contestó Gabi sin dejar de andar–. No quiero su dinero. Lo único que quiero es que renuncie a los derechos que tiene sobre el bebé. Así, si decido dar al bebé en adopción, no habrá ninguna clase de complicaciones.

Samantha frunció el ceño.

–¡Oh, no me mires así! –gruñó Gabi–. Solo quería tener ese flanco cubierto. He visto una oportunidad de hacerlo y he decidido aprovecharla.

–¿Y si decides quedarte con el bebé? ¿No crees que Paul estará obligado a pagar sus gastos a medias?

–No necesito su dinero –insistió Gaby con cabezonería.

–Podrían ser unos ahorros para cuando quiera estudiar –le dijo Samantha–. Al ritmo que están creciendo las tasas universitarias, tendrás que hipotecar hasta tu alma para asegurarte de que ese niño pueda estudiar.

–Tú también crees que no soy capaz de mirar a largo plazo –se lamentó Gabi con un suspiro–. A lo mejor es cierto, pero incluso en el caso de que al final me quede con el bebé, no quiero que Paul tenga nada que ver con su vida.

–Cuando ese niño crezca, podría querer algo diferente –razonó Samantha.

–Y esa es otra de las razones por las que me estoy pensando lo de la adopción, si quieres saber mi opinión –dijo

Gabi irritada, posando la mano sobre su vientre–. De esta forma le estaré ahorrando a este niño muchos sentimientos amargos.

–En realidad no quieres decir eso –le advirtió Samantha–. Estás herida y enfadada por la forma en que Paul reaccionó ante la noticia del embarazo, pero estoy segura de que no quieres castigar al bebé ocultándole la identidad de su padre durante toda su vida.

Gabi suspiró.

–De acuerdo, tienes razón. Si lo hiciera, estaría siendo tan egoísta como Paul cuando me dijo que no quería saber nada del bebé –le dirigió a su hermana una mirada suplicante–. Pero supongo que entiendes que sería mucho más fácil para ese niño crecer con dos padres que le quisieran y le mimaran y no tuvieran que arrastrar una carga emocional tan complicada.

Samantha sonrió.

–Tengo una fe infinita en tu madurez, cariño. Estoy convencida de que no permitirás que esa carga emocional le afecte a tu hijo.

–Me gustaría estar tan segura como tú.

–Date tiempo –le aconsejó Samantha–. Todavía te quedan unos cuantos meses para recuperar el equilibrio antes de que tomes la decisión final. No hagas nada de forma precipitada. ¿Me puedes prometer por lo menos eso?

Como si fuera un eco de la súplica de Samantha, el bebé se movió en su vientre, haciéndola consciente de su presencia y quizá incluso de su opinión. Gabi suspiró y se preguntó, una vez más, si sería realmente capaz de entregar a ese niño cuando llegara el momento, por mucho que pensara que era lo mejor para él.

Teniendo en cuenta todo lo ocurrido, pensó Wade, podía concluir que la cita con Gabriella había ido bastante bien. Había sido capaz de controlarse y no había intentado robarle un beso cuando la había dejado en casa de Cora Jane. Quería pensar que aquella decisión formaba parte de una gran estrategia, pero tenía la impresión de que, en gran parte, había estado motivada por el miedo a la humillación que habría supuesto un rechazo. Sabía que Gabriella no estaba en absoluto preparada para mucho más que una insinuación de lo que sentía por ella. Lo había dejado muy claro en el muelle.

Afortunadamente, aquella mañana, él había estado demasiado ocupado reuniéndose con un nuevo cliente e intentando resolver el problema de los armarios de cocina como para preocuparse demasiado por la impresión que podría haber tenido Gabi de aquella cita.

Cuando se acercó la hora del almuerzo, Jimmy se acercó a él con expresión esperanzada. Wade se echó a reír.

–¿Te apetece comer hoy esa hamburguesa? –le preguntó al adolescente.

A Jimmy se le iluminó la expresión.

–Claro, si tienes tiempo. Estoy empezando a hartarme de los sándwiches de mantequilla de cacahuete y mermelada que traigo cada día.

Wade frunció el ceño.

–¿No sales a almorzar con tus compañeros?

El adolescente se ruborizó.

–No, son mayores que yo. No les gusta que vaya con ellos. Además, tengo que ahorrar todo el sueldo para ayudar en casa. Desde el accidente de mi padre, apenas puede trabajar y todo el dinero que entra en casa nos viene bien.

–¿Tu padre tuvo un accidente?

–Se hizo un corte en la mano derecha hace unos cuantos meses. Ahora no puede trabajar en la construcción. Dicen que mejorará con la rehabilitación, pero no está pudiendo hacer la que le han recomendado. Recortó el seguro para poder ahorrar un poco de dinero. Mi madre dice que fue un error, pero él lo hizo porque quería comprarle a mi madre la cocina nueva que ella deseaba.

—Así que andáis cortos de dinero —aventuró Wade, decidido a hacer todo lo que pudiera para ayudar.

Era evidente que Jimmy era un chico muy orgulloso. Sospechaba que era un rasgo que había heredado de su padre.

Jimmy se encogió de hombros.

—Nos las arreglamos bien —insistió. Vaciló un instante y añadió—. Pero me vendría bien trabajar algo más.

—Veré lo que puedo hacer. Eres un buen trabajador, Jimmy. Si Tommy no puede darte unas horas extras, a lo mejor alguien más puede contratarte.

—Estoy dispuesto a aceptar cualquier cosa —dijo Jimmy con entusiasmo—. Sería magnífico, señor Johnson.

—Llámame Wade. Y ahora, vamos a por esas hamburguesas.

Fueron en coche hasta Castle's, que a aquella hora estaba realmente lleno.

—¿Queda alguna mesa? —le preguntó a Cora Jane.

—Para ti siempre habrá sitio —le dijo ella.

—Te presento a Jimmy Templeton.

Cora Jane recorrió a Jimmy con la mirada.

—¿Tienes alguna relación con Rory Templeton?

Jimmy asintió.

—Sí, señora. Es mi padre.

—Me lo imaginaba —dijo Cora Jane—. Te pareces mucho a él cuando tenía tu edad. Sentí mucho enterarme de lo de su herida. ¿Qué tal está?

—Mejorando —contestó Jimmy—. Le diré que ha preguntado usted por él.

Cora Jane se volvió hacia Wade.

—Ayer por la noche llegasteis tarde —comentó.

—No sabía que Gabi tenía hora de llegada.

—Lo único que pretendía decir es que llegó tan tarde que no pude preguntarle cómo le había ido —contestó Cora Jane con evidente frustración—. Y estaba convencida de que os vería en esa película romántica de los multicines, pero no aparecisteis por ninguna parte.

—Vimos una película de acción —contestó Wade, consiguiendo disimular la diversión que le producía el saber que había frustrado su misión de espía—. La eligió Gabi, por cierto.
—¿De verdad? Ella odia esa clase de películas.
Wade se echó a reír.
—Me lo imaginaba. Pero eso le dio una oportunidad para soltarme una perorata sobre la falta de gusto y sensibilidad de los hombres en lo que se refiere al cine.
Cora Jane soltó una carcajada.
—Muy propio de mi nieta.
Cora Jane les condujo hacia una mesa situada cerca de la cocina que Wade sabía que estaba normalmente reservada para la familia.
—Ahora mismo os mando a la camarera —le prometió, y se marchó corriendo.
Menos de dos minutos después, cuando Jimmy y Wade estaban revisando la carta, una voz familiar exclamó:
—¡Tú!
Wade alzó la mirada con una sonrisa.
—¡Gabriella! No tenía ni idea de que estarías trabajando aquí hoy.
Cora Jane se encogió de hombros.
—Ni yo. Me aburría en casa de la abuela y me he venido. Y ahora Cora Jane acaba de meterme en la cocina, me ha puesto una libreta en la mano y me ha pedido que venga a atender esta mesa.
Wade se echó a reír.
—Nunca se rinde, ¿verdad?
—Jamás. Y estaría encantada si me limitara a sentarme con vosotros y esperara a que otra camarera viniera a tomar nota.
—Hazlo —sugirió Wade—. Por supuesto, eso sería como caer en su trampa.
Advirtió entonces que Jimmy los estaba mirando con evidente fascinación.

–Jimmy, esta es Gabriella Castle, la nieta de Cora Jane.

–La nieta de la que estaba hablando Tommy ayer –recordó Jimmy, demostrando así que había estado pendiente de toda la conversación sobre la vida social de Wade.

Gabi le miró con curiosidad.

–Supongo que te refieres a Tommy Cahill –aventuró–. ¿Y salió mi nombre en la conversación?

–Desgraciadamente, sí. Cora Jane no es la única persona entrometida de Sand Castle Bay –contestó Wade–. Una palabra más, Jimmy, y te quedas sin hamburguesa.

Jimmy le miró disgustado.

–Lo siento.

Wade le sonrió.

–Solo era una broma, pero a lo mejor deberíamos cambiar de tema. Gabi, Jimmy está aquí porque me resolvió un importante problema en el trabajo que estoy haciendo para Tommy.

–En realidad solo fue una idea –protestó Jimmy.

–Que me ha ahorrado mucho dinero –contestó Wade, y le contó a Gabi lo ocurrido.

Gabi sonrió al adolescente.

–Estoy impresionada. ¿Y de verdad te quieres dedicar a la construcción?

–De momento me conformo con eso –contestó Jimmy–. En realidad, podría decirse que he llegado aquí de manera accidental.

–Pero preferirías hacer otra cosa –dedujo Gabi.

Jimmy asintió.

–Me gustaría ir a la universidad, estudiar por lo menos un primer ciclo, pero ahora mismo no es posible.

–¿Y qué te gustaría estudiar?

–Ingeniería biomédica –contestó, repentinamente animado.

Gabi le miró asombrada.

–¿Y crees que tienes las condiciones para ello? Ese es un campo muy difícil.

–Siempre he tenido muy buenas notas en ciencias –respondió.
–¿Cómo de buenas? –preguntó Gabi al instante.
–Matrículas de honor –contestó con orgullo.
–Felicidades –dijo Gabi, mirándole pensativa.
–¿En qué estás pensando? –preguntó Wade.
–Estoy sopesando un par de ideas.
Wade dejó el tema porque tenía la sensación de que Gabi no quería hablar de ello delante de Jimmy. El hecho de que hubiera mostrado tanto interés por un chico al que apenas conocía le conmovió a un nuevo nivel. Y no porque Gabi necesitara más puntos a su favor.
Gabriella se levantó.
–Es evidente que mi abuela no piensa enviar a nadie más a esta mesa, así que voy a buscaros algo de comida. Supongo que tendréis que volver al trabajo.
–Dos hamburguesas con queso y patatas fritas –dijo Wade al instante–. ¿Quieres un refresco, Jimmy?
El adolescente asintió sin apartar la mirada de Gabriella. Era evidente que estaba fascinado. Y Wade comprendía perfectamente cómo se sentía.

Aunque Wade y Jimmy ya se habían ido, Gabi no era capaz de olvidar ni la conversación que habían mantenido ni la expresión de entusiasmo de Jimmy cuando habían hablado de la ingeniería biomédica. No estaba segura de por qué la había conmovido tanto, pero la verdad era que había sido así.
A lo mejor era porque comprendía lo que era desear con fuerza algo que estaba fuera de su alcance. Así había sido siempre la relación con su padre. Su padre no les había ofrecido su amor, simplemente un rutinario afecto y su aprobación. No había estado nunca cerca de ellas. Y mientras Emily había reaccionado apartándolo de su vida y Samantha había fingido aceptar los defectos de su padre,

Gabi se había pasado la vida intentando reclamar su atención.

Al final del día, incapaz todavía de apartar de su cabeza la expresión resignada de Jimmy, convencido como había estado de que nunca podría alcanzar su sueño, sacó su teléfono móvil y marcó el número personal de su padre.

–¿Qué pasa? –contestó Sam Castle con evidente impaciencia.

–Siempre es un placer oír tu voz –contestó Gabriella, sin intentar siquiera disimular su sarcasmo.

–¿Gabriella?

–Sí, soy yo. Probablemente la única de tus hijas que se atreve a interrumpirte en el trabajo.

–¿Y llamas por algo en concreto o solo para señalar mis pecados como padre? –preguntó.

–En realidad, esta vez no llamo para juzgarte. Necesito tu ayuda.

Aquella contestación provocó un repentino silencio.

–Es la primera vez que me pides algo –dijo Sam al cabo de unos segundos.

–Espero que eso signifique que te lo vas a tomar en serio.

–Por supuesto –dijo Sam con impaciencia.

–Estoy en casa de la abuela, Emily y Samantha también están aquí.

–¿Por qué? –preguntó él.

Un deje de preocupación tiñó su voz. Por una vez, parecía más preocupado que exasperado por el hecho de que algo inesperado pudiera interrumpir su rutina.

–¿Está enferma tu abuela?

–No, estamos organizando la boda de Emily –contestó, imaginando que aquella era la explicación menos controvertida que podía ofrecerle–. Como esta semana se celebra el Día del Presidente, he pensado que podrías pasarte por aquí este fin de semana. Aunque solo sea un día.

—No creo que tu hermana quiera que le dé algún consejo sobre su boda.

—Pero a lo mejor quiere compartir sus planes contigo —respondió Gabi—. Podrías comportarte como un padre interesado por sus hijas por una vez en tu vida, ¿no te parece?

Tras una larga pausa, Sam contestó por fin:

—Iré a veros el sábado por la mañana. ¿No quieres nada más?

—Necesito que vengas con la mente abierta —añadió Gabi—. Hay un joven al que me gustaría que conocieras.

—¿Es alguien con quien estás saliendo?

—No, es alguien a quien acabo de conocer.

—No lo comprendo.

—Ya lo comprenderás —le prometió—. Creo que va a recordarte a alguien.

—¿A quién?

—A ti mismo —respondió Gabi suavemente—. Nos vemos el sábado, papá.

Colgó el teléfono antes de que su padre pudiera pensárselo dos veces y retirara su compromiso.

—¿Qué te propones? —preguntó Cora Jane mirándola con atención.

Gabi alzó la mirada hacia ella.

—¿Me has oído?

—Lo suficiente como para saber que has estado hablando con tu padre —confirmó Cora Jane.

—Solo espero que en el fondo, papá tenga el corazón que todas sospechamos que tiene y se muestre dispuesto a ayudar a un chico que lo necesita —contestó.

Cora Jane la miró preocupada.

—Cariño, ¿estás convencida de lo que estás haciendo? ¿Crees que estás preparada para ver a tu padre en este momento?

Gabi sabía lo que le estaba preguntando. Quería saber si Gabi estaba preparada para que su padre se enterara de su embarazo y comenzara a juzgar su actitud.

–No estoy pensando en mí. Ese chico se merece una oportunidad y creo que conozco la manera de conseguirla. La compañía de mi padre ofrece becas para jóvenes con talento. La petición de becas comienza en esta época del año. Normalmente, los chicos que las solicitan son estudiantes del último año de instituto, pero creo que, teniendo en cuenta las circunstancias, puedo convencerlo de que haga una excepción con Jimmy. Mi padre tiene la posibilidad de cambiarle la vida a ese chico.

Cora Jane sacudió la cabeza.

–Siempre has sido muy optimista por lo que se refiere a tu padre. Siempre has sabido ver lo mejor de él, a pesar de lo mucho que se ha esforzado en ocultároslo a todas vosotras.

Gabi se encogió de hombros.

–La verdad es que no estoy segura siquiera de haber podido ver nunca su lado bueno –admitió Gabi–. Pero es tu hijo, abuela, y una persona criada por Cora Jane Castle no puede ser mala del todo.

Cora Jane se echó a reír.

–Creo que me estás concediendo demasiados méritos.

–Supongo que lo veremos el sábado, ¿verdad?

Y, al mismo tiempo, tendría que arriesgarse a que su padre le diera la espalda por el desastre en el que había convertido su vida. Por lo menos, al obligarse a enfrentarse a ello en aquel momento, estaría rodeada de personas que la querían y que no la juzgaban.

Si Sam Castle la repudiaba por haber cometido un error, solo tendría que romper un vínculo que, en realidad, jamás había sido muy estrecho. A lo mejor ya había llegado la hora de averiguar de una vez por todas si de verdad podía forjar una verdadera relación con su padre o si estaba destinada a mantenerse al margen de su vida para siempre.

Capítulo 5

–¿Papá vendrá el sábado? –repitió Emily, escéptica–. ¿Lo llamaste y él te dijo que vendría?
Gabi se encogió de hombros.
–Me dijo que sí. Yo le dije que estabas aquí y que estábamos organizando la boda.
–¿Y con eso bastó para sacarlo de la oficina? No me lo creo –afirmó Emily con vehemencia–. ¿Y qué? ¿Se supone que tengo que pedirle su opinión sobre las flores?
Gabi intercambió una mirada con Samantha y luego se echó a reír.
–Quizá deberías pedirle que te pagara la boda –sugirió–. Al fin y al cabo, es el padre de la novia. Eso sería lo tradicional.
Emily se la quedó mirando boquiabierta.
–¿Crees que debería pedirle a papá que pagara la boda? ¿En serio?
–¿Por qué no? –contestó Samantha–. Hasta ahora ha tenido mucha suerte. Tres hijas y esta es la primera boda con la que se encuentra. Gabi y yo le hemos ahorrado una fortuna.
Una expresión de perverso deleite cruzó por el rostro de Emily.
–Eso le estaría bien, ¿eh? –dijo con un brillo de diversión en los ojos–. Boone y yo pensábamos pagarlo todo

nosotros, pero merecerá la pena ver la cara de papá cuando le entregue las facturas de los vestidos, las flores y el catering. ¿Creéis que sabrá cómo se firma un cheque? Mamá era la que pagaba siempre las facturas.

—¡Para! —la regañó Gabi—. Alguien las ha estado pagando desde que murió mamá. Papá no es un incompetente, solo es un poco despistado.

—Tan despistado que es un milagro que no esté viviendo en la calle, si quieres saber mi opinión —replicó Emily—. Supongo que esa aterradora y eficaz ayudante suya se comprometió bastante tras la muerte de mamá. ¿Cómo se llama? Yo siempre la he llamado «la guardiana del castillo».

—Se llama Miriam y, de hecho, es muy maja —dijo Gabi, pensando que a menudo había sido Miriam, y no su padre, quien había dado la cara por ella en la escuela—. Y probablemente si se comprometió más fue para asegurarse de que la vida de papá siguiera marchando tan bien como antes.

—Yo siempre me pregunté si había algo entre ellos —dijo Samantha.

Gabi frunció el ceño ante aquella sugerencia.

—¿En vida de mamá? Ni hablar. Papá apenas tenía tiempo para su mujer y sus hijas. No le sobraba para otra mujer. Además, Miriam debe de andar por los setenta, así que es al menos diez años mayor que papá.

—Pero papá pasaba muchísimo tiempo en el despacho —replicó Emily.

—¡Basta ya! —exclamó Gabi, impaciente—. Papá tiene sus defectos, pero la infidelidad no es uno de ellos. Estoy tan segura de eso como de que el sol saldrá mañana. Parece que os olvidáis de la moral tan rígida que tiene.

—¡Ah! —dijo Samantha, con expresión repentinamente preocupada—. Te refieres a que él va a ser el único que encuentre intolerable tu situación.

Gabi asintió.

—El único, eso es.
Emily pareció compartir la preocupación de Samantha.
—Gabi, ¿por qué estás forzando tanto las cosas? Samantha me dijo que no estabas dispuesta a pedirle ayuda a papá para conseguir un nuevo empleo porque no querías que supiera lo de tu embarazo. ¿Qué es lo que ha cambiado?
Gabi le explicó la situación de Jimmy Templeton.
—Vi una oportunidad de ayudarle.
A Emily le brillaron los ojos.
—Y una manera de impresionar a Wade —concluyó.
Gabi frunció el ceño ante aquella sugerencia.
—Esto no tiene absolutamente nada que ver con Wade. Él me presentó al chico, eso es todo.
—¿Y casualmente es a él a quien traerás aquí para presentárselo a papá? —preguntó Samantha, sonriendo con expresión burlona.
Gabi soltó una palabrota.
—Necesito llamar a Wade, ¿no? He estado tan ocupada preocupándome por papá que me he olvidado por completo de preparar la visita de Jimmy.
—Fíjate, va a llamar a Wade en vez de llamar directamente a Jimmy —comentó Emily con tono de suficiencia.
—Ya me he fijado.
—Sois insoportables... —masculló Gabi—. Si no fuerais mis hermanas, creo que no querría saber nada de vosotras.
—Cariño, ¿estás segura de que quieres insultar a las dos únicas personas que estarán aquí para protegerte cuando aparezca papá? —le preguntó Emily.
—Un punto para ti —reconoció Gabi de inmediato—. ¿Creéis que debo hacer venir a Jimmy antes o después de que papá aparezca por esa puerta?
—Después, sin duda alguna —dijo Samantha.
—Pero con Jimmy y Wade presentes, puede que no saque el tema de mi embarazo —dijo Gabi, esperanzada.

–Si no lo hace, explotará, y la perspectiva para Jimmy será la de perecer en la pelea –contestó Emily–. Yo también voto por que aparezca después.

Gabi podía entender de lo que estaban diciendo sus hermanas.

–Supongo que papá madrugará y estará aquí para las diez. Sugeriré a Wade y a Jimmy que se pasen a comer sobre las doce y media –decidió.

Emily asintió.

–Una vez que le contemos a papá tu noticia y le entreguemos mis facturas de boda, seguro que tendremos que reanimarle de alguna manera.

Gabi la miró con el ceño fruncido.

–No es gracioso.

Samantha se echó a reír.

–Pero, desgraciadamente, es muy posible que tenga razón.

La perplejidad de Wade iba en aumento mientras Gabi le transmitía por teléfono su invitación a comer y le explicaba las razones que había detrás de la misma.

–¿Estás hablando en serio? ¿Crees que tu padre podría conseguirle una beca a Jimmy? –le preguntó.

–La empresa financia varias becas cada año. Conozco las condiciones. Es cierto que no conozco la situación de Jimmy, pero me parece que sería el candidato perfecto.

–¿La decisión le correspondería a tu padre?

–No, pero su opinión tiene mucho peso.

–Es un riesgo enorme –dijo Wade, incapaz de disimular su preocupación.

–¿Qué quieres decir?

–Si te he entendido correctamente, todavía no has hablado de esto a fondo con tu padre. No tienes idea de cómo va a reaccionar. ¿Y si esto sale mal y al final resulta que le hemos hecho concebir falsas ilusiones a Jimmy?

Gabi tuvo la deferencia de no desechar automáticamente su preocupación.

–Así es como lo veo yo. Ahora mismo, Jimmy tiene cero posibilidades de conseguir su sueño. La beca podría cambiar eso. ¿No merecería la pena al menos intentarlo? Al final, si no lo eligen, su situación tampoco empeorará, pero si lo eligen, conseguirá todo lo que quiere.

–Bueno, lo que está claro es que la decisión no depende de mí –dijo Wade–. Como tú misma has dicho, esta podría ser la oportunidad de su vida. Sabía que se te ocurriría algo así cuando te lo presenté el otro día. Prácticamente podía ver girar los engranajes de tu cerebro.

–No quería decir nada hasta saber si podría conseguir al menos que viniera mi padre. No está siempre disponible.

Wade detectó la tristeza de su voz y supuso que no se estaba refiriendo solamente a una apretada agenda de trabajo.

–He oído decir que no tiene la mejor relación del mundo contigo y con tus hermanas –admitió–. Boone me lo comentó.

Gabi suspiró.

–Y tiene toda la razón. Me he esforzado todo lo posible por cambiar eso, pero incluso yo tengo mis límites. Esta va a ser una interesante visita para mí también.

–¿Por qué?

–No sabe lo del bebé –le dijo.

–¡Santo Dios! –masculló Wade y le preguntó–: ¿No te parece que vas a someterlo a una presión excesiva antes de pedirle un favor?

Gabi se quedó inusualmente callada durante un rato bien largo. Finalmente admitió:

–Para serte sincera, creo que esto es una especie de prueba para ver si es capaz de comprometerse verdaderamente como padre.

–Es una prueba muy seria, sobre todo para alguien que hasta ahora ha estado tan poco implicado en tu vida.

—Estoy pensando en una especie de lavado de cerebro. Emily también le va a pasar las facturas de su boda, para que se las pague.

Wade estaba empezando a ver todo aquel asunto de la invitación a comer como un desastre seguro. Entendía la desesperada necesidad de Gabi por aclarar si podía contar o no con su padre, pero no creía que Jimmy necesitara verse involucrado en lo que probablemente iba a convertirse en un drama.

—Gabi, entiendo lo que estás intentando hacer por Jimmy y por ti misma. Pero no estoy seguro de que hayas tenido en cuenta lo mucho que pueden empeorar las cosas. ¿Realmente quieres poner a un adolescente al que apenas conoces en medio de una situación así? Podríamos estar exigiéndole demasiado.

Gabi vaciló un instante y después dijo:

—Supongo que no he pensado en lo que podría suceder si mi padre no reacciona bien.

—¿No te parece que sería mejor que te lo pensaras bien?

—Sabía que era mejor llamarte antes, en vez de hablar directamente con Jimmy. Eres tan condenadamente tranquilo y razonable….

—No estoy seguro, pero, de alguna manera, eso no me ha sonado a cumplido –repuso–. ¿Qué te parece esto? Avisaré antes a Jimmy, me aseguraré de que esté disponible. Luego me pasaré por tu casa sobre las doce y decidiremos si tiene sentido o no que se reúna con nosotros. ¿Te parece? –no le explicitó que él se quedaría para apoyarla si las cosas no salían bien y Gabi necesitaba un hombro sobre el que llorar.

—Ese es un plan mucho mejor –reconoció Gabi, aunque con un tono algo malhumorado.

Wade sonrió.

—De acuerdo, entonces. Te veré mañana. Y... ¿Gabi?

—Sí.

—Espero de verdad que tu padre se comprometa tal y

como tú quieres que haga. Y no solo por el bien de Jimmy, sino por el tuyo.
—Gracias.
Mientras colgaba, lo único que lamentaba Wade era el no poder estar presente cuando Sam Castle entrara por la puerta y descubriera que su hija estaba embarazada. De la manera en que encajara esa noticia dependía todo lo que sucediera a partir de aquel momento.

Gabi entró en la habitación de Samantha el sábado por la mañana luciendo el vestido que su hermana le había comprado para su cita con Wade. Se miró en el espejo y luego se volvió hacia su hermana.
—¿Qué tal? ¿Se nota que estoy embarazada?
—Cariño, estás de… ¿cuánto? ¿Unos cinco meses? ¡Claro que se te nota!
—Pero papá no suele fijarse tanto en nosotras. Puede que no se dé cuenta –dijo esperanzada.
—Confía en mí, incluso papá se dará cuenta –insistió Samantha.
—A lo mejor debería cambiarme.
Samantha negó con la cabeza.
—No puedes esconderlo bajo una camisa ancha. Puede que papá sea muy despistado, pero se dará cuenta de que estás embarazada. Al fin y al cabo, se trata de eso, ¿no?
—Sí, pero supongo que me gustaría tener la oportunidad de comunicarle la noticia en lugar de hacerle enfrentarse a ella en cuanto entre por la puerta.
—Entonces deberías haberle llamado en cuanto lo descubriste, o cuando te despidieron –le dijo Samantha. Se acercó a su hermana y le dio un abrazo–. Suceda lo que suceda, todo saldrá bien. Nos tienes a Emily, a la abuela y a mí de tu lado. Y Wade también estará aquí.
—No al principio –dijo Gabi, arrepintiéndose casi de no haberle pedido que se pasara antes. Wade tenía una impre-

sionante habilidad para hacer que se sintiera segura. Era algo que en algunas ocasiones encontraba irritante, pero que le resultaba reconfortante la mayoría de las veces.

De repente se le ocurrió algo horrible.

—¡Oh, no! ¿Y si papá ve a Wade y piensa que él es el padre? ¿En qué he estado pensando? Es capaz de darle un puñetazo en la nariz.

La risa apenas controlada de Samantha estalló en una sonora carcajada.

—Ya sé que en realidad no tiene gracia, pero... ¿te imaginas a papá pegando a alguien?

Gabi se rio, efectivamente, incapaz de imaginárselo.

—Bueno, esto podría sacarle de quicio. ¿Quién sabe? Nunca le hemos puesto una prueba tan dura. Me pregunto si será consciente de lo afortunado que ha sido durante todos estos años. Ninguna de nosotras se ha metido nunca en ningún problema serio.

—Algo me dice que si papá pierde los estribos, Wade podrá manejar la situación —la tranquilizó Samantha—. Está enamorado de ti. Y haría lo que fuera por ti en el caso de que fuera necesario.

—Wade no está enamorado de mí —protestó Gabi—. Ya hemos hablado de ello. Solo somos amigos.

Samantha puso los ojos en blanco.

—Si así te quedas más tranquila, muy bien, pero yo sé lo que sé. Y Emily también. Y la abuela.

A Gabi volvió a darle un vuelco el estómago.

—Por favor, no me pongas más nerviosa de lo que ya estoy, ¿de acuerdo?

El sonido de un coche entrando en el sendero de grava la dejó paralizada.

—¿Papá? —susurró, tragando saliva.

Samantha se asomó a la ventana.

—Respira —le aconsejó—. Es Emily. Bajemos y preparémonos para presentar un frente unido para cuando llegue papá.

Media hora después, cuando Sam Castle entró por la puerta de la cocina, Emily se puso deliberadamente delante de Gaby.

–¡Hola, papá! Gracias por venir –se acercó y le dio un beso en la mejilla, arrancándole una expresión de sorpresa.

–¿Cómo no iba a venir? Gabi me dijo que estabas haciendo los planes de boda.

–Así es –confirmó radiante.

–¿Te apetece un café, papá? –preguntó Samantha mientras lo besaba también en la mejilla.

Su padre la miró con desconfianza, pero asintió.

–¿Está por aquí vuestra abuela?

–Llegará dentro de unos minutos –contestó Samantha–. Ha tenido que lidiar con un problema en el restaurante, pero ha llamado hace un rato para decir que estaba en camino.

Sam aceptó la taza de café que Samantha le puso entre las manos y estaba a punto de sentarse ante la mesa de la cocina cuando vio a Gabi, que se había quedado de pie detrás de una silla.

–¿Gabriella? –dijo con evidente asombro. Miró a sus otras dos hijas y volvió a mirar a Gabi–. ¿Vas a tener un bebé?

Gabi dejó de esconderse detrás de la silla.

–Sí –dijo con tono alegre, aunque resultaba obvio el nerviosismo que latía detrás de su confesión.

Sam parpadeó varias veces y se sentó.

–¿Tú... tú estás...? ¿De quién...?

Gabi se esforzó todo lo posible por sostenerle la mirada.

–De casi cinco meses. No estoy casada. No voy a casarme. El padre no figura en la foto. De hecho, ayer mismo firmó los papeles renunciando a sus derechos de paternidad.

–¿Qué diablos...? –estalló Sam–. ¿Es que ese hombre

está loco? ¿Qué clase de cobarde renuncia a su hijo y a la madre de su hijo?

—Yo misma le pedí que renunciara, papá —le aclaró Gabi—. Cualquier otra solución habría sido un desastre. Él no quería al bebé. Ni me quería a mí.

Sam frunció el ceño al oírla.

—Pero Gabriella, ese hombre tiene responsabilidades...

—Ya me encargaré yo de las mías —le aseguró.

—¿Qué hay de tu trabajo? ¿Cómo conciliarás un puesto tan exigente como el tuyo con el hecho de ser madre soltera?

Gabi le miró con tristeza.

—Eso ya no va a ser un problema. Tampoco tengo trabajo.

Sam estaba empezando a palidecer, como si se estuviera mareando.

—¡También has renunciado a tu trabajo! ¿En qué estabas pensando?

—No ha renunciado, papá —le explicó Emily—. Hicieron imposible que se quedara.

—¿Y eso cuando ocurrió?

—Hace un par de semanas —admitió Gabi.

Al oír aquello, el color volvió a su rostro, aunque aquella vez con un tono preocupantemente intenso.

—¿Por qué no me llamaste? —exigió indignado—. Habría podido hacer algunas llamadas, habría intentado solucionar ese desastre.

—No habría servido de nada —repuso ella.

—¿Estás buscando otro empleo? ¿Por eso me llamaste? ¿Necesitas ayuda? —las preguntas se sucedían mientras se esforzaba por entender lo que estaba pasando.

Gabi negó con la cabeza.

—No, papá. En realidad, te llamé para pedirte que ayudaras a otra persona.

Sam se recostó en su silla con expresión perpleja.

—Sinceramente, no sé qué decir. Si tu madre estuviera aquí, seguro que sabría qué hacer.

Emily le miró con dureza.

–Así funcionaron siempre las cosas, ¿verdad? Nosotras éramos el problema de mamá. Tú tenías mejores cosas que hacer.

–Eso no es justo, Em –terció Samantha, apresurándose en salir en defensa de su padre.

Gabi podía ver que la situación se estaba deteriorando por momentos.

–Bueno, este no es el momento para hablar de eso –miró a su padre–. Lamento todo esto, papá. Este bebé no es un problema para nadie. Es una bendición.

–Amén –dijo Cora Jane, cerrando la pantalla de rejilla de un portazo. Había entrado justo a tiempo de oír el final de la conversación–. Sam Castle, estamos hablando de tu primer nieto. Y ahora espero que estés a la altura de las circunstancias y le des a tu hija la clase de apoyo que tiene derecho a esperar de ti como padre.

Sam miró a Cora con expresión estupefacta.

–Yo no la estoy juzgando, ni por un momento. Si tuviera que juzgar a alguien, sería al hijo de su madre que la ha puesto en esta situación –tomó aire y se volvió hacia Gabi–. ¿Qué puedo hacer para ayudar?

Gabi parpadeó para contener las lágrimas ante la sinceridad que percibía detrás de aquella pregunta.

–¿Estás hablando en serio? ¿No estás enfadado conmigo?

Aunque parecía visiblemente incómodo, Sam abrió los brazos.

–En absoluto, cariño. En absoluto –aseguró mientras Gabi se arrojaba a sus brazos–. Puede que no lo hayamos parecido durante estos últimos años, pero somos una familia. Haré todo lo que pueda por ti, estoy dispuesto a hacer todo lo que necesites.

Gabi se descubrió sollozando en los brazos de su padre mientras sus hermanas los miraban inequívocamente impresionadas.

–Bueno, esto está mucho mejor –dijo finalmente Cora Jane–. Cariño, ¿por qué no vas a lavarte la cara? Imagino que Wade llegará dentro de poco con ese jovencito al que querías que conociera tu padre.

Gabi sintió que su padre se tensaba.

–¿Wade? ¿No será él...? –inquirió Sam.

–No, claro que no –se apresuró a asegurarle Gabi–. Wade es un amigo que me ha estado ayudando muchísimo desde que llegué aquí la semana pasada. Él me presentó a Jimmy, un adolescente al que quiero que te plantees ayudar. Pero Jimmy todavía no vendrá. Queríamos tranquilizar un poco la situación antes de que apareciera.

–De acuerdo, entonces –dijo Sam, relajándose visiblemente. Le palmeó la mejilla–. ¿Por qué no haces lo que ha sugerido tu abuela? Tengo que preguntarle a Emily de qué manera puedo ayudarla con la boda. He traído la chequera.

Emily lo miró boquiabierta y se volvió rápidamente hacia Samantha.

–¿Se lo has dicho tú?

–Yo no –contestó Samantha.

–Ni yo –intervino Gabi.

Cora Jane se encogió de hombros con expresión tímida.

–Es posible que yo le haya recordado que los padres suelen pagar las bodas de sus hijas.

–Y menos mal que lo ha hecho –dijo Sam–. De lo contrario, imagino que habría sido un error más que añadir a mi larga lista en mi relación con vosotras, chicas. Sé que en alguna parte tenéis un libro de contabilidad con todos vuestros agravios. Y también sé que es probable que me haya trabajado a pulso hasta el último de ellos. Quizá por fin pueda empezar a hacer algunas cosas bien.

Emily se acercó para darle un golpecito en el brazo, mirándolo desconfiada.

–¿Quién eres tú y qué es lo que has hecho con nuestro padre?

Por primera vez desde la llegada de Sam, la tensión de la habitación pareció disiparse. La carcajada que soltó no fue forzada. De hecho, por un luminoso momento, Gabi miró a su alrededor y pensó que quizá, solo quizá, iban a convertirse en una verdadera familia, con el padre cariñoso y comprometido que siempre habían soñado tener.

Cora Jane miró a su alrededor con gesto satisfecho. La jornada había ido mucho mejor de lo que había creído posible cuando se había enterado de que Gabi había presionado a su padre para que fuera a casa a pasar el día. Por supuesto, se había encargado de llamar a Sam para advertirle de que había llegado el momento de comprometerse y ser justo. No le había mencionado el embarazo de Gabi, solo le había comentado aquel pequeño rumor sobre los gastos de boda y, por último, le había aconsejado que se presentara con la mente y el corazón bien abiertos.

—Necesitas escuchar lo que te dicen por una vez y no ponerte a juzgarlas nada más llegar —le había dicho.

Naturalmente, él había reaccionado con su habitual impaciencia.

—Mamá, ¿qué es lo que me estás ocultando? —le había espetado—. No tengo tiempo para juegos de palabras ni insinuaciones.

Cora Jane no le había lanzado muchos ultimátum a su hijo, y menos aún de adulto, pero aquella vez lo hizo.

—Escúchame, hijo mío. Vas a tener que sacar tiempo para tus hijas. Esas niñas perdieron a su madre muy pronto. Yo he hecho todo lo posible por ellas, pero eso no puede compensar lo que tú has dejado de hacer. Necesitan a su padre en sus vidas y tú vas a estar precisamente ahí, ¿entendido?

—¡Yo ya estoy en sus vidas! —había protestado él.

—¿Ah, sí? ¿Cuándo fue la última vez que las viste? El día de Navidad, si no estoy equivocada. ¿Cuándo fue la última vez que las llamaste? Nunca, imagino.

De alguna forma, se las había arreglado para salirse con la suya. O al menos eso era lo que parecía, pensó mientras veía a su hijo sentado en el cuarto de estar de su casa escuchando la alegre cháchara de Emily sobre sus planes de boda, mientras esperaban la vuelta de Wade con Jimmy.

Cora Jane casi detestaba interrumpirla, pero pensó que Sam necesitaba saber algo más sobre Jimmy antes de que llegara.

–Gabi, ¿por qué no le explicas a tu padre lo de Jimmy?

Gabi aprovechó gustosa la oportunidad y le hizo un resumen de su conversación con él, de lo que sabía de su situación y de su convicción de que era la clase de joven que trabajaría duramente para conseguir grandes cosas si le daban la oportunidad.

–¿Y todo eso lo viste en una conversación? –preguntó Sam con escepticismo.

Gabi asintió.

–Tú también lo verás, papá. Es un chico que se esfuerza. Ya te he dicho antes que me recordó mucho a ti. No busca disculpas. Hace lo que se espera de él y lo hace bien.

Sam asintió.

–Supongo que ya le habrás hecho todo el papeleo.

Gabi negó con la cabeza.

–No, pero sí que imprimí la solicitud –se la tendió–. A ver qué piensas después de haber hablado con él. Si estás de acuerdo en que merece una oportunidad, podrás entregarle la solicitud e intervenir a su favor ante las personas que tengan que hacer la selección final.

Sam se volvió hacia Cora Jane.

–¿Estás tú de acuerdo con las intuiciones que tiene sobre este chico?

Cora Jane se apresuró a asentir.

–Sí. Solo he oído cosas buenas sobre lo mucho que está trabajando para ayudar a su familia.

–De acuerdo, entonces. Lo entrevistaré –le dirigió a Gabi una mirada pensativa–. En cuanto a ese amigo tuyo, Wade... ¿También tengo que examinarlo con lupa cuando venga?

Gabi se ruborizó.

–Ni te atrevas. Somos amigos, nada más. Estoy embarazada, ¿recuerdas?

Sam esbozó una mueca.

–No es probable que vaya a olvidarlo.

Cora Jane suspiró satisfecha al ver el rubor que tiñó las mejillas de Gabi ante la mención de Wade. Sí. A pesar, o quizá precisamente por la apresurada negativa de Gabi, pensó que las señales eran excelentes, que aquel día se había convertido en un principio muy prometedor.

Capítulo 6

—¿Por qué quiere Gabi presentarme a su padre? —preguntó Jimmy—. Es un poco raro. Yo no la conozco tanto —lanzó a Wade una pícara sonrisa—. A no ser que piense que soy más guapo que tú y quiera salir conmigo. A lo mejor necesita su permiso.

Wade frunció el ceño ante el descaro del joven.

—No me hace la menor gracia, chico.

Jimmy ensanchó más su sonrisa, pero al final, preguntó:

—Pero tú sabes de qué va todo esto, ¿verdad? ¿Por qué no me lo dices?

—Porque fue idea de Gabi, ella te lo contará —le explicó Wade con tono paciente—. Y ya puedes dejar de especular y de fastidiarme, porque ya hemos llegado.

Aparcó en el camino de la entrada, que estaba ya abarrotado de coches. En seguida descubrió aliviado a Boone bajando del suyo, justo delante de él.

—¡Hola, Wade! —dijo Boone, acercándose para estrecharle la mano—. Jimmy, ¿qué tal estás?

—Bien, señor Dorsett —miró todos los coches y preguntó—: ¿Han organizado una fiesta o algo parecido?

Wade sonrió.

—Jimmy piensa que es el único al que han dejado al margen de lo que está pasando aquí.

Boone palmeó el hombro del joven.

–No estás solo, amigo. A mí tampoco me han dicho nada. Emily me ha llamado hace media hora para pedirme que apareciera. He llegado en cuanto he dejado a B.J. en el campo de fútbol.

A Wade se le hizo un nudo en el estómago a oír las palabras de Boone.

–¿Fútbol? ¿El mismo equipo en el que está mi sobrino Bryce?

–Eso creo, sí –respondió Boone–. ¡Oh! ¿Se supone que deberías estar allí? B.J. me ha dado permiso para saltarme el partido. Ese chico haría cualquier cosa por Emily. Además, como la mayor parte del tiempo estamos en Los Ángeles, habría sido injusto que le dejara sin jugar.

Wade lo escuchaba a medias mientras se sacaba el móvil del bolsillo y tecleaba el número de su hermana a toda velocidad.

–Esto pinta mal –le dijo a Boone mientras esperaba a que contestara su hermana–. Me esperaban allí. Será mejor que os adelantéis vosotros. Dile a Gabi que iré en cuanto termine con esto. Tengo que arreglar un asunto.

–¿Dónde diablos estás? –gruñó Louise al teléfono antes de que él pudiera pronunciar una sola palabra–. Chelsea, bájate de ahí ahora mismo. ¡Peter, agarra a tu hermana!

Wade esbozó una mueca.

–¿Estás en el partido de Bryce?

–Sí, y tú no. ¿No me habías prometido que estarías aquí para cuidar a los niños? A mi marido, muy oportunamente, le ha salido una operación de emergencia de apendicitis. Ahora mismo, me cambiaría gustosa por él.

–Seguro que el paciente estaría encantado –dijo Wade–. Y tú podrías denunciarte a ti misma por malas prácticas.

–Que te zurzan –replicó–. ¿Cuánto tardarás en llegar?

–Lo siento. No puedo, tengo un compromiso. Y te recuerdo que no me comprometí a ir. Pero tú diste por sentado que lo haría.

Un silencio acogió su comentario. Un silencio únicamente interrumpido por el lloriqueo de Jason.
–Pero tú no me dijiste que tenías un compromiso –contestó Louise al fin.
–Me temo que lo tengo. Me ha surgido algo.
–¿Algo más importante que ayudar a tu hermana y salvar a tus sobrinos y sobrinas de una catástrofe segura?
Wade se echó a reír, a pesar de que sabía que aquel era un terreno delicado.
–Ahora te estás poniendo dramática. Los niños no corren ningún peligro contigo. A ti simplemente te gusta tener a alguien al lado que no te juzgue cuando hablas de ellos como si fueran pequeños monstruos. Cosa que no son, por cierto.
Louise respiró profundamente.
–Será mejor que tengas una muy, muy buena excusa.
–Una cita –contestó.
Era consciente de que estaba tirando piedras contra su propio tejado, pero era la única excusa que podía satisfacer a su hermana.
–Detalles –le ordenó, evidentemente intrigada.
–No pienso dártelos –respondió–. Además, necesitas vigilar a esos críos que, según tú, están desbocados. Ya te llamaré después.
–Sí, lo harás –dijo con tono rotundo–. Si no lo haces, pienso ir a por ti.
–Te quiero. Hasta luego.
–Si me abandonas otra vez, te retiraré tus prerrogativas de tío –le amenazó–. Quiero verte mañana en mi casa para la comida del domingo. A la una.
–Allí estaré –le prometió, y soltó un suspiro.
Estaba seguro de que el asado iría acompañado de un montón de preguntas incómodas.

Gabi no pudo evitarlo. Como había dejado a Jimmy

respondiendo a las preguntas de su padre, y su abuela, sus hermanas y Boone estaban ocupándose de la comida, se acercó a la puerta para espiar a Wade, que seguía hablando por teléfono. No pretendía escuchar la conversación, pero la sombría expresión de su rostro la preocupaba.

–¿Problemas? –preguntó, saliendo al porche.

Vio que acababa de apagar el móvil y se lo estaba guardando en el bolsillo.

Wade se acercó a ella y le dio un beso en la mejilla. Fue un beso perfectamente natural, fraternal incluso, pero lo sintió como una descarga eléctrica. La reacción fue tan sorprendente que apenas oyó lo que la estaba diciendo.

–¿Qué? –preguntó, ahuyentando aquel desconcertante momento.

–Mi sobrino tenía un partido de fútbol –explicó Wade con paciencia–. Yo suelo ir a sus partidos. Pero me había olvidado de este hasta que Boone ha mencionado que había dejado a B.J. en el campo.

Las mariposas que le bailaban en el estómago se habían convertido ya en pájaros alborotados. Y grandes.

–¡Vaya! ¿Y tienes que ir?

Wade le apretó la mano.

–No. Lou ya me ha hecho sentirme culpable. Y mañana me lanzará más pullas. La historia de siempre. Ya estoy acostumbrado. Tirar de la cadena a la que me tiene atado es una de sus aficiones favoritas. Además, está empezando a dar por garantizada mi presencia en este tipo de cosas. Es una mala costumbre para los dos.

Gabi frunció el ceño.

–¿Haces esto a menudo? ¿Saltarte tus compromisos, quiero decir?

–En absoluto –respondió, claramente indignado–. Se trata precisamente de lo contrario. Me paso por su casa casi todas las tardes para ayudarla cuando vuelve del trabajo. Hasta el más abnegado tío se merece un descanso de vez en cuando. Mi error de hoy ha sido no avisarla. Habitualmente su marido va a los partidos, pero es médico y le ha surgido una urgencia. Como no puede gritarle a él, he sido yo el que se ha llevado el sermón del mes.

Gabi se había quedado más tranquila.

–Pero es bueno que pueda contar contigo –dijo, preguntándose si ella también podría contar con él si se decidía a conservar el bebé.

Estaba muy bien que su abuela y sus hermanas le hubieran prometido ayuda, pero Emily estaba en Los Ángeles, Samantha en Nueva York y su abuela allí, en Sand Castle Bay. Obviamente no iban a hacer de niñeras cuando ella retomara su vida en Raleigh y tuviera un nuevo trabajo. Un trabajo bien remunerado, se recordó. Para así poder contratar a alguien o pagar la mejor guardería de la ciudad, en todo caso, decidió con un suspiro de alivio.

Wade la miró con curiosidad.

–¿Dónde estabas?

–Resolviendo mentalmente un problema. Lo siento.

–¿Te importa compartirlo?

–No hay necesidad. Solo estaba pensando que Louise tiene mucha suerte al tenerte cerca.

–Siempre estaré a su lado para ayudarla –dijo Wade–. Me encantan sus hijos. Pero te seré sincero. Cuando nació Jason, cerca de un año después de la fecha en la que habría debido nacer el mío, me costó aceptarlo. Louise ya tenía cuatro niños fantásticos y yo había perdido al mío y la única oportunidad de tener uno. Lo sentía como injusto. Tardé un tiempo en aceptar que la vida no es siempre justa y que la culpa no era del bebé, ni de Louise. Todavía me arrepiento de la temporada que pasé alejado de ellos.

A Gabi le gustó que tuviera un defecto. Un defecto del que además era consciente. Hasta entonces, Wade le había parecido demasiado buena persona como para ser verdad; tan superior a Paul en todos los aspectos que le hacía parecer excesivamente atractivo.

–A mí me parece que tu comportamiento fue simplemente humano –le dijo–. Todos nos resentimos de vez en cuando. Al menos tú te diste cuenta de que estabas siendo poco razonable y te reconciliaste con ellos.

Wade señaló la casa con un gesto.

–Hablando de dinámicas familiares, ¿qué tal va la cosa por ahí dentro?

–Sorprendentemente bien –admitió ella–. A mi padre no le ha dado un ataque cuando se ha enterado de que estaba embarazada. De hecho, se ha ofrecido a pagar los gastos de la boda de Emily, aunque la sugerencia fue cosa de mi abuela. Y se ha mostrado muy dispuesto a hablar con Jimmy. Yo me he quedado unos minutos con ellos y ya he visto que en cuanto Jimmy se ha enterado de que mi padre trabajaba en el campo de la biomedicina, ha empezado a freírlo a preguntas.

Wade sacudió la cabeza.

–¿No te admira ese chico cada vez que abre la boca? Es un fuera de serie.

–Papá está impresionado. Hace unos minutos estaban hablando del artículo de una revista que Jimmy decía que había leído en Internet. No tengo la menor duda de que papá hará todo cuanto esté en su poder para que Jimmy consiga una beca. De hecho, ojalá hubiera puesto la mitad de ese mismo interés en mi carrera.

Wade frunció el ceño.

–¿No lo hizo?

–No con la suficiente intensidad, pese a que yo me desvivía por impresionarlo, por seguir sus pasos. No como gurú de la biomedicina, sino como trabajadora de la industria biomédica. No me hizo el menor caso. Ni siquiera me ayudó a conseguir un empleo en su empresa después de mi graduación, pese a que estaba más que cualificada.

–¿Y por qué? –preguntó Wade.

–Me dijo que habría sido una situación violenta, que se habría percibido como nepotismo por su parte.

–Eso debió de dolerte.

—Así es —admitió—. Pero ahora ya lo tengo asumido. ¿Y si me hubiera despedido por haberme quedado embarazada? ¿Te imaginas?

—¿Crees que lo habría hecho?

—No tengo la menor duda —respondió al instante, pero después titubeó—. Aunque no reaccionó de la manera que yo había imaginado cuando le dije que había perdido mi empleo. Casi pareció ponerse de mi lado.

—Suena como si el gen del padre se hubiera activado —dijo Wade.

Gabi sonrió.

—Es exactamente eso. No ha sido en absoluto como yo me había esperado, dado nuestro historial.

—¿Y ahora qué va a pasar? —preguntó Wade.

—La comida se servirá en cualquier momento —contestó Gabi.

Wade sonrió.

—Me refería a ti. ¿Qué planes tienes?

Gabi suspiró.

—No tengo ninguno. Para serte sincera, no tengo ni idea de cuál va a ser mi siguiente paso.

—Imaginaba que ibas a decir eso —confesó Wade.

—¿Por qué?

—Porque toda esta atención puesta sobre Jimmy era claramente una manera de evitar enfrentarte con tu propia situación.

Gabi estuvo a punto de discutírselo, pero de repente se dio cuenta de que no podía.

—Probablemente tengas razón. Vi una oportunidad de ayudar a alguien que realmente se lo merecía. Era una situación que pensé que era capaz de controlar, mientras que la mía... —se encogió de hombros—, no tanto.

—¿Y te preocupa poder controlar tu vida?

—Por supuesto. ¿Qué me dices de ti? ¿No te gusta saber a dónde te diriges, o lo que necesitas hacer para llegar hasta allí?

–En realidad, no. Tiendo a tomarme las cosas con tranquilidad, sobre todo durante el último par de años. Mi vida me dio un golpe que me enseñó lo que realmente importa. También descubrí de la peor manera posible el poco control que tenemos sobre todas esas cosas.

Gabi se dedicó a estudiarlo, perpleja, preguntándose cómo podría vivir con aquel grado de incertidumbre en su vida.

–¿Pero qué es lo que ambicionas?

Wade se echó a reír.

–Supongo que no ambiciono nada, no de la manera a la que tú te refieres. No tengo grandes ambiciones. Lo que ahora tengo son cosas que realmente quiero hacer y una forma de vida que me permite hacerlas.

Aquel era un concepto tan relajado de la vida que a Gabi le resultaba completamente ajeno.

–No entiendo.

–Porque tú siempre has tenido un plan –se burló, pero se apresuró a añadir–: Lo cual no tiene por qué ser malo.

–Pero tú lo dices como si lo fuera –lo acusó–. Para mí es importante estructurar, organizar las cosas. Estas dos últimas semanas desde que dejé el trabajo, mi falta de organización, de concentración, ha estado a punto de volverme loca. Y como no sé qué hacer conmigo misma, pues no hago nada.

–Quizá sea eso lo que necesites hacer ahora mismo –dijo.

–¿Nada?

–Exactamente. A veces la mejor manera de escuchar lo que está ocurriendo dentro de ti es quedarte muy quieta y callada.

–Pues entonces yo soy muy distinta –dijo, frustrada–. Tengo un millón de voces gritándome que me mantenga ocupada, y hasta el momento ninguna de ellas me ha dicho qué es lo que debería estar haciendo. Necesito identificar algo en medio de todo ese ruido y trazarme un plan. Debería estar elaborando un currículum, haciendo listas de empresas a las que debería presentarlo, empezar a trabajar en red otra vez.

–Si sabes todo eso, ¿por qué no lo estás haciendo?

–No lo sé –admitió–. Supongo que no estoy lista. O tengo miedo de que todos tengan la misma reacción a mi embarazo.

–O que quizá hayas dejado de querer lo que querías antes –sugirió Wade con tono quedo.

Gabi frunció el ceño, genuinamente estupefacta ante la sugerencia.

–¿Qué?

Él sonrió.

–Un pensamiento escalofriante después de haberlo planificado todo durante tantos años, ¿verdad?

–Por supuesto que sigo queriendo eso –insistió, aunque no cabía duda alguna sobre el tono defensivo que había adoptado su voz. Lo reconoció como una evidente señal de que no estaba tan segura de sí misma como deseaba estarlo.

–¿Entonces por qué no has impreso esos currículos ni hecho esas llamadas?

–He estado…

–¿Ocupada? No es eso lo que has dicho antes.

Lo miró ceñuda.

–¿Quién necesita un psicólogo cuando tú andas cerca?

Él se echó a reír.

–Solo te estaba sugiriendo algunas cosas a tener en cuenta. No te conozco tan bien. Quizá esté completamente equivocado.

–Lo estás –le dijo ella, rotunda–. De hecho, lo primero que haré mañana será trazarme un nuevo plan –asintió con gesto satisfecho–. Ya está. Tengo un objetivo asequible y un calendario por fijar.

–Me alegro por ti. Bueno, creo que deberíamos entrar para ver cómo van las cosas entre Jimmy y tu padre.

–Sí, claro –dijo ella con tono algo contrariado.

Wade la detuvo antes de que llegaran a entrar.

—No hay razón para enfadarse, ¿de acuerdo? Ya resolverás todo esto.
—Por supuesto que sí —replicó con una confianza que estaba lejos de sentir. Lo resolvería, porque el bebé estaba en camino y no le quedaba otro remedio.

Mientras la gente iba desfilando por la cocina de Cora Jane para llenar sus platos, Wade se apartó a un lado con Jimmy.
—¿Qué tal? ¿Estás disfrutando?
A Jimmy se le encendían los ojos.
—Esto es absolutamente impresionante. ¿Sabes quién es Sam Castle? Es un icono del campo de la biomedicina. Como Bill Gates o Steve Jobs en ese mundo. ¿Y a que no adivinas qué es lo que me ha dicho?
—¿Qué? —le preguntó Wade, aunque tenía una idea bastante exacta.
—Su empresa ofrece becas para estudiantes de ciencias que destaquen. Aunque yo me gradué en junio, él está seguro de que podría aspirar a una.
—Eso sería increíble —dijo Wade—. ¿Es eso lo que quieres? ¿Ir a la universidad y estudiar para trabajar en ese campo?
—Sí, más que cualquier otra cosa —admitió Jimmy—. Solo que nunca imaginé que eso podría suceder. Incluso antes del accidente de mi padre, sabía que no nos llegaba el dinero para ir a una universidad buena. Un campus menor, quizá, pero eso no es suficiente para conseguir un trabajo realmente importante en ese campo.

Wade no pudo evitar preguntarse cómo se las arreglarían los Templeton si Jimmy dejaba de contribuir con los escasos ingresos que aportaba. Como si el joven le hubiera leído el pensamiento, su expresión se apagó y masculló una maldición.

—No puedo ir, ¿verdad? —dijo con la decepción dibujándose en el rostro–. ¿Ni siquiera si gano la beca? Mi familia necesita el dinero que traigo a casa cada semana.

–Si consigues la beca, irás a la universidad –dijo Wade con determinación.

–Pero mis padres cuentan conmigo –protestó Jimmy alicaído–. No puedo fallarles.

–Estoy seguro de que tendrás maneras de ayudarlos. Quizá un empleo a jornada parcial –dijo Wade.

–No si necesito sacar buenas notas para no perder la beca –objetó Jimmy.

Evidentemente Sam Castle lo había oído, porque se acercó y le puso a Jimmy una mano en el hombro.

–No te preocupes por tus padres –le tranquilizó–. Ya se nos ocurrirá algo. El hecho de que sean tu máxima prioridad me confirma todavía más que eres la persona adecuada para una de esas becas.

–Eso es verdad –dijo Cora Jane, reuniéndose con ellos–. Cuando un joven demuestra ese sentido de la responsabilidad hacia su familia, eso tiene que ser recompensado. Que ni se te pase por la cabeza dejar de aprovechar esta oportunidad. Todos trabajaremos juntos para estar seguros de que tu familia tiene todo lo que necesita.

–Caridad no van a aceptar –advirtió Jimmy, como si no se atreviera a esperar del todo que pudiera haber una solución–. Mi padre no lo permitiría.

–Nosotros nos encargaremos de que no lo sientan como tal –le dijo Cora Jane. De repente su expresión se iluminó–. Lo único que le impide a tu padre volver a trabajar a tiempo completo es la lesión, ¿verdad? Y tampoco puede hacer toda la rehabilitación que necesita, ¿no?

Jimmy asintió.

–Creo que conozco a la persona que puede ayudarlo con eso –dijo ella.

–¿Ethan? –sugirió Boone, que la había estado escuchando.

Cora Jane asintió.

–Exacto.

Los ojos de Jimmy se iluminaron.

–¿Creéis que el doctor Cole podría ayudarle a encontrar alguna manera de hacer esa rehabilitación?

–No tengo la menor duda –dijo Cora Jane–. Lo primero que haré el lunes por la mañana será hablar con él –palmeó la mano de Jimmy–. Y tú no te preocupes. Él conseguirá que tu papá pueda pagar lo que buenamente pueda y cuando pueda. Lo importante es que se recupere para volver a trabajar.

Wade la miró asombrado.

–¿Eres una especie de ángel, Cora Jane?

Ella se rio al escuchar aquello.

–Para nada.

–¿Estás segura? A mí me parece que hoy te has presentado con dos milagros bajo el brazo –miró a Gabi y a sus hermanas, que se habían reunido con su padre a la mesa y estaban hablando, todos a la vez, de los planes de boda. San Castle parecía sorprendentemente contento pese al probable gasto de sus extravagantes ideas.

–A veces la mejor manera de conseguir lo que quieres en la vida es, sencillamente, pedirlo –dijo Cora Jane, siguiendo la dirección de su mirada–. Quizá haya llegado la hora de que empieces a pedir unas cuantas cosas que te gustaría a ti tener.

Wade sacudió la cabeza. Gabi no estaba ni remotamente preparada para escuchar lo que él quería de ella. Primero necesitaba averiguar quién era, sin que la definiera su trabajo. No sabía cuánto tiempo le llevaría conseguirlo, pero una vez que lo hiciera, se mantendría cerca por si tenía espacio para un hombre en su vida.

Mientras tanto, tal vez se le ocurriera alguna idea o dos sobre maneras de acelerar el proceso.

–¿Te puedes creer lo bien que ha ido el día? –preguntó

Gabi. Felizmente exhausta, se estiró en la cama con Samantha sentada en una silla cercana–. Fue como un sueño. Papá aquí y haciendo de papá. Jimmy consiguiendo la gran oportunidad que quería. Y Emily su gran boda de fantasía.

–Y tú con Wade mirándote como si fueras la mujer más bella del mundo –señaló Samantha–. Un buen estímulo para tu ego, si quieres saber mi opinión.

–Para. Wade se está comportando como un buen amigo. No hay más.

Samantha se echó a reír.

–Esa frase suena cada vez más gastada, sobre todo cuando todas las evidencias apuntan a otra cosa. Lo vi en tu cara cuando te besó.

Gabi frunció el ceño.

–Wade nunca me besó, no de esa manera.

–¿Quieres decir que no saqueó tus labios como un hombre perdidamente enamorado? –se burló Samantha–. ¿Es eso lo que te gustaría que hiciera?

–No. Y lo único que hizo fue darme un beso de saludo, en la mejilla. No fue muy apasionado.

–No, no lo fue –le dio la razón Samantha–. Pero, de cualquier forma, pareció como si a ti se te fueran a derretir las rodillas.

–No es verdad –protestó Gabi, aunque podía sentir el rubor extendiéndose por sus mejillas ante tan descarada mentira.

–Y volvió a suceder cuando se marchó. Yo lo vi.

–¿Te has convertido en una especie de viciosa *voyeur*? –le espetó Gabi con tono irritable.

–No, solo en una interesada tercera parte –replicó Samantha, nada ofendida por el insulto.

–Necesitas una vida propia –le dijo Gabi.

–De hecho, eso es algo que escucho casi a diario. De la abuela.

Gabi se sentó en la cama.

–¿En serio? ¿La abuela está empezando a presionarte por tu falta de vida amorosa?

–Desgraciadamente, sí. Para ser sincera, pensé que estaría a salvo por un tiempo, ya que en caso contrario no habría asomado la cara por aquí en este momento. Pensé que seguiría entretenida un poco más con tu vida y la de Emily –sonrió–. Pero al parecer cree que puede dejar de pisar a fondo el acelerador por lo que a ti respecta para concentrar su atención en mí.

Gabi estaba intrigada.

–¿Alguna idea sobre el candidato que pretende endosarte? –miró la camiseta de fútbol americano que su hermana llevaba puesta y rio por lo bajo–. ¿O acaso necesito preguntarlo? Se hace ilusiones contigo y con Ethan Cole, ¿verdad?

–Dudo que fuera casualidad que su nombre surgiera hoy –reconoció Samantha–. No es la primera vez que ha mencionado a Ethan y ha esperado luego a ver cómo reacciono.

–¿Y cómo lo haces? Cómo reaccionas, quiero decir. Sé que tuviste un gran flechazo con él hace años, pero desde entonces no habéis vuelto a cruzaros.

–Él ni siquiera reparaba en mi existencia en aquel entonces –dijo Samantha–. Dudo que ahora fuera diferente. Estoy seguro de que debe de tener una manada de mujeres a su alrededor, ahora que es un héroe de guerra y además médico.

Gabi no estaba tan segura de ello.

–¿Es eso lo que dice Emily? –preguntó escéptica–. Boone y Ethan se llevan muy bien. Probablemente ella tenga una buena visión de conjunto de su vida amorosa.

–No voy a preguntarle a Emily por Ethan –dijo Samantha–. Es demasiado patético.

–¿Qué hay de patético en intentar averiguar si el hombre está disponible?

–Fue un flechazo de instituto –le recordó Samantha–.

¿No debería haberlo superado a estas alturas? ¿No debería tener alguna relación seria en mi vida, en lugar de una serie de aventuras ninguna de las cuales terriblemente satisfactoria?

—Pero no la tienes —le recordó Gabi—. Y si ni siquiera ves a Ethan, ¿cómo sabrás si el flechazo murió de muerte natural hace años, o si queda algo por reavivar?

—No se puede reavivar algo que nunca existió —objetó Samantha.

Gabi advirtió que su hermana estaba derivando la discusión hacia una cuestión semántica, en lugar de enfrentarse con el verdadero asunto de sus sentimientos. Eso resultaba muy revelador.

—Él era mayor —continuó Samantha, claramente decidida a asentar su posición—. Él ni siquiera sabía que yo existía. ¿Podemos dejar en paz el asunto, por favor? Ni siquiera merece la pena hablar de ello.

—Yo puedo dejarlo —concedió Gabi—. ¿Pero y la abuela? Eso no es tan probable. Si se le mete ese asunto entre ceja y ceja, tú, mi querida hermana, estarás en problemas. Tiene una gran intuición y la persistencia de un *pitbull*.

Samantha sonrió al fin.

—Lo que quiere decir que Wade y tú tampoco tenéis la menor posibilidad.

Gabi esbozó una mueca.

—Sabía que terminarías llegando a esto.

—Era la natural conclusión que se seguía de su comentario —dijo Samantha.

Sí, Gabi temía eso también. Detestaba pensar que Samantha, Emily y su abuela tuvieran razón sobre los dos, casi tanto como se preguntaba cómo sería tener a un hombre tan firme y sólido como Wade en su vida.

—Yo no sé por qué todas pensáis que es el hombre adecuado para mí —dijo exasperada—. Es irritante. Sigue insistiendo en esa tontería de que en realidad no quiero volver a la vida que llevaba antes.

Samantha la miró sorprendida.
-¿Él te ha dicho eso?
-Sí -respondió Gabi, indignada-. ¿Te lo puedes creer?
-Interesante. Creo que puede que tenga razón.
Gabi la miró ceñuda.
-No la tiene. Apenas me conoce. No creo que tuviéramos una sola conversación que durara más de un minuto cuando estuvo aquí el pasado agosto.
-Lo cual le dio muchísimo tiempo para observarte -sugirió Samantha-. Y todas sabemos lo mucho que te mira. A veces esos tipos tan discretos tienen percepciones fantásticas. Probablemente deberías escucharlo, o al menos pensar sobre lo que te dice.
-¿Y qué hago entonces? -preguntó Gabi incrédula-. ¿No vuelvo a Raleigh? ¿No vuelvo a las relaciones públicas?
-No lo sé -respondió Samantha-. Al fin y al cabo, tú tomaste ese camino en particular para demostrarle algo a papá. ¿Adorabas realmente ese trabajo?
-Por supuesto que sí. No habría sido tan buena si no me hubiera entusiasmado y entregado en cuerpo y alma a él.
-O si no hubieras estado tan determinada a demostrarle a papá que había cometido un error -sugirió su hermana, tímida. Ante el resoplido indignado de Gabi, alzó una mano-. De acuerdo. Lo sé, al final, la decisión tiene que ser tuya. Yo solo te estoy diciendo que si alguna vez llegas a plantearte cambiar de vida, esta podría ser la oportunidad perfecta.
Gabi pensó que estaba loca.
-¿Ahora? ¿Cuándo estoy esperando un bebé y acabo a decirle a mi padre que no quiero su apoyo? Vamos. Si decido conservar el bebé, y no estoy diciendo que haya decidido hacerlo, ¿no crees que debería estar buscando el mejor empleo posible en un campo en el que dispongo de tan buenas referencias?

—¿Y volver a trabajar dieciocho horas al día y dejar que las canguros te críen el bebé? —le preguntó Samantha con tono suave.

Esa pregunta la dejó sin habla. Sabía lo que era tener un padre adicto al trabajo. Sus hermanas y ella habían tenido la figura de su madre, pero... ¿a quién tendría su hijo? ¿A una niñera bien pagada? ¿Sería eso justo?

Suspiró profundamente.

—Me voy a la cama —le dijo a Samantha.

—Todavía no son las nueve —dijo su hermana con tono sorprendido—. ¿Te encuentras bien?

—Necesito levantarme temprano.

—¿Por qué? No estarás pensando en volver a Raleigh mañana, ¿verdad?

—No, pero necesito empezar a hacer planes mañana a primera hora y quiero tener la cabeza bien despejada.

Samantha sonrió.

—Ah, sí. Estaba empezando a preguntarme cuándo aparecerían los blocs de hojas amarillas.

—Ahora ya lo sabes —le dijo Gabi.

Solo deseaba tener al menos una mínima pista sobre cuál debía ser el primer asunto de su lista.

Capítulo 7

Pasar el sábado con Gabi y con su familia había sido como una revelación para Wade. Aunque había tenido intención de volver a pasarse por allí el domingo, recordó la promesa que le había hecho a su hermana. Si no aparecía por la comida del domingo para darle explicaciones, aquel asunto se volvería interminable.

Pero también se le ocurrió otra idea: una manera de acallar las preguntas de su hermana y de dar un paso adelante con Gabriella al mismo tiempo. Dado que sabía que Louise nunca se opondría a que se presentara con una mujer a comer un domingo, decidió pasar a la ofensiva. Llamó a Gabi.

–¿Qué planes tienes para hoy? –le preguntó en cuanto ella contestó el teléfono. Parecía medio dormida, con una voz ronca increíblemente sexy, pese a que eran más de las diez de la mañana.

–Me levanté hace un par de horas para hacer unas cuantas listas de tareas, pero creo que volví a quedarme dormida –admitió.

Él sonrió al escuchar su tono exasperado.

–Frustrada, ¿eh?

–Estoy empezando a pensar que me pasa algo raro. Soy incapaz de concentrarme. ¿Se supone que el embarazo te afecta a las neuronas?

Sonaba tan seria, y tan perpleja, que Wade no pudo evitar sonreírse.

—No tengo ni idea de eso, pero ya conoces mi teoría sobre tu falta de concentración —le recordó.

—Piensas que no quiero tomar decisiones.

—Así es. Pero dado que no estás volcada en la tarea de hacer listas, ¿qué tal si me acompañas a una tradicional comida familiar? Tengo que estar en casa de mi hermana a la una. Podrás ver por ti misma los malabarismos que hace con su familia. Y también preguntarle por ese efecto sobre las neuronas.

—Tú me dijiste que ella cuenta contigo para que la ayudes —repuso Gabi—. Y ella tiene un marido. Yo diría que nuestras situaciones no son ni remotamente parecidas.

—Pero tú eres inteligente. Ella también. Estoy seguro de que te dará algunos consejos.

—¿Qué piensa tu hermana que está pasando? —preguntó, desconfiada—. Entre nosotros, quiero decir.

—Para serte sincero, solo te he mencionado de pasada. O sea que no vas a entrar en una habitación llena de gente con expectativas. Ese sería el caso de tu familia, no de la mía.

Aquello le arrancó una carcajada.

—Un punto para ti. De acuerdo, estoy en un momento en que cualquier entretenimiento suena idílico. ¿Nos vemos allí?

—No. Pasaré a recogerte a las doce y media. No necesitas arreglarte mucho. Ya verás que todo está hecho un desastre. Esos niños son implacables.

—Vaya, me lo estás pintando cada vez mejor —replicó ella—. Quizá debería repensármelo.

—No es lo de los niños lo que deberías repensarte. Louise es abogada, ¿recuerdas? Puede que no tenga expectativas, pero tendrá preguntas, me temo. Tendrás que prepararte. En los tribunales tiene una justificada fama de dura.

Gabi se echó a reír.

–¿Estás seguro de que quieres que vaya? Suena como si estuvieras decidido a asustarme.
–En absoluto. Simplemente no quiero que después me acuses de no haberte avisado.
–Eso no pasará –dijo ella–. Ya estoy advertida y lo suficientemente desesperada como para arriesgarme.
En ese momento, Wade se echó a reír.
–Sabía que estabas hecha de pasta dura. Hasta luego.
Tan pronto como cortó la llamada, hizo otra a su hermana.
–Voy a traer una amistad a comer. ¿Algún problema con eso?
–¿Una amistad femenina? –inquirió ella, esperanzada.
–Una amistad femenina –confirmó él.
–¡Vaya! ¡Aleluya! ¿La has puesto sobre aviso del caos con el que se va a encontrar?
–La he puesto sobre aviso del caos y sobre ti.
–¿Sobre mí? –inquirió con tono inocente.
–Sí, sobre ti. No intentes someterla a un tercer grado, ¿de acuerdo?
–¿Estamos hablando de Gabriella Castle? –preguntó.
–Sí.
Se hizo un silencio.
–Louise, ¿qué pasa? ¿No tendrás algún problema con Gabi que yo no sepa, verdad?
¿Es que llevarla era una mala idea?
–He oído que está embarazada, Wade –dijo ella con tono triste.
–Soy bien consciente de ello.
–Bajo las presentes circunstancias, tus circunstancias, ¿de verdad que consideras prudente relacionarte con ella? –le preguntó con una genuina preocupación en la voz.
–Créeme, hermanita, es la mejor idea que he tenido en mucho tiempo.
–De acuerdo, entonces –dijo ella, aunque no parecía muy satisfecha–. Me portaré lo mejor que pueda.

–Cuento con ello –dijo él. Con ello, y con mucho más. Esperaba que Gabi viera los hábiles malabarismos que hacía su hermana para sacar adelante a su familia y se convenciera de que era posible tenerlo todo. Y de que él mismo no era un mal candidato para que la acompañara en aquel viaje.

La casa de Louise Johnson estaba situada en una zona residencial privada, con campo de golf interior. Diseñada con el estilo californiano tan popular en San Castle Bay, tenía terrazas en cada planta y espléndidas vistas de los campos de golf y de los estanques. La planta baja era un gigantesco y diáfano salón, con cocina y una gran zona de comedor.
–Cuando entres, mira bien por dónde pisas –le advirtió Wade cuando subía con ella la escalera exterior–. Aunque los chicos tienen una enorme sala de juegos, los juguetes están regados por el suelo. Periódicamente, Louise o Zack hacen un barrido y los guardan en cajas, pero el efecto no suele durar más de un par de horas, y eso cuando los niños no están en casa o están profundamente dormidos.
Gabi se rio cuando llegó al rellano y tuvo que evitar pisar un camión de bomberos, un bate de béisbol y un servicio de té en miniatura.
–Se supone que una casa es para vivir en ella –dijo–. Que es evidentemente el caso de esta. Me preocuparía más si estuviese demasiado ordenada.
–Una actitud muy sana –comentó la mujer de aspecto exhausto que los estaba esperando en lo alto de la escalera–. Hay gente que piensa que esto debería ser un museo del juguete abierto las veinticuatro horas del día.
–Se refiere a Zack –le explicó Wade a Gabi antes de dar un beso a su hermana–. Lou, esta es Gabriella. Aunque ella prefiere que la llamen Gabi.

—Pues Gabi, entonces —dijo Louise—. He oído hablar mucho de ti, pero no creo que nos hayamos visto antes.
—Yo tampoco —dijo Gabi—. Y me encanta tu casa. Las vistas son magníficas.
—Gracias. Intento forzarme a salir a la terraza con una copa de vino de tanto en tanto, a disfrutarlas. Por desgracia, la mayor parte del tiempo caigo rendida en la cama al final de la jornada.
—Wade dice que tienes un boyante despacho de abogados y cinco hijos. Me sorprende que no entres en coma para el mediodía.
—Eso sería lo que me pasaría si aflojase el ritmo lo suficiente como para darme cuenta de lo cansada que estoy. Bueno, ¿qué te apetece para beber? ¿Soda? ¿Té? ¿Agua? ¿Alguna otra cosa?
—Agua estará bien. Y la dirección del lavabo más cercano.
Louise se echó a reír.
—¡Oh, cómo me acuerdo de aquellos tiempos! Recto y a la izquierda.
—Esto está terriblemente tranquilo —comentó Wade—. ¿Qué has hecho con los niños?
—Zack se los llevó a dar un paseo. A veces los cansa el tiempo suficiente para que aguanten civilizadamente una comida entera.
Wade la miró indignado.
—Tú nunca has compartido ese truco conmigo.
—Porque, mi querido hermano, tú no puedes llevarte a los cinco de paseo. Apenas puedes con ellos cuando están aquí, en el cuarto de estar.
—Eso no es cierto.
Louise puso los ojos en blanco y se volvió hacia Gabi, sonriendo.
—Cada noche, después de que se marcha, tengo que recoger todo lo que ha desordenado. No es un hombre disciplinado, razón por la cual mis chicos lo adoran. Ya lo verás.

Cuando vengan, quítate de en medio. Se dirigirán directamente hacia él.

Justo en ese momento la puerta se abrió de golpe y una voz infantil gritó:

—¡El tío Wade está aquí!

Se oyeron unos pasos atronando la escalera exterior. Gabi se apartó mientras cuatro niños se lanzaban hacia Wade con un ímpetu que lo habría derribado de haberlo tomado desprevenido.

Louise sacudió la cabeza ante la escena y se volvió hacia Gabi.

—¿Por qué no me acompañas a la cocina? Estará bajo asedio durante un rato.

Gabi hizo una rápida retirada al lavabo y siguió luego a la hermana de Wade a la enorme cocina abierta con interminables mostradores de granito, toneladas de armarios y una nevera que habría podido almacenar comida para seis familias. Para cualquier persona que adorara cocinar, era una cocina de ensueño. Los aromas que despedía sugerían que Louise era una de ellas.

—Algo huele maravillosamente bien —dijo Gabi mientras aceptaba un vaso de agua de Louise—. ¿Cómo diablos puedes sacar tiempo para preparar una comida de verdad y poder con todo lo demás?

—Para serte sincera, esto no sucede cada día. Saco tiempo los domingos para preparar unos cuantos platos para la semana, pero recurrimos a la comida de encargo más de lo que me gustaría.

—Yo he vivido de la comida de encargo desde que estaba en la universidad —admitió Gabi—. Y no he tenido excusa.

—Excepto un trabajo muy exigente, según he oído.

—Eso me llevaba mucho tiempo, seguro.

—¿Y ahora? ¿Cómo te las arreglarás para compaginarlo con un bebé? —preguntó Louise.

Gabi no deseaba hablar de la posibilidad de una adopción o de su actual situación laboral con una mujer a la que apenas conocía, así que se limitó a encogerse de hombros.

—Supongo que ya se me ocurrirá algo —dijo.

—¿Quieres que te dé el único consejo que una vez me dio alguien y que me permite seguir cuerda? —le preguntó Louise.

—Claro.

—No esperes la perfección. No se morirá nadie si durante una semana no haces la limpieza de tu casa. Aunque lo deseable es una comida sana y equilibrada, si una noche pides una pizza, disfrútala. Si tu hijo se hace una herida en la rodilla cuando tú no estás cerca, no te culpes a ti misma. Se la habría podido hacer igualmente si tú hubieras estado a su lado. Y si se marchan de casa llevando ropa sin conjuntar o incluso del revés que eligen ellos mismos, simplemente cierra los ojos y alégrate de que se hayan acordado de haberse puesto los zapatos.

Gabi sonrió.

—Eso suena increíblemente razonable. ¿Cuánto tiempo te llevó interiorizar ese consejo? Debiste de tener mucha fuerza de voluntad para terminar la carrera de Derecho.

Louise se rio entre dientes.

—No te imaginas cuánta. Pero creo que el mensaje lo interioricé después de que apareciera Peter, el segundo. Con Bryce, seguía pensando que debía controlarlo todo. Con Peter, respiré profundo y empecé a aceptar que no podía. Sigo teniendo mis momentos de pánico cuando pienso que lo estoy estropeando todo. Pregúntale a Wade. Pero estoy progresando.

Gabi vaciló mientras se preguntaba si Louise podría ser la persona adecuada, al fin y al cabo, para responder a la pregunta que no había dejado de acosarla.

—¿Crees que sería una locura por mi parte que intentase tener al bebé sola? Mira la experiencia que tú tienes, y sigues teniendo momentos de pánico.

Louise pareció sorprendida por la pregunta.

–Pero tú lo vas a tener sola de todos modos, ¿no? ¿O acaso hay un papá en la foto?

–No, no lo hay –tomó aire y le confesó–: Pero he estado pensando que lo mejor para el bebé puede que sea la adopción.

Louise abrió mucho los ojos.

–¡Oh, guau! No tenía ni idea –frunció el ceño–. ¿Wade lo sabe?

Por un momento, Gabi se quedó perpleja ante la expresión de preocupación que vio en los ojos de Louise.

–Lo sabe.

–¿Y qué piensa?

–No es algo de lo que hayamos hablado. La decisión es únicamente mía.

–Gabi, puede que sea la persona equivocada para preguntarte esto –dijo Louise con tono sincero–. Yo no tengo absolutamente nada en contra de la adopción. Creo que, en muchas circunstancias, es la elección perfecta. Pero no conozco lo suficientemente bien las tuyas como para saber si ese sería tu caso.

Había algo que quedaba por decir. Gabi podía percibirlo. Podía sentirlo en la súbita frialdad de la actitud de Louise, pero no lo entendía.

Y, desafortunadamente, conforme fue transcurriendo el día, nada sucedió que cambiara lo frío de la atmósfera. Tan pronto como se le presentó la oportunidad de hacerlo discretamente, Gabi sugirió a Wade que se marcharan. Advirtió que Louise no ponía ninguna objeción.

Gabi suspiró mientras se deslizaba en el coche de Wade, se recostaba y cerraba los ojos.

Wade se sentó al volante, pero en lugar de arrancar, se volvió hacia ella.

–¿Te importaría contarme qué es lo que te ha pasado con mi hermana? Resultaba dolorosamente obvio que algo había sucedido. ¿Qué diablos te dijo? Si te ha ofendido en algo, lo siento. Tiene tendencia a ser demasiado protectora conmigo.

Gaby no intentó simular que no había sido consciente de la tensión.

—No fue nada que dijera ella. Fui yo. Dije algo sobre la adopción y creo que la asusté.

Wade suspiró.

—Me lo puedo imaginar –dijo él–. Lo siento.

—No acabo de entenderlo. ¿Por qué reaccionó ella de esa manera? Y me preguntó si sabías lo que yo estaba pensando al respecto.

—Lou es muy protectora conmigo, sobre todo desde que perdí a Kayla y al bebé. Obviamente es consciente de que albergo sentimientos por ti –le sostuvo la mirada–. ¿Entiendes ahora lo que puede estar pensando?

De repente, Gabi se dio cuenta de lo que le estaba diciendo.

—El hecho de que yo vaya a dar al bebé en adopción... ella lo ve como si tú fueras a perder a otro hijo.

—Algo así.

—Pero, Wade, nosotros no estamos juntos –protestó.

—Pero eso no me impide tener sentimientos por ti –explicó, triste–. Ella lo ve de esa manera. Todos sus instintos protectores de hermana se han activado.

—Ya te dije que esto era demasiado complicado –dijo Gabi, sintiéndose fatal–. Lo siento mucho. La cuestión de la adopción está sobre la mesa. Siento que tengo que tenerla en cuenta. No pensar en ello sería una irresponsabilidad en mis actuales circunstancias.

—Las circunstancias cambian –repuso él, mirándola directamente–. No estoy diciendo que las tuyas lo hayan hecho. Es demasiado pronto para decirlo, pero cambian, Gabi. Mantén la mente abierta.

—Wade, tú eres un gran tipo. No quiero tratarte mal.

—Oye, soy un adulto. Puedo soportar unas cuantas complicaciones.

–Pero quizás...
–No hay «quizás» –lo interrumpió con tono rotundo–. Somos amigos. No quiero que dejemos de serlo.

Gabi no pudo evitar preguntarse, sin embargo, si no debería hacer lo que él tan evidentemente no podía hacer o no haría: alejarse de su lado. Sobre todo si una decisión que era muy probable que terminara tomando sobre su bebé estaba destinada a herirlo.

Wade pensaba que la comida en casa de su hermana había transcurrido razonablemente bien, al menos hasta que surgió el tema de la adopción. Pese a ello, Gabi había estado estupenda con los chicos y los había entretenido a todos con sus historias sobre los veranos que había pasado trabajando allí con Cora Jane. Durante el trayecto de regreso a casa, él le sugirió que se detuvieran a tomar una taza de café en una pequeña cafetería, pero ella alegó la excusa del cansancio. Un inequívoco brillo de alivio asomó a sus ojos cuando él no discutió.

A la puerta de la casa de su abuela pensó en darle un beso de despedida, uno algo más pasional que los otros que le había dado hasta el momento, pero aunque anhelaba borrar a besos aquel perpetuo ceño de su rostro, pensó que todavía no estaba suficientemente preparada para algo así. Y que eso sería como enturbiar unas aguas que ya la inquietaban.

Le costó refrenar sus impulsos, sin embargo. Se había pasado despierto la mayor parte de la noche, nervioso e irritable, y pensando demasiado en la posible decisión de Gabi de renunciar a su bebé. La primera vez que ella se lo mencionó, con toda naturalidad, él no había pensado realmente en todas las implicaciones. En ese momento, se veía obligado a hacerlo. Lou tenía razón en una cosa. Aquello tenía el potencial de romperle el corazón.

Unos pocos meses atrás, nunca se había planteado correr ese riesgo, pero así era Gabi. ¿Acaso quería dilapidar la que podría ser su única oportunidad de relacionarse con Gabi por culpa de algo que ella podría no decidir hacer nunca? Aunque la respuesta simplista era no, comprendía que necesitaba pensar más en la pregunta y enfrentarse a la muy real posibilidad de que terminara una vez más con el corazón destrozado. Ese día no, sin embargo. Ese día solo quería volver a ver a Gabi.

Dado que la falta de sueño le había dejado con una desesperada necesidad de cafeína, aquella mañana había comprado dos grandes vasos de café junto con una caja de donuts recién hechos de una tienda local, una de las más populares de Sand Castle Bay.

Condujo hasta la casa de Cora Jane, aparcó la camioneta en la calle, aunque hacía tiempo que Cora se había marchado para abrir el restaurante, y se dirigió directamente a la parte posterior. Supo instintivamente que encontraría a Gabi allí fuera, haciendo otro intento de organizar su vida y reconducirla por su antiguo camino.

Tal como esperaba, la encontró con una libreta de hojas amarillas en el regazo, sentada al sol en una silla Adirondack. Tenía la cara levantada hacia el sol, con los ojos cerrados. Alzó la mirada cuando él le quitó la libreta. Intentó recuperarla, pero él se lo impidió mientras ojeaba la página.

–¿Nada? –preguntó, perplejo–. Creía que a estas alturas tendrías un plan maestro diseñado para tu vida. Al fin y al cabo, son casi las ocho de la mañana.

Ella lo miró ceñuda.

–Yo también lo creía –dijo con inequívoca frustración.

–Quizá sea demasiado pronto –le sugirió de nuevo–. Quizá necesites que tu mente se tranquilice, en lugar de forzarla. Las mejores ideas siempre me vienen cuando no estoy pensando en el trabajo.

–Sé que tienes razón, pero sentarme a esperar a que aparezca alguna musa no es mi manera. Y el hecho de ver todo lo que ha conseguido tu hermana ha reforzado mi decisión de analizar todo lo que me ocurre y mirar hacia adelante.

–Entiendo que estés altamente motivada, pero evidentemente tu manera no te está funcionando –dijo, y le puso la caja de donuts debajo de la nariz para proporcionarle una inmediata distracción.

Abrió mucho los ojos con expresión de deleite.

–¿Todavía están calientes?

–Por supuesto.

–¿Con baño de chocolate y azúcar en polvo?

Él sonrió ante la impetuosidad con que le quitó la caja y aspiró luego el aroma a azúcar, a chocolate y a donut tradicional y entrañable.

–No recuerdo la última vez que me he comido uno de estos –murmuró mientras levantaba la tapa con gesto reverencial. Dio el primer bocado con un gesto de éxtasis.

Observándola, Wade hasta se excitó un poco. Su mente divagó a otras maneras, mucho más íntimas, con las que habría podido proporcionarle placer y provocar aquella mirada. Finalmente, ella le sorprendió mirándola fijamente.

–Oh, ¿quieres uno? –le preguntó, toda inocencia.

–Glaseado, por favor –dijo él, porque eso era más seguro que mencionar lo que quería realmente.

Utilizando una servilleta, le entregó uno de los donuts glaseados y sacó luego otro de la caja.

–Por el bebé –le dijo.

Él sonrió.

–Claro.

Ella señaló uno de los vasos de cartón que había dejado sobre la mesa entre ellos.

–¿Uno de esos es descafeinado?

Él asintió, revisó las marcas que había dejado el dependiente y le entregó el vaso del descafeinado.

–Aquí tienes.

—Tus apariciones se están volviendo cada vez más oportunas —comentó antes de beber un sorbo de café, satisfecha.

—Me alegro de serte útil. Ahora dime cuál es tu agenda para hoy.

—Reorganizar mi vida —respondió de inmediato, recogiendo su bloc.

—Un objetivo un tanto ambicioso —replicó—. ¿Qué tal si, en lugar de eso, te vienes conmigo?

—¿No tienes que trabajar hoy?

—Puedo sacar tiempo para una buena causa —le aseguró.

—¿A dónde iríamos?

—Quiero enseñarte algo.

Ella frunció el ceño ante su actitud deliberadamente evasiva.

—¿No me das una pista?

—Ni una. Tendrás que confiar en mí.

El hecho de que ella no dudara antes de aceptar le dio esperanzas.

—De acuerdo, vamos —dijo, aunque lanzó una mirada decepcionada a los donuts que quedaban en la caja.

—Llévatelos —le dijo él—. Por si te entra hambre. Lou siempre se está muriendo de hambre. Está en su naturaleza.

Gabi le lanzó una mirada.

—Algún día serás un marido estupendo, gracias a esos pequeños consejos que te da tu hermana.

—Puede que sea una pesada, pero definitivamente me es útil —concedió—. Y concédeme un poco de confianza. Fui lo suficientemente inteligente como para prestar atención y tomar algún apunte mental —se puso serio por un momento—. Y además pasé por una experiencia matrimonial, aunque corta.

Pareció sorprendida por aquella sutil alusión a su matrimonio, pero no comentó nada sobre el tema.

—Me pregunto cómo es que son tan pocos los hombres

que hacen estas cosas –murmuró con expresión pensativa–. Prestar una mayor atención a las necesidades de las mujeres, quiero decir.

–Sospecho que no tienen ni idea de las recompensas que podrían recibir. Como, por ejemplo, que una mujer hermosa les mire como tú me has mirado a mí cuando te entregué estos donuts.

–¿Cómo te he mirado?

–Como si hubiera ganado un punto a mi favor.

–¿En serio? ¿Crees que puedo dejarme conquistar con unos donuts?

–Cariño, espero que un día te dejes conquistar por alguien que se tome su tiempo en tratarte como mereces que te traten. Los donuts son solo el principio.

Le preocupaba que su sinceridad pudiera asustarla pero, en lugar de ello, pareció divertida, y quizá un poco intrigada. Se guardó su sonrisa para sus adentros. ¿Quién habría sospechado que un tipo tan relajado y espontáneo como él entendería la importancia de un plan cuidadosamente trazado? Tuvo el presentimiento de que eso iba a jugar a su favor con una mujer como Gabi.

Gabi miró a su alrededor, sorprendida, cuando Wade aparcó frente al garaje de una preciosa cabaña que obviamente había sido reformada con un absoluto cuidado por los detalles. Emily, la gran diseñadora de interiores, habría tenido un centenar de preguntas que hacerle a Wade por el trabajo que había hecho. Gabi estaba sencillamente encantada.

–Tu casa, supongo.

–Y mi oficina –dijo, señalando el garaje.

–No sabía que los carpinteros necesitaran oficinas.

–Eso es porque nunca has visto mi trabajo de verdad.

–Vi lo que hiciste en Castle's –lo contradijo–. Los muebles de cocina que le fabricaste a la abuela eran estupendos. Boone dice que eres el mejor carpintero de la zona.

—Me sirve para pagar las facturas —dijo, encogiéndose de hombros con gesto despreocupado.

Ella entrecerró los ojos.

—¿Pero no es tu pasión?

—Definitivamente esa no es mi pasión —y abrió la puerta del garaje.

Detrás de él, Gabi se quedó con la boca abierta. Había tallas de madera por todas partes, gaviotas y aves marinas esculpidas con tan exquisito detalle que parecía como si fueran a echar a volar en cualquier momento. Patos de reclamo con relucientes superficies lijadas a mano, probablemente no diseñados para ser puestos en el agua, sino para decorar habitaciones.

Un aroma a virutas flotaba en el aire, una pura y terrenal mezcla de cedro, pino y otras maderas que no conseguía identificar por su olor.

—Wade, esto es increíble —murmuró mientras iba de mesa en mesa, incapaz de resistirse a deslizar los dedos por las maderas, segura de que podía sentir cada pluma bajo sus yemas, el trémulo latido de un diminuto corazón—. Eres un artista maravilloso —dijo, apartando la vista de la talla que acababa de recoger para mirarlo a los ojos—. ¿Por qué pierdes el tiempo haciendo muebles de cocina?

Él se encogió de hombros.

—Como te dije, eso paga las facturas, y yo disfruto trabajando la madera, al margen de la forma. Siempre es satisfactorio crear algo hermoso.

Se volvió de nuevo para mirarlo.

—¿Por qué me has traído aquí? No ha sido solo porque querías enseñarme estas esculturas tan hermosas, ¿verdad?

—¿Por qué dices eso? Quizá quería que vieras otra faceta de mi personalidad. O quizá sentí la necesidad de que halagaran un poco mi ego esta mañana.

Ella frunció el ceño ante el comentario.

–Eres el hombre menos egoísta que conozco. Pero también eres un poco taimado. Dado el contexto de nuestras últimas conversaciones, sé que hay aquí un mensaje para mí.

–¿Cuál crees que es? –la desafió, mirándola con expresión vagamente divertida.

Gabi se esforzó por averiguarlo. Estaba segura de que lo tenía justo delante.

–Que hay más de una manera de encontrar satisfacción en la vida –dijo al fin, estudiando su rostro a la espera de alguna señal de aprobación. Ridículamente, se sentía como una niña esperando a que la profesora la alabara por haber captado un escurridizo concepto.

–Muy bien –dijo él, ampliando su sonrisa–. ¿Y en qué sentido se aplica eso a ti?

–No estoy segura. Ya sé que hay otros puestos de trabajo de relaciones públicas por ahí y al final encontraré alguno.

Pareció extrañamente decepcionado por su respuesta.

–Si eso es lo que te provoca contento y satisfacción, estoy seguro de que lo conseguirás –le dijo.

Gabi frunció el ceño al escuchar su tono.

–Has estado hablando con Cora Jane o con Samantha, ¿verdad? Te han estado diciendo que si me he estado esforzando con un trabajo tan ridículamente exigente ha sido porque buscaba la aprobación de mi padre, y que realmente no tenía el corazón puesto en ello.

–Puede que me hayan comentado algo al respecto –admitió–. ¿Y tienen razón?

–Yo soy muy buena en lo que hago.

–Pero eso no es lo mismo, ¿verdad? Yo soy muy bueno haciendo armarios de cocina. Tengo más trabajo acumulado que el que puedo dar abasto.

Gabi desvió de nuevo la mirada hacia el taller.

–Pero es esto lo que te hace realmente feliz.

–Sí.

–Entonces hazlo. Comprométete con ello.
–Es difícil renunciar a algo seguro –dijo él, y la miró a los ojos–. ¿Verdad?
Gabi entendió lo que estaba haciendo. Toda aquella insistencia suya en que se replanteara sus opciones había sido, probablemente, idea de su abuela. O tal vez de Samantha. Habían imaginado que no seguiría su consejo si partía de ellas, así que habían alistado a Wade a su causa. Desgraciadamente, para su propia tranquilidad de espíritu, él le había presentado un argumento muy convincente.
–Pensaré sobre lo que me dices –le dijo al fin–. Puedes informarles de que has cumplido tu misión.
Él se echó a reír.
–No toda –repuso, sosteniéndole la mirada–. Yo tengo una particular. Completamente separada de la de ellas.
El corazón le dio un vuelco al ver su mirada. De repente la conversación estaba derivando hacia un terreno virgen, pendiente de cartografiar. Podía sentirlo.
–¿Ah, sí? –preguntó, descontenta consigo misma porque le tembló la voz.
Él dio un paso hacia ella, y luego otro, y se inclinó. Esperó, con los labios tan cerca que ella podía sentir la ligera caricia de su aliento en la piel. Finalmente, acunándole la mejilla con una mano, cerró la distancia que los separaba.
Fue el beso más erótico y sensual que había recibido nunca. En su dulzura había como una pasión tierna y cuidadosamente controlada, una combinación sobre la que no tenía experiencia alguna. La suave demanda de sus labios le despertó anhelos que no había esperado. Anhelos que precisamente habían tenido que despertar en aquel momento, pensó mientras se apartaba a su pesar.
–No podemos –susurró.
Él sonrió.
–Acabamos de hacerlo.
–Quiero decir otra vez. No podemos hacerlo otra vez.
Un brillo de diversión relampagueó en los ojos de Wade.

—¿Existe alguna ley al respecto de la que no tenga conocimiento?

Ella frunció el ceño ante tan ridícula pregunta.

—Por supuesto que no.

—Ese hombre, el padre de tu bebé... ¿es que no está tan lejos de tu vida como me habías dicho?

—Oh, ya no existe para mí —respondió sin vacilar. Aquella era una de las pocas certidumbres que tenía.

—Entonces no veo cuál es el problema.

Ella le tomó la mano y se la apretó contra su vientre. Justo cuando el bebé daba una patadita.

—Esta es la razón —dijo.

Él sonrió.

—¿Crees que esa patadita significa que no le gusto al bebé? —le preguntó.

—No, creo que el bebé es una barrera enorme para mí, incluso aunque me plantee volver a relacionarme con alguien. Mi vida está cabeza abajo, Wade. Tengo demasiadas decisiones por tomar, más de las que puedo manejar.

—Entiendo que tienes muchas cosas en el plato, y no quiero aumentar la presión —dijo—. Solo quiero que sepas lo que pienso. Yo no veo al bebé como un obstáculo.

Ella frunció el ceño.

—Y te molesta que yo sí lo vea —adivinó.

—Un poquito, aunque puedo entender, por supuesto, que tus circunstancias son complicadas. Pero en el fondo, si yo no veo ningún problema en que estés embarazada, ¿por qué habrías de verlo tú?

—¿Cómo puedes no tener ningún problema con eso? —le preguntó exasperada. Ningún hombre podía aceptar al hijo de otro, que además todavía seguía en su vientre, con tanta facilidad como parecía hacerlo él.

—Porque cuando te veo radiante como la madre que vas a ser, cuando siento las patadita de ese bebé, en lo único que puedo pensar es en lo increíble que va a ser ese niño —le sostuvo la mirada—. Eso es lo único que pienso, Gabi.

Es lo único que importa, y no cómo fue concebido el bebé o lo mucho que ha complicado tu vida.

Aunque tenía lágrimas en los ojos por la inmensa ternura de sus palabras, Gabi no pudo evitar replicar:

—Cuando sea real, cuando esté fuera y llorando en mitad de la noche, todas esas cosas, definitivamente importarán.

Sorprendentemente, Wade pareció extrañamente enfurecido por su sincera reacción.

—Es el otro hombre quien está hablando, Gabi. No yo. No me tengas en tan poco.

La intensidad de su réplica, unida al fuego que vio arder en sus ojos cuando habló, casi la convenció. Casi.

La ironía, por supuesto, residía en la afirmación de Wade de que la misión de seducirla y de relacionarse con ella era exclusivamente suya. Ella sabía demasiado bien que aquella misión era exactamente la misma que su abuela y sus hermanas habían ideado y perseguido durante meses. ¿Cómo podía no creer que habían engatusado a un hombre dulce, galante y vulnerable para que hiciera algo que nunca habría hecho si hubiera tenido alguna posibilidad de utilizar su sentido común?

¿Y no era eso exactamente lo que había estado preocupando a Louise, que era la que mejor lo conocía? ¿Que Wade estuviera a punto de cometer un error por razones que ni siquiera él entendía realmente?

Aprovechar lo que él le ofrecía sería fácil. Estaba desesperadamente necesitada de un respaldo incondicional y en ese momento lo tenía delante, en la forma de un hombre con muchísimas cosas a su favor. Pero aquellas complicaciones que le había mencionado eran reales, y si le apreciaba en algo, aunque solo fuera un poco, tendría que sopesar su felicidad tanto como la suya propia.

—Wade... —empezó.

Pero él la interrumpió:

—Es demasiado pronto. Estoy presionando demasiado. Sé todo lo que vas a decirme.

−Esa costumbre que tienes de leerme el pensamiento es realmente exasperante −se quejó ella.

Él le lanzó una mirada irónica.

−¿Prefieres los hombres estúpidos?

Ella se rio al escuchar aquello.

−Para nada. Creo que ya he conocido bastantes.

Wade asintió.

−Algo es algo, entonces. Dejaremos esta conversación para una cita posterior. Mientras tanto, veré lo que puedo hacer para convencerte de que sé exactamente lo que estoy haciendo.

Ella se lo quedó mirando durante un buen rato, viendo una absoluta sinceridad en sus ojos, y quiso desesperadamente creerle. Las cosas serían tan fáciles entonces...

¿Pero acaso no había aprendido demasiado recientemente que la vida nunca era fácil y que andaba muy corta de milagros?

Capítulo 8

Hasta que Wade no la dejó en la parte posterior de la casa de Cora Jane, no se dio cuenta Gabi de que se había marchado sin llevarse su móvil. Dado que durante años no había estado sin localizar durante más de un minuto o dos seguidos, fue un descubrimiento desconcertante.

–¿Qué me está pasando? –masculló mientras se quedaba mirando fijamente el móvil en medio de la mesa de la cocina, donde obviamente se lo había dejado después de haber reducido una tostada a migajas aquella mañana.

Emily entró en la cocina a tiempo de escucharla. Sonrió.

–Es un shock la primera vez que te das cuenta de que tu móvil no es el objeto más importante de tu vida, ¿verdad? –comentó.

–Lo estás diciendo tú –dijo Gabi.

–Puede que quieras revisar los mensajes. Ha estado sonando desde que llegué. No quería responder por ti.

Gabi recogió el teléfono y advirtió que tenía efectivamente una media docena de mensajes, incluido uno de su padre. Como si eso no constituyera sorpresa suficiente, había dos de la mujer que la había despedido, Amanda Warren.

–Llamó papá –murmuró incrédula–. Esto es toda una sorpresa. No recuerdo una sola vez en toda mi vida que haya iniciado una conversación con alguna de nosotras. ¿Y tú?

—Quizá la abuela le puso algún brebaje mágico en la comida cuando estuvo aquí el sábado —sugirió su hermana—. Ciertamente vimos un lado diferente de su personalidad que jamás habíamos visto antes.

—¿Te refieres al lado cálido, divertido y humano? —dijo Gabi.

—Sí, todo eso fue una sorpresa —confirmó Emily—. ¿Vas a devolverle la llamada? ¿O escuchar al menos el mensaje?

—Casi temo hacerlo —admitió—. ¿Y si se ha convertido en un papá normal?

Emily sonrió.

—Bueno, mejor será que lo averigües ahora, ¿no te parece? Al menos el banco no ha dejado de pagarme aquellos cheques que me firmó para la boda. Los ingresé esta mañana y me aseguré de que tenían fondos.

Gabi se la quedó mirando estupefacta.

—¿Le has pedido al banco que te confirmara que tenían fondos?

Emily asintió.

—Sigo sin poder creerme tan súbita generosidad. Tenía miedo de que cambiara de idea cuando se marchó de aquí.

Aunque seguía consternada por la falta de confianza de Emily, Gabi no podía culparla del todo.

—Eres consciente de que la abuela se enterará de ello la próxima vez que pase por el banco —dijo Gabi—. Dudo que se ponga muy contenta.

—Yo la avisé de que iba a hacerlo —explicó Emily, y suspiró—. Pero tienes razón. No se puso muy contenta. Me soltó un sermón de diez minutos sobre la necesidad de conceder un mínimo de confianza a papá. Pretendía soltarme la versión de los treinta minutos, pero en ese momento apareció Jerry para llevarla a Castle's. Él se las arregló para tranquilizarla. Sorprendentemente, lo hizo sin tener que ponerse del lado de nadie. Te juro que ese hombre debería haber sido diplomático, en lugar de cocinero.

Gabi se echó a reír.

–Jerry estuvo años aguantando al abuelo mientras escondía sus sentimientos por la abuela. Imagino que ese fue un buen entrenamiento en misiones de mantenimiento de paz.

Emily la miró compasiva.

–Eres consciente de que solamente estás posponiendo lo inevitable, ¿verdad? Tienes que escuchar ese mensaje o devolverle la llamada a papá.

–Por mucho que prefiera no hacerlo, podría ser mejor que escuchar los dos mensajes de Amanda Warren –admitió Gabi.

Emily abrió mucho los ojos.

–¿Te ha llamado tu antigua jefa? ¿Dos veces? Se necesita descaro...

–¿Verdad? No me imagino qué podría decirme que yo quisiera escuchar.

–Quizá se haya dado cuenta de que la empresa no puede sobrevivir sin ti –sugirió Emily.

–Yo era buena en mi trabajo, pero no indispensable – repuso Gabi, mirando la pantalla de su teléfono como si eso pudiera ayudarla a adivinar el mensaje de voz que le había dejado.

–De acuerdo, entonces será una disculpa –dijo Emily–. Eso estaría muy bien. O una indemnización extra por despido.

La probabilidad de cualquiera de aquellas dos cosas era demasiado remota para que Gabi siguiera devanándose los sesos. Lanzó otra mirada a la lista de mensajes y se dio cuenta de que las llamadas de Amanda estaban sorprendentemente cercanas en el tiempo a las de su padre.

–Ella llamó la primera vez minutos después de que lo hiciera papá –comentó lentamente–. ¿Crees que ha podido ser algo más que una coincidencia?

Emily pareció sobresaltada.

–¿Qué es lo que estás pensando? ¿Que papá habló con ella?

–Dios santo, espero que no –replicó Gabi–. ¿Qué podría ser más humillante?

Emily se rio de su reacción.

–Bueno, yo creo más bien que eso podría ser muy tierno –dijo–. No sé si puedo imaginarme a papá en plan paternal y protector, pero definitivamente sería algo bonito de ver.

Gabi se quedó consternada por un pensamiento todavía más horrible.

–¿Y si ha llamado al presidente del consejo de administración? El señor Carlyle y él son colegas al fin y al cabo. Conociendo a papá, de haber decidido intervenir, habría apuntado a lo más alto.

–Supongo que serás consciente de que tienes una manera muy fácil de averiguarlo –le recordó Emily con tono suave–. Dale al *play* y lee los mensajes.

Trémula, Gabi pulsó finalmente el botón y escuchó el mensaje de su padre.

–*Gabriella, he hablado con Ron Carlyle esta mañana acerca de tu situación. Hemos acordado que...*

Gaby gruñó y cortó el mensaje a mitad de frase.

–Lo sabía. ¡Lo sabía!

–Creo que es increíblemente tierno por su parte que quiera arreglar tu situación –apuntó tentativamente Emily–. ¿No te parece? Te aseguro que ese hombre ha sufrido una especie de milagrosa transformación.

Gabi no lo veía de la misma manera. Lo único que veía era la humillación que suponía que su padre hubiera intervenido en un problema profesional suyo.

–¿Llamó al presidente de la compañía y luego qué?

¿Le suplicó que me devolviera el empleo? Es patético. Aunque el señor Carlyle haya intervenido, yo nunca sería capaz de volver a trabajar con Amanda. Ella me odiará a muerte por haberla punteado.

—O reconocerá que tienes poderosos aliados y te dejará en paz —dijo Emily—. Amplía el punto de vista, Gabi. Tú adorabas ese trabajo. Le dedicaste todo lo que tenías. Lo pasaste mal por culpa de un embarazo que de no debería haber impactado en tu estatus laboral. Alguien está dispuesto a corregir ese error, gracias a papá.

—Eso no lo sabemos con seguridad —repuso Gabi—. Papá dijo que el señor Carlyle y él habían acordado algo, pero no sabemos qué.

—Dadas las dos llamadas de Amanda que siguieron, yo diría que tenemos alguna idea —dijo Emily—. Sigue escuchando —miró a Gabi con expresión repentinamente seria—. A no ser que tu verdadero problema sea el descubrimiento de que no quieres volver. ¿Es eso, Gabi?

¿Era eso?, se preguntó ella. Algunas de las cosas que Wade le había dicho antes, ¿le habrían impactado a algún nivel? ¿Estaría empezando a desear algo diferente del resto de su vida? Había vivido ya muchos años en un estrés constante relacionado con un trabajo demasiado exigente. Siempre había pensado que eso la entusiasmaba, pero... ¿había sido cierto? ¿O acaso le había estado consumiendo la vida tal y como su abuela y sus hermanas habían pensado siempre?

—No sé —susurró, consternada por aquellas palabras—. No sé si quiero volver.

Mientras la sorprendente revelación salía de su boca, observó el rostro de su hermana. Emily, al fin y al cabo, era su pariente cercano más ambicioso, profesionalmente hablando. Esperó que le dijera que sería una estúpida si desaprovechaba la oportunidad de volver.

—Aun con todo el esfuerzo que haya podido hacer papá, tú no estás obligada a aceptar lo que te ofrecen —la tranquilizó Emily, sorprendiéndola con su tono suave y comprensivo–. Ahora ya sabes qué clase de gente son. Nadie te culparía por no querer volver a trabajar con ellos.

–Papá sí –dijo Gabi–. Aunque yo no le pedí que intercediera, se enfadará conmigo si no vuelvo.

–Problema suyo, entonces –repuso Emily–. No puedes vivir para complacer a papá.

Pero los viejos hábitos eran difíciles de romper, pensó Gabi. Al menos para ella. Emily o Samantha podían tomar una decisión semejante sin pensárselo dos veces. ¿Podría hacerlo ella?

–Necesito pensar –dijo mientras se guardaba el móvil en el bolsillo.

–¿A dónde vas? Estás demasiado alterada para conducir –protestó Emily, intentando cerrarle el paso.

–Entonces daré un paseo a pie –dijo Gabi, sin discutirle lo de su estado de ánimo. Su hermana tenía razón en eso.

Una hora después había llegado al animado muelle. Allí se quedó mirando a unos niños que, con las caras pintadas y espadas en la mano, jugaban a que desembarcaban de un barco pirata. Sonrió por primera vez en lo que le parecieron horas.

¿Estaría allí algún día con el hijo o la hija que llevaba en sus entrañas? ¿Sería su rostro, surcado por una enorme sonrisa, el que vería entonces? ¿Escucharía su alegre risa? ¿Deseaba ella eso realmente? ¿Podría esperar con vivir momentos así si volvía a la clase de trabajo que tan recientemente había dejado atrás? ¿O su trabajo volvería a ser tan exigente que aquellos felices momentos con su hijo no serían más que un idílico sueño, al igual que lo habían sido para ella y para sus hermanas con un padre que no había dejado de trabajar nunca?

Resultaba irónico, verdaderamente, que justo aquella mañana hubiera estado intentando aclarar sus enmarañados pensamientos con la idea de trazarse un nuevo plan, unos nuevos objetivos, solo para volver a encontrarse de bruces con los antiguos. Aunque, por supuesto, todavía no tenía la completa seguridad de que la oportunidad de volver a su antiguo trabajo fuera real.

Respirando profundamente, sacó el móvil y escuchó los tres mensajes. Su padre y Ron Carlyle habían llegado efectivamente a un acuerdo sobre que la decisión de prescindir de sus servicios había sido precipitada. Y Amanda se había mostrado arrepentida en sus mensajes, asegurándole que podía volver y asumir de nuevo el cargo que por derecho le correspondía en la empresa. El segundo mensaje había tenido incluso un punto de súplica, como si la hubieran estado presionando desde arriba.

De modo que lo sabía con seguridad, pensó Gabi mientras cortaba el último mensaje. Sabía que tenía que devolver la llamada a Amanda y a su padre, pero en lugar de ello se descubrió tecleando el número de Wade.

–¿Estás libre? –le preguntó cuando él respondió.

–¿Va todo bien, Gabi? ¿Te encuentras bien? –el tono de inmediata preocupación de su voz era inequívoco.

–Sí –respondió–. Simplemente necesito hablar con alguien que no sea de la familia. Tú pareces tener una perspectiva muy clara de mi vida. No sé si me conoces tan bien como crees, pero eres la primera persona que pensé que podría ayudarme a salir de este lío.

–¿Dónde estás?

Se lo dijo.

–Dame veinte minutos. No te muevas.

Ella se rio entre dientes.

–Bueno, tal vez vaya en busca de un lavabo, pero te prometo que no me moveré de la zona.

–¿Has comido?

–Ahora que lo pienso, no. La última comida que probé fueron esos donuts que trajiste antes.

–Llevaré la comida, también.

–Gracias, Wade.

–Cuando quieras, cariño. Siempre podrás contar conmigo.

Mientras colgaba, no pudo evitar preguntarse si no sería preocupante que estuviera empezando a creer eso realmente.

De camino a su entrevista con Gabi, Wade llamó a Boone para hacer un encargo.

–¿Puedes pedirle a tu cocinero que me prepare un par de sándwiches de marisco rebozado con patatas y ensalada de repollo? Lo recogeré en diez minutos.

–Hecho –dijo de inmediato Boone–. ¿Tienes una cita con Gabi? Emily está preocupada por ella. Me llamó hace un rato y me dijo que había dejado la casa hacía un par de horas, muy alterada por algo, y que nadie había vuelto a saber de ella desde entonces.

–Acaba de llamarme. Dile a Emily que he quedado con ella.

–Se sentirá muy aliviada –dijo Boone–. ¿Qué tal si os añado un par de porciones de tarta de lima?

–Ahora sí que estamos hablando el mismo lenguaje –dijo Wade–. Esa es la única tarta que no pido en Castle's. Cora Jane dice que la tuya es la mejor, así que... ¿para qué molestarse?

Boone se rio por lo bajo.

–Mi cocinera entrará en éxtasis cuando le diga eso.

Diez minutos después, Wade entraba en el aparcamiento de Boone's Harbor y vio a Boone esperando con dos grandes bolsas para llevar. Wade le sonrió.

–Si se corre la voz de que haces servicio de calle, probablemente tu facturación se triplicará –se burló.

–Esta deferencia es solo para clientes escogidos –le dijo Boone.

–¿Cuánto te debo?

–Esto corre a cargo de la casa. Emily está convencida

de que estás a punto de salvarle el día y que estamos en deuda contigo, sea lo que sea que quiera decir eso. ¿Tienes tú alguna idea?

—Todavía no, pero pienso llegar hasta el fondo —le prometió Wade, recogiendo las bolsas—. Gracias.

—De nada.

Una vez que llegó al centro, le costó más de lo que le habría gustado encontrar aparcamiento en la bulliciosa zona del muelle, pero cuando lo hizo, encontró a Gabi sentada en un banco. Estaba contemplando los barcos y la gente, aunque Wade tuvo la sensación de que su cabeza estaba a kilómetros de allí. El sol había bajado en el cielo y el aire había empezado a refrescar.

Alzó la mirada cuando él se sentó a su lado.

—¿Quieres ir a algún lugar más tranquilo, donde podamos hablar? —le preguntó, quitándose la chaqueta y entregándosela—. Ponte esto. La temperatura está bajando. No querrás pillar un resfriado.

—Estoy bien —insistió ella, aunque se echó la chaqueta por los hombros—. Me gusta estar sentada aquí. He estado mirando a los niños.

—¿Y preguntándote por el tuyo? —adivinó él.

Ella asintió.

—Come algo y cuéntamelo —le sugirió mientras le entregaba el sándwich y abría la bolsa de patatas. Sacó una botella de agua helada de la otra bolsa y se la dio también.

En vez de responder, mordió con hambre el sándwich y cerró los ojos con expresión de éxtasis.

—Es de Boone —dijo ella al momento—. Es el único lugar del pueblo que hace unos sándwiches de marisco rebozado tan buenos.

—Y además ha venido con elogios. Tu hermana está preocupada por ti. Me enteré de que saliste de la casa hace un rato y no volviste a llamar.

—Necesitaba pensar.

—¿Sobre el bebé?

Sacudió la cabeza.

—Recibí varias llamadas antes, mientras tú y yo estuvimos fuera. Me dejé olvidado el móvil, así que me encontré con varios mensajes.

—¿Malas noticias? —inquirió él, intentando adivinarlo por el cansado tono de su voz.

Su inesperada carcajada sonó forzada.

—Hace apenas unos días probablemente habría pensado justo lo contrario. De repente mi empresa está deseosa de reincorporarme a mi antiguo puesto —le sostuvo la mirada—. Las gracias se las tengo que dar a mi padre. Hizo una llamada.

A Wade se le encogió el corazón al escuchar la noticia, pero se obligó a disimularlo y a concentrarse en la extraña reacción de Gabi. No parecía ni mucho menos tan entusiasmada como habría esperado.

—¿No has devuelto las llamadas, pidiendo detalles?

Ella negó con la cabeza.

—Ni siquiera a mi padre, y mucho menos a mi antigua jefa —su expresión se volvió perpleja—. ¿Por qué no lo he hecho?

Él le sonrió.

—No estás preparada. No estás interesada. Quieres que se cuezan en su propia salsa —se encogió de hombros—. Podría ser cualquiera de esas cosas, o algo completamente diferente.

—¿Qué piensas tú que debería hacer?

—Oh, no —dijo apresurado—. Esa decisión no me corresponde. Es tu vida. La decisión es tuya.

—Pero si esta misma mañana me dejaste muy claro que esta era mi oportunidad perfecta para cambiar de vida...

—Y lo es —afirmó Wade—. Pero tú tienes que querer el cambio. No se trata de lo que yo piense. Yo solo estaba intentando sugerirte otra manera de mirar las cosas, que contemplaras esta situación como una oportunidad y no como una catástrofe.

—Tú, la abuela, Emily, Samantha... todos parecéis estar de acuerdo en eso —dijo ella—. Yo respeto tus opiniones. Estaba empezando a escucharte. Y ahora esto.
—Y estás confundida.
Gabi asintió.
—¿Eres capaz de aislarte de todo este jaleo, de todo este ruido que producimos nosotros, y escuchar lo que te está diciendo tu corazón? —preguntó Wade.
Esa vez no hubo duda alguna sobre la frustración de su expresión.
—No —respondió, claramente disgustada—. Esto es nuevo para mí. Yo solía ser asertiva. Solía saber exactamente lo que quería.
—Hasta que alguien te quitó todas esas cosas y te dio dos minutos para preguntarte a ti misma si has cambiado, si es eso lo que sigues queriendo —podía ver hasta qué punto aquella nueva oportunidad había vuelto a poner su mundo cabeza abajo—. Cariño, esta es tu oportunidad. Parece que puedes revertir tu situación. Oportunidades como esta no se dan todos los días.
Ella le sostuvo la mirada. Respirando hondo, dijo:
—No puedo creer que esté diciendo esto, pero creo que volver sería un error.
Wade resistió el deseo de gritar «¡aleluya!».
—¿Por qué? —se obligó a preguntar.
—No me parece bien. No sé qué es lo justo, pero no creo que lo sea volver a un antiguo trabajo que me obligaron a abandonar porque les avergoncé o porque violé algún código suyo bajo el que consideran que deben vivir sus empleados.
—Entonces esa es tu respuesta.
—¿No lo estarás diciendo porque consideras que encaja con el mensaje que estuviste intentando transmitirme esta mañana?
—En absoluto —insistió él—. Te lo prometo. Si lo digo es porque parece que has llegado a esta conclusión por razo-

nes que tienen sentido para ti. Estás haciendo caso a tu propia intuición.

Lentamente la expresión de Gabi empezó a iluminarse.

–A lo mejor es que ahora, por fin, vuelvo a ser capaz de tomar decisiones por mí misma –dijo con tono contento.

–¿Alguna idea más sobre tu siguiente paso? –preguntó.

–Oye, que llegar a esta decisión me ha llevado buena parte de la tarde. No me presiones.

Wade se echó a reír.

–Ahora lo estás captando. Un paso cada vez. Día a día.

Ella abrió mucho los ojos.

–Que el cielo me ayude, estás empezando a contagiarme.

–¿Tan malo es eso?

Una sonrisa asomó a su rostro.

–Supongo que tendré que esperar a ver. Si termino trabajando de camarera en Castle's y me hago torpe y lenta, podría no ser tan bueno.

–No creo que necesites preocuparte por eso –se rio Wade–. La ambición puede cambiar de dirección en el curso de una vida, pero dudo que llegue a desaparecer del todo.

–Y yo espero que tengas razón –dijo ella–, ¡porque a la abuela le gusta que me levante antes del amanecer y yo no soy de esa clase de personas! –se asomó a la bolsa que todavía no habían abierto–. ¿Qué hay aquí?

–Boone nos regaló un par de porciones de tarta de lima.

–Ah –exclamó, feliz.

–¿Seguro que la quieres? –se burló–. ¿No estás llena?

–Dame la mía –le ordenó–. Lo sé todo acerca de tu adicción a las tartas. La abuela me puso al tanto, pero una de esas es mía.

Él se la entregó.

–Hace mucho que aprendí a no discutir nunca por comida con una mujer embarazada.
–Una cosa más por la que tendré que darle las gracias a tu hermana –dijo mientras hincaba el diente a la tarta.
Wade se preguntó cómo habría reaccionado si le hubiera dicho que aquella lección en particular la había aprendido de su mujer.

Capítulo 9

Cora Jane se había enterado del dilema de Gabriella por Emily, pero en aquel momento tenía otra crisis con la que lidiar. Quería hacer todo lo posible para evitarle todo obstáculo a Jimmy Templeton en su camino hacia aquella beca. Si eso le daba una oportunidad para poner a Ethan Cole a prueba y asegurarse de que era el hombre adecuado para Samantha, mejor que mejor.

Lo que verdaderamente quería era ver a los dos juntos, pero cuando le sugirió a Samantha que la acompañara a la clínica, su nieta rechazó la propuesta como si antes prefiriera masticar tierra. Se había mostrado tan inflexible en su reacción que Cora Jane se convenció de que definitivamente había algo allí, al menos por parte de Samantha. Los rumores de aquel antiguo flechazo no habían sido exagerados.

–Bueno, ciertamente te ha dado calabazas –dijo Jerry, mirando divertido a Cora Jane mientras Samantha escapaba casi a la carrera de Castle's.

Cora Jane se rio feliz.

–No hay duda, ¿verdad?

–Lo cual no ha hecho más que fortalecer tu determinación, estoy seguro de ello –comentó, y señaló el cuenco de sopa de cangrejo que tenía delante–. Termínate eso o no irás a ninguna parte. Necesitarás alimentarte si vas a seguir entrometiéndote en las vidas de los demás.

Comió un poco más de sopa para borrar la expresión de preocupación de la cara de Jerry y luego dijo:
–Hasta ahora no lo he hecho tan mal. Emily y Boone estarán casados para el verano. Gabi y Wade están intimando.
–Y ambas cosas habrían podido suceder si tú te hubieras mantenido al margen –sugirió Jerry.
–Pues ya me dirás cómo. Con toda aquella mala sangre entre ellos, Emily y Boone casi nunca coincidían en la misma ciudad, y mucho menos en la misma habitación. Gabi y Wade no coincidieron nunca hasta que yo les junté –dijo, y en seguida se corrigió–: Bueno, es verdad que Boone me ayudó un poco con eso, involuntariamente. Él no tenía ni idea de lo que yo planeaba, al menos al principio.
Jerry alzó las manos.
–Corrijo lo que he dicho. Eres una maestra de marionetas. Y ahora tienes una nueva misión.
–Dos, de hecho. Necesito reclutar a Ethan para que ayude al padre de Jimmy con su rehabilitación –hizo a un lado el resto de su sopa, ignorando la mirada de desaprobación de Jerry–. Tengo que ir a la clínica antes de que se vaya. Quiero hablar hoy mismo con él.
Jerry soltó un suspiro resignado.
–De acuerdo. Vamos entonces.
Ella lo miró sorprendida.
–¿Vas a venir tú también?
–¿Cómo vas a ir tú si no voy yo? Te llevé a trabajar esta mañana, y Samantha acaba de marcharse con tu coche –le lanzó una mirada preocupada–. ¿No te habrás olvidado de todo eso, verdad?
–Oh, deja de preocuparte. Mi memoria está bien. Es solo que tengo demasiadas cosas en la cabeza.
–Claro –repuso, irónico–. Todos esos solapados chanchullos tuyos ocupan un montón de espacio en el cerebro.
La abuela le lanzó una mirada que habría amilanado a

un hombre menos templado que él, pero Jerry se limitó a sonreír, incluso mientras ella le advertía:

—Si no estás dispuesto a ayudar, puedes esperar en el aparcamiento.

—Créeme cuando te digo que no puedo esperar para ver cómo manipulas la situación —replicó—. No me moveré de tu lado.

No estaba segura de que esa fuera la actitud de colaboración que había esperado, pero tendría que conformarse.

—De acuerdo. Me vendrá bien contar con tus impresiones sobre Ethan. Sé que es un hombre estupendo y un médico fantástico, pero... ¿será adecuado para Samantha?

—¿Estás admitiendo que tienes dudas? —le preguntó él con expresión incrédula.

—Estoy admitiendo que no me vendrá mal contar con la opinión de un hombre. A Ethan le han pasado muchas cosas. La herida que sufrió en Afganistán puede haberle dejado cicatrices, más allá de las físicas.

—Perdió una pierna, Cora Jane. Tiene todo el derecho a tener sus momentos de amargura.

—Lo sé. También sé que no ha estado viendo a nadie desde que le dejó su prometida. Quizá esté demasiado amargado para una relación. Y eso no es lo que yo quiero para Samantha. Sé que ella pasa por ser una mujer segura y confiada, pero al fin y al cabo es una actriz. Eso es lo que quiere que la gente vea en ella. Y se ha llevado muchos palos. Las cosas no le han ido siempre como quería. Necesita un hombre fuerte y compasivo, no alguien que vaya a tirar de ella y la arrastre hasta el fondo.

Jerry asintió con la cabeza.

—Me aseguraré de llevarme mi cuaderno de tareas.

Cora Jane lo miró ceñuda.

—No te estás tomando esto lo suficientemente en serio.

—¿Cómo podría hacerlo? Enamorarse no es una ciencia exacta. Si lo fuera, habría elegido a una mujer mucho más sencilla y menos complicada que tú.

Pese a la evidente frustración del tono de Jerry, ella se echó a reír.

—Quizá, pero ahora estás atrapado conmigo.

Él le pasó un brazo por hombros y le dio un tierno beso en la mejilla.

—Y que lo digas.

Para su sorpresa e inmensa satisfacción, no sonó como si se estuviera quejando.

Tan pronto como Cora Jane le explicó la situación de los Templeton y la oportunidad que se le había presentado a Jimmy, Ethan se apuntó a la causa sin la menor vacilación.

—Me encargaré de que Rory haga la rehabilitación que necesita —le prometió—. Y arreglaremos lo del pago. Si sufrió el accidente en el trabajo, ¿no debería cubrir los gastos el seguro?

Cora Jane se encogió de hombros.

—La verdad es que desconozco los detalles. Solo sé que no ha podido hacer la rehabilitación, de manera que lo de volver al trabajo ha quedado descartado. Sean cuales sean los ingresos que reciba, seguro que no son suficientes. Jimmy ha estado colaborando para mantener a la familia económicamente a flote, pero su corazón está en la biomedicina, igual que mi Sam. Deberías haberles oído hablar. Te juro que ese chico estaba tan al tanto de los últimos artículos aparecidos en las revistas científicas como el propio Sam.

Ethan sonrió.

—Suena a niño prodigio. Estaré encantado de hacer lo que pueda por ayudarle.

Cora Jane se mostró exultante.

—Sabía que podía contar contigo, Ethan. Te portaste estupendamente cuando trajimos a B.J. aquí, después de que se cortara, y Boone, siempre ha hablado maravillas de ti.

—Boone es un buen amigo –repuso Ethan, mirándola desconfiado como si sospechara que estaba tramando algo.

—Estoy verdaderamente encantada de que finalmente se haya arreglado con Emily.

Ethan se limitó a asentir, claramente esperando a ver lo que tenía en mente.

—¿Y tú? Lamenté enterarme de lo de tu prometida. No era una chica de aquí, ¿verdad?

—No, nos conocimos en la universidad. Ella era de Durham.

No hubo duda alguna sobre el tono helado que acompañó la brusca respuesta.

—¿Y en este momento no estás saliendo con nadie?

Una sorprendida sonrisa asomó a los labios de Ethan.

—Cora Jane, ¿a dónde quieres ir a parar? Mi vida social no es asunto tuyo.

—Es solo que detesto ver a un hombre tan guapo y tan preparado como tú sin pareja.

—Estoy perfectamente sin pareja, gracias –clavó la mirada en ella–. Y lo sé todo sobre tu tendencia a meterte en la vida de los demás. Boone me ha puesto al tanto. Así que si estás pensando en meterte en la mía... no lo hagas.

A su lado, Jerry se echó a reír.

—Creo que te lo ha dejado suficientemente claro, Cora Jane. Vámonos antes de que decida que ayudar a Rory Templeton le va a salir demasiado caro.

—Una cosa no tiene nada que ver con la otra –protestó indignada y se volvió luego hacia Ethan, con expresión preocupada–. Lo sabes, ¿verdad?

—Claro que sí. No te preocupes. Rory conseguirá su rehabilitación.

Cora Jane asintió satisfecha.

—De acuerdo, entonces. Nos vamos. Pásate por casa en algún momento, Ethan. Nos encantaría verte. O por Castle's, quizá a comer algún día. Invitará la casa.

–Una generosa oferta, Cora Jane. Quizá lo haga.
Cuando volvían a la camioneta, Cora Jane se permitió una sonrisa petulante.
–Ha ido muy bien –dijo.
Pero Jerry no parecía tan seguro.
–¿De veras piensas eso?
–Por supuesto que sí. Va a ayudar a Rory y uno de estos días se pasará por Castle's. Me aseguraré de que le atienda Samantha y empezará la diversión.
Jerry sacudió la cabeza.
–Querida, me encanta tu optimismo, pero ese hombre no pondrá un pie en Castle's si no es con una escolta armada. Sabe lo que pretendes.
Cora Jane titubeó ligeramente ante su convicción.
–¿Eso crees?
–Oh, puede que no sepa que tienes a Samantha en mente, pero sabe que tienes a una candidata esperando. No quiere formar parte de tu plan. Te lo ha dejado muy claro.
–Pero sería perfecto para Samantha, ¿no te parece? Es un hombre bueno, íntegro y honesto. Dispuesto a ayudar a los demás.
–Y no está buscando una relación seria –le recordó Jerry.
Cora Jane ignoró su comentario.
–Ningún hombre quiere una relación seria hasta que se la encuentra –le aseguró, confiada.
Jerry suspiró profundamente.
–Diga lo que diga, no vas a soltar a tu presa, ¿verdad, Cora Jane?
–Por supuesto que no. Pretendo ver a todas mis nietas felizmente casadas.
–¿Y tú? –le preguntó él–. ¿Qué es lo que quieres para ti?
Cora Jane le agarró del brazo.
–Ya tengo todo lo que necesito.

Él la miró indulgente, con una inequívoca devoción en los ojos.
–Buena respuesta, querida mía. Buena respuesta.

Cuando, finalmente, Wade dejó a Gabi en casa de Cora, todo estaba a oscuras, aunque había un coche en el sendero de entrada.
–¿Samantha? ¿Abuela? –gritó Gabi mientras entraba, encendiendo la luz de la cocina.
–Aquí fuera –respondió Samantha.
Gabi se volvió hacia el porche y descubrió a su hermana sentada en una mecedora con lo que parecía una margarita en la mano.
–Oh. ¿Un mal día? –preguntó Gabi.
–Nada del otro mundo –respondió Samantha con un tono cargado de resignación–. Me presenté a un papel de una serie piloto que están rodando en Nueva York. No me lo han dado.
–Oh, Sam, lo siento –dijo Gabi, preocupada por su tono de decepción–. Habrá otros papeles.
–¿Tienes idea de cuántas veces he tenido que decirme eso a mí misma? –le preguntó Samantha–. Ya me estoy cansando de hacerlo.
–Pero no puedes rendirte –le dijo Gabi–. Actuar siempre ha sido tu sueño.
–¿Pero cuándo voy a aceptar que mi carrera no termina de despegar? He trabajado como actriz, claro, pero he pasado más tiempo sirviendo mesas, sirviendo copas y haciendo de camarera en un restaurante que actuando. No es para eso para lo que firmé. Quizá haya llegado la hora de dejarlo.
–¿Para hacer qué? –dijo Gabi, esforzándose por esconder su sorpresa.
Samanta se echó a reír, pero con una carcajada decididamente forzada.

—Esa es la pregunta del millón —miró a Gabi y recogió su bebida—. Tengo entendido que tu día ha sido tan complicado como el mío.
—¿Te has enterado de lo de papá y mi trabajo?
Samantha asintió.
—Sí. ¿Qué vas a hacer?
—Voy a rechazarlo —dijo Gabi.
Samantha se sentó un poco más erguida.
—¿En serio? ¿No se pondrá hecho una furia?
—Muy probablemente.
—¿Cuándo piensas decírselo? Supongo que no lo has hecho, porque no tienes esa expresión consternada que se te habría quedado si te hubiera cortado en pedacitos por no haber estado a la altura de sus expectativas.
—No he reunido el coraje suficiente —admitió.
—¿Eso es porque no estás segura de haber tomado la decisión correcta?
Gabi sacudió la cabeza.
—No, estoy segura de esto. Lo que pasa es que no sé si estoy preparada para soportarlo, sobre todo cuando durante las pocas horas felices del otro día, papá estuvo de mi lado.
—Ese fue definitivamente un momento histórico y largamente esperado —se mostró de acuerdo con Samantha.
Gabi la miró de arriba a abajo.
—Hacemos buena pareja, ¿verdad?
—Desde luego —dijo Samantha—. Al menos Emily parece tener su futuro bien planificado. Tiene el trabajo de sus sueños en Los Ángeles y Boone ha encontrado una manera de dejarlo todo aquí para estar allí con ella.
—Boone es un hombre muy especial —dijo Gabi.
—Y Wade —añadió Samantha, astuta.
Gabi asintió.
—Sí que lo es.
Samantha abrió mucho los ojos.
—¡Guau! ¿No me lo discutes?

–¿Cómo voy a discutírtelo? Estuvo conmigo esta tarde. Sorprendentemente, ni una sola vez me ha presionado para que haga lo que él quiere. Simplemente me picó y me pinchó hasta que yo misma descubrí lo que yo quería.

–¿Cómo ves lo que está pasando? –le preguntó Samantha–. ¿Entre Wade y tú?

–Es demasiado pronto para pensar en ello –dijo Gabi–. Quizá sepa que volver a mi antiguo trabajo no es la respuesta que necesito, pero... ¿y el resto? –se encogió de hombros–. Sobre el resto, ni idea. Y hasta que vuelva a tener mi vida bajo control, ni siquiera puedo pensar en relacionarme con nadie. El único otro ser humano en el que tengo que pensar en este momento es mi bebé. Decidir lo que voy a hacer por mi hijo tiene que ser mi máxima prioridad.

–Así que... ¿sigues considerando la idea de la adopción? –le preguntó Samantha con un tono sorprendentemente neutro, dada su anterior oposición a la idea.

–Tiene mucho sentido bajo las presentes circunstancias –dijo Gabi, pero incluso ella era consciente de que su voz no reflejaba ningún entusiasmo.

Samantha se estiró para tocarle un brazo y esperó a que Gabi la mirara.

–Pero tú quieres quedarte con el bebé, ¿verdad?

Con los ojos inundados de lágrimas, Gabi se llevó una mano instintivamente al vientre.

–Sí.

–Entonces hazlo –la urgió Samantha–. Podrás arreglártelas como madre soltera, Gabi. Tendrás todo el apoyo de la familia y algo me dice que también el de Wade, si lo quisieras.

Gabi alzó una mano.

–No es justo que me relacione con él. Quizá después, una vez que tenga mi vida bajo control...

Samantha la interrumpió:

–¿Y Wade te esperará pacientemente mientras tú lo consigues?

Gabi tuvo que reconocer para sus adentros que se había hecho esa misma pregunta. Pero a su hermana simplemente le dijo:

—Supongo que eso tendremos que esperar para verlo.

—¿Cómo contemplarías la posibilidad de perderlo si te llevara demasiado tiempo aclararte a ti misma?

—No me he permitido pensar sobre ello —le confesó Gabi—. Ya estoy sometida a suficiente presión como para lidiar con eso.

Pero sorprendentemente, por primera vez, casi podía contemplar aquella perspectiva con miedo. Quizá había cerrado la puerta del pasado con demasiada firmeza como para permitirse abrir la siguiente, que podía estar abierta a todo tipo de posibilidades.

—Tío Wade, ¿te gusta la señora que estuvo aquí contigo? —le preguntó Chelsea con expresión seria, pero ni la mitad de sombría con la que lo estaba mirando Louise mientras esperaba su respuesta.

—Gabriella en una muy buena amiga mía —le confirmó él, utilizando deliberadamente un tono neutro.

Bryce, de ocho años, entró en el salón con una lata de soda. No precisamente conocido por su habilidad para medir las palabras, preguntó:

—¿Y cómo es que a mamá no le gusta?

Louise se ruborizó ante el comentario.

—Bryce Carter, yo nunca he dicho que no me gustara —se apresuró a corregirle—. Lo que dije fue que tenía algunas reservas sobre la situación.

Wade tuvo la corazonada de que su sobrino había interpretado exactamente sus palabras.

—Sabes que soy un hombre adulto que es perfectamente consciente de los pros y contras que tiene relacionarse con una mujer en las presentes circunstancias, ¿verdad? —le dijo a su hermana, sosteniéndole la mirada.

—Yo no estoy tan segura de ello —replicó Louise con gesto ceñudo.
—Pues yo sí —la desafió, y alzó a Chelsea en el aire hasta que la niña se puso a chillar de alegría.
—¿Y cómo puedo estarlo yo?
—Encuentra alguna manera —repuso con tono firme, desviando la mirada de su sobrina a su hermana—. Y la próxima vez que estemos todos juntos, quizá puedas encontrar tú también una manera de cambiar de actitud. El domingo hiciste sentir a todo el mundo incómodo.
Louise se mostró vagamente entristecida.
—Es lo mismo que dijo Zack. Dado que habitualmente es ajeno a esas cosas, me figuro que debió de ser bastante negativa.
—Lo fuiste —confirmó Wade—. Mamá se habría quedado escandalizada.
Louise se echó a reír.
—¿Estás de broma? Mamá la habría sometido a un interrogatorio que me habría hecho quedar como una principiante. ¿No la oíste cuando llevé a Zack a casa la primera vez? Es un milagro que el pobre me pidiera otra cita —sonrió—. Por supuesto, el hecho de que lo hiciera le hizo ganar un enorme número de puntos. Por su valentía —su expresión se volvió seria—. Sabes que yo solo quiero lo mejor para ti. No quiero volver a verte sufrir. Lo que pasó con Kayla y el bebé te dejó hecho trizas.
Wade suspiró. Eso no podía discutirlo. Y Louise ni siquiera lo sabía todo. De haberlo sabido, le habría encerrado en un armario hasta que Gabi, con el peligro que ella representaba, se hubiera marchado del pueblo.
Justo en aquel momento sonó su móvil. En la pantalla vio que era Gabi.
—Tengo que contestar esta llamada —dijo mientras bajaba a Chelsea de su regazo, para salir luego a la terraza—. Hola —dijo en voz baja—. ¿Qué tal te va? ¿Has cambiado de idea?

—No —admitió Gabi—. Creo que estoy un poquito estupefacta por ello.

Él sonrió.

—Yo creo que eso solo demuestra que has tomado la decisión acertada. ¿Se lo has dicho a alguien ya?

—Solo a Samantha.

—¿Y?

—Está de acuerdo contigo en que estoy haciendo lo correcto.

—Sabes que no se trata ni de su aprobación ni de la mía, ¿verdad?

—No, se trata de cómo me hace sentir a mí, y me siento asombrosamente bien. Aliviada, en realidad. Y entusiasmada. Quizá necesitaba esa oferta, quizá necesitaba la prueba de que lo que había sucedido era injusto, con tal de poder mirar hacia delante.

—Eso tiene sentido.

—¿Estás en tu taller?

—No. Estoy en casa de Louise, pasando tiempo con los niños.

—¿Y tu hermana? ¿Te ha sermoneado sobre la necesidad de que te alejes de mí?

—Lo ha intentado —dijo—. Pero le dije que no se metiera en mis asuntos.

—Quizá deberías hacerle caso. Ahora mismo no soy exactamente un gran partido.

—La decisión es mía, cariño. No me voy a mover de mi sitio.

—Probablemente no debería admitir esto, pero encuentro tu decisión sorprendentemente reconfortante.

Wade se rio por lo bajo.

—¡Guau! Puede que esa sea la cosa más estimulante que te he oído decir hasta ahora. Creo que me está creciendo la cabeza.

Gabi se echó a reír, que era lo que él había pretendido.

—Probablemente no deberías dejar que te subiera a la

cabeza –le advirtió ella–. Parece que tengo un humor muy caprichoso en estos días. ¿Quién sabe lo que deparará el mañana?

–Correré el riesgo. ¿Qué tienes en la agenda para el resto de la tarde? ¿Vas a llamar a tu padre para darle la noticia?

–No, he pensado en dejarlo para mañana. Me gustaría disfrutar de una buena noche de sueño sin que sus críticas resuenen en mi cabeza.

–Tiene sentido –dijo Wade.

–¿Qué me dices de ti?

–Seguiré aquí un rato más, y luego me marcharé a casa. El otro día encontré en la playa un madero increíble. Quiero descubrir lo que tiene dentro.

–Supongo que estás hablando de la forma que tendrá cuando lo talles, y no que esperas encontrar un tesoro.

–Eso es un tesoro –la corrigió–. Si fueras artista, lo entenderías.

–Casi lo entiendo –dijo con un tono que se volvió pensativo–. Hace muchos años recuerdo haber estado sentada en el porche de mi abuela con un juego de acuarelas que me había dado. Me pregunto si esas pinturas seguirán por aquí –se rio–. Eran horribles.

–¿Estás segura? –le preguntó Wade–. ¿Qué años tenías?

–Doce, quizá trece, creo.

–Quizá solo eran el resultado de un ojo poco entrenado –sugirió.

–Y de unas manos torpes –le corrigió–. Te lo aseguro, nada de lo que pinté resultaba reconocible. Fue la experiencia más frustrante de mi vida.

–De modo que ya en aquel entonces no querías hacer nada que no fuera perfecto –dijo–. ¿Ni siquiera aceptabas el método de ensayo y error?

–Así es –reconoció.

–Localiza esas pinturas –la animó–. Quiero verlas.

—Ni hablar. Tú eres un artista de verdad. Y aquellos eran los trabajos infantiles de una completa aficionada.

—Todos los artistas eran unos aficionados la primera vez que pintaron algo —dijo él.

—Sé lo que intentas hacer —replicó con tono acusador—. Pero no vamos a descubrir que poseo algún talento oculto como artista, eso te lo puedo asegurar.

—Entonces déjame preguntarte una cosa —le pidió—. ¿Cómo te sentiste cuando hiciste esas pinturas?

—Frustrada e irritada —respondió sin vacilar.

Wade se echó a reír.

—De todas formas, me gustaría verlas.

—¿Por qué?

—Porque no te conocía en aquel entonces. Eso me dará una pista sobre cómo eras.

—Probablemente sacarás más información escuchando las historia de Cora Jane sobre lo mal que me portaba.

—Créeme si te digo que ya me ha puesto al tanto —admitió—. Lo único que no ha hecho tu abuela ha sido enseñarme tus fotos de bebé, contigo tumbada desnuda sobre una piel de oso.

—Esa fotografía no existe, gracias a Dios —dijo Gabi—. Pero si sientes curiosidad por las lejanas etapas de mi vida, quizá te enseñe alguno de mis anuarios escolares en alguna ocasión. No los del segundo año de instituto, sin embargo. Era patética.

—Me cuesta imaginarte pareciendo patética.

—Imagínate gafas, pelo liso y acné. La viva imagen de la empollona de instituto.

—No me lo creo.

—Oh, sí. Samantha era la hermana guapa. Y Emily la alegre. Yo era la estudiante seria consagrada a hacer que mi padre se sintiera orgulloso de mí, aunque él ni se enteraba.

—¿Qué fue lo que cambió? —le preguntó él—. Dijiste que eso fue en tu segundo curso de instituto.

—Conocí a un chico, por supuesto. Él ni siquiera se daba

cuenta de que existía, pero gracias a los esfuerzos de Samantha, cambié las gafas por lentes de contacto, me hice un corte de pelo decente y, con la ayuda de un hábil dermatólogo, me hice limpiar el cutis. Conseguí una cita o dos, aunque nunca con el chico que había llamado mi atención.
–¿Estaba aquí? –preguntó Wade.
–No, en Raleigh –se quedó callada–. Ya sabes, creo que esa fue la mejor parte de aquel verano. Cuando estaba aquí, no vivía sometida a la presión de estar con un chico, que era lo que me pasaba allí, en el instituto. Conocí a muchos, por supuesto, en el restaurante, pero íbamos a la playa en plan grupo. Siempre nos juntábamos un montón.
–Apuesto a que yo me habría enamorado de ti en aquel entonces –dijo Wade.
Ella se rio por lo bajo.
–Quizá debería dejarte ver mi anuario de segundo curso, después de todo. Dudo que estuvieras tan seguro de eso si lo vieras.
–Ponme a prueba –le dijo él.
–Quizá lo haga. Buenas noches, Wade.
–Te llamaré mañana.
Cuando cortó la llamada y se volvió para entrar en la casa, vio a su hermana en la puerta, escuchando descaradamente.
–Ni una palabra –le advirtió él en voz baja–. Ni una sola palabra.
–¿Ni siquiera si estoy mortalmente asustada por ti?
–Ni siquiera –repuso.
Lo que no se atrevió a admitir fue lo mucho que estaba asustado él mismo. Contrariamente a lo que su hermana pudiera pensar, no era completamente ciego a los obstáculos que se alzaban en su camino. Ni inmune a las comparaciones con su pasado con Kayla. Simplemente estaba escogiendo ignorar todo aquello, porque en el fondo era un optimista. No podía permitirse creer que la felicidad le podía ser arrebatada dos veces.

Capítulo 10

Después de acostarse la noche anterior, Gabi no había podido dejar de pensar en aquellas pinturas que le había mencionado a Wade. Algo que él le había preguntado le había disparado un recuerdo. Había querido saber no solo cómo le habían salido aquellas pinturas, sino cómo se había sentido cuando las hizo. Y se había quedado sorprendida al recordar que aunque se había quedado frustrada por su falta de maestría, le había encantado el proceso.

Evocó aquella tarde. Mientras Samantha había estado fuera, de cita con un chico, y Emily en compañía de Boone bajo la vigilante mirada de su abuela, ella había salido al embarcadero de detrás de la casa con sus acuarelas. Recordaba haber sido completamente consciente, y de una manera peculiar, de todo lo que la rodeaba: los matices de la luz y la sombra, la riqueza de los colores, la complejidad de las texturas. Aunque no había sido capaz de plasmar ni una sola de aquellas cosas en el papel, pensó en ese momento, entristecida.

Aun así, podría resultar interesante echarles otro vistazo. Tenía la corazonada de que su abuela nunca las había tirado. Demasiados habían sido los otros recuerdos que Cora Jane había salvado como para haberse deshecho de aquellas pinturas.

Como la abuela y Samantha se habían marchado, Gabi disponía de toda la casa para ella sola y de todo el tiempo del mundo. Su única tarea para ese día era llamar a su padre y luego a Amanda Warren. Posponer aquellas incómodas conversaciones le pareció una excelente idea.

El dormitorio principal de la casa, el de su abuela, estaba en la planta baja, pero había tres más en el primer piso. Gabi y sus hermanas solían utilizar el mayor de ellos como dormitorio cuando llegaban de visita. El segundo estaba reservado a otros invitados, incluidas las ocasionales visitas de sus padres. El tercero estaba abarrotado de cosas de las que Cora Jane no podía soportar deshacerse. Gabi decidió empezar por allí.

Sonrió cuando se encontró con viejas muñecas, incluso un cochecito de bebé en miniatura para uno de los apreciados bebés de Emily, un juguete caro que su hermana había suplicado durante meses hasta que se lo regalaron por Navidad. En ese momento la muñeca yacía desmadejada en el cochecito, vestida nada más que con un pañal y luciendo un roto lacito rosa en el poco pelo que le quedaba.

—Bueno, una cosa es segura: yo habría cuidado mejor a mi bebé de lo que Emily hizo contigo —le dijo a la pobre muñeca, sosteniéndola en un brazo mientras continuaba hurgando en los trastos.

Encontró cajas de rompecabezas, almacenados para los días de lluvia, así como juegos de mesa deteriorados por el frecuente uso. Todavía podía oír las riñas que habían acompañado aquellas tardes de juego. ¿Con cuánta frecuencia había terminado Cora Jane por perder la paciencia, llevándolas consigo a la cocina para poder arbitrar en sus disputas mientras horneaba?

Finalmente, cuando Gabi estaba empezando a pensar que quizá el sentimiento de su abuela no se había extendido a sus pinturas, abrió el cajón de una cómoda y las encontró, protegida cada una con un papel cebolla. La caja de acuarelas de principiante, secas ya, también estaba allí.

Dejando a un lado la muñeca de Emily, sacó las pinturas y las examinó con ojo crítico. Eran horribles, eso era verdad. ¡Su memoria no le había fallado en ese aspecto!

Una presentaba varios borrones de azul sobre un fondo mayormente verde. Solo podía suponer que había sido un intento de capturar la imagen de las hortensias del fondo del porche. Fue su memoria, que no la ejecución de la pintura, lo que se lo sugirió. En otra, unas tablas grises sin sombreado se extendían sobre una superficie de un azul plano. Una figura hecha de palotes estaba sentada al final del muelle, con lo que seguramente había pretendido fuera una caña de pescar en la mano.

–No hay mucha sutileza aquí –comentó, divertida por su ineptitud–. No es de extrañar que nunca haya vuelto a empuñar un pincel.

Y sin embargo, en aquel momento, casi podía sentir el sol sobre sus hombros mientras pintaba, oler la sal en el aire, escuchar el lento y firme rumor de los barcos en el agua. Podía recordar también la desesperación con que había querido capturar todo aquello en el papel, para crear una imagen que su abuela pudiera atesorar. Mientras acariciaba aquellas hojas cuidadosamente preservadas, se dio cuenta de que su abuela lo había hecho, efectivamente. Pese a que no eran exactamente obras merecedoras de ser enmarcadas y expuestas en las paredes.

Quizá las acuarelas no fueran su mejor medio de expresión, pensó. O quizá no tuviera una sola fibra artística en su cuerpo, al contrario que Wade.

–Pero podría ser divertido volver a intentarlo –musitó pensativa. Tal vez podría recibir unas clases. Únicamente por pura diversión. ¿Cuándo había sido la última vez que había hecho eso, pasar tiempo haciendo algo simplemente porque le apetecía? Había estado demasiado ocupada haciendo las cosas que había pensado que podían ayudarla a salir adelante, a prosperar.

–Y mira lo que has conseguido –murmuró mientras hacía a un lado las pinturas. Quizá algún día se las enseñaría a Wade. O quizá no.

En ese momento tenía que enfrentarse con la realidad, hacer esas temidas llamadas.

Depositó con cuidado la muñeca de Emily en su cochecito, la cubrió con una manta y le dio una cariñosa palmadita.

—Quizá mi pequeña, si al final llego a tenerla, venga a buscarte —musitó, imaginándose la escena. La imagen la dejó con una sonrisa en los labios y una punzada de anhelo en el corazón.

De repente sintió hambre, o quizás simplemente estuviera retrasando lo inevitable. Tomó unas pocas galletas de mantequilla de cacahuete recién hechas de su abuela, se sirvió un vaso de leche y se dirigió al porche, con el móvil en el bolsillo.

Una vez instalada en la tumbona, se comió una galleta y luego otra, suspirando de placer con cada golpe de sabor que le estallaba en la lengua. El tiempo que había pasado contemplando aquellas pinturas y el sabor de las galletas de mantequilla de cacahuete le recordaban tiempos más sencillos y más felices. Al igual, por supuesto, que las galletitas de chocolate o la avena con pasas. Apenas pasaba un día sin que su abuela rellenara la gran jarra del mostrador de la cocina con las galletas que Gabi, Samantha, Emily y sus amigas tanto adoraban. Cora Jane solía hacer docenas de cada tipo, para llevarse el resto al restaurante donde las servía con helado como uno de los postres especiales del día. Las vendía también en bolsitas individuales a los turistas de playa que buscaban algo dulce que comer por la calle.

Después de comerse la tercera galleta, Gabi no pudo ya simular que no se estaba resistiendo a hacer aquellas llamadas. Marcó el número personal de su padre y no se sorprendió de que le respondiera con un tono aún más gruñón que el usual.

—Ya era hora de que me devolvieras la llamada —rezongó impaciente—. Te hice un favor, Gabriella, ¿y cómo me lo pagas? Ignorando mi llamada. No molestándote siquiera en llamar a Amanda Warren. ¿Qué es lo que te pasa? ¿Estás decidida a autodestruirte?

—Un momento, papá —dijo, a punto ella también de perder la paciencia—. Aunque te agradezco lo que has intentado hacer, tienes que tener en cuenta que yo no te lo pedí. Ni siquiera lo consultaste conmigo para saber si yo quería volver a trabajar allí.

Se quedó callado, obviamente reflexionando sobre lo que ella acababa de decirle.

—¿Me estás diciendo que he perdido el tiempo? —le preguntó lentamente—. ¿Que no tienes intención de volver?

Por un instante, Gabi tuvo la sensación de que su padre había sufrido un ataque de tristeza, pero no duró mucho.

—¿Has pensado en cómo voy a quedar yo? —fue su siguiente pregunta, recurriendo a un familiar estribillo.

—Claro, al final todo se reduce a tu persona y a tu reputación —le acusó ella, incapaz de disimular la amargura de su voz—. Tuviste un gesto magnánimo y se supone que yo debo aceptarlo para que no te pongas en ridículo. ¿Es eso?

—Creía que querías ese trabajo —protestó él—. Te comportaste como si perderlo fuera el fin del mundo. Estabas acongojada. Es por eso por lo que me impuse hacer esa llamada.

Gabi intentó recordarse que realmente sus intenciones habían sido buenas. Suavizó su tono.

—Pero no me preguntaste, ¿verdad? Sé que pensaste que estabas haciendo una gran cosa. Y te agradezco lo que hiciste. Significa mucho para mí que quisieras ayudarme, más de lo que probablemente te imaginas.

—Pero no vas a volver —concluyó con tono resignado.

—No, no voy a hacerlo. Ellos no quieren que vuelva, papá. En realidad, no. Ron Carlyle te está haciendo un favor a ti. Amanda nunca me perdonará que la hayas puenteado. Sería una situación intolerable.

Después de lo que le pareció una eternidad, su padre suspiró.

—No lo había mirado desde este punto de vista. Solo pensé que lo que te habían hecho estaba mal y quise arreglarlo.

—Lo sé.

—¿Se lo has dicho ya?

—No. Quería hablar contigo primero. Necesito aclararme. Durante mucho tiempo pensé que ese trabajo era exactamente lo que quería, el único que quería.

—¿Y has descubierto que no lo es? —le preguntó él, tan estupefacto como ella por la noticia.

—Quizá no —respondió ella—. Estoy empezando a pensar que lo que realmente quiero es tener una vida. Una vida rica, complicada, a tope.

—¿Y esa vida incluirá a tu hijo? —preguntó con tono vacilante—. Sé que has estado pensando en la adopción.

—¿Y tú todavía no te has decantado? —replicó ella, sorprendida de que lo hubiera sabido y hubiera guardado silencio.

—Esa es una decisión enorme en la vida de cualquiera, que solo puedes tomar tú. Al final y al cabo, serás tú la que viva con sus consecuencias, de una u otra manera.

—¿Pero qué te parecería convertirte en abuelo? —se atrevió a preguntarle.

Él se rio por lo bajo.

—¿Sabes? No estoy muy seguro. He cometido muchos errores como padre. Quizá sea esa mi oportunidad para hacer algunas cosas bien. Incluso conseguir también para mí una de esas vidas que has mencionado antes.

—Creo que voy a desmayarme —le dijo ella.

—¿En serio? ¿Estás sentada? —le preguntó con un tono de pánico que venía a ser una prueba más de que un enorme cambio estaba teniendo lugar. Un cambio impresionante.

—Era broma, papá —le aseguró—. Estoy bien, solo un poco sorprendida por esa nueva personalidad tuya.

—Me temo que esa personalidad está en construcción, Gabriella. Imagino que surgirán problemas cuando vuelva a mi familiar «yo» egoísta y centrado en sí mismo.

—Espero que no —le dijo ella—. Emily, Samantha y yo te necesitamos en nuestras vidas. Necesitamos al padre que precisamente has intentado ser durante estos últimos días.

—¿Sabes? Creo que ninguna de vosotras me ha echado mucho de menos antes —dijo—. Hasta tu madre estaba acostumbrada a hacer las cosas a su manera.

—Claro. Todas somos muy independientes, papá, pero eso no significa que no te necesitemos. Recuerda eso, ¿quieres?

—Definitivamente lo tendré presente.

—Gracias otra vez por lo que has intentado hacer.

—No hay problema. Si cambias de idea y quieres que haga alguna llamada más, solo tienes que decírmelo.

—Lo haré —le prometió ella.

Aliviada por lo bien que había ido todo, llamó a Amanda. Cuando contactó con su secretaria y esta le dijo que se hallaba reunida, Gabi pidió dejarle un mensaje de voz.

Sabiendo que era una cobardía, dejó lo que esperaba fuera un elegante y de lo más sincero mensaje:

—*Amanda, soy Gabi. Gracias por reconsiderar la decisión, pero creo que es mejor que dejemos las cosas así. No estoy interesada en volver. Quiero mirar hacia delante, no hacia atrás.*

Después de colgar, se guardó el teléfono en el bolsillo y soltó un suspiro de alivio. Tal vez solo fuera temporal, aquella sensación de serenidad que la estaba invadiendo, pero por el momento sabía que había hecho exactamente lo adecuado.

—Mi padre recibió anoche una llamada del doctor Cole —le comentó Jimmy a Wade con tono entusiasmado—. La señora Castle debió de haber hablado con él, ya que le aseguró a mi padre que le proporcionaría toda la rehabilitación que necesita. Al principio mi padre salió con aquello de «oh, no, no puedo permitirlo», pero no sé qué es lo que le dijo el doctor Cole que acabó convenciéndolo.

–Eso es fantástico, Jimmy.

–¿Y sabes lo mejor? Mi padre estaba sonriendo cuando colgó el teléfono. Hacía mucho tiempo que no lo veía tan feliz. Estoy en deuda con todos vosotros por esto. Él mismo os daría las gracias si lo supiera.

–Fue la esperanza lo que le puso esa sonrisa en la cara –comentó Wade, sonriendo él mismo–. ¿Cómo te está yendo con todos esos papeles que te entregó Sam Castle para que los rellenaras?

–Los he rellenado todos menos la parte del ensayo –respondió, esbozando una mueca–. No sé qué decir.

–¿No se suponía que tenías que decirles por qué estás interesado en la universidad o en ese particular campo de investigación?

Jimmy asintió.

–Ya, pero eso suena estúpido cuando lo pongo en el papel, como si estuviera intentando hacerle la pelota a alguien.

–Mi experiencia es esta –le dijo Wade–. Si lo que escribes es sincero, si les dices lo que sientes realmente, no parecerá estúpido en absoluto. Oí en tu voz la pasión que tienes por ese campo cuando estuviste hablando con Sam Castle. Todos la oímos. Simplemente pon algo de eso en tu escrito. Yo lo leeré cuando lo termines, si quieres. Y estoy seguro de que el señor Castle también querrá leerlo.

Jimmy sacudió la cabeza.

–Él se lo tiene que entregar al comité de selección. No quiero que se sienta como si estuviera intentando presionarlo para que me elijan por delante de los otros candidatos o algo así.

Wade lo miró con expresión aprobadora.

–Eso demuestra la integridad que tienes –le dijo al joven–. Ganarás esa beca. Reúnes todas las características de alguien que tendrá éxito.

–Tú eres parcial –replicó Jimmy, aunque parecía complacido por el comentario de Wade. Vaciló por un momento, con expresión insegura–. ¿Crees que el doctor Cole y el rehabilitador conseguirán que mi padre vuelva a trabajar?

Wade intentó mostrarse tranquilizador, pero sin hacer promesas.

–Sabes que el doctor Cole perdió una pierna en Afganistán, ¿verdad?

Jimmy asintió.

–¿Y lo has visto moverse, correr incluso en una maratón?

A Jimmy se le encendieron los ojos.

–Lo que quieres decir es que si él puede hacer eso, entonces mi padre también podrá mejorar –concluyó.

–Yo diría que tiene muchas probabilidades –confirmó Wade–. ¿Cuándo tiene la primera cita?

–Esta tarde le harán un diagnóstico. Mañana empezará con la rehabilitación –Jimmy lo miró esperanzado–. Estaba pensando que quizá debería acompañarlo. ¿Crees que a Tommy le importará que me tome un par de horas?

–No creo que le importe en absoluto –dijo Wade, orgulloso de que Jimmy se mostrase tan considerado con su padre–. Ve a preguntárselo.

Jimmy empezó a alejarse, pero de repente se volvió.

–Er... Gracias, ¿eh?

–No es necesario que me las des. Yo no he hecho nada de esto.

–Me presentaste a Gabriella –una sonrisa iluminó su rostro–. Pese a saber que podría enamorarse de mí...

Wade se rio ante su descaro.

–Vete de una vez, chico, antes de que cambie de idea y le diga que has cometido un tremendo error.

Jimmy no pareció siquiera remotamente preocupado por la amenaza.

–Creo que podría ser demasiado tarde para eso.

–Y yo creo que probablemente tengas razón. Vamos, vete.

Sacudió la cabeza, contemplando divertido cómo Jimmy se acercaba a hablar con Tommy y, con expresión seria, le explicaba que necesitaba tiempo libre. Tommy miró en dirección de Wade y asintió.

Cuando Jimmy se hubo marchado, Tommy se acercó a Wade.

–¿Eres tú el responsable de que vaya a perder a uno de los jóvenes más trabajadores que he tenido en años?

–Lo siento –dijo Wade–. Tiene muchísimo potencial. ¿Cómo podría dejar que se desperdiciara? Además, si te ha hablado de su padre, hay muchas posibilidades de que Rory pueda estar listo para volver a trabajar a jornada completa mucho antes de que Jimmy se marche a la universidad. Y él sería un buen fichaje. Tiene experiencia y está deseoso de volver a trabajar.

La expresión de Tommy se volvió pensativa.

–No me extraña que te lleves tan bien con Cora Jane. Compartís el mismo gen de meteros en las vidas de los demás.

Wade se echó a reír.

–Supongo que nunca se me había ocurrido, pero puede que estés en lo cierto. Si ese es el caso, creo que es por una buena causa.

–Imagino que eso es lo que ella piensa siempre, también –repuso Tommy.

No cabía duda sobre ello, pensó Wade. Y últimamente, con Gabriella en su vida, no estaba en condiciones de discutir sus razonamientos.

–¡Terapia de compras! –declaró Emily cuando llegó a casa de Cora Jane pisándole los talones a Samantha, que había aparecido casi arrastrándose de cansancio después de haber pasado el día trabajando en Castle's–. Hoy invito yo. Acaban de pagarme una cantidad exorbitante de dinero por aquella asesoría que hice sobre esa estación de esquí de Aspen.

–Deberías ahorrar para la boda –le dijo Gabi.

–No tendré problemas, sobre todo ahora que papá pagará la mayor parte de la factura –replicó Emily–. Pero hoy voy a llevarme a mis dos hermanas favoritas de compras. Solo vamos a comprar las cosas que nos gusten, no las que necesitemos. Solo por esta vez vamos a ser cero prácticas.

–Gabi no será capaz de hacerlo –se burló Samantha–. No tiene una sola fibra impulsiva y poco práctica en todo su cuerpo.

–Estoy embarazada, ¿no? –protestó Gabi–. Al menos eso me debería haber reportado un par de puntos, por haber hecho algo tan inesperado.

–Cierto –concedió Emily–. ¿Os apuntáis entonces? Al final del día, la que haya comprado la cosa más loca y menos práctica gana.

–¿Cuál es el premio? –preguntó Gabi, aceptando inmediatamente el desafío de Emily. Hubo un tiempo en que nada le había gustado más que competir con sus hermanas–. ¿Y quién será el juez?

–La abuela –se apresuró a sugerir Samantha–. Ella es imparcial –miró a Emily–. ¿Alguna idea sobre el premio?

–¿Qué tal una cena para dos en Boone's Harbor?

Gabi arqueó una ceja.

–¿Qué dirá Boone si nos invitas a cenar gratis en su restaurante?

–Se alegrará de que yo gane y conseguirá que le deje tranquilo una tarde entera –dijo Emily–. Y todas sabemos que yo soy la más impulsiva, así que estoy destinada a ganar.

Gabi miró a Samantha.

–Ese es un desafío al que no puedo resistirme. ¿Qué dices tú?

—Oh, sí —aceptó Samantha—. ¿Alguna regla? Tendrás que decírnosla ahora. No vas a inventártela cuando estemos fuera.

—Me parece justo —reconoció Emily—. El impulso de compra debe obedecer a algo que queramos de verdad, realmente, sin pensar en si vamos a ganar o no.

—Oh, me gusta —dijo Gabi—. Me muero de ganas de empezar.

Empezaron por el barrio de su abuela, entrando en tiendas que tenían de todo: desde bisutería de cristales marinos hasta trajes de baño de fantasía. Gabi se detuvo delante de una tienda de ropa de bebé, atraída por las minúsculas prendas.

—Demasiado práctico —declaró Emily—. Además, todavía no sabemos si será niño o niña. Aunque creo que podrías averiguarlo ya, si quisieras saberlo.

—Ya sé que podría —reconoció Gabi—. Lo que pasa es que no quiero.

—¿Porque empezarías a desear ropita rosa o ropita azul para un bebé que no piensas conservar? —le preguntó Samantha con tono quedo—. ¿No te dice eso algo, corazón? Quieres quedarte con el bebé.

Gabi alzó una mano, nada preparada para hablar de sus sentimientos todavía en desarrollo.

—No empecéis otra vez. Lo que yo pueda querer y lo que es correcto no tienen por qué ser lo mismo.

Se alejó unos pasos y entró en una tienda de artesanías locales. Su mirada se vio instantáneamente atraída a una campanilla de viento hecha con cristales que brillaban al sol. La brisa del aire acondicionado les arrancaba una dulce música, y algo asaltó su corazón cuando escuchó aquel sonido. Recordó de pronto haber estado sentada en el porche de la casa de su abuela, escuchando un sonido similar, un feliz tintineo que parecía anunciar la luminosidad y la alegría del verano.

Se alejó, pero para volver enseguida al muestrario de campanillas.

—Quiero eso —susurró, sorprendida ella misma.
Samantha la miró con curiosidad.
—¿Las campanillas de viento? ¿Cuál? ¿Es ese tu impulso de compra?
Gaby sacudió la cabeza mientras una idea empezaba a cobrar forma en su mente. Se preguntó si se la habría sugerido aquel dulce sonido. ¿O acaso el examen que antes había hecho de aquellas torpes pinturas suyas le había despertado alguna vena artística que ni siquiera había sabido que poseía?
—No quiero comprar ninguna —le dijo a Samantha—. Aunque aquella de allá es preciosa —señaló una con un lirio pintado sobre lo que parecía un diamante de cristal relleno de diminutas burbujas. Los pedacitos de vidrio que colgaban tenían todos los tonos del verde y el morado. Volviéndose hacia su hermana, anunció—: Quiero hacerlas.
Emily se reunió con ellas en aquel mismo momento y se la quedó mirando perpleja.
—¿Quieres hacer campanillas de viento? ¿Por diversión?
—Para vivir —la corrigió.
Tanto Emily como Samantha se quedaron estupefactas.
—¿Tienes alguna idea de cómo se hacen? —le preguntó Samantha.
—Ni una sola pista —admitió Gabi—. Pero puedo aprender.
Más entusiasmada de lo que se había sentido por algo en mucho tiempo, se dirigió a la cajera con la campanilla de cristales pintados a mano.
—¿Está hecha por algún artista de la localidad? —preguntó.
La muchacha se encogió de hombros.
—Ni idea. Yo solo trabajo aquí.
—¿Podrías averiguarlo? O decirme quizá cómo podría hablar con el dueño.

—Déjeme un número y le diré a Meg que la llame —dijo la chica con tono indiferente—. ¿Se la va a llevar?

Gabi miró los pedazos de vidrio rizado, con el lirio delicadamente pintado en el diamante de cristal, del que colgaban los demás.

—Sí, por favor —la campanilla de viento le recordaría aquella epifanía, incluso aunque no terminara significando el comienzo de una nueva carrera para ella.

Emily apareció a su lado con su tarjeta de crédito.

—Pago yo, ¿recuerdas? —sonrió—. Esta faceta tuya tan impulsiva me ha sorprendido.

—Yo también estoy sorprendida —una sonrisa asomó lentamente a sus labios.

Emily se volvió hacia Samantha, que asintió ligeramente con la cabeza.

—Dado que ni Samantha ni yo hemos encontrado nada sin lo que podamos vivir... ¡te declaramos ganadora del concurso! —le dijo a Gabi—. Avísame cuando quieras esa cena y me aseguraré de que Boone haga la reserva.

—Pero si apenas hemos empezado la jornada de compras... —protestó Gabi—. Cualquiera de las dos podríais encontrar algo mejor.

Emily sacudió la cabeza.

—Cariño, no se trata de la campanilla de viento, pese a que es preciosa. Se trata de ti y de tu deseo de aprender a hacerlas. Eso es increíble.

—¿Y loco? —preguntó Gabi, consciente de lo demente que sonaba después de haber pasado años escalando puestos en su carrera de ejecutiva.

—Quizá un poco —dijo Samantha—. Pero tienes derecho a arriesgarte.

Aunque aferraba feliz su paquete, Gabi no estaba tan segura de que aquel fuera el mejor momento para correr riesgos.

—Voy a tener un bebé —les recordó—. Debería plantearme objetivos prácticos, ¿no os parece?

–Un momento, quizá te conviertas en la mejor artesana de campanillas de viento de Sand Castle Bay –dijo Emily–. Del mundo incluso.

Gabi dio a su hermana un fuerte abrazo.

–¿Sabes qué es lo que más me encanta de ti?

–¿Qué? –preguntó Emily, algo sorprendida por aquel despliegue de afecto.

–La grandeza de tus sueños. Grandes hasta para mí.

–Bueno, claro. Tú eres mi hermana. Sam también. Quiero que ambas consigáis todo lo que deseáis y más aún.

Gabi les sonrió.

–¿Puedo tener mi premio esta noche, por favor? ¿Os apetece cenar conmigo esta noche? Sé que el premio era para dos. Yo pagaría la otra comida. Creo que toda esta introspección que he hecho hoy merece celebrarse, para no hablar de que he sido capaz de hablar con papá y con Amanda sin desquiciarme.

–Amén –repuso Emily–. Y la cena correrá a cargo de la casa –esbozó una traviesa sonrisa–. Ya me encargaré yo de recompensar merecidamente después a Boone por su generosidad.

Capítulo 11

Wade estaba a punto de dirigirse a su taller por la tarde cuando sonó su móvil.
—Hola, Boone —dijo—. ¿Qué pasa?
—¿Estás ocupado?
—Ahora mismo no tengo nada urgente entre manos. ¿Por qué?
—Acaba de llamarme Emily. Gabi, Samantha y ella van para el restaurante con la intención de celebrar algo. Emily me sugirió que tal vez querrías reunirte con nosotros.
—¿Emily te lo sugirió? —preguntó desconfiado—. ¿Lo sabe Gabi?
Boone se rio por lo bajo.
—Oye, yo solo estoy transmitiendo la información. Las maquinaciones entre bastidores se me escapan. Pero en serio no querrás perderte la oportunidad, ¿verdad?
Por supuesto que no quería perdérsela.
—¿Cuándo llegarán?
—Están en camino —dijo Boone—. Supongo que habrán terminado de comprar y se dirigirán directamente hacia aquí. No tengo ni idea de qué va la celebración, a no ser que hayan encontrado unos zapatos increíbles de ganga o algo así. Eso bastaría para acelerarle el pulso a Emily.
—Estaré allí dentro de veinte minutos —prometió Wade—.

Tengo que encontrar mi armadura protectora en caso de que a Gabi no le entusiasme mi presencia.

–No estáis peleados, ¿verdad? –le preguntó Boone con tono preocupado–. Por favor, dime que Emily no está intentando forzar algún tipo de reconciliación pública que esté destinada a tener efectos contraproducentes.

–Supongo que solamente está interviniendo. Creo que la vajilla y la cristalería del restaurante están a salvo.

–Pero eso de la armadura protectora...

–Era una broma, Boone –explicó paciente–. Gabi y yo nos comportaremos de una manera absolutamente civilizada. Eso casi te lo puedo garantizar.

–Es ese «casi» el que me preocupa –replicó Boone, y añadió con el tono resignado del hombre acostumbrado a verse envuelto en los tejemanejes de las Castle–: Hasta luego entonces.

–Espera un momento, Boone –dijo Wade antes de que su amigo tuviera oportunidad de colgar–. ¿De verdad que no tienes ninguna idea de lo que van a celebrar?

–Ni una pista. Solo sé que invito yo.

Wade se echó a reír.

–Entonces yo también me sumo a la celebración.

La tarde se prometía interesante, aunque la verdad era que no había pasado ni un solo momento de aburrimiento con Gabriella desde que la había conocido.

Cuando Wade llegó a Boone's Harbor, encontró a su amigo y a las tres hermanas sentadas alrededor de una mesa redonda, al pie de una ventana con una increíble vista de la puesta de sol en el mar. Sabía perfectamente que no era casualidad que la única silla libre fuera la contigua a la de Gabi.

Los ojos de Gabi se iluminaron de sorpresa cuando él sacó la silla, aunque al menos no parecía disgustada de verlo.

—¿Cómo es que estás aquí? —le preguntó ella—. Creía que tú preferías Castle's.

—Así es, pero Boone me llamó para avisarme de que esta noche se celebraba algo. Parecía pensar que yo no debía perderme la fiesta.

En vez de mirar a su futuro cuñado en busca de respuestas, Gabi se volvió inmediatamente hacia su hermana pequeña.

—¿Es verdad?

Emily se limitó a encogerse de hombros, simulando inocencia y fracasando miserablemente.

—Pensé que podría interesarle tu noticia.

Wade estudió el rostro de Gabi. Sus ojos parecían brillar de entusiasmo y sus mejillas estaban teñidas de rosa.

—¿Tu noticia? —preguntó, despertada su curiosidad.

—Rechacé el trabajo de mi antigua empresa —le informó—. Es lo que estuvimos hablando ayer —lanzó a Emily una mirada desafiante—. ¿Lo ves? No hay ninguna noticia aquí.

Wade insistió de todas formas.

—¿Y estás contenta con la decisión?

—Muy contenta —respondió—. Y más todavía porque mi padre pareció tomárselo sorprendentemente bien —esbozó una mueca—. Al menos después del shock inicial que le produjo que rechazara su bienintencionado intento de ayuda.

—Me alegro por ti.

—Hay más —presionó Emily, nada satisfecha con la minimizada revelación de Gabi—. Cuéntale el resto. Boone se muere de ganas de escucharlo también. No le puse al tanto cuando le llamé.

Wade vio que Gabi se removía incómoda.

—¿Es algo de lo que no estás preparada para hablar? —le preguntó él.

—Más o menos —dijo, mirando ceñuda a Emily—. Una cosa es que Emily y Samantha lo sepan, pero vosotros dos pensaréis que me he vuelto loca.

–Yo nunca pensaría eso –protestó Wade–. La manera que tienes de enfocar la vida ha sido siempre de lo más madura y metódica. No veo yo que eso esté cambiando.

–Bueno, pues yo sí, porque yo no estoy enamorado de ti –se burló Boone de Gabi, y añadió–: Aunque nunca lo diría en voz alta.

–Te lo agradezco –replicó Gabi con tono cortante.

Boone se puso serio.

–Si no quieres hablar de ello, Gabi, no pasa nada. No te dejes presionar por Emily.

–Un momento, sí que pasa algo –protestó Emily, propinando un codazo a Boone–. Wade, especialmente, debería escuchar esto. Creo que él es responsable.

El comentario preocupó a Wade. Por mucho que le gustara Gabi, no quería influenciarla en decisiones que necesitaba tomar sola. Conocía la clase de resentimiento que eso podía provocar a largo plazo. Había algunos errores que no pensaba repetir, a pesar de lo que pudiera pensar Louise.

–Ahora sí que quiero saberlo –dijo él–. ¿Me va a ocasionar muchos problemas?

Gabi sonrió y le tocó la mano.

–Ninguno. Al menos de momento –tomó aire–. De acuerdo, ¿te acuerdas de que anoche estuvimos hablando de arte?

–Claro –respondió, más perplejo que nunca.

–Bueno, pues esta mañana estuve rescatando aquellas antiguas pinturas.

–¿Y son increíbles? –preguntó esperanzado.

–Oh, no. Eran tan horrorosas como las recordaba –dijo, aunque parecía sorprendentemente satisfecha con ello.

–No te sigo –dijo Boone.

–Calla –dijo Emily–. Tú escucha.

El rubor de Gabi se intensificó mientras Wade y Boone la miraban fijamente, a la espera de la gran noticia.

–El simple pensamiento de contaros todo esto me resulta embarazoso –reconoció nerviosa–. Probablemente he cometido un inmenso error. La idea es ridícula. No entiendo cómo se me ha podido ocurrir.

–¡Para ya! –le ordenó Emily–. ¡Por supuesto que no es ridícula! Sorprendente, quizá, pero no ridícula –tomó la iniciativa, dado que evidentemente Gabi no podía encontrar las palabras para explicarse–. Entramos en esa pequeña tienda de arte y regalos que hay en el pueblo, y de repente Gabi vio una de aquellas campanillas de viento hechas con cristales y se quedó toda chiflada con ellas. ¿No es verdad, Samantha?

–Definitivamente chiflada –confirmó Samantha, con una sonrisa en los labios.

–Fue como si hubiera tenido una especie de epifanía allí mismo, en mitad de la tienda –continuó Emily–. Nos dijo a Samantha y a mí que quería hacerlas.

Wade no pudo evitar que sus labios se curvaran en una sonrisa. ¿La gran ejecutiva jugando con cristalitos de colores? No imaginaba que eso pudiera durar, pero por el momento le parecía la respuesta perfecta al periodo de transición que ella necesitaba.

–¿En serio? –le preguntó–. ¿Campanillas de viento?

Gabi asintió con expresión tímida.

–Eso creo.

Boone se había quedado totalmente perplejo.

–Espera un momento. Durante años has sido la más ambiciosa de las hermanas Castle, superando incluso a Emily, ¿y ahora quieres renunciar a todo eso para hacer campanillas de viento? ¡Eso sí que es una epifanía!

–Estaba pensando que si voy a cambiar de vida, quizá debería hacerlo de manera rotunda –respondió Gabi a la defensiva–. Y hay algo especial y bello en las campanillas de viento fabricadas en cristal. A mí siempre me han encantado.

Wade se inclinó hacia ella y le dio un beso en la mejilla.

—¡Felicidades!
Aunque Boone continuaba mostrándose escéptico, alzó su copa.
—Sabes que te deseo el mayor de los éxitos, Gabi.
—Gracias. Por supuesto, habrá que ver si poseo al menos una gota de talento artístico.
Samantha le apretó una mano.
—Tanto si te revelas como la mejor artesana de campanillas de viento como si no, estoy impresionada de que hayas apostado por esto, Gabi. Es una decisión osada. Estoy orgullosa de ti.
—Y yo —dijo Emily.
Wade podía ver el efecto que su entusiasmo ejercía sobre Gabi. Resultaba obvio lo mucho que contaba con el apoyo de sus hermanas. Le brillaban los ojos mientras brindaba con ellas. Y si existía incluso la más ligera sombra de duda en su mente acerca de su decisión, por el momento al menos, la escondió muy bien.

Gabi aceptó encantada el ofrecimiento de Wade de acompañarla a casa después de cenar. Se había estado muriendo de ganas de escuchar la versión no censurada de su reacción.
Una vez que estuvieron dentro de su coche, se volvió hacia él.
—De acuerdo, ahora dime lo que piensas realmente de todo esto. ¿Estoy loca por haberme planteado algo así y tan de repente?
La sombría expresión de Wade mientras la miraba le aceleró el pulso.
—Oh, no —susurró ella—. Crees que estoy loca.
Él negó inmediatamente con la cabeza.
—No importa lo que yo piense —le dijo. Se quedó callado durante un buen rato antes de preguntarle, mirándola a los ojos—: Dime solo una cosa. ¿De verdad que quieres in-

tentarlo? ¿O estás simplemente desesperada por ocuparte en algo que no te exija volver a la exigente vida de ejecutiva que llevabas antes?

Gabi frunció el ceño ante sus preguntas, sobre todo porque se trataba de cosas que se había estado preguntando a sí misma, evitando responder.

–¿Tienes idea de lo irritante que resulta que siempre parezcas estar llegando al corazón de las cosas?

–Has preguntado tú –le recordó él–. ¿Qué tal una respuesta sincera?

Gabi respiró profundo y reflexionó sobre la pregunta.

–Quizá un poco de ambas cosas –admitió–. Quiero decir que puedo apasionarme por algo como esto, la creación de algo tan hermoso, algo que hará feliz a la gente cuando escuchen su sonido.

–¿Pero?

–Sé que también estaba frustrada por no haber tomado una decisión. Al menos esto es un paso adelante, aunque no sea necesariamente el correcto.

Wade asintió.

–Tenía la sensación de que en parte era eso.

La convicción de Gabi flaqueó.

–¿Debería olvidarme de ello?

–Rotundamente no –le dijo él, sorprendiéndola.

–¿Por qué no?

–Porque los cambios no son siempre decisiones radicales, o blancas o negras. No hay nada malo en experimentar, mientras tengas presente que los resultados podrían no ser los que tú querías o esperabas. Nunca es malo explorar, correr riesgos, probar las cosas siempre y cuando seas consciente de que eso es lo que estás haciendo.

–Y sé con una certidumbre total que quiero algo distinto –dijo, confiada en ese punto al menos–. Y eso encaja completamente en ese criterio.

–Por supuesto que sí –le brillaban los ojos de diversión–. Imagino que dejarías absolutamente pasmadas a tus hermanas cuando les anunciaste la noticia en la tienda. Y luego a Boone, cuando nos la contaste a todos esta noche.

–¿Y tú? ¿Ni siquiera te mostraste un poquito sorprendido?

–¡Bah! –dijo, y añadió–: Sé desde hace meses que posees en tu interior un alma aventurera deseosa de liberarse.

Gabi puso los ojos en blanco.

–No es verdad.

–Bueno, tengo que admitir que esperaba que la tuvieras.

–¿Las ejecutivas rígidas y aburridas no son tu tipo?

Él le sostuvo la mirada y se inclinó para tomarla de la nuca, acercándola hacia sí. Cuando sus labios se encontraron, no hubo nada rígido ni aburrido en el beso que siguió.

Se echó hacia atrás, sonriendo.

–No necesitas preocuparte por eso. Sospecho que siempre serás capaz de acelerarme el corazón y de sorprenderme.

Gabi se lo quedó mirando maravillada.

–¿Cómo puedes verme así, cuando nadie más lo hace?

–Quizá sea que nadie más se ha tomado el tiempo de mirar bajo la superficie –sugirió–. Ni siquiera tú.

Gabi reflexionó sobre ello y se dio cuenta de que era enteramente posible que tuviera razón. A una edad muy temprana había decidido que tenía que impresionar a su padre para conseguir su atención. Cuando eso no funcionó, lo había intentado con mayor ahínco, sin apartar en ningún momento la mirada de aquel único y escurridizo objetivo. Durante aquellos años en los que las adolescentes cambiaban de rumbo media docena de veces, ella se había ceñido al mismo recto y estrecho camino. Cualquier capricho que hubiera tenido había sido ignorado con decisión, en beneficio de objetivos más altos.

–Siento que he escogido el peor momento posible para iniciar un viaje de autodescubrimiento.

–¿Por el bebé?

—Por supuesto que por el bebé. ¿Te acuerdas de lo que se decía sobre los «niños flores» de los sesenta? Mi impresión es que eran gente irresponsable y autoindulgente. ¿Es en eso en lo que yo me estoy convirtiendo?

—Supongo que eso está por ver —respondió él cándidamente, con un brillo en los ojos—, pero dudo seriamente que esos antiguos hábitos de responsabilidad tuyos puedan desaparecer con tanta rapidez. Intentarás esto de las campanillas y, si no funciona, pasarás a otra cosa y lo conseguirás.

—Parece que tienes mucha fe en mí.

—Sí que la tengo —respondió sin vacilar.

Aquella confianza tan incondicional que tenía en ella era toda una revelación. Qué distinta habría sido su vida si hubiera recibido de su padre al menos una mínima parte.

—Creo que tú podrías hacerme mucho bien, Wade —le dijo en voz baja.

Aquel reconocimiento, sumado a tantos otros recientes e imprevistos cambios de su vida, la asustaba mortalmente. Y, por supuesto, quedaba todavía la gran pregunta de si ella podría hacerle algún bien a él. O si él solo estaba intentando recapturar desesperadamente una etapa de su pasado, aquella en la que había tenido todo lo que había querido. En lo más profundo de su ser, no podía evitar recordar lo muy trágicamente que había terminado aquella etapa.

Cuando Gabi regresó por fin a casa de Cora Jane, le sorprendió ver que se había quedado esperándola levantada.

—¿Ha pasado algo? —le preguntó de inmediato—. Tú nunca te acuestas tan tarde.

—Pensé que debíamos hablar —dijo Cora Jane—. Samantha me contó algo de lo que había pasado hoy. Parece que estás pensando en hacer grandes cambios en tu vida.

—¿Y tú los desapruebas? —quiso saber Gabi, preocupada. Había esperado recibir el respaldo de su abuela. No tenerlo representaría un revés emocional.

—Por supuesto que no —replicó Cora Jane—. Yo siempre te apoyaré en cualquier cosa que quieras hacer —la estudió detenidamente—. Pero tengo que admitir que estoy sorprendida. ¿Es influencia de Wade?

—Quizá un poco —dijo Gabi—, pero la decisión fue exclusivamente mía. No quiero volver a mi antigua vida. De hecho, creo que mañana hablaré con la agencia inmobiliaria para que ponga en venta mi casa de la ciudad.

Los ojos de su abuela se encendieron de asombro.

—¿De veras? ¿Y qué harás entonces?

—Me gustaría quedarme aquí contigo, al menos hasta que nazca el bebé —miró esperanzada a Cora Jane—. ¿Te parecería eso bien?

Una sonrisa se extendió por el rostro de su abuela.

—Ya sabes que sí —respondió de inmediato—. Y, para ser sincera, no me importaría volver a tener un bebé viviendo bajo mi techo, si quieres quedarte tanto tiempo como te convenga.

Gabi sonrió ante la insinuación.

—Paso a paso, ¿de acuerdo? —estudió la complacida expresión de su abuela—. Abuela, ¿crees que hay un plan para todos nosotros? Ya sabes... ¿un gran plan?

—¿De Dios?

Gabi asintió, consciente de la gran fe de su abuela, aunque los domingos solía saltarse la misa por culpa de su trabajo en Castle's.

—Oh, creo que probablemente Él tiene unas cuantas ideas —le dijo Cora Jane—. Pero, tal como lo veo yo, nos deja que nosotros las descubramos solos. Eso explicaría por qué tanta gente se las arregla para estropearlo todo.

—Yo no quiero estropear esto —dijo Gabi—. No me refiero a las campanillas de viento. Estoy hablando del bebé. ¿Y si quedarme con él es un error? ¿Sería un acto egoísta por mi parte intentar criarlo sola?

–Cariño, si me estás preguntando si creo que serás una buena madre, la respuesta es sí. Solo el hecho de que te estés haciendo ese tipo de preguntas me lo confirma. Confío completamente en que antepondrás los intereses del bebé a los tuyos propios.

–Quiero hacerlo. No he dejado de preguntarme si no sería mejor que se criara en un hogar con dos cariñosos padres. Pero lo que no quería era que se convirtiera en un peón en medio de una interminable discusión entre Paul y yo.

–Definitivamente estaría mucho mejor con dos padres como los que tú dices. Pero quizá tú puedas proporcionarle esa clase de hogar, al fin y al cabo...

Aquello decía tanto sobre lo que había estado pasando recientemente que Gabi no se mostró en absoluto sorprendida por la sugerencia.

–Estás hablando de Wade.

–Ese hombre está loco por ti –le recordó Cora Jane.

–Pero es demasiado temprano para pensar incluso en tener una relación seria con lo que está pasando entre nosotros –protestó Gabi–. Nos llevamos muy bien, pero sería injusto que tomara una decisión beneficiosa para mi hijo apoyándome en que Wade estaría en mi vida para ayudarme.

–Sería un padre maravilloso –repuso Cora Jane.

–Ya lo sé –reconoció Gabi, frustrada–. Lo he visto con sus sobrinos. Es solo que... –se interrumpió mientras se esforzaba por encontrar las palabras.

Cora Jane permanecía sorprendentemente callada, dándole tiempo para pensar. Cuando el silencio se prolongó, en lugar de llenarlo con un consejo, se levantó, se sirvió una infusión y volvió a sentarse, esperando a que ella continuara.

–A veces me preocupa que Wade se sienta atraído por mí por causa del bebé –reconoció al fin.

Para su pesar, Cora Jane no discutió inmediatamente ese punto.

–Supongo que es natural preguntarse eso, dado que él perdió a su mujer y a su hijo no hace mucho tiempo –dijo su abuela con tono pensativo–. ¿Pero has pensado en el detalle de que ya en agosto anduvo por aquí sin quitarte los ojos de encima, antes de que te quedaras embarazada?

–Estuvo por aquí porque tú seguías inventándote trabajos de reforma para él –le recordó Gabi–. No creo que eso pruebe nada.

–Bueno, resulta que sé a ciencia cierta que tardó más tiempo del necesario en hacer esas reformas, y que si lo hizo, señorita, fue por usted. Menos mal que no le pagué por horas –sacudió la cabeza–. No tienes que preocuparte por eso. Es a ti a quien quiere Wade. Creo que lo del bebé no ha sido más que un inesperado regalo.

La perspicacia de su abuela la reconfortó hasta cierto punto, pero Gabi todavía no podía descartar la posibilidad de que Wade la viera a ella, y al bebé, como una manera de llenar el enorme vacío emocional de su vida.

–Bueno, quizá existiera una cierta química por su parte en aquel entonces –concedió, sin molestarse en ocultar su escepticismo.

–¿Pero por tu parte no? –le preguntó Cora Jane, claramente divertida–. No creas que no me fijé en el trabajo que te costaba quitarle los ojos de encima. Tú no eras inmune, Gabriella, y si lo niegas, te regañaré por mentirosa.

Gabi se ruborizó bajo su mirada, pero no discutió.

–Y ese altivo y distante comportamiento que tenías con él se debería a algún equivocado sentido de la lealtad hacia Paul, imagino –añadió Cora Jane–. Si él no hubiera estado en el cuadro, bueno, creo que las cosas habrían podido calentarse mucho más rápidamente.

Por mucho que quisiera salvar su orgullo, difícilmente podía negar Gabi que Cora Jane tenía probablemente razón. Sinceramente había pensado que la relación con Paul había seguido viva en aquel entonces, lo que no había evitado que se sintiera atraída hacia el muy sexy Wade, con el que se había tropezado a cada momento. Con Emily y Samantha atormentándola con él, le había resultado completamente imposible ignorarlo.

–De acuerdo, quizás existiera una cierta química en agosto –concedió–. Pero no derivó en nada.

–Porque tú te esforzaste por asegurarte de que supiera que no estabas disponible –dijo Cora Jane–. Eso no le impidió pasarse por aquí casi cada tarde después de que tú te marcharas, esperando enterarse de alguna noticia relacionada contigo –sonrió–. Y, por supuesto, vi perfectamente la cara que puso cuando volviste al pueblo, a todas luces embarazada. Parecía como si la Navidad, que ya hacía tiempo que había pasado, hubiera vuelto para hacerle una visita personal.

–Estás exagerando –dijo Gabi.

–¿Tú crees? ¿Cuánto tiempo tardó en pedirte que salieras con él después de que tú le dijeras que ya no estabas con Paul? ¿Cinco minutos, quizá? Diez. No más. ¿Te parece eso típico de un hombre que se deje intimidar, aunque sea un poco, por tu embarazo? Yo diría que es típico de un hombre que ha visto una oportunidad y la ha aprovechado. Y yo respeto a los hombres así.

Gabi la miró ceñuda.

–Es realmente exasperante tener a una incorregible espía en la familia.

–Quizá, pero me tomo muy seriamente mi papel –repuso Cora Jane, sonriendo–. Mira, cariño, yo no te estoy diciendo que tengas que casarte con ese hombre mañana. Lo único que te digo es que deberías abrir tu corazón a las posibilidades que se te ofrecen, de la misma manera que lo has abierto a un nuevo rumbo profesional.

–Apenas he salido de una relación con el padre del bebé –objetó Gabi.

Cora Jane hizo un gesto de indiferencia.

–Puedes llamarlo como quieras, pero para mí aquello no fue una relación. Creo que el comportamiento de Paul

desde que se enteró de que estabas embarazada es la prueba de que estoy en lo cierto.
Eso sí que no podía discutírselo Gabi.
–De acuerdo, pensaré sobre lo que me has dicho –le prometió.
–Bien. Y ahora… ¿cuál será tu próximo paso?
–Mañana hablaré con el dueño de esa tienda de regalos. La cajera me dijo que me llamaría.
Cora Jane se mostró repentinamente azorada.
–Oh, Dios mío, me distraje cuando te vi entrar y se me olvidó decírtelo. Llamó una mujer. Se llama Meg Waverly. Dijo que estaría encantada de proporcionarte toda la información que quisieras. Necesita saber si prefieres algún estilo concreto de campanillas de viento, ya que las adquiere de varios artistas de la localidad. Llámala mañana a su móvil o pásate por la tienda a eso de las diez, que ella estará allí para abrir.
Gabi recibió el pedazo de papel de manos de su abuela y lo miró. Allí estaba, la información de contacto de alguien que podría guiarla por aquella nueva fase de su vida.
¿No era impresionante? Y quizá también algo inquietante, dado que a partir de ese momento tendría que empezar a realizar todos aquellos hermosos sueños que ese día había estado confesando tener.

Capítulo 12

Wade llevaba ya un par de días evitando a su hermana. Sabía que tarde o temprano tendría preguntas que contestar, pero en aquel momento simplemente no estaba preparado para hacerlo. Louise desaprobaba claramente su relación con Gabi y él ya estaba cansado de defenderse.

Lo que no esperó fue encontrarse a su cuñado en la puerta de su casa cuando volvió de dejar a Gabi en casa de Cora Jane, tras la cena en Boone's Harbor. La consulta médica de Zack y las guardias de hospital habitualmente lo tenían comprometido hasta primera hora de la tarde, y después se dirigía directamente a casa. Wade frunció el ceño cuando lo vio. Si Zack estaba allí a esa hora, era porque tenía que haber sido enviado en alguna especie de misión.

–¿Están bien los niños? –preguntó mientras abría la puerta y esperaba a que Zack lo precediera.

–Tan salvajes como siempre –dijo Zack, y sonrió–. Pero sí, están perfectamente. Aunque la casa es un zoológico, a veces me paro a pensar y me asombro de ser un tipo tan afortunado.

Wade escuchó su tono de maravilla y pensó que quizá la afortunada fuera su hermana. Esperaba que ella supiera y apreciara la devoción que le profesaba su marido.

–¿Qué tal está Louise? –le preguntó Wade, sospechando que ella era la razón de aquella inesperada visita.

–No muy bien –respondió Zack con expresión repentinamente seria–. Cree que estás enfadado con ella.

Wade sonrió.

–Siempre tan perceptiva.

Zack pareció sorprendido por su reacción.

–¿Entonces no estás enfadado? Ya sabía yo que se estaba preocupando por nada. Vosotros dos nunca discutís. Ojalá me llevara yo con mi familia tan bien como vosotros. Me figuraba que estarías ocupado con tu propia vida.

–Bueno, eso también –reconoció Wade–. Pero la verdad es que me he cansado un poco de su actitud hacia Gabi.

–Ella solo dijo lo que pensaba porque estaba preocupada por ti –saltó Zack en su defensa.

–Soy muy consciente de ello –miró a su cuñado a los ojos–. E incluso agradecí su preocupación la primera vez, pero no lo ha dejado desde entonces, Zack. Ya es hora de que confíe un poco en mí. Ya soporté la montaña rusa emocional que fue mi vida con Kayla. No es probable que lo olvide. Esta no es la misma situación.

–A eso no puedo objetar –le dio la razón Zack–. No me parece que Gabi tenga nada que ver con Kayla.

–Así es. Y las circunstancias son enteramente diferentes, también.

–¿En qué sentido? A lo mejor Louise cambiaría si lo entendiera –dijo Zack.

Por desgracia, la respuesta a esa pregunta descansaba en un presentimiento en lo más hondo, y no en algo que su hermana pudiera encontrar reconfortante.

–Lo son y ya está –dijo, consciente de que la respuesta no era satisfactoria.

–Venga, hombre. Ya sabes que eso no arreglará las cosas –dijo su cuñado.

—Tú transmítele el mensaje, ¿de acuerdo?

—Si no hay más remedio... —dijo Zack, no muy contento con la perspectiva.

—Te lo agradezco —le dijo Wade—. Bueno. Ya me has dicho lo que venías a decirme. Y entiendo que Louise está preocupada porque yo me he estado manteniendo al margen. ¿Es eso? ¿Algún otro mensaje que se suponga tengas que transmitirme o quieres tomarte de una vez una cerveza conmigo?

Zack pareció aliviado de abandonar la incómoda conversación.

—Absolutamente. Estar en medio es un problema. Tú y yo, bueno, me gusta pensar que somos amigos. Louise... —se encogió de hombros—. ¿Qué puedo decir? No quiero verla triste.

Wade se echó a reír.

—Lo entiendo, créeme. Estoy seguro de que es especialmente difícil estar entre una roca testaruda como mi hermana y una roca igualmente testaruda como yo.

Zack alzó su cerveza.

—Amén, hermano.

—Me pasaré mañana —le prometió Wade—. Con una sola condición.

—Que cambie de actitud —adivinó Zack.

—Exactamente.

—Espero tener suerte —su cuñado suspiró—. Cuando yo se lo sugerí, ella me dijo que estaba reaccionando como el típico hombre que no sabe nada de dinámicas familiares.

Wade se esforzó sin éxito por disimular su diversión.

—¿Y tú qué dijiste?

—Que yo nunca había sido una hermana superprotectora, pero que tenía alguna idea de lo malo que es meterse donde otro no quiere que te metas.

Wade esbozó una mueca.

—Eso no debió de haberle gustado nada.

Zack le lanzó una mirada triste.

–Estoy aquí, ¿no? Es mi castigo por no haberla respaldado al cien por cien. Me envió para que le hiciera el trabajo sucio.
–Ah, así que había más –dedujo Wade–. ¿Se suponía que tenías que decirme que dejara a Gabi?
–Eso son muchas palabras –reconoció Wade–. Ella me sugirió que lo formulara con mayor delicadeza. Cunado yo le recordé que, según ella, yo era el típico hombre que no podía expresarse con delicadeza, me tiró un zapato a la cabeza. Menos mal que tiene una pésima puntería, porque habría podido dejarme tuerto con el tacón de aguja.
–Parece que os divertís en tu casa.
Zack asintió con gesto triste.
–Razón por la cual voy a pedirte otra cerveza y a estarme un rato más. ¿Te apetece ver un partido de béisbol? Creo que Carolina juega esta noche un partido de la Costa Oeste. Debe de estar a punto de empezar.
Wade chocó su botella con la de Zack.
–Es un buen plan. ¿Quieres que lo acompañemos de una pizza?
–Por supuesto, pero tú... ¿no vienes de una cena?
–Soy un hombre típico. Siempre tengo espacio para una pizza –dijo Wade antes de llamar para pedir una. Cuando hubo terminado, le acercó el teléfono a Zack–. ¿Quieres llamar a Louise para avisarla de que te quedas?
–Diablos, no. Que piense que estoy intentando convencerte. Eso la mantendrá lo suficientemente contenta.
Wade sacudió la cabeza.
–Las dinámicas de tu matrimonio son un completo misterio para mí.
Zack se echó a reír.
–Y para mí también, amigo. Para mí también.
Y, sin embargo, Wade no tenía la menor duda de que fueran cuales fueran esas dinámicas, trabajaban a favor tanto de Louise como de Zack. Sabía también que, por muy irritantes que fueran las suyas, su hermana quería ese

mismo vínculo fuerte e irrompible para él. Por desgracia, ella no creía que fuera a encontrarlo con Gabi.

Tras varios frustrantes intentos, Gabi encontró finalmente unos pantalones que le cabían, aunque la cintura tuvo que sujetársela con un imperdible. Encontró una blusa holgada en el armario de Samantha que tenía los faldones lo suficientemente largos como para disimular el arreglo. Suspiró mientras se miraba en el espejo. Evidentemente necesitaba ir de compras, porque si no su guardarropa iba a estar únicamente compuesto por shorts de cintura elástica y camisetas de saco.

Entusiasmada con su entrevista con Meg Waverly, recogió su bolso y se dirigió a pie al distrito del muelle, para llegar a la tienda al poco de haber abierto.

La mujer que alzó la mirada al verla entrar debía de tener entre treinta y muchos y cuarenta y pocos años. Su pelo negro estaba encaneciendo y lo llevaba recogido en un apretado moño que, pese a su severidad, favorecía su rostro. Sus ojos eran de un color azul turquesa, brillantes de curiosidad. Lucía unos pendientes de cristal marino, a juego con sus ojos.

–Hola, soy Meg. Y apuesto a que tú eres Gabriella Castle –dijo.

–Lo has adivinado –repuso Gabi.

–En realidad, no. Rara vez tengo clientes cuando abro. Los turistas no madrugan mucho y la gente del pueblo está trabajando. Las cosas no se animan hasta que se acerca de hora de comer, así que las mañanas las aprovecho para ordenar papeles. Hoy, sin embargo, te estaba esperando. Dime qué es lo que puedo hacer por ti.

–Siempre y cuando me prometas que no estallarás en carcajadas histéricas –dijo Gabi–. La idea es un poco nueva para mí, así que estoy un poco sensible.

–¿Tiene que ver con campanillas de viento? Lily me

dijo que compraste una el otro día y que estuviste preguntando quién la había hecho.

Gabi asintió.

—¿Simple curiosidad por el artista?

—No —respiró profundo y se explicó—. Creo que me gustaría aprender a hacerlas, campanillas del tipo tradicional como la que compré. Esperaba poder recibir unas clases o que el artista me recomendara a alguien que pudiera enseñarme, o incluso trabajar de aprendiz... pagando, claro —miró a Meg con gesto preocupado—. ¿O es demasiado atrevido por mi parte? Espero que el artista no me tome por una competidora, porque no lo soy.

—Supongo que eso habrá que verlo —dijo Meg—. Y algunos artistas disfrutan teniendo aprendices. Otros, no tanto.

—¿Y el que hizo la campanilla que compré?

—Sally es más abierta que la mayoría. Te caerá bien —Meg la estudió abiertamente—. Algo me dice que hay una historia detrás de todo esto. No te ofendas, pero no suelo encontrarme a mucha gente de tu edad que de repente decida dedicarse al arte. No de una manera seria, al menos. ¿O me equivoco y simplemente estás buscando un hobby?

—En este momento de mi vida no tengo mucho tiempo para esas cosas. Creo que preferiría tomármelo como un trabajo.

—¿Sin experiencia artística? —dijo Meg con expresión incrédula—. ¿O me equivoco en eso?

—No. Tienes toda la razón.

—Perdona mi curiosidad, pero... ¿de qué estás huyendo? ¿De un hombre? ¿De un trabajo? La experiencia me dice que habitualmente o es una cosa o es la otra. Personalmente, me trasladé a Sand Castle Bay y abrí esta tienda cuando se rompió mi matrimonio —le confesó—. Quería empezar de nuevo, y pensé que este podría ser el lugar perfecto para educar a mi rebelde hija adolescente —una fugaz sonrisa cruzó por su expresivo rostro—. La tienda, al menos, está funcionando bien.

—Yo también quiero empezar de nuevo –dijo Gabi, aliviada de que Meg la entendiera.
—¿Qué hacías antes?
—Relaciones públicas en Raleigh. Una gran empresa. Trabajo altamente estresante.
—¿Y lo dejaste porque...?
Sorprendentemente, Gabi no se ofendió por aquellas preguntas tan personales. Al fin y al cabo, era la curiosidad típica de una pequeña población. La mayoría de la gente de la zona conocía ya los detalles, además. Apoyó una mano en su estómago.
—Me quedé embarazada. Me dejó mi novio. Y me echaron del trabajo.
Meg abrió mucho los ojos mientras hablaba.
—¡Dios santo! Me sorprende que sigas hablando con frases enteras. Yo estaría tumbada en mi cama en posición fetal, con una bebida cerca.
—Probablemente yo también –dijo Gabi–. Pero con el bebé, esas opciones me están prohibidas.
—¿Así que, en lugar de ello, quieres hacer campanillas de viento?
—Exacto.
Meg asintió como si todo aquello tuviera perfecto sentido. Algo por lo cual Gabi le estuvo increíblemente agradecida.
—Déjame que haga una llamada –le dijo Meg–. Como tú misma has dicho, los artistas pueden ser algo susceptibles con este tipo de cosas, pero Sally no tiene los mismos complejos que los demás. De hecho, creo que las dos probablemente tenéis mucho en común. Y seré sincera contigo. Si no tienes un mínimo de talento, te lo aviso desde ya, ella no consentirá que malgastes tu dinero.
Gabi asintió.
—Y eso es exactamente lo que quiero.
—Dame un momento –dijo Meg, y se retiró a la trastienda.

Gabi se dedicó a recorrer de nuevo la tienda, cautivada una vez más por el surtido de campanillas de viento. Había algunas que estaba segura de no haber visto expuestas el día anterior, a cuál más bonita y original. Intentó discernir cuál había sido elaborada por aquella artista en particular, pero no podía estar segura.

–Todo arreglado –dijo Meg cuando volvió–. Pero me gustaría acompañarte a su taller y no estaré libre hasta eso de las dos, cuando Lily llegue y esto se haya tranquilizado un poco. ¿Te parece bien?

–Absolutamente –respondió Gabi, contenta.

–Si puedes esperar hasta entonces, podríamos comer algo antes de ir. Invito yo. Quiero saber más cosas sobre ese tremendo cambio que piensas dar a tu vida.

–Es posible que no sea capaz de esperar hasta tan tarde para comer algo. Rara es la hora del día en la que no tenga hambre –dijo Gabi–. Pero me encantaría acompañarte.

–Entonces le diré a Sally que estaremos allí sobre las tres y media o cuatro. ¿Qué te parece?

–Perfecto. Gracias por todo.

–Ha sido un placer. Te veré esta tarde. Estaré en la puerta del Seaside Café. Tengo el coche aparcado cerca y saldremos de allí después de comer.

–Ya estoy esperando que llegue ese momento –le dijo Gabi.

Abandonó la tienda con una sensación de maravillado asombro. De modo que era así como se hacía, reflexionó. Durante todos aquellos años en que había estado rodeada de colegas, que no de amigos, había sido incapaz de imaginar cómo nacían las verdaderas amistades. Algo le decía que estaba a punto de averiguarlo.

Dado que ya estaba en el distrito comercial, Gabi decidió ir de tiendas para ver si podía encontrar la ropa nueva que tan desesperadamente necesitaba. Solamente localizó una boutique que tenía un surtido de ropa premamá, pero encontró unos pantalones, algunas blusas e incluso un par de vestidos con los que podría arreglarse hasta que volviera a Raleigh o visitara algún comercio mayor de Sand Castle Bay.

Como todavía era demasiado temprano para encontrarse con Meg, llamó a Emily.

—¿Dónde estás? ¿Tienes tiempo de picar algo, o estás a punto de salir para el aeropuerto con Boone? Sé que esta tarde vuelves a Los Ángeles.

—Tengo algo de tiempo —dijo Emily—. ¿Dónde estás tú?

Gabi le dio el nombre de la sandwichería del muelle.

—No tengo mucho tiempo —le dijo Emily—. Pídeme una ensalada de atún con pan integral y un té con hielo. Estaré allí en diez minutos.

—Probablemente debería llamar a Samantha para preguntarle si quiere venir —dijo Gabi.

—Está en Castle's. Tardará una eternidad en escaparse. Además, ya me despedí de ella anoche. Me gustaría pasar unos minutos a solas contigo.

—Entonces te veré pronto —dijo Gabi, sacudiendo la cabeza mientras cortaba la llamada. Existía una antigua rivalidad entre la hermana mayor y la pequeña que ella nunca había entendido. Emily y Samantha no eran nada parecidas, de modo que la competencia entre ambas tenía poco sentido. El caso era que, con mayor frecuencia según habían ido pasando los años, se había encontrado haciendo de mediadora entre las dos.

Pidió su orden, se sentó y suspiró, aliviada de poder descansar los pies. Se los miró y vio que tenía los tobillos ligeramente hinchados. Había leído que eso era de esperar en su estado, ¿pero no era demasiado pronto? Realmente necesitaba volver a Raleigh para ver a su ginecóloga. Aunque probablemente tendría mayor sentido localizar a una allí, si lo que pretendía era quedarse con Cora Jane y recibir aquellas clases de arte hasta que naciera el bebé.

—¿Por qué te estás mirando los pies? —le preguntó Emily cuando se sentó frente a ella.
—Tengo los tobillos hinchados.
—Vete acostumbrando —le dijo Emily—. Tengo entendido que esa es una de las cosas que tendrás que soportar durante los próximos meses.
—Dada tu afición a los zapatos elegantes, ¿cómo pretendes arreglártelas tú? —le preguntó Gabi—. Porque Boone y tú planeáis darle un hermano o una hermana a B.J., ¿verdad?
Emily bebió un sorbo de té, con expresión sorprendentemente triste.
—¿Sabes? Si me lo hubieras preguntado hace un año... lo de tener bebés, quiero decir... no estoy segura de lo que te habría respondido. Nunca me planteé realmente ser madre. Pero ahora, con Boone y con B.J. en mi vida, es prácticamente lo único en lo que pienso —estudió a Gabi—. ¿No es maravilloso? Me refiero a estar embarazada. Saber que llevas en tu interior una diminuta vida humana.
Gabi reflexionó sobre la pregunta.
—Aunque ni remotamente estoy enamorada del padre de mi bebé, como tú lo estás de Boone, sí que es increíble. A veces me quedo despierta por las noches tumbada en la cama con una mano sobre la tripa, esperando a sentir el bebé. No puedo evitar preguntarme si será niño o niña, o qué aspecto tendrá. Quiero contarle los deditos de las manos y de los pies —mientras hablaba, reconoció el timbre de anhelo de su propia voz—. Estoy hecha un lío, Em. Ya no sé lo que está bien y lo que está mal.
Su hermana le sonrió.
—Sí que lo sabes. Quedarte con el bebé es lo que está bien, lo que te conviene. Se nota en tu voz. Puedo oírlo. Todas podemos oírlo.
—Pero yo no quiero ser egoísta
—Le darás a este bebé una familia cariñosa, generosa. Serás una madre increíble. No tengo la menor duda al respecto.

—¿Cómo puedes decir eso después de todos los años que he pasado completamente absorbida por mi trabajo, al igual que papá?

—Porque tú, precisamente, sabes lo que es tener un progenitor adicto al trabajo —respondió sencillamente Emily—. Y tú no serás esa persona. Estoy absolutamente segura de ello.

El voto de confianza de su hermana hizo que se le llenaran los ojos de lágrimas.

—Gracias por decirme todo esto.

—Te lo he dicho porque lo creo. Y ahora, dime lo que tienes pensado para hoy.

Gabi la puso al tanto de su entrevista con Meg Waverly y de la visita prevista a la artista de las campanillas de viento.

—Estoy verdaderamente entusiasmada —le confesó—. Aunque la parte racional y sensata de mi cerebro me dice que todo esto es una locura, lo siento como si fuera lo correcto, lo adecuado.

—Entonces ve a por ello —le dijo Emily.

—¿Qué me dices de ti? ¿Tienes ganas de volver a Los Ángeles?

—A Los Ángeles no tanto —admitió—. Pero me encanta el trabajo que estoy haciendo para la fundación. Tenemos dos casas de acogida que estamos reformando ahora mismo, y deberíamos cerrar el contrato de tres propiedades más durante las próximas semanas. Saber que estoy ayudando a crear hogares donde esas mujeres y sus hijos puedan estar seguros y recomponer sus vidas resulta increíblemente gratificante.

—Pareces feliz —le dijo Gabi—. De hecho, creo que nunca te había visto tan contenta. Aunque parte de ello es obviamente obra de Boone, supongo que tu trabajo también está marcando la diferencia.

—Estoy más que feliz —repuso Emily—. Le estoy inmensamente agradecida a Boone por haber entendido lo que sentía sobre todo esto y haber decidido abrir un restaurante en la Costa Oeste, para que podamos estar juntos.

—¿Algún pensamiento sobre convertir esto en tu base permanente? —le preguntó ella.

Emily esbozó una mueca.

—¿Cómo no considerar la idea? Este ha sido el hogar de Boone de toda la vida. La oficina central de sus restaurantes está aquí. Y, como a él le gusta recordarme cada vez que me siento particularmente receptiva, yo tengo a mi familia aquí, y también gente que podría necesitar del tipo de trabajo que disfruto haciendo.

—Puntos muy válidos —comentó Gabi.

—Cierto. Pero soy muy feliz con las cosas tal como están. La Costa Oeste me gusta y creo que Boone se está acostumbrando.

—¿De veras? —preguntó Gabi, dudosa.

—Bueno, eso espero —se corrigió Emily. Lanzó a su hermana una penetrante mirada—. ¿Alguna razón por la que me estés preguntando eso ahora?

—Para serte sincera, estoy pensando en establecerme aquí después de que nazca el bebé. Sería estupendo tenerte a ti y a Samantha cerca.

—¿A Samantha? No creo —dijo Emily—. Ella está decidida a quedarse en Nueva York, aunque me parece a mí que se siente cada vez más frustrada por la falta de trabajo.

—Pero te olvidas de la astucia de nuestra abuela —dijo Gabi, sonriendo—. Sabes perfectamente que tiene algo en mente para Samantha, ¿o debería decir alguien?

Emily se echó a reír.

—No tengo ninguna duda sobre ello, ahora que lo mencionas. Así que supongo que todo es posible. Sería absolutamente fantástico que estuviéramos las tres juntas en el mismo lugar ¿verdad? Cada vez que nos reunimos las tres, me acuerdo de lo muy unidas que estábamos antes. Pero gracias a los aviones, yo no estoy en realidad tan lejos. Fíjate en la frecuencia con la que he podido volver. Pasaríamos mucho tiempo juntos, aunque Boone y yo nos quedáramos en California.

–No sería lo mismo –dijo Gabi, pese a que se esforzó por disimular su decepción–. ¿Cuánto tiempo estaréis fuera esta vez?

–Unas pocas semanas –respondió Emily–. Ahora que hemos cambiado la fecha de la boda, quiero elegir los vestidos de damas de honor para ti y para Samantha y traerlos aquí para que os los probéis. La abuela, además, se pondrá nerviosa si no me ocupo personalmente de todos los detalles de la boda, aunque sabemos que ella es perfectamente capaz de tomar todas las decisiones adecuadas.

–Pero se trata de tu boda –le recordó Gabi–. Y tú tiendes a ser una maniática del control. No la culpo lo más mínimo.

–Bueno, al menos ahora puede volver loco a papá con el presupuesto. Creo que está disfrutando gastándose su dinero. Apenas un par de semanas atrás estaba gruñendo por el presupuesto de las flores. Y ahora está pensando en duplicar el encargo.

Gabi se rio entre dientes.

–¡Adelante, Cora Jane!

Emily se echó a reír.

–Lo sé. Apenas puedo esperar a que papá vea la factura, y eso solo es la punta del iceberg. Antes estaba hablando de hacer la tarta ella misma, y ahora se está preguntando si no deberíamos contratar a una pastelería de Hollywood que vio en un programa de televisión. No quiere que ninguno de los invitados de Los Ángeles piense que somos un puñado de palurdos de pueblo. Son sus palabras, no las mías.

–¿Es muy larga la lista de invitados? –preguntó Gabi–. Creía que solo estabas pensando en invitar a la familia y a unos pocos amigos.

–Así era, pero la lista empezó a crecer y a crecer. La abuela no quiere herir los sentimientos de nadie. Creo que si sigue así, Boone empezará a pensar en raptar a la novia y escapar, aunque sinceramente no le creo capaz de negarle nada a Cora Jane. A veces tengo la impresión de que la única razón por la que se va a casar conmigo es para poder emparentarse con ella.

—Todo el mundo debería tener una Cora Jane en sus vidas —comentó Gabi.

—Razón por la cual no deberías plantearte siquiera negarle a tu bebé esa oportunidad —dijo Emily, y alzó una mano para adelantarse a la protesta de Gabi—. Solo lo decía por decir.

—Mensaje recibido —le aseguró Gabi—. Y ahora hablemos de esos vestidos de damas de honor.

—Te prometo que no estaréis ridículas —dijo Emily—. Serán elegantes y con estilo.

—¿Y Boone no tendrá nada que objetar a que esperéis hasta que yo tenga el bebé?

—De hecho, se mostró aliviado cuando se lo dije. Las cosas se están acelerando con el nuevo restaurante. Quiere abrirlo para finales de la primavera. Si retrasamos la boda para la vuelta del verano, no tendrá que sentirse culpable si no puede volver aquí a tiempo para ayudar con los preparativos. Este podría ser su último viaje tras la inauguración.

—¿Y tú?

—Estaré de vuelta con los vestidos de muestra antes de que te des cuenta. Espero ver para entonces tus campanillas de viento expuestas en la tienda de Meg.

—Creo que ese es un plazo poco realista —dijo Gabi, y miró su reloj—. Será mejor que me vaya a buscarla ya al Seaside Café. Son casi las dos.

—¿Vas a entrevistarte con ella en una cafetería? —le preguntó Emily, divertida.

Gabi se limitó a sonreír.

—Yo tomaré un postre mientras ella come. En estos días no pierdo la oportunidad de comer más.

—Lo que hará más interesante la cuestión de los vestidos de las damas de honor —señaló Emily.
—Sí. Puede que no quieras molestarte en preparar el mío hasta después de que llegue el bebé. Lo contrario será un ejercicio inútil.
—Lo tendré en cuenta. Por el momento nos concentraremos en el estilo y en el color, y estaré en constante contacto con la modista hasta el mismo día de la boda.
Gabi asintió.
—Definitivamente ese es un plan prudente. El mío es perder hasta el último gramo de sobrepeso creado por el embarazo antes de que camine hacia al altar, pero por lo que he oído, eso es probablemente demasiado optimista.
—Samantha podrá ayudarte con eso —sugirió Emily—. Es una fanática del ejercicio y de la dieta. La aterra ganar unos gramos, la cámara siempre suma cuatro kilos de más.
—Eso es lo que se dice —le recordó Gabi.
—Aunque, últimamente, ¿con cuánta frecuencia se pone delante de una cámara? —le preguntó Emily, y en seguida esbozó una mueca—. Por favor, no le digas que he dicho eso. Sé que lo está pasando mal. No quiero empeorar las cosas.
Gabi le lanzó una penetrante mirada.
—¿Estás segura de que no estás gozando aunque sea un poquito con sus esfuerzos?
Emily pareció sorprendida por la pregunta.
—¿Realmente me consideras tan frívola?
—Frívola no, pero siempre has tenido esa vena competitiva con ella. Nunca lo he entendido.
—Para serte sincera, yo tampoco —admitió Emily—. Cuando lo pienso, ni siquiera puedo recordar cuándo empezó.
—Quizá deberías averiguarlo, porque ese detalle de que gozas un poco con su actual situación no habla muy bien de ti. Somos hermanas, Emily. Esas cosas no deberían ocurrir entre nosotras.

–Lo sé –reconoció Emily con tono contrito–. Trabajaré en ello. Te lo prometo. Sé que es algo mezquino y ridículo.

–Y malvado –añadió Gabi.

–De acuerdo, malvado también. Cora Jane me despellejaría si se enterara de que he llegado a alegrarme con los fracasos de Samantha.

–Quizá todavía más importante que corregirte sea descubrir por qué sientes eso en primer lugar –sugirió Gabi.

–¿Alguna idea? –preguntó Emily–. Porque yo estoy totalmente perdida. Tengo la sensación de que eso es algo que siempre ha existido entre nosotras.

–No por parte de Samantha –le recordó Gabi–. Solo te pasa a ti, Em. Y te juro que no entiendo qué es lo que ha podido hacer ella para merecerlo.

–Ni yo –le confesó Emily, triste.

–¿Pero trabajarás en arreglarlo? –presionó Gabi.

–Sí, mamá gallina.

Gabi asintió con expresión satisfecha.

–Es todo lo que pido. Y ahora vete corriendo, antes de que Boone empiece a ponerse nervioso y tema que perdáis el avión. Ya pago yo.

–Te quiero –le dijo Emily, inclinándose para darle un abrazo–. Aunque has vapuleado de lo lindo mi buena conciencia.

–Me gusta hacer de ti una mejor persona –repuso Gabi–. Yo también te quiero.

Observó cómo Emily se marchaba, caminando algo lentamente, como si fuera ya demasiado tarde para acabar con aquel estúpido problema entre ella y Samantha. Era la clase de cosas que podían estallar en el momento más inoportuno, y Gabi no quería que algo así terminara estropeando su boda.

Capítulo 13

Jimmy paseaba nervioso de un lado a otro mientras Wade leía su redacción para la solicitud de la beca. Cada par de minutos se detenía delante de él, contemplándolo detenidamente, y seguía caminando.

–Sería capaz de leer más rápido si te sentaras –le dijo Wade con tono divertido–. O que dejaras al menos de remover la calderilla de tu bolsillo. Me estás fastidiando la concentración.

–Si lo que he escrito fuera bueno, ¿no serías capaz de concentrarte mejor? –le preguntó Jimmy, preocupado–. Es porque es horrible por lo que te distraes con tanta facilidad.

Wade estudió al adolescente y se dio cuenta de que realmente estaba aterrado.

–Siéntate –le ordenó.

Jimmy acercó una silla y se sentó a horcajadas en ella.

–Ahora quiero que me escuches con atención –le dijo Wade–. Todavía no he terminado de leerlo, pero no es horrible. Todo lo contrario.

Los ojos de Jimmy se iluminaron.

–¿En serio?

–En serio –le aseguró–. Dame diez minutos más, diez minutos de tranquilidad, y te diré con detalle lo que pienso. Si crees que no podrás permanecer sentado durante todo ese tiempo, dile a Tommy que te ponga a trabajar. Iré a buscarte tan pronto como termine.

Jimmy negó con la cabeza.

—Esperaré.

—En silencio —reiteró Wade.

—Como un ratón —dijo Jimmy, sonriendo—. Eso era lo que mi madre solía decir antes de que entráramos en la iglesia, que teníamos que estar callados como un ratón.

Wade se echó a reír, recordando similares admoniciones.

—De acuerdo, entonces. Intentémoslo otra vez.

Terminó de leer, aunque era bien consciente de que Jimmy seguía observándolo con atención, temiendo todavía que fuera a romperle el corazón con sus críticas.

Antes de que pudiera decir algo, Jimmy se le adelantó.

—La lengua nunca ha sido mi asignatura preferida, así que puede que necesite algunos retoques en gramática y esas cosas. Solo dime dónde he metido la pata, ¿de acuerdo?

Wade alzó una mano para acallarlo.

—Jimmy, es una redacción maravillosa. Te prometo que los dejarás boquiabiertos. Les has dicho exactamente por qué quieres hacer esto, lo duro que estás dispuesto a trabajar, lo que piensas que te motivará a ser el mejor estudiante del mundo.

—¿No es estúpido, entonces? —preguntó, preocupado.

—No —le aseguró Wade—. Es sincero y sensible, sobre todo la parte en la que cuentas lo duro que siempre ha trabajado tu padre y las lecciones que te dio sobre que hay que ser una persona buena y responsable.

—Papá es un gran tipo —declaró sin más.

—Y eso se dice alto y claro. ¿Y sabes qué más se dice alto y claro? El joven estupendo que eres.

Las mejillas de Jimmy subieron de color.

—No quiero parecer un tonto.

—No hay nada tonto en esto. ¿Quieres pasarte a comer

por Castle's para dejárselo leer a Gabi? Tiene mucha experiencia en escribir cosas de ese tipo, para el público. Por lo que tengo entendido, redacta unos comunicados de prensa extraordinarios.

—¿Crees que le importará echarle un vistazo? —preguntó Jimmy, vacilante—. Me bastaría con que me diera esta oportunidad. No quiero ser un pesado.

—Yo creo que a ella le encantaría leer tu ensayo —le dijo Wade—. Déjame que me asegure de que está allí.

Pero cuando llamó a Castle's, Cora Jane le dijo que Gabi se estaba entrevistando con la propietaria de la tienda donde encontró la campanilla de viento, y que iría luego con ella a ver a la artista que la había fabricado.

—Mira —le dijo ella—, ¿por qué no te traes a Jimmy a cenar esta tarde a casa? Sé que Gabriella querrá ver esa redacción suya, y además está a punto de recibir noticias de ese proyecto que tiene entre manos. Imagino que todos estaréis ansiosos por conocerlas.

—Me parece una idea estupenda —comentó Wade, contento—. ¿A qué hora?

—¿Seis y media? Jerry vendrá a asar el pescado. Se pasó antes por los muelles. Me dijo que la pesca de hoy había sido especialmente buena, así que compró de sobra para esta tarde.

—Espera un momento. Déjame que se lo pregunte a Jimmy —Wade le contó el plan al joven, que aceptó de inmediato—. Allí estaremos, Cora Jane. ¿Quieres que traigamos algo?

—Con vuestra compañía servirá.

Cuando cortó la llamada, sorprendió a Jimmy sonriéndose.

—¿Qué? —le preguntó Wade.

—Esto te ha venido de maravilla, ¿no? Gracias a mí, has conseguido una cita.

Wade lo miró ceñudo.

—No creo que eso sea exactamente cierto. Gabi ni siquiera está al tanto, así que si tengo una cita con alguien es contigo y con Cora Jane.

Jimmy se mostró inmediatamente preocupado.

–¿Crees que es posible que no aparezca Gabi?

Wade pensó en la determinación de Cora Jane de actuar como casamentera.

–Oh, imagino que sí estará. Cora Jane se encargará de que así sea.

–Entonces, en cierta manera, me lo debes –dijo Jimmy.

–¿Realmente quieres que sigamos hablando de esto? –le preguntó Wade, sin molestarse en disimular su diversión–. Porque sin mí, tú no habrías conocido a Gabi. Sin ella, no habrías conocido a su padre. Y todo este asunto de la beca... –se lo quedó mirando–. Bueno, creo que te das cuenta de a dónde quiero ir a parar.

La insolente expresión de Jimmy flaqueó ligeramente ante aquella dosis de realidad.

–Aun así, estoy seguro de que soy tu billete para acercarte a Gabi. Yo le caigo bien. No la asusto, como haces tú.

Wade frunció el ceño.

–¿Asustarla? ¿Tú crees que yo la asusto?

–Eso es lo que me parece a mí –respondió Jimmy con sorprendente convicción–. Se te nota que estás colado por ella. Eso tiene que asustar a una mujer que se ha quedado embarazada del hijo de otro hombre. Creo que necesitas relajarte un poco.

Por mucho que deseara ignorar lo que le estaba diciendo Jimmy, Wade tuvo la impresión de que el joven estaba exhibiendo un extraordinario grado de percepción y agudeza. Y, contrariamente a lo que le pasaba con la intromisión de Louise, la de Jimmy era digna de reflexión.

–Quizá te estés equivocando de campo –le dijo con tono irónico–. Lo mismo deberías estar escribiendo en un consultorio sentimental.

–¡Bah! Creo que me ceñiré exclusivamente a la biomedicina –replicó Jimmy. Evidentemente se había tomado en serio la observación de Wade–. Las mujeres y las relaciones son demasiado complicadas.

–Pero parece que a Gabi la has calado muy bien.

Una sonrisa se dibujó en el rostro de Jimmy.

–Pura casualidad. Yo solo quería tomarte un poco el pelo.

Wade sacudió la cabeza.

–Te recogeré a las seis y cuarto –le dijo–. E intenta dejar en casa esa actitud de sabelotodo.

–¿Qué puedo decir? Soy así –respondió Jimmy con actitud impenitente.

Lo cual, pensó Wade, podía resultar irritante a veces, pero formaba parte del encanto que terminaría haciendo algún día de aquel joven excepcional un gran triunfador.

Gabi abandonó el Seaside Café convencida de que su intuición acerca de que había conocido a una nueva amiga era correcta. Los noventa minutos que habían pasado conociéndose habían puesto al descubierto que compartían puntos de vista muy similares sobre la vida. Ambas habían llegado tarde al concepto de un estilo de vida más relajado.

Aunque con Meg no tenía en común la experiencia de un mal matrimonio, sí que tenía la de Paul como condicionante de su enfoque sobre las relaciones.

Después de escuchar a Meg hablar de su exmarido durante varios minutos, la miró sorprendida.

–No pareces amargada.

Meg se echó a reír.

–Eso es porque tengo a mi favor tres años de recuperación. Si me hubieras conocido justo después de venirme aquí, habrías escuchado una versión muy diferente. Destilaba vitriolo cada vez que alguien mencionaba a mi marido.

–¿Qué fue lo que cambió? ¿Solo el tiempo limando las ásperas consecuencias del divorcio?

–Eso y el descubrimiento de que mi hija necesita a su padre en su vida. Lo que no necesita es que yo le hable mal de él a cada momento. No ha sido solamente ella la que ha evolucionado. Yo he alcanzado un punto en el que me alegro de lo que ha sucedido. Porque fue eso lo que me hizo replantearme la vida –lanzó a Gabi una mirada penetrante–. Creo que eso es lo que tú estás haciendo también. Quizá algún día te sientas agradecida hacia aquel tipo porque él te empujó a cambiar de vida.

–Todavía no he llegado a ese momento –reconoció Gabi–. Sigo pensando que volvió mi mundo completamente del revés. Si encuentro un nuevo rumbo que darle a mi vida, quizá eso cambie.

Meg asintió.

–Pues vayamos ya a ver a Sally. Ella puede ser la llave que te abra la puerta de ese nuevo y luminoso futuro.

Poco después llegaban a una pequeña propiedad escondida en un espeso pinar. Lo primero que Gabi advirtió de aquella casa en apariencia normal y corriente fueron las decenas de campanillas de viento que colgaban del techo del porche.

–¡Oh! –susurró mientras un golpe de brisa les arrancaba una sinfonía de sonidos.

Meg sonrió.

–Es fantástico, ¿verdad? Me siento en paz cada vez que bajo del coche y vengo aquí. Lo he bautizado como mi «punto de campanillas de la brisa». Encontraremos a Sally en su taller, imagino. Aunque sabía que veníamos, probablemente habrá perdido la noción del tiempo trabajando.

Reacia a alejarse de las olas de luz tornasolada que envolvían el porche, Gabi siguió a Meg mientras rodeaba un lateral de la casa. Como en la de Wade, el garaje había sido convertido en taller. El de Sally, sin embargo, estaba bañado por la luz de unos enormes ventanales de reciente instalación. Las mesas estaban cubiertas de placas de cristal de todos los colores imaginables. Una mujer muy menuda se hallaba de pie ante una de aquellas mesas con un cúter, cortando tiras rectangulares en los vidrios. La música de un cuarteto de cuerda flotaba en la habitación. Gabi se sintió inmediatamente como si acabara de entrar en una atmósfera de alegre optimismo.

Meg rodeó la mesa hasta que se situó en la línea de visión de Meg. En aquel instante, la artista dio un respingo. Una sonrisa se extendió por su rostro mientras se quitaba los guantes y las gafas de protección. Pulsó luego un botón y apagó la música.

–¿Es ya tan tarde? –preguntó, culpable–. Me había propuesto entrar dentro y preparar un té antes de que llegarais.

Meg se echó a reír.

–No hay necesidad. Acabamos de hacer una comida tardía. Sally, esta es Gabi Castle, la mujer de la que te hablé. Sally, te presento a Sally Foster.

–Me enamoré de tu trabajo nada más verlo –le dijo Gabi–. Siempre me han encantado las campanillas de viento, pero las tuyas son extraordinarias. Verdaderas obras de arte.

Una sonrisa volvió a iluminar el rostro de Sally.

–¿Le dijiste que los halagos eran una manera segura de conquistarme? –le preguntó a Meg.

–No necesité decirle una palabra. Es sincera –le aseguró Meg–. Lo mismo le dijo a Emily cuando entró en la tienda, y luego a mí esta mañana. La sorpresa es que quiere intentarlo ella misma.

Sally miró a Gabi como intentando discernir por qué se le había ocurrido tomar una decisión tan aparentemente impulsiva.

–¿Por alguna razón en particular?

–Por muchas –contestó Gabi.

Sally arqueó una ceja.

—Ya sabes que en este pueblo los secretos no duran. Estoy al tanto de tu historia. Embarazada. Abandonada. Despedida —sonrió—. ¿Voy bien?

Gabi se echó a reír.

—Has acertado en todo.

—No te sientas mal por ello. A los pocos días de llegar aquí, todo el mundo conocía ya mi vida. Me llevó un tiempo acostumbrarme, pero ahora creo que eso forma parte del encanto de este pueblo.

—Para serte sincera, yo pienso lo mismo —dijo Gabi, con la sensación de estar haciendo otra amiga.

—¿Por qué campanillas de viento? —quiso saber Sally.

—La versión abreviada es esta. Cuando hace un par de semanas vine para quedarme con mi abuela, el sonido de las campanillas de viento en su porche me transportó a mi infancia, cuando la vida era muchísimo más sencilla. Me recordaba aquella sensación de inocencia y de posibilidades por explorar. Cuando vi las tuyas, lo entendí. Pensé que quizá si podía aprender a hacerlas, podría también generar aquellas mismas sensaciones.

Sally se volvió hacia Meg y cruzó con ella una mirada de comprensión y compasión.

—Eso es mucho esperar de unas campanillas de cristal —dijo Sally.

—Probablemente, pero es un cambio radical con respecto a mi estresante trayectoria profesional, y definitivamente lo necesito —explicó Gabi.

—Eso me suena —comentó Sally—. Y a Meg también, como seguro que te habrá contado, dado que no puede resistirse a hablar de la transformación operada en su vida desde que llegó a Sand Castle.

—Yo no me confieso con cualquiera —replicó Meg con fingida indignación—. Solo con almas gemelas.

—Bueno, para mí es evidente que Gabi lo es —concluyó Sally.

—Eso creo yo también —se mostró de acuerdo Meg.

Sally se volvió entonces hacia Gabi.

−¿De modo que has venido porque quieres que te dé clases?

−Si te ofreces a dármelas, estupendo, pero también puedo pagarte por una instrucción particular. Lo que mejor te convenga. O me contentaré con observarte y ayudarte por una temporada, en plan aprendiz, si lo prefieres.

Sally se la quedó mirando pensativa.

−Yo no doy clases −empezó−. No tengo la paciencia necesaria.

Gabi se deprimió al oír aquello.

−Oh, no te pongas tan triste −le dijo Sally−. Si te conformas con ayudarme y observar mi trabajo, imagino que podré enseñarte unas cuantas cosas en el proceso. El objetivo, por supuesto, será ayudarte para que encuentres tu propio estilo. No nos beneficiará a ninguna de las dos que intentes imitar el mío.

−Comprendido −dijo Gabi con tono entusiasmado−. Créeme, lo sé todo sobre la propiedad intelectual. En mi campo laboral, la gente era muy celosa de su trabajo. Evidentemente es un mundo muy distinto, pero los principios son los mismos.

−¿Y no te importará tener que hacer un trabajo monótono aquí? ¿No te desquiciarás si no produces buenas campanillas de viento al cabo de una semana? Tengo la sensación de que eres una persona impaciente.

A Gabi no le sorprendió que aquella virtual desconocida la hubiera calado tan bien.

−Sí, bueno, esa era mi antigua personalidad. Estoy intentando volverme más serena. Me adaptaré a tu ritmo y a tus horarios. Yo solo quiero aprender bien, y no necesariamente de la manera más rápida.

Sally asintió.

−Mañana. Ven a las diez.

−Podría venir más temprano −se ofreció inmediatamente Gabi.

—Soy como un ave nocturna. A las diez estará bien —dijo Sally—. Trae café. El mío es horrible, y me ahorrarás un viaje al pueblo.
—Hecho —se apresuró a aceptar Gabi—. Muchas gracias —se volvió hacia Meg, que parecía tan satisfecha como Cora Jane cuando le salían bien algunas de sus tretas—. Y también a ti. No te imaginas lo agradecida que te estoy.
—Ya veremos lo contenta que estás después de que Sally te haya exprimido durante unos cuantos días —repuso Meg, aunque sonrió mientras lo decía—. Ahora en serio: no podrías estar en mejores manos —dio a la artista un abrazo—. Gracias. Volveré a ponerme en contacto contigo pronto. Por la cantidad de campanillas que tienes colgando en el porche, seguro que cualquier día de estos tendrás otra remesa para mí.
—Mañana o pasado —le prometió Sally—. Haré que te las lleve mi nueva ayudante.
Mientras volvía al coche con Meg, Gabi estaba que hervía de entusiasmo. El feliz tintineo de las campanillas del porche parecía un reflejo de su humor.
—Este es un lugar de alegría —murmuró, aunque se sentía un poco estúpida pronunciando aquellas palabras.
Meg sonrió.
—Sí que lo es. Si volviera a quedarme embarazada, me gustaría vivir en un lugar como este. Creo firmemente en que, incluso dentro del vientre, los bebés reaccionan al entorno.
Gabi nunca se había imaginado a sí misma compartiendo aquella creencia, pero en aquel momento... Estaba convencida de que Meg lo había expresado a la perfección. No habría podido encontrar un lugar mejor que el bautizado por Meg como «punto de campanillas de la brisa» para que su bebé pasara los próximos meses.

Eran más de las seis para cuando Gabi regresó a casa de Cora Jane. Lo único que quería era descansar los pies en alto y beberse un gran vaso de agua helada, pero la cocina hervía de actividad. Estaban allí no solo su abuela y Samanta, sino también Jerry.

–¿Estamos celebrando una fiesta? –preguntó, llenándose el vaso de agua y esquivando a la gente que se movía rápidamente por la habitación.

–Algo así –dijo Cora Jane–. Jimmy y Wade vendrán dentro de poco a cenar.

Pero el entusiasmo que le provocaba la perspectiva de ver a Wade batallaba con su agotamiento. Al ver que se quedaba callada, Cora Jane la observó detenidamente.

–Pareces exhausta. Ve a dormir un poco hasta que lleguen. O al menos lávate la cara y refréscate.

–Descansar con los pies en alto durante unos minutos sería maravilloso –admitió–. Pero no me dejes dormir durante la cena, ¿de acuerdo?

Samantha le lanzó una mirada irónica.

–Como si la abuela pudiera perder la oportunidad de juntarte con Wade. Anda, ve a descansar. Ya te despertaré yo cuando llegue.

Gabi se dirigió a su dormitorio, pero no pasó del cuarto de estar. El sofá tenía un aspecto demasiado apetecible. Se dejó caer en los cómodos cojines, puso los pies en alto y suspiró. ¡Estaba en la gloria!

Lo siguiente que sintió fue el ligero roce de unos labios en la frente. Dado que su cuerpo se excitó al instante ante su contacto, dudó de que fuera su abuela o Samantha despertándola.

–Hola, Bella Durmiente, ¿lista para cenar? –le preguntó Wade en voz baja.

Abrió los ojos para descubrir su mirada fija en ella, con una sonrisa en los labios.

–Hola –murmuró, soñolienta–. ¿Cuánto tiempo he estado dormida?

–El suficiente, según Cora Jane. Dice que si no te levantas ahora, no podrás dormir en toda la noche.

–¿Cuándo has llegado?
–Hace una media hora.
–No me habrás visto dormir ¿verdad? Qué vergüenza. A lo mejor he roncado.
Wade se echó a reír.
–Cuando entré hace apenas un minuto, no oí ronquido alguno. Si eso es lo que te preocupa, quizá una de estas noches me dejes meterme en tu cama para que podamos averiguarlo con seguridad.
Aunque hasta entonces había estado medio dormida, aquello la despertó del todo.
–¿Perdón?
–Bueno, definitivamente eso te ha acelerado el pulso –se burló–. En lugar de repetírtelo, sin embargo, dejaré que reflexiones sobre la idea –le tendió la mano–. La cena está servida. Y el pescado tiene un aspecto increíble. En realidad, toda la comida que han preparado. Yo no sé cómo se las han apañado Cora Jane y Jerry después de haber pasado toda la mañana y parte de la tarde en el restaurante.
–A la abuela le encanta estar en la cocina –dijo Gabi aceptando su mano y dejando que la ayudara a levantarse.
Pensó que quizá Wade había tirado de ella con excesiva fuerza, porque cayó sobre él. Él la sujetó y la abrazó solo por un segundo, lo suficiente para añadir énfasis a su anterior broma acerca de que pasaría la noche con ella uno de aquellos días.
Le miró desconfiada.
–¿Qué es lo que pretendes, Wade?
–Lo mismo que llevo pretendiendo desde hace un tiempo –dijo, sin intentar siquiera evitar su mirada directa–. Procurar conseguir tu atención –sacudió la cabeza y añadió, lamentándose–. Aunque Jimmy dice que lo estoy estropeando todo.
Gabi no pudo evitar reírse ante la imagen del joven dándole consejos a Wade acerca de cómo tratar a una mujer.

—¿No es un poco joven para ser asesor en relaciones?
Wade le lanzó una mirada triste.
—Cualquiera diría que sí, ¿verdad? Solo que parece tener una impresionante habilidad para ese tipo de cosas.
—No me lo puedo imaginar. ¿Así que fue él quien te enseñó esa maniobra que acabas de usar conmigo? ¿La de tirar de mí con demasiada fuerza para que acabara en tus brazos?
—Absolutamente no —dijo Wade con expresión inocente—. Eso fue puramente un accidente.
—No lo creo. Creo que eres un taimado. Y que si no ha sido Jimmy quien ha sembrado esta idea en tu cabeza, ha sido Cora Jane.
—Definitivamente no estoy siguiendo consejos de tu abuela —declaró con tono indignado—. Puede que sea una aliada, pero cualquier cosa que suceda entre nosotros será única y exclusivamente asunto nuestro. Ella no me está dando consejos sobre salir contigo. Eso sería simplemente friqui.
Gabi se echó a reír ante aquella resentida reacción de masculino orgullo.
—De acuerdo, de acuerdo, tus tácticas son solamente tuyas.
Él la miró con curiosidad.
—¿Alguna está funcionando?
—Hace un momento no te he dado un puñetazo, ¿verdad? Y no he hecho nada para evitar tu compañía. Es más, cuando la abuela me dijo que Jimmy y tú vendríais a cenar, me entraron muchas ganas de contarte lo que había pasado hoy. No sé cuáles son tus criterios al respecto, pero creo que podría ser considerado como un gran progreso.
—Absolutamente —se mostró de acuerdo con ello, claramente complacido.
Gabi advirtió que varias miradas de interés se clavaban en ellos cuando se reunieron con los demás para sentarse a la mesa de la cocina. La expresión de Cora Jane era casi engreída. E incluso Samantha parecía un gatito que se hu-

biera comido al canario. Evidentemente, Wade contaba con más de un aliado en la habitación.

Jerry, sin embargo, los miraba a los dos con compasión, como si fuera consciente de la presión a la que estaban siendo sometidos con tantas interferencias no solicitadas. Le hizo a Gabi un guiño en plan tranquilizador.

Luego, después de que la abuela bendijera la mesa, la conversación perdió fuerza mientras unos y otros se iban pasando las fuentes de pudín de maíz, ensalada y parrillada de verduras, que acompañaban al pescado que Jerry había preparado y sazonado con su personal mezcla de especias *cajun*.

–Mejor que en Boone's Harbor –declaró Gabi cuando lo hubo probado–. Jerry, esto está riquísimo.

–Este hombre tiene un don –declaró Cora Jane.

–Por desgracia, ella se niega a que incluya esto en el menú de Castle –se quejó Jerry con fingida consternación–. Llevo años intentando convencerla.

–Y yo le he dicho que lo que nuestros clientes esperan es pescado frito. Además, ahora que Boone tiene un menú *cajun* en el restaurante, no veo razón alguna para competir con él –dijo Cora Jane–. A mí me parece que los restaurantes deberían ayudarse los unos a los otros, conservar sus respectivas diferencias para mantener sus clientelas, en lugar de expulsar a los demás del negocio.

–Eso no puedo discutírtelo –admitió Jerry, lanzando a Cora una mirada entrañable–. Y mira lo bien que ha funcionado esa estrategia para Castle's. ¿Quién soy yo para intentar forzar un cambio en una mujer de ideas fijas y con una testarudez legendaria?

–¿Yo testaruda? ¿De ideas fijas? –repitió Cora Jean con tono indignado–. ¿Y eso lo dice el hombre que monta en cólera cada vez que no encuentra su olla favorita?

–Me traje esa olla de hierro colado de Luisiana –replicó Jerry–. Apuesto a que no encuentras un solo chef que se tenga por tal que no se separe nunca de sus cacharros y utensilios favoritos. ¿No te has fijado que en esos concursos de cocineros que dan por televisión, todos llevan sus propios cuchillos especializados?

–¿Así que ahora te consideras un chef? –se burló Cora Jean mientras los demás comensales se recostaban en sus asientos, viendo volar las chispas entre ellos–. ¿Acaso no eras un viejo y sencillo cocinero cuando te presentaste en mi casa solicitando trabajo hace ya un montón de años?

–Ya era chef entonces –replicó Jerry–, pero tú habías pedido un cocinero. Yo no quería parecer demasiado pretencioso. Además, me bastó mirarte una sola vez para saber que sería capaz de hacer lo que fuera por conseguir el trabajo. Me habría presentado como friegaplatos con tal de que me aceptaras.

Las mejillas de Cora Jane se encendieron al oír aquello.

–¡Yo era una mujer casada! –protestó.

–Y yo no cruce una sola línea hasta después de que se muriera Caleb y tú acabaras el luto –le recordó–. Le tenía demasiado respeto a él y a ti.

Gabi vio que la expresión de su abuela se ablandaba cuando dejó que Jerry le tomara la mano.

–Y te estoy agradecida por ello –dijo Cora Jane en voz baja.

También advirtió que Jimmy estaba mirando a la pareja mayor con una expresión de absoluta perplejidad.

–Vosotros dos... ¿estáis saliendo juntos, o algo así? –preguntó.

–Es ese «o algo así» lo que precisamente me gustaría saber a mí –intervino Samantha.

Jerry se rio a carcajadas ante la impúdica insinuación, pero Cora Jane los miró ceñuda. A Samanta le dijo:

–¿Es que no he tenido influencia alguna sobre tus maneras?

–Alguna –respondió Samanta, en absoluto arrepentida–. Pero también me enseñaste que si quería saber algo, la mejor manera de averiguarlo era preguntar por ello.

—A mí me pasó lo mismo —dijo Jimmy y se volvió hacia Wade—. ¿He sido grosero por haber hecho la pregunta?

Antes de que Wade pudiera contestar, intervino Jerry.

—Yo personalmente admiro a las personas directas —le dijo a Jimmy—. Nunca tendrás que preocuparte de que esconden algo. Y, para responder a tu pregunta, estoy cortejando a Cora Jane. Uno de estos días me figuro que cederá y se casará conmigo.

Jimmy abrió mucho los ojos, pero lo único que dijo fue:

—¡Guay!

Gabi pensaba efectivamente lo mismo. Cora Jane, sin embargo, parecía de lo más azorada ante aquella pública declaración de una estrategia que, para sus nietas, había estado perfectamente clara desde hacía meses. Ya era hora de que Cora Jane probara su propia medicina. Al fin y al cabo, ella no era la única capaz de intrigar y andarse con artimañas en la familia.

Capítulo 14

Después de cenar, Jimmy se ofreció a ayudar a recoger la cocina, mientras Gabi se llevaba su redacción al cuarto de estar para leerla. Wade se quedó también en la cocina para echar una mano.

Al igual que había ocurrido antes, no había duda alguna sobre el nerviosismo de Jimmy mientras esperaba el veredicto de Gabi.

Cuando minutos después ella regresó a la cocina con una sonrisa en los labios, no fue solo Jimmy quien respiró de alivio, sino también Wade.

—¿Está bien? —preguntó el muchacho.

—Está mucho mejor que bien —dijo ella, dándole un abrazo—. ¡Lo has clavado!

—Eso es lo que me comentó Wade, pero dice que tú eres una especie de experta en escritura —la miró fijamente—. ¿De verdad que no has encontrado errores?

—Ni uno —le aseguró—. ¿Tienes la solicitud rellena?

Jimmy asintió.

—Esto era lo último. Puedo enviárselo todo a tu padre mañana, si piensas que la redacción está bien.

—Envíasela —le dijo Gabi mientras recogía un trapo de cocina y ayudaba a secar los últimos platos.

Cora Jane podía tener modernos lavavajillas en el restaurante, pero allí en casa prefería fregar a la manera antigua. Durante años, Gabi y sus hermanas habían refunfuñado sobre ello. En ese momento, contemplando las cosas retrospectivamente, se daba cuenta del maravilloso ambiente de camaradería que aquel detalle había creado. Y aquella noche tenía esa misma sensación.

Tan pronto como terminaron, el joven se volvió hacia Wade.

–Supongo que tú te quedarás aquí un rato más. ¿Te importa que me vaya? Quiero acercarme andando a casa de un amigo.

–¿Y tendrás manera de volver a casa desde allí? –le preguntó Wade.

–Él me llevará.

–¿Tienes hora de llegada?

–Venga, hombre, si tengo casi diecinueve años... –replicó Jimmy, mirando a Wade como si acabara de aterrizar de otro planeta.

–Oye, sigues viviendo en casa de tus padres –le recordó Wade–. Imagino que tendrán sus reglas.

–Claro, reglas hay algunas –admitió el muchacho–. Ordenar la habitación, ayudar en las tareas de la casa, cosas así, pero no tengo hora de llegada para volver –se volvió hacia Gabi–. ¿Y tú? ¿Te tiene Cora Jane sometida a un estricto toque de queda? No me gustaría que el viejo Wade te metiera en algún problema.

Wade se echó a reír.

–De acuerdo, tú ganas. Sal de aquí.

Mientras Jimmy se marchaba silbando contento, Wade sacudió la cabeza.

–Todo un personaje, este chico.

–Sí que lo es –le dio la razón Gabi–. Y tú eres bueno con él. Evidentemente te tiene mucho respeto.

–No solo a mí –dijo Wade–. Sus padres le han enseñado a respetar a sus mayores, punto. Ya lo viste esta noche. No duda en decir lo que piensa, pero en seguida se preocupa de si ha metido la pata. Aprenderá a abrirse paso en el mundo.

–Eso creo yo también –dijo Gabi–. Y ahora... ¿necesitas volver a tu casa o tienes tiempo para que te cuente el día que he tenido?

–Siempre he tenido tiempo para escucharte –le dijo–. Me parece que todos los demás se han ido a la cama, con lo que tenemos el cuarto de estar para nosotros solos. O a lo mejor estaríamos mejor fuera.

–Déjame que vaya a por un suéter. Podemos acercarnos al embarcadero. Sentarnos en el porche estaría bien, pero te puedo garantizar que la ventana de Samantha estará abierta y escuchará hasta la última palabra que digamos.

–¿Porque eso es lo que harías tú? –le preguntó con expresión divertida.

–Eso es lo que ella y yo haríamos con Emily y con Boone –le corrigió–. Y dudo que Samantha se haya reformado.

Wade esperó a que subiera a buscar un suéter y atravesaron juntos la pradera de césped que separaba la casa del embarcadero. La hierba estaba húmeda de la lluvia que había caído antes y la luna había salido, bañando con una luz de plata el vapor que se elevaba del agua. Gabi podía escuchar el lejano petardeo del motor de una barca. Por lo demás, se respiraba una increíble tranquilidad sin ruido alguno de tráfico que turbara el silencio.

Aunque la temperatura era agradable, de cuando en cuando se levantaba algún fuerte golpe de brisa. Wade debió de haber advertido su temblor, porque se acercó a ella y le echó un brazo por los hombros. Ella se apoyó contra él.

–Si tienes mucho frío, podemos volver a entrar.

–Estoy bien –le dijo–. Tu cuerpo es como un horno.

–Alto metabolismo. Háblame de tu día.

Gabi le contó su entrevista con Meg Waverly.

–¿La conoces? –le preguntó ella.

–Sí que nos conocemos. Se llevó algunas de mis esculturas a su tienda. Es buena gente, como dirían los de por aquí. No hay duda al respecto.

—Creo que nos vamos a hacer amigas —dijo Gabi, sin molestarse en disimular el tono de maravillada sorpresa de su voz.
—¿Por qué pareces tan sorprendida?
—Esta vez, sé que esto te va a sonar patético, pero nunca antes me había tomado el tiempo de hacer amigos. De amigos buenos, al menos. Emily, Samantha y yo estamos muy unidas, y eso siempre me había bastado. Las amistades llevan tiempo y esfuerzo. Y yo nunca deseé esa conexión lo bastante como para quitarle horas a mi trabajo.
—Pero tuviste que ver a gente de cuando en cuando, salir a comer o a cenar...
—Tenía amistades de trabajo —explicó ella—. Claro, salíamos a comer, incluso a cenar, pero las conversaciones siempre giraban sobre el trabajo. En realidad no nos conocíamos bien. Ni una de ellas me ha llamado para saber cómo estaba desde que dejé la empresa. Imagino que habrá una o dos que estén disfrutando con mi caída en desgracia y mi brusca salida.
—¿Qué hay de los vecinos? ¿Llevas mucho tiempo viviendo en la misma casa?
—Desde la universidad —dijo. Una casa de la ciudad dentro de un pequeño complejo con piscina, pistas de tenis y demás. Con muchas ventajas, ya que estaba cerca de la oficina.
Wade se la quedó mirando incrédulo.
—¿No hiciste amigos con la gente de allí?
Ella se encogió de hombros.
—Los vecinos tenían reuniones de vez en cuando, pero yo nunca iba. Apenas conocía de vista a mis vecinos inmediatos, y mucho menos a los de la comunidad —estudió su expresión—. Tú eres una persona muy sociable, ¿verdad? No te puedo imaginar viviendo así.
—Tienes razón. Es decir, puedo quedarme encerrado en mi taller durante horas, solo, pero siempre he tenido tiempo para los amigos.

—¿Qué es lo que haces con ellos? —le preguntó con un punto de envidia en la voz.

—Voy a partidos de fútbol, tomo cervezas con ellos, jugamos alguna que otra partida de póquer. Necesito ese contacto social, sobre todo desde que perdí a Kayla. Y siempre han estado Louise, Zack y los niños para rellenar los espacios vacíos de mi vida.

—Eso suena maravilloso —dijo ella.

—Si mantenías esa distancia con la gente, ¿cómo encajaba aquel tipo en tu vida?

Gabi le lanzó una mirada irónica.

—No era muy exigente —admitió—. Y estaba tan sumergido en el trabajo como yo. Nos entendíamos bien.

—Así que no era realmente una relación —dijo él con tono aliviado—. Era una relación de conveniencia.

Gabi frunció el ceño.

—No es cierto.

—¿No? —arqueó una ceja—. ¿Salíais con otras parejas? ¿Quedabais con amigos? ¿Compartías con él los detalles íntimos de tu vida, como tú y yo estamos haciendo ahora?

A Gabi se le llenaron los ojos de lágrimas al escuchar aquellas preguntas. Él tenía razón. Fuera lo que fuera que Paul y ella habían compartido, no había sido realmente una relación. Su vínculo nunca había sido tan íntimo como el que estaba forjando con Wade, pese al poco tiempo que hacía que se conocían.

—Lo siento —se disculpó él antes de que ella pudiera responder—. No he debido despreciar algo que obviamente a ti te funcionó.

—No, tienes razón —admitió, sorbiéndose la nariz—. Lo que teníamos era sexo de cuando en cuando, cuando nos convenía. Era una relación de conveniencia, una manera que teníamos de sentirnos como si estuviéramos conectados a otra persona. Quizá yo sea incapaz de tener algo más que eso.

—No me lo creo ni por un momento –replicó él–. Tú y yo ya tenemos mucho más. Estamos hablando con el corazón en la mano, conociéndonos uno a otro, haciéndonos amigos –una sonrisa se dibujó en sus labios mientras la miraba a los ojos–. Y todo ello, lamento decirlo, sin el beneficio del sexo.

Ella se echó a reír.

—Y tendrá que seguir así, al menos por ahora –dijo con tono admonitorio.

—Temía que fueras a decir eso.

Se quedó callada. Un minuto después, se atrevió a apoyar la cabeza sobre su hombro. Era la primera vez que hacía algún tipo de movimiento en su dirección por propia iniciativa y se sintió bien. Sorprendentemente bien.

—Esto es bonito –dijo en voz baja.

—Y que lo digas.

Por el momento, sin embargo, sabía que tendría que conformarse. Se preguntó si Wade sería capaz de hacerlo. O si sería capaz ella misma.

Mientras yacía en la cama por la mañana, pensando en la noche anterior, Gabi intentó recordar un solo día de su vida en el que hubiera pasado tanto tiempo con un hombre hablando de todo y de nada a la vez. Wade tenía razón. Se estaban convirtiendo en grandes amigos. ¡Increíble! No llevaba más de un par de semanas en Sand Castle Bay y ya tenía dos florecientes amistades con las que pensaba que podría contar. Una tercera, si añadía a Sally.

Mirando el reloj, se dio cuenta de que necesitaba darse prisa si pensaba recoger el café y llegar a tiempo a su primera jornada de trabajo con la artista.

Una hora después estaba duchada, vestida y provista de una caja de donuts y de dos grandes vasos con café mientras se dirigía en el coche al taller de Sally.

Una vez más se detuvo en el jardín delantero para escuchar las campanillas de cristal y quedó encantada. Estaba riendo de pura felicidad cuando entró al taller.

–Aquí estás –dijo Sally, regalándole una luminosa sonrisa, y olfateó el aire–. Y si esa caja lleva donuts dentro, acabas de convertirte de ayudante a tiempo parcial y potencial artista en mi persona favorita.

Gabi se echó a reír.

–Parece que estos donuts tienen poderes mágicos –dijo, recordando que Wade también los había utilizado con ella.

–Por supuesto, si lo conviertes en una costumbre, tendré que correr unos dos kilómetros más todos los días. Dado que considero que correr es una tortura, tal vez quieras limitarte al café a partir de ahora.

–Me he estado diciendo a mí misma que los caprichos como estos son para el bebé, pero como ya sé que es mentira, prometo que no se convertirá en un hábito –Gabi miró a su alrededor, deseosa de empezar–. Y ahora dime qué es lo que puedo hacer.

–Puedes sentarte un momento y disfrutar de un donut y una charla conmigo. Sé que dijiste que pretendías dar un giro radical a tu vida, pero... ¿exactamente qué clase de trabajo estresante fue el que dejaste?

Gabi le describió el trabajo de relaciones públicas que había estado haciendo durante más de diez años.

–Iba directa a convertirme en vicepresidenta de la empresa, o al menos eso era lo que todo el mundo creía.

–¿Y te forzaron a abandonarla? ¿Por qué? –antes de que ella pudiera responder, Sally abrió mucho los ojos–. ¿No sería porque te quedaste embarazada?

–Así es –confirmó Gabi.

–¿Y no habrías podido denunciarlos?

–Probablemente no. Quiero decir que, técnicamente, planeaban marginarme en vez de despedirme de manera fulminante. Fui yo la que negoció la salida. Mi padre, que tiene mucha influencia en esos círculos, dio la cara por mí y ellos me ofrecieron volver a mi antiguo empleo, pero yo me negué. Porque... ¿cómo habría podido seguir trabajando con aquella gente?

–Aun así, espero que te compensaran bien.

–Fue una indemnización bastante decente –reconoció Gabi–. Razón por la cual puedo tomarme algún tiempo antes de ponerme a trabajar otra vez. Puedo experimentar con cosas como esta, descubrir si poseo alguna vena artística, alguna habilidad desconocida para mí misma. Y si resulta que no es así... –se encogió de hombros–. Tampoco sería una gran pérdida. De todas formas habré aprendido algo que me proporcionará una satisfacción personal –lanzó a Sally una mirada de preocupación–. Espero que, después de lo que acabo de decirte, no estés pensando en cambiar de idea. Supongo que no parezco una mujer terriblemente confiada o entusiasmada.

–No, pareces una mujer que lo ha pasado mal y que está intentando levantarse. Me gusta. Eso es lo que siempre he hecho yo. Oh, a mí me encanta el arte y he recibido algunas clases de artesanía con cristal, pero esto para mí fue siempre una afición.

–¿De verdad? ¿Cuál era tu trabajo?

–Trabajaba para una importante agencia de bolsa hasta que se hundió. Muchos de mis clientes perdieron sus ahorros. No fue necesariamente culpa mía. La mayor parte de ellos ni siquiera me responsabilizaron a mí. Pero yo sí que me culpé. Decidí que necesitaba escapar, hacer algo en lo que la única persona afectada por mis decisiones fuera yo –sonriendo, le confesó–. Y desde entonces nunca he sido tan feliz, pero si hablas con mi familia, todos están convencidos de que he sufrido alguna especie de colapso nervioso. Durante el primer par de años que pasé aquí, se presentaban regularmente para ver si me había vuelto loca por completo.

–Puede que esa sea la misma preocupación de mi padre –le dijo Gabi, identificándose totalmente con su situación–. Me ha dejado por lo menos diez mensajes relativos a otros trabajos desde que se enteró de que había rechazado el de mi antigua empresa.

–¿Y no te has sentido tentada? –le preguntó Sally.

Gabi negó con la cabeza.

–Ni un poquito.

Sally apuró su café, tiró el vaso a la papelera y se lavó las manos.

–Saca ese taburete. Puedes observar lo que estoy haciendo. Por lo general corto de una sola vez una gran cantidad de piezas de cristal de diversos tamaños y colores para tener así remanente. Eso me deja más tiempo para crear el cuerpo central de cada pieza.

–Creo que eso fue lo que más me impresionó cuando las vi –le dijo Gabi–. El diseño de cada pieza es increíble. Puedo reconocer el estilo, pero no hay ninguna duplicada.

Sally asintió mientras se ponía los guantes y las gafas protectoras, y luego le entregó otras a Gabi. Continuó hablando mientras se ponía a cortar.

–Quiero que cada una de ellas sea única, aunque recibo más de una petición para repetir el mismo diseño que un cliente compró como regalo el año pasado, por ejemplo. Yo insisto, sin embargo, en que las tiendas que distribuyan mis campanillas nunca exhiban más de un diseño cada vez. Creo que es importante que la gente sienta que está comprando una obra de arte, en lugar de un producto de masas.

–¿Consigues tú el cristal? Los colores son increíbles, sobre todo a la luz del sol.

–Algunos sí, otros no. Hay un artista de la localidad que es famoso por sus piezas de cristal soplado. Ya lo conocerás. Hace un trabajo increíble.

–Me encantaría –dijo Gabi.

–Trabaja conmigo a veces, me proporciona piezas que a él no le sirvieron pero que yo puedo cortar y usar. A veces, si se me ocurre hacer algo de estilo un poco antiguo, voy con mi diseño y él me presenta el cristal más increíble del mundo. Por supuesto, esas piezas suelen costar un riñón, así que procuro no volverme demasiado loca con ellas. No son muchos los clientes que están dispuestos a gastarse el dinero, sobre todo si tienen miedo de que el cristal se les rompa en una tormenta.

—Eso es un riesgo, ¿no? Supongo que es por eso por lo que mucha gente prefiere comprar campanillas de metal.

—Definitivamente es más seguro —le dio la razón Sally—. Aunque, para mí, el sonido no es tan dulce. Templamos el cristal para que aguante un viento fuerte, pero... ¿un huracán? Tanto no —alzó la mirada hacia Gabi—. ¿Sabes dónde consigo mis cristales favoritos? Chatarrerías. De cuando en cuando salgo a explorar y encuentro viejas ventanas de cristal tintado que han sido abandonadas porque el vidrio se ha roto y no han podido reemplazarlo, o por la razón que sea. No hay una sola chatarrería en cien kilómetros a la redonda en cualquier dirección que no me conozca. En cuanto reciben una ventana, me llaman —señaló el marco de una ventana que descansaba en otra mesa—. Un hallazgo de la semana pasada. Échale un vistazo al cristal. Sospecho que debe de tener al menos cien años.

Gabi examinó la ventana. La mayoría de los cristales estaban rotos, pero quedaban suficientes para hacer con ellos increíbles campanillas de viento.

—Es precioso. Me encantan las diminutas burbujas del cristal y la superficie ligeramente rizada. Daría lo que fuera por hacer algo a partir de esto.

Sally la miró entusiasmada.

—Entonces lo harás. No será de inmediato, pero me acordaré de darte tu primera oportunidad con una pieza así. Me encanta saber que de mis piezas se ocupa alguien que sabe apreciar la belleza del cristal.

Increíblemente, mientras hablaba, Sally terminó de cortar un cristal de tipo más ordinario: la mayor parte en rectángulos, pero unos pocos en triángulos, círculos e incluso una especie de garabato sinuoso. Después de continuar trabajando durante un rato, alzó la mirada a Sally.

—¿Lista para probar?

—No sé si mi pulso será lo suficientemente firme —respondió con voz vacilante después de observar la confianza y la velocidad con las que trabajaba Sally.

—¿Sí? Pues al final de la mesa tengo un bidón lleno de errores míos —le dijo Sally.

Gabi lo miró y, efectivamente, estaba lleno de piezas de cristal que no habían pasado una primera inspección.

—Está bien, pero no quiero estropearte un cristal bueno. Déjame trabajar con alguno que hayas descartado.

—Me parece justo —dijo Sally, y sacó un par de piezas grandes del bidón.

Siguiendo las pacientes instrucciones de la artista, Gabi marcó el cristal e intentó cortarlo limpiamente. Contempló el resultado con frustración.

—Solo he conseguido hacer cristales más pequeños que no son muy buenos.

Sally se echó a reír.

—¿Esperabas hacer una obra maestra en tu primer intento?

—Sí —admitió Gabi, y la miró con expresión entristecida—. Poco realista, ¿verdad?

—Yo diría que sí —le lanzó una elocuente mirada—. Pero esta es la verdadera prueba. Cueste lo que cueste, no renunciarás. Seguirás intentándolo hasta que te salga bien. Al fin y al cabo, imagino que tu primer comunicado de prensa no saldría exactamente según lo programado.

—Pues salió así precisamente —le dijo Gabi, y esbozó luego una mueca al recordar las versiones previas que nunca le había enseñado a nadie—. Por supuesto, eso ocurrió después de una veintena de intentos que nadie más vio.

Sally dio unos golpecitos a los pedazos de cristal.

—Considera esto un primer intento.

Gabi se echó a reír.

—Lo que significa que me queda mucho camino por recorrer.
—¿Y no nos pasa eso a todos alguna vez, cariño?

Después de años contemplando su vida como una sucesión de triunfos, resultaba un poquito humillante constatar que volvía a estar en el primer peldaño y que aquel camino podría estar sembrado de intentos frustrados. Pero le gustaba al mismo tiempo la sensación de expectación y determinación que acompañaba la esperanza de que el mañana fuera mejor, y el día siguiente aún más.

Aunque Wade estaba casi seguro de que Gabi tendría la mayor parte de la jornada comprometida con su nueva amiga artista, se descubrió pasándose por Castle's una vez que se retiraron las multitudes del mediodía. Esperaba conseguir una tarta de Cora Jane y algunos de sus buenos consejos. Pero, en lugar de ello, encontró a Gabi sentada en un banco del fondo, cerca de la cocina, con los pies apoyados en el asiento opuesto y los ojos cerrados.

—Bueno, este sí que es un premio inesperado —dijo, levantándole los pies para poder sentarse—. ¿Qué tal ha ido tu día?

—El de Sally, estupendo. Incluso me dio una lección de corte de vidrio —hizo una mueca—. Pero lo hice fatal.

—¿No crees que eres un poco dura contigo misma en tu primer intento?

—Eso mismo me dijo ella. También me dijo que parecía como si me fuera a desmayar de hambre, así que me echó.

—Bien por ella —dijo Wade—. ¿Has comido ya?

Sacudió la cabeza.

—Jerry me está haciendo ahora mismo un sándwich de pescado a la parrilla —una sonrisa iluminó su rostro—. Con patatas fritas y ensalada de col.

—Creía que la cocina llevaba una hora cerrada —dijo Wade, divertido.

—Conocer al chef desde siempre y tener enchufe con la propietaria tiene sus ventajas —dijo ella—. Pero dado que eres consciente de que la cocina está cerrada, ¿qué estás haciendo tú aquí?

—Por lo general a Cora Jane le sobra tarta —respondió sin más.

—Quieres decir que por lo general te guarda un pedazo —replicó Gabi—. Debes de caerle muy bien.

—¿Qué puedo decir? Soy un seductor.

Justo en ese momento salió Jerry de la cocina con su comida. Arqueó una ceja al ver a Wade.

—¿Tengo que prepararte un sándwich a ti también, o solo has venido a por tu tarta?

—La tarta está bien —le dijo Wade—. ¿De qué queda?

—Manzana y cereza.

—De cereza, con helado.

—Era de esperar —dijo Jerry—. ¿Algo de beber?

—Agua servirá. ¿Cómo es que estás atendiendo? —le preguntó Wade—. ¿Dónde está Cora Jane?

—Cuando te vio entrar, se le metió en la cabeza que debía desaparecer del mapa —explicó Jerry con tolerante diversión—. Sin embargo, yo tengo que informarle de todo lo que vaya a suceder aquí. Casi me sorprende que no me pidiera que os sacara un par de fotos con el móvil... a escondidas, por supuesto.

Gabi le lanzó una mirada consternada.

—¿No te da vergüenza, Jeremiah? ¿Te ha obligado Cora Jane a que espíes para ella?

Jerry se sonrió.

—Yo pensaba que os estaba haciendo a los dos un favor ahorrándoos su presencia. Si lo preferís, puedo decirle que venga a haceros unas cuantas preguntas incómodas.

Gabi alzó inmediatamente una mano.

—Eso no, por favor. Me disculpo.

—Y bien que deberías disculparte, jovencita. ¿Acaso no te he protegido siempre?

—Es verdad —respondió de inmediato—. Dios te bendiga.
—De acuerdo entonces —dijo Jerry—. Volveré con esa tarta.

Cuando se hubo marchado, Gabi se volvió hacia Wade.

—¿Qué tal marcha tu trabajo?

—Para finales de semana debería tener terminado ese último encargo para Tommy. Tiene otro para la siguiente.

Gabi frunció el ceño al escuchar aquella respuesta.

—No es ese trabajo al que me refería. ¿No deberías estar trabajando en tus tallas?

—Les dedico el tiempo que puedo —repuso, poniéndose de repente a la defensiva.

—Pero, Wade, son tan increíbles... Necesitas concentrarte en ellas.

—Pues parece que últimamente estoy dedicando buena parte de mis intereses a otras cosas —dijo, mirándola fijamente—. Lo considero una justa compensación.

—¿Te refieres a mí? Wade, yo no quiero distraerte de una actividad para la que creo que estás destinado.

—Y yo no quiero perder la oportunidad de pasar tiempo contigo —replicó con un punto de desafío—. No cuando no tengo la menor idea de cuánto tiempo piensas seguir por aquí —le lanzó una mirada interrogante—. ¿Lo has pensado ya?

—Me quedaré hasta que nazca el bebé —respondió—. Después de eso, supongo que tendré que ver cómo me van las cosas con el asunto de las campanillas de viento.

—¿Alguna posibilidad de que pueda influenciar sobre tu decisión? —le preguntó, sosteniéndole la mirada.

Ella pareció sorprenderse por una pregunta tan directa. Al principio, Wade pensó que no iba a responder, pero finalmente negó con la cabeza.

—Sinceramente no lo sé, Wade. Esto que tenemos... —le señaló a él y luego a sí misma— no sé lo que siento al respecto. Me gusta donde estamos ahora, eso está claro. Pero con todas las otras cosas que están pasando en mi vida,

¿cómo puedo pensar en una relación? Sabes perfectamente que mi historial de relaciones serias con hombres es inexistente. Hablamos de ello anoche mismo.

–¿Pero no lo estás descartando? –preguntó, no muy seguro de por qué había elegido aquel momento particular para presionarla. Quizá tuviera algo que ver con la llamada que antes había recibido de Louise, que no había podido reprimirse de hacerle unos cuantos molestos comentarios sobre el desastre que veía cernerse sobre el horizonte si se entregaba demasiado a algo destinado a no durar.

Gabi lo miró a los ojos, con una leve sonrisa asomando a sus labios.

–No lo estoy descartando –su expresión se volvió anhelante–. Pero Wade...

–Nada de peros –dijo él–. Siempre y cuando la posibilidad esté sobre la mesa, apostaré por ella.

–¿Por qué? –le preguntó, claramente perpleja.

–Porque tú lo mereces –respondió–. Y me sorprende que una mujer tan increíble como tú necesite que se lo recuerden.

–Eres muy bueno con mi lastimado ego –le dijo con una sonrisa.

–Es un placer –repuso, deseando que su escéptica hermana pudiera entender la esperanza que Gabi representaba para él. No la había esperado, no la había buscado, pero si se salía con la suya, se pasaría la vida entera intentando volver a poner una chispa en aquellos ojos suyos, demasiado tristes.

Capítulo 15

Aunque se resistía a enfrentarse a otra de las desaprobadoras miradas de su hermana, Wade se obligó a pasarse por casa de Louise después de abandonar Castle's. A pesar de la promesa que le había hecho a Zack, había continuado retrasando la visita. Finalmente se había dado cuenta, sin embargo, de que no solo estaba castigando a Louise por desear protegerlo, sino que sus actos también estaban pasando factura a los chicos que tanto adoraba. Esa nunca había sido su intención y, pese a ello, la prueba le golpeó en la cara en cuanto abrió la puerta y cuatro pequeños cuerpos se abrazaron a él.

–¡Tío Wade, tío Wade, te hemos echado de menos! –exclamó Chelsea, echándole los bracitos al cuello.

–Y tenemos muchas cosas que enseñarte –dijo Bryce con tono entusiasta–. Mamá sacó fotos en mi partido de fútbol y saqué un sobresaliente en el examen de mates.

–¡Enhorabuena! –exclamó Wade, arreglándoselas para chocar la mano con él pese a que Chelsea seguía haciéndole el abrazo de la muerte. Miró a Peter–. ¿Y tú? ¿Qué tal te ha ido en estos días?

–Odio a mi profesora –anunció el crío de siete años, con sorprendente amargura. Dado que había adorado a la joven y entusiasta maestra de primer año apenas unas semanas atrás, aquello fue un shock.

–¿Y eso por qué? –le preguntó Wade.

–Ella le mandó a un rincón por mal comportamiento –reveló Bryce con un tono de regodeo triunfal.

El asombro de Wade aumentaba por momentos. Peter siempre había sido tan modosito que hasta había dado miedo. Wade intentó mirarle a los ojos, pero el crío ya les había dado la espalda y estaba subiendo las escaleras a la carrera. En cualquier caso, pensó, no tardaría en llegar hasta el fondo de aquel comportamiento tan extraño.

En ese momento estaba sonriendo a Katrina, de cinco años, que se mantenía algo apartada, tímida. Menos exuberante que los demás, a menudo se quedaba fuera de aquellos iniciales recibimientos.

–Hola, cosita pequeña, ¿qué tienes que decirme de ti? –le preguntó.

La niña sonrió al escuchar el apodo cariñoso que Wade había adoptado para ella y se acercó.

–Te he echado de menos –susurró.

Wade le acarició los ricitos dorados.

–Yo también a ti. Apuesto que tú no te has portado mal, ¿verdad?

La cría negó con la cabeza.

–Pero se meó encima porque tenía demasiado miedo de pedir ir al baño –se burló Bryce.

Inmediatamente los ojos de Katrina se llenaron de lágrimas.

–Te odio –le dijo a su hermano–. Te odio, te odio, te odio.

Mientras ella se alejaba corriendo, Wade miró con expresión consternada a su sobrino.

–¿Por qué has hecho eso? –preguntó al chico–. La has avergonzado a ella y antes a Peter.

Solo por un instante, Bryce se mostró entristecido por la desaprobación que podía escuchar en su tono. Antes de que pudiera inventarse alguna excusa, Wade le dijo con tono firme:

–Tus hermanas y tu hermano son tu familia. Tú eres el mayor. Se supone que tienes que ayudarlos, y no atormentarlos. ¿Entendido? –creyó haber vislumbrado un brillo de auténtica vergüenza en los ojos de Bryce, así que siguió insistiendo–. ¿Me prometes que lo harás?

A esas alturas, Bryce parecía como si fuera a echarse a llorar en cualquier momento, pero se dominó y asintió con la cabeza.

–Prometido.

–De acuerdo entonces –dijo Wade, tomándole la palabra. Le despeinó el pelo con un gesto cariñoso, arrancándole una leve sonrisa.

Wade terminó de subir las escaleras y encontró a Louise esperando en la puerta. La besó en la mejilla.

–¿También tú me has echado de menos? –le preguntó.

–Ya sabes que sí. Has permanecido alejado durante demasiado tiempo –le dijo con un tono de reprimenda.

–Me disculpo por ello.

Louise respiró profundo y le miró luego a los ojos.

–Entiendo por qué lo hiciste, y a partir de este momento me esforzaré desesperadamente por guardarme mis opiniones para mí misma –interrumpiéndose, en seguida se corrigió–: Al menos las referentes a Gabi.

–Te lo agradecería –dijo Wade con un tono tan serio y solemne como el de ella.

–Aunque solo quiero decirte que he oído lo que hace un minuto has dicho sobre que la familia tiene que cuidarse y protegerse. Y que mi única intención era precisamente protegerte a ti.

–Sé que tu intención era buena –reconoció él–. Mejor olvidarlo, ¿de acuerdo?

Una sonrisa iluminó el rostro de Louise.

–De acuerdo. ¿Te quedas a cenar? Pensaba hacer espaguetis, pero dado que has aparecido, puedo preparar un pollo asado con puré de patatas.

Wade había pensado en hacer una rápida salida, pero la

esperanza que veía brillar en los ojos de su hermana le hizo cambiar de idea.

–Claro. Me quedaré.

Consiguió desengancharse de Chelsea y la mandó con sus hermanos, para luego servirse una taza de té bien dulce.

–Dime, ¿qué pasa con Bryce? No es propio de él fastidiar a sus hermanos como acaba de hacerlo hace un momento. ¿Y qué es eso de que han castigado a Peter en el colegio?

Louise sacudió la cabeza con expresión perpleja.

–Ojalá lo entendiera. Zack dice que es solo una fase de Bryce, pero yo no estoy tan segura. No lo digo para que te sientas culpable, pero todo empezó cuando te perdiste ese partido de fútbol. Y tampoco has vuelto por aquí. No sé si te das cuenta de lo mucho que los niños cuentan contigo. Han estado preguntando por ti todos los días. Se me rompe el corazón cuando llega la hora de cenar y tengo que enfrentarme a sus caras de decepción.

Aunque sabía que Louise le estaba culpando intencionadamente, Wade se sintió afectado por aquel golpe tan directo. Siempre se había tomado muy en serio sus responsabilidades como tío. La última vez que se había alejado de ellos había sido tras la muerte de Kayla, y eso le había pasado factura. Debería haberlo tenido en cuenta.

–Lo siento mucho. Sinceramente, no pensé en el efecto que tendría mi ausencia en los niños. Después de la última vez, debería haberlo tenido presente. No volverá a suceder. Si no puedo pasarme, hablaré al menos con ellos por teléfono.

Mientras sacaba el pollo de la nevera y lo preparaba para meterlo en el horno, Louise pareció sopesar bien las palabras antes de hablar. Wade presintió lo que iba a decirle.

–¿Sigues viéndote con Gabi? –le preguntó ella en un tono cuidadosamente neutral.

–Sí.
–¿Y qué tal?
–Me gusta –respondió–. Cada vez más.
–¿Y qué es lo que siente ella?
Él se encogió de hombros.
–Creo que estoy haciendo progresos.
Louise frunció el ceño.
–¿Y con eso te basta? ¿Con un posible progreso?
–Por ahora, sí –respondió con tono enfático, esperando disuadirla de continuar con el tema antes de que su tregua pudiera resultar afectada.
Su hermana tomó aire y asintió levemente con la cabeza.
–Entonces lo intentaré de nuevo –dijo–. Si ella es tan importante para ti, necesitaré esforzarme más.
Wade se la quedó mirando fijamente.
–¿Qué quiere decir eso? ¿Volverás a invitarnos a cenar?
–No, estaba pensando que quizá ella y yo podríamos quedar juntas para comer algún día. Las dos solas.
–Oh, no –dijo de inmediato.
–¿Por qué no?
–Porque no confío del todo en ti para que no termines ahuyentándola –respondió sincero.
Ella le dio un ligero golpe en el brazo.
–Dame un voto de confianza. He escarmentado por mi pasado comportamiento, así que no traspasaré los límites.
–No siempre eres tan de confiar cuando tienes una misión en la cabeza –repuso él–. Y cuando estás convencida de que tienes la razón.
–La misión ha cambiado –le dijo ella–. Ahora se trata de llegar a conocer a Gabi por mí misma, no de asustarla. Sí de verdad la quieres, entonces debe de ser una mujer de mucho valor. Quiero ver ese aspecto suyo y no solo las cosas negativas.
–¿Me lo prometes? –inquirió vacilante.

–Te lo juro –dijo, llevándose una mano al pecho con gesto exagerado.

Él deliberadamente le tomó la mano y le sostuvo la mirada.

–De acuerdo entonces, pero si me entero de que estás intentando causar problemas, tú y yo tendremos palabras mayores.

–Entendido –aceptó. Sin desviar la mirada, añadió–. Si Gabi es realmente la mujer de tu vida, yo quiero que lo vuestro funcione. Te quiero. Quiero que seas feliz. Te lo mereces.

Él le dio un abrazo.

–Gracias. Y ahora déjame pasar un rato con estos bichejos antes de cenar.

–Bien, pero no les des esos dulces que sé que llevas en el bolsillo –dijo ella.

Wade la miró con sorpresa.

–¿Cómo lo has adivinado?

–Te conozco. Siempre llevas golosinas para sobornarlos. ¿Por qué crees que te quieren tanto esos niños? –agitó un dedo delante de su nariz–. Después de cenar. Ni un segundo antes.

Él se echó a reír.

–Te estaré vigilando –le advirtió ella.

–Eso no lo he dudado ni por un segundo.

Pero, pensó Wade mientras se reunía con los niños, ¿hasta qué punto podría afectar una sola onza de chocolate al apetito de los niños? Tendría que asegurarse de que todos se hubieran lavado bien los dientes antes de que se sentaran a la mesa.

Cuando Gabi volvió a casa de Cora Jane, encontró a Samantha haciendo la maleta, con expresión triste.

–¿Qué pasa? –le preguntó a su hermana.

–Me vuelvo a Nueva York mañana a primera hora –

dijo Samantha con tono sorprendentemente rotundo–. Me ha llamado mi agente. Me ha conseguido un papel en un anuncio de publicidad que se rodará dentro de un par de días.

Gabi estudió la expresión de Samantha con mayor detenimiento.

–¿Entonces por qué no pareces más contenta?

–Porque es un papel muy secundario –respondió Samantha–. Si parpadeas, no me verás. Yo aspiraba al principal.

–Oh. Lo siento.

Samantha se dejó caer en el borde de la cama.

–No lo sientas. Así son las cosas. Probablemente tenga que aprender a aceptarlo.

–¿Qué quieres decir?

–Que cuando una mujer llega a una cierta edad, cada vez le resulta más difícil trabajar en publicidad... a no ser que se presente para anuncios de ropa interior absorbente o pegamento para dentaduras postizas. Actualmente hay un gran mercado para actrices veteranas, pero de alguna manera yo estoy atrapada entre medias.

Gabi no sabía qué era lo que más la sorprendía: si intentar imaginarse a su hermana de treinta y cinco años en un anuncio concebido para actrices veteranas o la amargura de la voz de Samantha. Probablemente lo último, dado que jamás había escuchado aquel tono de derrota en su siempre optimista hermana. No supo qué decirle para animarla. La profesión de actriz estaba completamente fuera de su experiencia. Ignoraba si aquellos baches del camino eran los esperados, algo que tendría por lo que pasar, o si por el contrario se trataba del patrón que Samantha debería esperar a partir de aquel momento.

Pero de repente se le ocurrió una idea.

–A lo mejor puedo ayudarte yo –le dijo, intentando elaborarla un poco más en la cabeza antes de seguir hablando.

Samantha se la quedó mirando fijamente.
—¿Ayudarme? ¿Cómo?
—Tú tienes un agente.
—Claro.
—¿Pero tienes un publicista?
—¿Estás de broma? No puedo permitirme contratar a un publicista.
—¿Y qué me dices de uno al que no tuvieras que pagarle? Apuesto a que yo podría difundir tu nombre por unos cuantos medios, conseguirte algo de publicidad. Eso podría ayudarte, ¿verdad?
—Daño no me haría, desde luego —repuso Samantha con expresión pensativa—. ¿Tienes tiempo para hacer eso?
Gabi se echó a reír.
—Cariño. Precisamente lo único que tengo es tiempo. Contactaré con los periódicos de Nueva York, empezaré a buscar en la red qué clase de oportunidades podrías aprovechar, y luego tú y yo planificaremos una estrategia. Quizá deberíamos organizar una videoconferencia con tu agente y decidir el tipo de imagen que podría favorecerte en los medios adecuados, con los agentes o directores de casting de Broadway, lo que sea. ¿Qué piensas?
—Pienso que estás siendo increíblemente generosa conmigo. Esta podría ser mi última oportunidad.
—Deja de hablar de últimas oportunidades —dijo Gabi con tono firme—. Esto va a funcionar. Y a partir de ahora toda nuestra actitud deberá ser positiva. ¿Entendido?
Samantha seguía sin estar convencida del todo, aunque parecía más optimista que unos momentos antes.
—Espero que tengas razón —le dijo—. Pero creo que puede que haya llegado el momento de ser más realista. Por si acaso las cosas salen mal. Necesito empezar a pensar en el futuro.
—A su debido tiempo —repuso Gabi, decidida a no dejar que Samantha se hundiera en la desesperación antes de que juntas lanzaran una buena campaña de publici-

dad. Sentándose a su lado, le dio un cariñoso codazo–. Entonces, ¿vamos a por ello? ¿Trabajarás en esto conmigo?

Samantha la miró con una sonrisa en los labios.

–Sí –respondió–. Y si la cosa funciona, te pagaré.

–No lo consentiré por nada del mundo –dijo Gabi–. Las hermanas tienen que ayudarse. Punto.

Últimamente había aprendido a valorar aquel tipo de ayuda incondicional. La misma ayuda que había recibido de Emily y de Samantha desde que se enteraron de que estaba embarazada. Le había llegado el turno a ella de devolverles el favor.

Gabi, Cora Jane y Samantha apenas habían terminado de cenar cuando sonó el teléfono. Samantha vio quién era y rio entre dientes.

–Sorpresa, sorpresa... Es Wade –anunció mientras le entregaba el teléfono a Gabi sin responder–. Para ti, sin duda.

Gabi miró ceñuda a su hermana pero aceptó el teléfono.

–Hola. No esperaba que me llamaras esta noche. Pensaba que ibas a pasar la tarde con tu hermana y los niños.

–Y lo he hecho –le dijo–. Y ahora te estoy llamando para advertirte, porque se te acercará un lobo vestido con una piel de oveja.

–¿Perdón?

–Louise quiere quedar contigo.

–Oh –exclamó, entendiendo inmediatamente su preocupación.

–Es lo mismo que pienso yo, pero ella jura que se portará bien, que no intentará ahuyentarte.

–¿Y tú la crees?

–Me lo prometió –explicó él–. Pero yo en tu lugar no bajaría la guardia.

—Quizá debería evitar ese encuentro —dijo Gabi, pensando que esa debería ser la mejor estrategia.

—Tú no conoces a mi hermana —soltó una amarga carcajada—. Con ella, la evasión está descartada. Te dará caza.

—¡Qué divertido!

—Aguantarás. Procura no hacerle caso, si te ves obligada a ello.

—¿No quieres que me esfuerce por impresionarla?

—Cariño, tú no necesitas su aprobación. Ya tienes la mía. Aunque sería estupendo que las dos encontrarais alguna forma de llevaros bien —dijo con tono esperanzado.

Aunque su relación estaba lejos de estar consolidada, Gabi entendía lo importante que era la opinión de Louise para Wade.

—Procuraré yo también portarme lo mejor posible —le prometió, para luego añadir, bromista—. Pero primero tendrá que atraparme.

—Lamento haberte colocado en esta posición —le dijo él.

—No me estás colocando en ninguna posición —repuso ella—. Louise es la única que tiene el problema. Dado que tú eres mi amigo y que sé lo mucho que quieres a tu hermana, intentaré suavizar las cosas. Últimamente estoy rodeada de energía positiva.

—Eres un ángel.

—Algunos dirían que lo soy, ya que tengo un halo dorado —bromeó—. Te mantendré avisado si recibo noticias suyas.

—Oh, las recibirás —le aseguró él—. La única pregunta es cuándo.

—Buenas noches, Wade.

—Buenas noches, ángel.

Pese a la problemática advertencia que acababa de hacerle Wade, Gabi descubrió que tenía una sonrisa en los labios cuando colgó.

—¿Problemas con la potencial cuñada? —preguntó Samantha, que obviamente había escuchado la conversación.

—Sí —respondió Gabi—. Si fuera por Louise, Wade y yo nunca pasaríamos de la fase de tomarnos la mano. Una fase a la que ni siquiera hemos llegado —se apresuró a añadir en beneficio de su abuela. Porque probablemente Cora Jane se apresuraría a convertir esa fase primeriza en un compromiso formal.

Aun así, el comentario sobre la negativa actitud de Louise llamó la atención de Cora Jane.

—¿Qué problema tiene ella contigo?

—Le preocupa que pueda romperle el corazón a su hermano —respondió Gabi, para luego admitir—: No puedo negar que es una preocupación legítima. ¿Cómo podría culparla por ello?

—Preocuparse por los seres queridos es natural —concedió Cora Jane—. El entrometimiento, sin embargo, es una cosa distinta.

Gabi cruzó una mirada de complicidad con Samantha.

—Dijo la sartén al cazo... —se burló de su abuela.

—Pero yo quiero lo mejor para los dos —se defendió Cora Jane, claramente convencida de que no estaba haciendo nada malo—. Confiad en mí. Lo mío es completamente diferente.

—Si tú lo dices... —repuso Gabi, sonriéndose.

—Yo lo digo —replicó Cora Jane, con un pequeño resoplido—. Y si necesitas que tenga unas palabras con Louise, solo tienes que decírmelo.

Gabi se las arregló para reprimir una carcajada hasta que Cora Jane abandonó por fin la cocina.

—Oh, la abuela no tiene precio —murmuró una vez que se quedó a solas con Samantha.

—Absolutamente —convino su hermana.

Gabi le sonrió y levantó su taza de té a manera de brindis burlón.

—Tú solo piensa, mi querida hermana, en que tu buena racha está al llegar.

–Que Dios me ayude... –dijo Samantha con sincera emoción.

Gabi había ideado su primer diseño de una campanilla de viento original, basado en la elegante figura y los colores de un sauce llorón. En su imaginación podía verlo perfectamente, incluso había hecho un boceto en papel, pero en ese momento estaba completamente bloqueada.

–¿Qué problema tienes? –le preguntó Sally, inclinándose por encima de su hombro.

–Tengo esta idea –dijo con voz frustrada–. Pero no tengo ni la menor pista de cómo realizarla.

–Quieres reproducir la cascada de ramas y hojas de un sauce llorón, ¿verdad?

Gabi la miro perpleja.

–¿Lo has reconocido a partir de este dibujo?

Sally le dio una palmadita en el brazo.

–Un golpe de suerte –admitió–. Más que el diseño, me dio una pista el color.

–Entonces, ¿qué te parece?

–Un buen concepto, pero trabajoso para ponerlo en práctica en tu primer proyecto.

Hasta el momento, Gabi solo había trabajado siguiendo paso a paso las instrucciones de Sally y únicamente con los diseños más sencillos. Sus resultados no habían sido nada brillantes pero, a pesar de ello, Sally la había animado a encontrar su propio estilo.

Gabi suspiró profundo, de un humor tan deprimente como la fría lluvia de invierno que estaba cayendo.

–Estoy empezando a tener mis dudas sobre todo esto –masculló.

Sally sonrió.

–¿Tienes alguna idea de cuántos cristales estropeé mientras empezaba? Vamos, chica. Los errores no tienen importancia.

Gabi había empezado a apreciar los suaves empujones y la mentalidad decididamente optimista de Sally. Incluso sus críticas más duras se presentaban acolchadas por palabras de ánimo. Si iba a ser la aprendiza de alguien, Sally había sido la elección perfecta.

Gabi volvió a suspirar.

—De acuerdo. Hablemos entonces de lo más básico. ¿Tiene el diseño algún mérito?

—Es magnífico —dijo Sally con un entusiasmo nada fingido—. Ojalá se me hubiera ocurrido a mí.

—¿En serio?

La expresión de Sally se volvió repentinamente seria.

—Yo nunca te mentiría, Gabi.

—Luego necesito encontrar la mejor manera de plasmarlo —concluyó Gabi. Se le ocurrió una idea—. ¿Queda más cristal verde?

Sally asintió, complacida por su cambio de actitud.

—Hay varios tonos de verde, de hecho —mencionó con aparente naturalidad.

—Ah, una discreta y bienintencionada sugerencia —se burló Gabi—. Creía que estabas decidida a que lo descubriera todo por mí misma.

—¿Qué puedo decir? A veces no puedo resistirme.

Sally volvió a ocuparse de su propio proyecto y Gabi reunió el material que necesitaba para hacer otro intento. Se disponía a cortar el cristal cuando llamaron a la puerta y entró Meg. Para su sorpresa, Gabi vio a Louise pisándole los talones.

—He traído compañía y comida —anunció Meg—. Louise se pasó por la tienda justo cuando estaba a punto de salir, y decidimos sorprenderos con unos sándwiches.

—Y magdalenas —añadió Louise con tono alegre mientras miraba a Gabi con una sonrisa vacilante.

—Sois verdaderas diosas —exclamó Sally, arrancándose las gafas protectoras y haciendo espacio en la mesa—. Acercad un par de taburetes. Dado que hace un día tan horrible, no tiene sentido que vayamos a la casa. Podemos comer aquí mismo.

Decididamente, toda aquella visita era un giro de acontecimientos que Gabi no había esperado.

–¿Os conocéis las tres? –preguntó.

–Louise nos ayudó a las dos con los papeleos de nuestros negocios –explicó Meg–. Si alguna vez necesitas una asesora legal, es la mejor que hay por aquí. Me ha dicho que ya os conocéis.

–Sí –asintió Gabi.

–Y empezamos con mal pie –empezó Louise con unas maneras directas que sorprendieron a Gabi–. De hecho, le supliqué a Meg que me trajera para que pudiera disculparme con ella.

Sus palabras despertaron claramente el interés de Sally y de Meg.

–¿Y eso? –preguntó Sally.

–Le corresponde a Gaby contaros los detalles, si es que quiere –dijo discretamente Louise.

–Creo que deberíamos olvidarnos de ello –repuso Gabi, decidida a hacer justamente eso, y no solo en beneficio de Wade.

Si Louise era amiga de aquellas dos mujeres a las que había llegado a admirar tanto, entonces deseaba darle otra oportunidad por sus propios méritos.

Acogiéndose claramente al deseo de Gabi, Meg se la quedó mirando fijamente y luego dijo:

–Juraría que tu pequeña panza es dos veces más grande que la última vez que la vi. ¿Cómo te sientes?

–Bien –respondió Gabi–. Pero necesito encontrar una ginecóloga aquí. Fui el otro día a la que tenía en Raleigh para mi revisión rutinaria y recogí mi expediente clínico.

–La mía es estupenda –le dijo Louise–. Zack revisó compulsivamente su currículo antes de dejarme entrar en su consulta la primera vez que me quedé embarazada de Bryce. Me ha asistido en los cinco partos.

–¡Esa sí que es una buena recomendación! –exclamó Meg.
–Desde luego que sí –se mostró de acuerdo Gabi.
Louise sacó un papel de su bolso, miró su móvil y garabateó algo.
–Aquí tienes su nombre, su número y la dirección de su consulta. Dile que te he mandado yo –vaciló antes de añadir–: Quizá no debería preguntarte esto, pero... ¿no se suponía que seguías considerando la idea de la adopción?
Aunque aquello no era algo que ella habría sacado abiertamente a colación delante de Meg y de Sally, Gabi descubrió que se sentía, en realidad, aliviada de hacerlo. Suponía que ayudaba el hecho de que no hubiera detectado desaprobación alguna en la voz de Louise, ni tampoco la menor señal en los ojos de Meg o de Sally. Más bien vio curiosidad, quizá incluso una punzada de compasión.
–Sigo considerando todas las opciones –les dijo. Miró directamente a Louise–. Pero cada vez me está resultando más difícil pensar en renunciar a mi bebé.
Louise asintió comprensiva. No cabía duda alguna del brillo de alivio que asomó a sus ojos.
–Yo solo preguntaba porque la doctora Hamilton puede ayudarte con la adopción si decides seguir ese camino. Y yo también, si al final te decantas por eso. Ella y yo hemos colaborado en un par de adopciones que han salido muy bien.
Gabi fue incapaz de disimular su sorpresa.
–¿De veras? –preguntó, pero entonces se le ocurrió que la inicial reacción negativa de Louise no se había debido tanto a la idea de adopción en sí, como a que la nueva mujer que había en la vida de su hermano se deshiciera de su hijo después de que él hubiera perdido al suyo.
Louise sonrió como si pudiera leerle el pensamiento.
–En verdad –dijo con tono solemne–, a veces es la mejor solución para todo el mundo. Y a veces no. Yo solo

quiero que la gente esté segura. De lo contrario, puede llevarse un buen disgusto.

Gabi asintió.

–Es precisamente por eso por lo que yo sigo pensando en ello. No quiero pasarme el resto de mi vida arrepintiéndome. Quiero lo mejor para mi hijo.

–Y para ti –dijo Meg, interviniendo por primera vez–. Tú también importas, Gabi. Y yo creo que serás una madre magnífica.

–¿Recuerdas lo que dijimos cuando Meg te trajo por primera vez a verme? –le preguntó Sally–. Que eras un alma gemela. Somos muy intuitivas con esas cosas.

–Además, si yo he podido enfrentar el desafío de sacar a mi hija adolescente del instituto para meterla en la universidad y abrirse camino en la vida, entonces lo de criar a un bebé será un paseo para ti. Mira el ejemplo que has tenido. Cora Jane es una leyenda en este pueblo.

–Y que lo digas –terció Louise–. Una mujer fuerte y sensible. Y dado que adora a mi hermano, también de gustos muy selectivos.

–¡Ajá! –exclamó Sally con expresión radiante–. ¡Esa es la conexión! ¡Gabi y Wade! –miró a Gabi y a Louise, y otra vez a Gabi–. Así que... ¿cuál es la historia? ¿Estáis juntos los dos?

Gabi se ruborizó.

–Somos amigos –dijo con tono firme, y rezó una silenciosa plegaria de agradecimiento cuando Louise no la corrigió.

Una sonrisa se extendió por el rostro de Meg.

–Yo no me lo creo del todo. ¿Qué dices tú, Sally?

–Ni una palabra –convino Sally–. ¿Y tú, Louise? Obviamente sabes más que nosotras. ¿Qué es lo que hay en realidad?

–Si Gaby dice que son amigos, entonces yo me atengo a eso –repuso Louise diplomáticamente.

–Creo que tengo que irme... –dijo Gabi–. Gracias por

otra gran clase, Sally. Y gracias también por la comida. Me alegro de haberos vuelto a ver a las dos –se dirigió a Meg y a Louise.

Aunque dudaba que la expectación sobre ella y sobre Wade terminara con su salida, al menos no tenía que quedarse allí para seguir fingiendo, cosa que le habría costado cada vez más. Porque lo cierto era que últimamente sus sentimientos por Wade estaban yendo mucho más allá de una simple amistad. Y, aunque ni en un millón de años habría admitido eso ante Louise, compartía parte de sus mismas dudas sobre lo prudente de aquella relación.

Capítulo 16

Gabi concertó una cita con la ginecóloga que le había recomendado Louise, pero cuando llegó la hora de ir, se sintió extrañamente reacia. Cora Jane se dio cuenta al momento.

–¿Quieres que te acompañe, cariño? Conozco a la doctora Hamilton. Te gustará. Es muy sensata, atenta y cariñosa con sus pacientes.

–No es que tema ver a una nueva ginecóloga –dijo Gabi, esforzándose por identificar la razón por la que le estaba costando tanto abandonar la casa.

–¿Es porque Louise te dijo que la doctora Hamilton podía ayudarte con la adopción, si es eso lo que decides hacer al final? –le preguntó Cora Jane con asombrosa perspicacia–. ¿Es que de repente te sientes presionada para tomar la decisión? Porque no tienes por qué tomarla ahora. Y ya sabes lo que opinamos nosotras. No tienes por qué renunciar a ese bebé. Lo acogeremos con los brazos abiertos.

–Lo sé –repuso–. Y quizá ese sea el problema. Como cada vez estoy más cerca del parto, pese a que todavía me quedan varios meses, me estoy sintiendo presionada para tomar una decisión u otra. Y hoy me harán una ecografía. Hasta ahora no había querido conocer el sexo del bebé, pero durante estos últimos días he empezado a pensar que me gustaría saberlo.

Cora Jane sonrió.

–Pero eso hará que ese bebé sea aún más real para ti y dificultará aún más tu decisión –adivinó–. ¿Es eso lo que te preocupa?

–Exactamente –miró a su abuela en busca de alguna orientación–. ¿Qué crees que debería hacer?

–¿Sobre lo de descubrir el sexo del bebé?

–Sobre todo.

–El hecho de que sepas si es niño o niña, ¿cambiará realmente tu decisión? –le preguntó Cora Jane–. Quiero decir que... ¿es que quieres una niña, pero no un niño? ¿O viceversa?

–No, no –se apresuró a responder Gabi–. No es eso.

–Entonces, si yo estuviera en tu lugar, me gustaría saberlo –dijo Cora Jane–. Te diré por qué. Vas a seguir llevando durante un tiempo a este bebé en tus entrañas. Es natural que empieces a hablar cada vez más con él. De hecho, te he oído hacerlo. Y yo, sinceramente, creo que ya en el vientre el bebé llega a reconocer la voz de su madre. Creo que este bebé, niño o niña, debería saber que es querido. Conocer su sexo forma parte de ello, ¿no te parece? Quizá no esté bien, pero creo que tendemos a hablar con los niños de manera diferente a como lo hacemos con las niñas.

Gabi se descubrió riéndose ante aquello.

–Abuela, creo que acabas de reavivar el viejo debate sobre la igualdad de género...

–Pero tú me entiendes, ¿verdad?

–Sí –admitió Gabi–. Y creo que quiero saberlo. Lo que pasa es que me asusta pensar en lo que pesará eso sobre mi resolución de renunciar al bebé.

–Cariño, creo que esa resolución tiene ya grietas de un kilómetro –le dijo Cora Jane.

Parpadeando para contener unas lágrimas inesperadas, Gabi susurró:

–Creo que puede que tengas razón.

—Quizá deberíamos dar un paso o dos para atrás —sugirió Cora Jane—. ¿Por qué te planteaste la adopción en primer lugar? ¿Es porque no quieres tener hijos?

—Cuando estaba trabajando sin parar, creo que ni siquiera pensaba sobre ello —admitió Gabi—. Pero últimamente me he dado cuenta de que sí, sí que quiero.

—¿Fue entonces porque te preocupaba haber perdido tu trabajo y no ser capaz de mantener adecuadamente a tu bebé?

Gabi negó con la cabeza.

—Aunque eso fue algo que ciertamente tomé en consideración, creo que me conozco lo suficientemente bien como para saber que volveré a levantarme. Y ahora mismo tengo ahorros y una buena indemnización por despido.

—Ya. ¿Fue entonces por Paul, por la reacción tan negativa que tuvo?

Ante una pregunta tan directa, Gabi se dio cuenta de que su abuela no iba tan desencaminada. Asintió lentamente.

—Creo que sí. Creo que fueron dos cosas las que me estaban molestando. Que llegué a resentirme de la idea de tener un bebé debido a lo furiosa que estaba con Paul, y también de que él intentara intervenir en la vida del bebé, y en la mía, en algún momento del camino. Yo no quiero que alguien tan egoísta como él tenga alguna influencia sobre este bebé. Y unos padres adoptivos habrían podido asegurarme eso.

—Ya —dijo Cora Jane—. Y ahora que ya ha pasado algún tiempo desde entonces, ¿qué piensas?

—Él ya ha firmado los papeles renunciando a sus derechos de paternidad. Eso ya no es un problema —de repente se animó—. Así que la decisión es únicamente mía, ¿verdad?

—Yo diría que sí —Cora Jane la miró con expresión aprobadora—. ¿Y bien? ¿Qué es lo que piensas ahora?

—Estoy tremendamente asustada, pero quiero quedarme con el bebé —respondió Gabi.

Ahora simplemente tenía que descubrir cómo iba a arreglárselas para vivir con aquella decisión. Consciente de lo compulsiva que siempre había sido a la hora de tomar las principales decisiones de su vida, debería haber empezado a planificar detalladamente todo lo relacionado con aquel bebé desde el instante en que descubrió que estaba embarazada, y no en ese momento, meses después. A esas alturas, la antigua Gabi ya habría tenido preparada la habitación del niño y empezado a buscar las mejores escuelas infantiles. Que estuviera tan retrasada con aquellas decisiones era una prueba de lo mucho que la habían alterado todos aquellos cambios en su vida.

Pero, pensó, sonriendo al fin, que tendría que ponerse al día. Y no le cabía la menor duda de que podría hacerlo.

Wade se quedó asombrado y deleitado a la vez cuando alzó la mirada y vio a Gabi atravesando el jardín delantero hacia su taller en el instante en que se ponía el sol. Era la primera vez que deliberadamente iba a buscarlo a casa... o a cualquier sitio.

Bajó el cuchillo y se acercó a la puerta para recibirla.

—Hola. ¿Qué te trae por aquí?

Ella le miró vacilante.

—¿Estás ocupado? No me gustaría distraerte de tu trabajo.

—Yo siempre tengo tiempo para ti —le aseguró—. ¿Te preocupa algo? Entremos en la casa, y te prepararé un té. Aunque ha dejado de llover, sigue haciendo frío.

—El té me vendría muy bien —dijo, siguiéndolo—. Y nunca he visto tu casa, solo el taller.

La observación le sorprendió.

—Es verdad. Estaba tan interesado en que vieras mi trabajo el día que te traje aquí, que no se me ocurrió invitarte a entrar.

En la cocina, que había reformado con todos los electrodomésticos y armarios nuevos después de comprar la casa, preparó una infusión y sirvió dos tazas mientras ella la recorría, haciendo comentarios sobre las fotos enmarcadas que había por doquier.

–Sí que han crecido los niños –dijo ella–. Este es Bryce, ¿verdad? ¿Qué edad tiene?

–Cuatro –dijo Wade, mirando la foto que tenía en la mano con una sonrisa en los labios.

Ella recogió otra que estaba al lado.

–¿Y esta? ¿Chelsea? ¿Jason?

–Mira los ricitos. Katrina.

–Ah, sí. Pasará por una etapa en que los odiará, seguro. Pero luego descubrirá que a los chicos les encanta hundir los dedos en esa masa de rizos.

Gabi volvió a la cocina y se sentó a la mesa.

–¿Por qué ese súbito interés por las fotos de bebés? –le preguntó.

–Hoy he tenido una cita con la ginecóloga de Louise –respondió ella.

Wade se puso instantáneamente alerta, preguntándose si acaso una mala noticia explicaría su extraño humor.

–¿Todo bien?

–Perfecto –dijo, sonriendo levemente–. Es una niña, Wade –su sonrisa se amplió–. Voy a tener una niña.

–Y tú estás feliz –adivinó por su expresión, aunque seguía sin saber lo que eso podía significar para el futuro. ¿Habría tomado la decisión de quedarse con el bebé? ¿Era de eso de lo que se trataba?, se preguntó con el corazón en la garganta.

–Tuve una larga conversación con Cora Jane esta mañana –le dijo–. Ella me ayudó a ver las cosas con mayor claridad. Yo ya había decidido quedarme con el bebé, pero la noticia me ha afirmado en ello –con los ojos brillantes, añadió–: Voy a tener una niña, Wade. ¿Cómo podría deshacerme de mi pequeña?

–¿Lo has reconsiderado?

Gabi sacudió la cabeza.

–Sabía que esto iba a suceder. Lo sabía. Y creo que mi abuela también. Creo que fue por eso por lo que me animó a averiguar el sexo del bebé. Ella me conoce demasiado bien. Sabía que en el momento en que este bebé se convirtiera en una persona real para mí, niña o niño, ya nunca podría renunciar a él. ¡Maldita sea mi abuela, lo lista que es!

Wade se rio al escuchar eso.

–¿Crees que Cora Jane te manipuló de alguna manera para salirse con la suya?

–Pues claro que sí, la muy taimada. Y no solo eso. Durante todo el tiempo venía insistiendo en que quedarme con el bebé era la respuesta adecuada para mí, también. Yo arrastraba todas aquellas dudas sobre si podría hacerlo, sobre si debía, sobre si no estaría desahogando mi furia con el bebé...

–Tonterías –dijo Wade, convencido, y le tomó las manos entre las suyas–. Es verdad que no hace mucho que te conozco, pero si quieres saber mi opinión, yo no tengo la menor duda de que puedes hacer cualquier cosa que te propongas. Vamos, Gabriella, dejaste una gran huella en el departamento de relaciones públicas de tu empresa en un tiempo récord. Por lo que he oído, elaboraste un plan detallado, planteaste tus objetivos y miraste solo para adelante. Podrás hacer lo mismo cuando te toque criar al bebé.

Ella le miró sorprendida.

–¿Tanta fe tienes en mí?

–Absolutamente. Dime una sola razón por la que no debería tenerla.

–Una completa falta de experiencia con niños –respondió al momento.

–Eso es fácil de solucionar –dijo él–. Se los pediremos prestados a Louise. Ella siempre agradece un descanso. Y tengo entendido que las dos habéis hecho las paces.

–¿Ella te lo dijo?

–Sí, me lo contó todo sobre su visita al taller de Sally, la comida de las cuatro allí y las disculpas que te presentó en público.
–Tengo que reconocerle el mérito –admitió Gabi–. Estoy segura de que no debió de ser fácil para ella disculparse, y menos delante de sus amigas.
–Estoy convencido de que fue sincera –dijo Wade.
–Yo también. Y significó mucho para mí. No creo que nos hagamos amigas de la noche a la mañana, pero creo que nos llevaremos muy bien.
Wade sonrió.
–Eso es lo que dijo ella –le tocó un mechón de cabello que el aire húmedo había convertido en un tirabuzón. Al igual que había comentado ella antes en referencia al pelo rizado de su sobrina, le encantaba acariciar los rizos de Gabi–. Y ahora, ¿qué planes tienes para el resto de la tarde?
–No he hecho ninguno. Salí de casa con la intención de caminar un poco y el impulso me trajo hasta aquí.
–¿Has cenado?
–Por supuesto, pero siempre tengo hambre.
–¿Tienes alguna fuerte afición a los helados?
–Por supuesto –respondió, y su expresión se iluminó–. Cúbrelo de una capa de caramelo caliente y ya me has ganado –justo cuando acababa de pronunciar las palabras, abrió mucho los ojos con cara de sorpresa y se llevó una mano al vientre–. Si esta patadita significa algo, el bebé está de acuerdo. Esta niña va a salir a mí.
Lo cual significaba que sería igual de irresistible, pensó Wade.
Mientras se acercaban a pie a la heladería más cercana, Wade advirtió que aunque Gabi parecía perfectamente en paz con su decisión, seguía habiendo algo que la preocupaba.
–Tú me dijiste algo antes sobre la incertidumbre que tenías sobre si te las arreglarías bien como madre soltera –le

recordó–. ¿Eso te preocupa? Ya sé que yo no le di importancia, pero quizá sea algo de lo que deberíamos hablar.
Ella le miró.
–¿Realmente quieres oírme recitar todos los pros y los contras y exteriorizar todas mis inseguridades para que tú las diseciones?
–Si eso te preocupa, rotundamente sí.
Gabi asintió ante el tono convencido de su voz.
–De acuerdo, sé que soy un ser humano perfectamente competente –empezó.
Él simplemente sonrió ante la descripción.
–Pero como tú mismo dijiste hace un momento, me planteo objetivos. Voy detrás de lo que quiero. Hago planes de largo alcance y estrategias.
–De acuerdo –dijo él, sin ver todavía cuál era el problema.
–Ni siquiera le he comprado unos patucos al bebé –se lamentó–. No tengo la menor idea de dónde voy a vivir, así que tampoco puedo elegir una escuela infantil. Estoy jugueteando con este asunto de las campanillas de viento, que no es precisamente una carrera profesional muy segura.
–Y nada de todo eso te parecía tan aterrador cuando pensabas que ibas a entregar al bebé en adopción –adivinó él.
–¡Bingo! De repente me siento completamente abrumada –arrugó la nariz–. Y tengo que reconocer que no me gusta mucho.
Wade se echó a reír, pese a saber que era la reacción equivocada. Al ver que ella fruncía el ceño, dijo:
–Perdona. Es solo que nadie está completamente preparado para tener un bebé, sobre todo si es el primero. Ya conoces a Louise. Probablemente es todavía más compulsiva que tú y estaba absolutamente aterrada de tener a Bryce, y eso que Zack estaba del todo entregado y de que me tenía a mí cuando él no podía estar cerca.

Gabi pareció intrigada por su revelación.
—¿Louis aterrada?
—No te puedes hacer idea. Se pasó una semana entera visitando escuelas infantiles y preescolares, haciendo listas cuando en este pueblo no hay tantas. Y déjame añadir que estaba en una fase tan temprana del embarazo como tú lo estás ahora.

Gabi estaba sonriendo.
—Me pregunto si habrá conservado aquellas listas —murmuró.
—Eso te lo puedo garantizar. Y ahora, ¿crees que podrás dejar el tema durante el resto de la tarde y disfrutar de tu helado?
—En un momento —dijo ella—. ¿Llevas tu móvil?

Se lo sacó del bolsillo.
—Aquí está.
—¿Tienes registrado el número de Louise?

Wade lo encontró y le entregó luego el aparato.
—Voy dentro a por los helados —le dijo, pero ella ya estaba acribillando a su hermana con una batería de preguntas.

¡Que el cielo le ayudase! Había querido que aquellas dos se llevaran bien. No se había dado cuenta de que el vínculo que probablemente iban a forjar podría excluirle a él. Aunque solo fuera por media hora, que era lo que parecía que iba a ocurrir en aquel momento.

Gabi durmió el sábado hasta tarde. Cuando entró por fin en la cocina, se quedó sorprendida al ver a Emily y a Samantha sentadas con sendos tazones de té.
—¿De dónde habéis salido vosotras? —les preguntó—. ¿Habéis venido para alguna misión relacionada conmigo, en plan doble equipo?
—No todo gira sobre ti —dijo Emily, y señaló luego las dos enormes cajas que había al otro lado de la habitación—.

Los vestidos de damas de honor. Encontré los modelos perfectos, así que hice que la tienda los remitiera aquí y luego llamé a Samantha.

—Oh, veamos —dijo Gabi, cambiando de rumbo para dirigirse hacia las cajas.

—Todavía no —la detuvo Emily—. Le prometí a la abuela que estaría presente cuando os los probaseis. También facturé mi vestido de novia. Hice la prueba final la semana pasada y a no ser que suceda algo grave, como que me atiborre de la tarta de la abuela o de las sopas de cangrejo de Jerry, ya estoy lista para caminar hasta el altar —frunció el ceño—. Bueno, a excepción del velo, los zapatos y el ramo de flores.

—¿Seguro que tenemos que esperar? —preguntó Gabi, mirando las cajas con impaciencia.

—Sí —respondió Samantha con su voz más firme de hermana mayor—. Ya sabes la decepción que se llevará Cora Jane si no la esperamos. Quiere convertir esto en la gran ocasión.

—Además —añadió Emily—, entiendo que nosotras tenemos otras noticias que comentar para ganar tiempo.

—Habéis oído que he decidido quedarme con el bebé —dijo Gabi—. Y que es una niña.

—Todo eso —reconoció Emily mientras le daba un fuerte abrazo—. Estoy tan contenta por ti...

—Y por nosotras —dijo Samantha, abrazándola también—. ¡Vamos a ser tías!

—¿Has empezado a pensar en nombres? —le preguntó Emily.

—¿Podemos comprarle ropa al bebé? —quiso saber Samantha—. El otro día vi unos conjuntos preciosos. Me moría de ganas de llevármelos.

Gabi se echó a reír.

—Tranquilas las dos. Apenas ayer tomé la decisión. Todavía me estoy acostumbrando a ella.

Sus hermanas cruzaron una mirada.

—Lo que significa que quiere sentarse y empezar a hacer listas —dijo Emily.

—No hay nada malo en planificar y organizar —repuso Gabi a la defensiva—. Para alguna gente, lo sensato es asegurarse de que todas las posibilidades están cubiertas.

—¿Qué gente es esa? —preguntó Samantha con tono desconfiado—. Wade no creo que sea así. Es muy relajado.

—Pero su hermana no lo es —dijo Gabi.

—¿Ahora estás recibiendo consejos de Louise? —inquirió Samantha con expresión incrédula—. ¡Pero si apenas el otro día estabais las dos en bandos opuestos!

—Es una larga historia —dijo Gabi—. Hemos encontrado un campo común.

—¿Aparte del que tienes con Wade? —preguntó Samantha.

—Sí, aparte de Wade —respondió Gabi exasperada—. Quizá deberíamos concentrarnos en otra cosa —miró intencionadamente a su hermana mayor—. ¿Por qué no mantuviste esa videoconferencia con tu agente, tal y como habíamos quedado? Te dejé un par de mensajes para recordártelo.

Emily pareció perpleja.

—¿Qué videoconferencia es esa?

—Gabi se ofreció a hacer de publicista para mí —explicó Samantha—. Lo que pasa es que yo no estoy segura de que la oportunidad sea la adecuada, al fin y al cabo.

—Pero tú misma dijiste que tu carrera estaba perdiendo fuelle. A mí me parece que es precisamente la mejor oportunidad de todas —protestó Gabi, sorprendida por la repentina falta de entusiasmo de Samantha por la idea—. Necesita la clase de impulso que una buena campaña de publicidad puede darle —pero mientras la presionaba, podía ver que la expresión de su hermana se desmoronaba—. ¿Samantha? ¿Hay algo que yo no sepa?

—Mi agente me dejó colgada —confesó con los ojos llenos de lágrimas—. Me comentó que yo no parecía tan motivada como antes y, combinado con el tema de la edad, me dijo que quizá no fuera la mejor persona para seguir representándome... sobre todo si yo tenía la intención de tomarme mi carrera como si fuera un hobby.

–¡Un hobby! –exclamó Emily, incrédula–. ¿Acaso su trabajo no es conseguirte trabajo regularmente?

–Él sostiene que me salieron papeles cuando yo estaba fuera y que no me apuntó a las entrevistas porque yo no podía regresar a tiempo a Nueva York. Eso es un disparate, y los dos lo sabemos –dijo, volviendo a acalorarse–. Quiere concentrarse únicamente en talentos jóvenes y prometedores que le reporten más dinero.

–¡Vaya un sentido de la lealtad! –comentó Gabi, indignada.

Samantha esbozó una leve sonrisa.

–Este no es un negocio que se caracterice por la lealtad –les recordó–. Es despiadado desde el primer día.

–De acuerdo, pues entonces contratarás a otro agente, uno que te valore y que maneje otra lista de contactos –dijo Gabi.

–¿Y cómo se supone que voy a hacer eso? Mi currículo del último año es bastante exiguo. ¿Por qué habría de molestarse otro agente conmigo? El éxito se alimenta del éxito y, enfrentémoslo, últimamente yo no he tenido mucho.

–Pues yo pienso presentarte como la mejor actriz que ha pisado Nueva York en estos diez últimos años –dijo Gabi con tono decidido–. Y esa nueva actitud positiva de la que hablamos lo va a cambiar todo.

–No creo que haya suficiente actitud positiva en el mundo que pueda vender a una actriz madura cuando lo que todo el mundo está buscando es una cara joven –dijo Samantha desanimada.

–Entonces vayamos a Los Ángeles –sugirió de repente Emily con un entusiasmo que sorprendió a las otras.

Gabi pensó que quizá Emily se había sensibilizado por fin con las preocupaciones de su hermana mayor y estaba dispuesta a ayudarla de verdad por primera vez.

—Empecemos de cero —continuó Emily, cada vez más entusiasmada—. Sabes que mi amiga Sophia tiene contactos en la industria del cine, y Marilyn Jennings, que es presidenta de la fundación que construyó esos hogares de acogida, está casada con el propietario de unos estudios de cine. Casi puedo garantizarte que encontrarás un agente de categoría y más papeles de los que podrás aceptar.

Por un instante, Samantha pareció intrigada.

—No es una mala idea —dijo Gabi, secundando la postura de Emily—. Un comienzo desde cero podría ser justo lo que necesitas para relanzar tu carrera.

Una vez más, a Samantha se le llenaron los ojos de lágrimas.

—Las dos sois increíbles, pero necesito pensar en todo esto. Nunca me he imaginado haciendo películas.

—Oye —dijo Emily—, ¿dónde te crees que se hacen la mayoría de series de televisión? Y allí también hay unos teatros estupendos. Podrías quedarte con Boone y conmigo, de modo que tendrías el alojamiento asegurado hasta que te llegaran algunos papeles.

Gabi podía ver que Samantha no estaba del todo dispuesta a dar un salto tan radical. La presión estaba empezando a afectarla, y ella podía entenderla perfectamente.

—Cariño, lo único que te estamos diciendo es que tienes opciones —le dijo a su hermana mayor—. Emily y yo te apoyamos y estamos dispuestas a hacer lo que sea por ti, al margen de lo que tú decidas, ¿de acuerdo?

Samantha asintió, enjugándose las lágrimas que le corrían por las mejillas.

—Necesito lavarme la cara —dijo.

Cuando se hubo retirado, Gabi miró a Emily.

—Evidentemente se siente abrumada y desorientada. La entiendo muy bien.

—Y yo —admitió Emily—. Así es como me sentí yo cuando recibí aquella fantástica oferta de trabajo en Los Ángeles, justo en el momento en que mi relación con Boone se estaba asentando aquí.

—¿Entonces estamos de acuerdo? ¿No la presionaremos?

—Trato hecho —respondió Emily de inmediato—. ¿Crees que Cora Jane sabe algo de esto?

—Lo dudo —respondió Gabi en el preciso instante en que Cora Jane entraba en la cocina.

—¿Qué es lo que le has preguntado si sé? —preguntó Cora Jane, demostrando que su oído seguía siendo tan fino como siempre.

—Ese arrogante promotor quiere echarle la zarpa a unas tierras del pueblo para construir un gran centro turístico —improvisó Emily.

Cora Jane puso cara de no habérselo creído ni por un momento. Ni la pregunta ni el supuesto rumor.

—Entonces no me lo digáis —dijo—. Supongo que tenéis derecho a guardaros unos cuantos secretos.

Emily se levantó y la abrazó.

—Pero nos alegramos mucho de que estés aquí. Yo jamás habría dejado que Gabi o Samantha echaran un solo vistazo a los vestidos antes de que tú llegaras.

Cora Jane les mostró la bolsa que llevaba en la mano.

—Y yo he traído champán sin alcohol para que podamos celebrar el pequeño desfile que vais a hacer en el cuarto de estar.

—¿Sin alcohol? —protestó Emily.

—Bueno, yo tengo que pensar en el bebé —dijo Gaby.

—Y no queremos que tu hermana se sienta marginada —la reprendió Cora Jane—. Esto servirá. La verdadera celebración es que todas estemos juntas en este gran momento de tu vida, ¿verdad?

—Por supuesto que sí —repuso Emily—. ¡Eh, Samantha, ven aquí! Estamos a punto de probarnos los vestidos.

Con el verdadero talento de la actriz que era, no hubo rastro alguno de la anterior aflicción en los ojos de Samantha cuando volvió. Ni de las lágrimas que había derramado gracias al eficaz maquillaje. La sonrisa que le lanzó a Cora Jane fue tan luminosa como siempre.

Llevaron las cajas al cuarto de estar. Samantha señaló una.

–Si el de esta caja es naranja, no cuentes conmigo.

Emily se echó a reír.

–¿Te haría yo eso a ti? Te dije que luciríamos colores pastel, aunque dado que la fecha está fijada para finales del verano, me he decidido por tonos ligeramente más oscuros.

Abrió la caja y sacó un vestido color melocotón maduro que tendió a Samantha, para extraer luego otro similar azul turquesa para Gabi. Las miró esperanzada.

–¿Y bien? ¿Qué os parece?

–Verano en la playa –comentó Gabi al momento–. Son preciosos, Em.

–Y ese color está hecho para ti, Samantha –comentó Cora Jane con los ojos brillantes por las lágrimas–. Estaréis guapísimas, niñas.

–Y ahora me toca a mí –dijo Emily–. Pero me cambiaré en el baño. Quiero hacer una entrada triunfal. Gabi, ¿quieres ayudarme? No llego a todos los botones de la espalda.

Gabi fue con ella, y esperó mientras Emily extraía un exquisito vestido de cuento de hadas con un corpiño de perlas y una falda estrecha con volantes y cola flotante. Fue la espalda la que le quitó el aliento. Era muy baja, con múltiples y pequeños botones que llegaban hasta las caderas.

–Sexy, ¿eh? –dijo Emily con una sonrisa–. Me figuro que la gente mirará mi espalda durante la ceremonia, con lo que daré el espectáculo.

–Es impresionante –le dijo Gabi–. Exactamente el adecuado para ti. Es elegante y con clase. Parecerás una princesa.

Emily sonrió con expresión radiante.

–Justo el estilo que estaba buscando. Date prisa con

esos botones. No puedo esperar para ver la cara de la abuela.

—Se va a poner a llorar —predijo Gabi.

—Bueno, ya contaba con ello. Solo espero que agote todas sus lágrimas ahora, para que sea todo sonrisas el día de mi boda.

—Eso será imposible —dijo Gabi—. Se pondrá tan sentimental como el resto de nosotras. Yo lloraré a rabiar.

Emily la miró frunciendo el ceño.

—Ni te atrevas. No quiero parecer en las fotos de mi boda como si hubiera amargado a toda mi familia casándome.

—Bueno. Te prometo que tendremos aspecto de estar aliviadas de deshacernos de ti —se burló Gabi.

—Yo creía que supuestamente las hermanas mayores tenían que ser más cooperadoras —se lamentó Emily.

—Piensa mejor en Samantha. Yo estoy aquí para ser una espina en tu costado.

Gabi abrió la puerta, hizo una pequeña reverencia y se apartó para que Emily hiciera su gran entrada.

Según lo previsto, los ojos de Cora Jane se llenaron instantáneamente de lágrimas.

—Bueno, diablos, si las dos os vais a poner a llorar, entonces... ¿quién soy yo para reprimirme? —dijo Gabi—. Lo siento, Em, pero estás condenadamente guapa y nosotras estamos increíblemente felices por ti y por Boone.

Cuando miró a Emily, advirtió que ella también tenía lágrimas en los ojos. Olvidada ya de su vestido, atravesó el cuarto de estar y las abrazó a todas.

—Sois las mejores —susurró.

—Y tú, mi dulce niña, serás la novia más guapa del mundo —dijo Cora Jane, y sonrió—. Al menos hasta que estas dos sigan el programa. Imagino que competirán contigo.

Las tres se echaron a reír. Fue Emily quien formuló la advertencia:

—Siempre y cuando no me superen. ¿Entendido?

–Si, señora –dijo Gabi.
–Ni lo sueñes –añadió Samantha–. Este es tu gran día. Los siguientes meses son tuyos. Que es lo que a ti te gusta...

Emily frunció ligeramente el ceño al escuchar aquello.
–Espera un momento.
–Tranquila –dijo Samantha–. Te queremos de todas formas.

–A mí me gustaría recordaros que voy a tener el bebé antes de esta gran boda –comentó Gabi–. No me importaría pasar unos cuantos minutos bajo los focos. De hecho, después de un parto de horas, puede que quiera un desfile particular.

–¡Huy! –exclamó Samantha, sonriendo–. Casi me olvidaba. No estarás simplemente un poco gordita. Es un bebé lo que llevas ahí dentro.

–Qué graciosa –comentó Gabi.
–Basta –les reprendió Cora Jane. Sirvió el champán sin alcohol en las altas copas–. ¡Por las mujeres Castle, cada una única y despampanante!

–Y por la mujer que ha sido nuestro ejemplo –dijo Emily, alzando su copa hacia Cora Jane.

Después de aquello, las lágrimas volvieron a fluir. Gabi esperaba que todas recordaran siempre aquellos momentos de absoluta unidad, y no las rivalidades que ocasionalmente las dividían. Con suerte y madurez, las antiguas disensiones quedarían bien enterradas en el pasado.

Capítulo 17

Durante la última semana, Wade había estado trabajando con Tommy Cahill en una nueva casa con vistas al mar. También había estado vigilando de cerca a Jimmy, cuya habitual espontaneidad y descaro habían desaparecido. Tras varios días de dar espacio al muchacho y de esperar a que le dijera algo, Wade estaba cansado de esperar.

El chico había dejado la casa para pasear por las dunas y se encontraba en aquel momento al borde del mar, con aspecto deprimido. Habría podido ser la viva imagen de la angustia y la decepción del adolescente.

Wade se le acercó. A su lado, se quedó mirando al frente, esperando.

–Hola –dijo Jimmy al fin.

–Hola –al ver que no añadía nada, Wade le preguntó–: ¿Todo bien?

Jimmy sacudió la cabeza. Mientras Wade estudiaba su expresión, no cabía duda alguna de la preocupación que se reflejaba en los ojos de Jimmy.

–¿Quieres hablar de ello?

Tras un largo silencio, Jimmy le confesó:

–No he vuelto a saber nada de la beca. El señor Castle me dijo que debería recibir noticias pronto.

–¿Y te dijo lo que él entendía por «pronto»? –preguntó

Wade, sabiendo que el significado de esa palabra para un adulto podía equivaler a una eternidad para un muchacho cuyo futuro estaba en la cuerda floja.

—Yo pensaba que la semana pasada, pero no he recibido ni una carta ni una llamada.

—¿Has hablado con el señor Castle? Probablemente podría decirte si se ha tratado de un retraso o si simplemente te estás poniendo demasiado nervioso.

—No quiero atosigarlo —dijo Jimmy, y vaciló antes de añadir con una voz que era poco más que un murmullo—: Y quizá no quiero saberlo.

—Ah —dijo Wade, entendiendo el verdadero problema—. Te asusta que esto quiera decir que no vas a conseguir la beca.

Jimmy le lanzó una de aquellas miradas incrédulas que todos los chicos dominaban allá por su decimotercero aniversario, si no antes.

—¡Bueno, pues claro! Es una posibilidad real, ¿no? Pero ya había empezado a contar con ella. Ya sé que es una tontería, porque las probabilidades están en mi contra. Probablemente haya un centenar de chicos que se la merezcan antes que yo.

—Pero todos te hemos dicho que tienes muchas probabilidades, y es por eso por lo que te has permitido a ti mismo creértelo —concluyó Wade, preguntándose si no le habrían hecho un gran perjuicio al reforzar sus esperanzas.

Jimmy asintió.

—Todo esto es una locura, ¿verdad? Quiero decir que, hace bien poco, yo no pensaba que tuviera posibilidad alguna de ir a la universidad, así que esto me dio esperanzas. Debería sentirme agradecido, en vez de comportarme como un bebé grande.

—No te estás comportando como un bebé grande —dijo Wade, esforzándose por disimular una sonrisa—. Te estás comportando como un joven que quiere algo con muchas ganas.

—Es que se trata de mi gran oportunidad —repuso Jimmy con tono ansioso.

—Lo sé —dijo Wade, poniéndole una mano en el hombro—. Y, suceda lo que suceda, tengo la intuición de que todo te acabará saliendo bien.

—Supongo —dijo Jimmy, todavía desanimado.

—Es enteramente posible —sugirió Wade— que las cartas que primero envíen sean las de rechazo. El no tener todavía noticias podría significar una buena cosa.

—¿Tú crees? —preguntó Jimmy, atrapando al vuelo la leve esperanza que Wade le había lanzado.

—Es posible. Lo que sé es que preocuparte por ello no hará que las cosas sucedan más rápido —Wade decidió que se imponía un cambio de tema—. ¿Qué tal le va a tu padre con la rehabilitación? —le preguntó, esperando haber elegido el tema adecuado, uno que suscitara una reacción positiva en el muchacho.

Los ojos de Jimmy se iluminaron de inmediato.

—Muy bien. El doctor dijo que podrá volver al trabajo muy pronto. Tommy habló con él y le prometió que lo incorporaría a su plantilla en cuanto estuviera en condiciones.

—¡Eso es fantástico! —exclamó Wade—. ¿Por qué no te concentras en eso por el momento? No tardarás en recibir esas otras respuestas.

—Supongo —dijo Jimmy. Se volvió hacia Wade—. Gracias, hombre. No solo por esta conversación, sino por todo.

—De nada. Siempre me tendrás a tu lado, ya sabes.

Jimmy sonrió.

—Oye, ¿necesitas ayuda con Gabi?

Wade se echó a reír.

—Gracias de todas maneras. Creo que ese frente lo tengo cubierto por ahora.

—¿Estás seguro?

Wade no estaba seguro al cien por cien de nada en lo

que se refería a Gabi, pero se sentía más optimista que nunca.

—Estoy seguro. Pero tú serás la primera persona a la que llame si necesito apoyo. Como tú mismo dijiste, ella está loca por ti.

—Genial —dijo Jimmy y le dio un puñetazo de broma, recuperado obviamente su buen humor.

Wade lo vio dirigirse de vuelta a la casa y sonrió. Sucediera lo que sucediera, para él o para Jimmy, se las arreglarían bien. Creía en ello con todo su corazón.

Gabi se sobresaltó cuando Louise la llamó al móvil a media mañana para quedar con ella para comer.

—Puedo pedir a Meg y a Sally que se unan, si la perspectiva de pasar un rato conmigo te asusta —dijo Louise.

—Me gustaría pensar que hemos dejado atrás cualquier problema o malentendido —repuso Gabi—. Claro. Me encantará que comamos juntas.

—Estupendo. Llevaré todas aquellas listas de las que te hablé por teléfono la otra noche. Siguen actualizadas, gracias a la inesperada llegada de Jason. La pequeña sorpresa de mami, como me gusta llamarle.

Su comentario sorprendió a Gabi.

—Wade me había dado a entender que habías querido una gran familia.

—Una cosa es que sea grande y otra que sea de cinco —repuso Louise con tono irónico—. Creía que con cuatro ya estaba bien, pero nunca sabemos lo que nos puede deparar la vida —a continuación sugirió que se encontraran a mediodía en el Seaside Café—. ¿Te viene bien? Sé que ayudas a Sally la mayoría de las mañanas.

—De hecho, hoy es el día perfecto —le aseguró Gabi—. Sally quiere que lleve un par de encargos al pueblo, así que aprovecharé el viaje —miró a Sally en busca de confirmación, y esta asintió.

Tan pronto como Gabi cortó la llamada, Sally le preguntó:
—¿Otro paso en el proceso de paz entre Louise y tú?
—Eso creo —dijo Gabi.
—Sabes que esto no es nada personal contra ti, ¿verdad? —le dijo Sally—. Desde que su madre murió y su padre se jubiló y se marchó, Louise se muestra todavía más protectora con Wade. Él lo pasó verdaderamente mal cuando murieron su esposa y su hijo.
—Por supuesto. Es completamente comprensible. Por lo que he oído, ella era su amor de adolescencia.
Sally frunció el ceño ante la expresión.
—Bueno... —dijo, súbitamente evasiva.
—Espera un momento. ¿Quieres decir que no llevaban juntos desde entonces?
Sally la miró con expresión culpable.
—Gabi, lamento haberme metido en esto. Procuro siempre no cotillear y no me corresponde a mí hablar de este asunto. Es solo que me caes bien y me parece que esa historia puede ser algo más complicada que lo que te han contado. Pero yo no soy la persona adecuada para rellenar esas lagunas. Pregúntale a Louise, si quieres, o mejor aún: habla con Wade. Al fin y al cabo, es él quien tiene que compartir su historia.
A juzgar por el tono de Sally, Gabi tuvo la inequívoca sensación de que aquella era una historia que necesitaba escuchar. No de labios de Louise, sin embargo. Eso sería como husmear a espaldas de Wade. Necesitaba que se lo contara él, porque si eso afectaba de alguna manera al vínculo que parecía haber forjado con ella, podría cambiarlo todo. Durante un tiempo la había preocupado que Wade se hubiera acercado a ella más por el bebé que por ella misma. Cora Jane había intentado ahuyentar aquel miedo, pero... ¿sería posible que hubiera tenido razón durante todo el tiempo?

***

Después de su conversación con Jimmy, Wade se había dirigido al taller de Sally, de donde precisamente acababa de salir Gabi. Cuando se enteró de que había quedado a comer con Louise en el pueblo, la sangre se le heló en las venas. Quería que su hermana y Gabi fueran amigas, pero el acelerado ritmo de aquella amistad resultaba un tanto inquietante. No confiaba del todo en Louise para que guardara su promesa de comportarse bien.

Eran las doce y cuarto cuando entró en el Seaside Café y las vio a las dos sentadas ante una mesa llena de papeles y cuadernos. Tenían delante sendas tazas de té con hielo, pero no estaban comiendo.

Sacó una silla libre de una mesa cercana y la puso entre ellas, llamando finalmente su atención. Gabi sonrió, pero Louise frunció el ceño con expresión desconfiada.

–¿Qué pasa, Wade? ¿Cómo es que estás aquí? –le preguntó su hermana.

–¿Estoy interrumpiendo una reunión de negocios? –inquirió a su vez él con tono ligero, mirando a Gabi.

–Para nada. Louise está compartiendo conmigo alguna de sus informaciones. Me va a ahorrar una tonelada de tiempo.

Wade asintió.

–Estupendo.

–¿No sueles llevarte la comida al trabajo? –le preguntó Louise, evidentemente nada encantada con su inesperada aparición.

–Por lo general, sí. Pero hoy no. Fui a casa de Sally con la idea de invitar a Gabi a comer conmigo. Fue ella la que me dijo que estabais aquí –estudió a su hermana con los ojos entrecerrados–. ¿Qué pasó con tu cambio de actitud? ¿No albergarás alguna intención oculta aparte de mantener una amigable charla con Gabi?

–Por supuesto que no –refunfuñó Louise–. Te prometí que había dejado atrás todo aquello. Y se lo prometí también a Gabi, por cierto.

–Estamos bien, Wade –le aseguró Gabi–. Pero me encantaría que te quedases. Me gustaría saber tu opinión sobre algunas de estas escuelas infantiles. Louise me dijo que habías reformado un par de ellas.

Haciendo a un lado su preocupación por las intenciones de su hermana, tomó el cuaderno que Gabi tenía en la mano y revisó la lista.

–De acuerdo, dejando aparte que me resulta algo absurdo buscar una escuela infantil meses antes de que nazca el bebé, yo diría que esta reúne las mejores condiciones de todas las que conozco –señaló la tercera de la lista, consciente de que era allí a donde Louise había enviado a sus hijos.

Gabi asintió.

–Lo mismo dijo Louise.

–Lo cual hace que vuelva a preguntarme si has decidido quedarte aquí permanentemente –dijo, intentando disimular el tono de esperanza de su voz.

–Si funciona, sí –respondió ella de inmediato.

–¿Si funciona el qué? –preguntó Louise, entrecerrando los ojos–. ¿Quieres decir con mi hermano?

–¡Louise! –la reprendió Wade.

–Bueno, es una pregunta normal –se defendió su hermana.

–No, todo esto va sobre mí –dijo Gabi–. Que encuentre un trabajo que me satisfaga, por ejemplo. Por muy divertido que sea recibir clases de Sally, todavía no estoy nada convencida de que pueda llegar a tener algún futuro en el negocio de las campanillas de viento. Y no tengo ninguna intención de hacerme cargo de Castle's, pese a que sé que a Cora Jane le encantaría que lo hiciera.

–Pero entonces, si no encuentras satisfactorio ese trabajo, ¿qué harás? ¿Volver a Raleigh? –preguntó Louise al tiempo que lanzaba otra deliberada mirada a Wade.

Gabi se encogió de hombros, claramente nada dispuesta a comprometerse.

–Ya veré.

–Deja de pincharla, Lou –le ordenó Wade–. Nos estamos adelantando a los acontecimientos. Sé que te gusta planear hasta el último detalle de tu vida, pero falta todavía mucho tiempo para que tenga que tomar esas decisiones.

Louise suspiró y se recostó en su silla.

–Mensaje recibido –dijo, aunque no parecía muy contenta.

Wade se las arregló para derivar la conversación hacia un tema más general, y el resto de la comida transcurrió sin incidentes. Aun así, resultaron obvias las ganas que tenía Louise de marcharse en cuanto terminaron de comer. Solo eso sugería que él había estado acertado a la hora de inmiscuirse en aquel pequeño encuentro. Aunque Louise no hubiera intentado sabotear abiertamente la relación, Wade imaginaba que había podido plantar alguna aparentemente inocua semilla de duda en su cerebro.

Tan pronto como Louise se hubo marchado, Gabi le miró con curiosidad.

–¿A qué ha venido todo esto?

–¿El qué?

–Has sido casi grosero con tu hermana –le acusó.

–Es solo que no creo que esta fuera la inocente comida que ella te dejó creer a ti.

–¿Y qué crees tú que ha sido?

Intentar expresar sus sospechas sin parecer por ello un imbécil resultaba más difícil de lo que había imaginado.

–¿Una misión de reconocimiento? –sugirió.

–¿Para descubrir mis más oscuros secretos? –inquirió Gabi, reprimiendo una sonrisa.

–¿Para descubrir los tuyos o para revelarte los míos? –Wade se encogió de hombros–. Lo ignoro, pero me parece una mala idea en todo caso.

–Dado que no hay gran cosa de mi vida que tú no sepas ya, creo que podríamos descartar esa preocupación –

dijo ella. Mirándole directamente a los ojos, le preguntó–:
¿Qué me dices de la tuya? ¿Me estás ocultando algo?

La manera que tuvo de hacerle la pregunta le hizo preguntarse a su vez si no habría plantado alguien ya algunas de aquellas semillas de duda en su cerebro.

–Sabes exactamente la clase de hombre que soy –dijo, aunque no pudo disimular una nota defensiva en su voz.

–Eso creía yo, desde luego.

Wade frunció el ceño.

–¿Es que has cambiado de idea?

–Cuéntame más sobre ti y sobre Kayla –le sugirió ella bruscamente.

Wade se quedó asombrado. Pensaba que le había dado mucha más información que la que necesitaba. ¿Acaso alguien le había despertado la sospecha de que no había sido completamente sincero con ella? ¿Quién habría podido hacer eso? ¿Y qué le habrían contado?

–¿Por alguna razón en particular? –preguntó, esperando que no sonara totalmente paranoico.

–Curiosidad –respondió Gabi–. Era tu esposa, Wade. Estaba embarazada de tu hijo cuando murió. ¿No es natural que quiera saber más sobre ella, sobre el tipo de matrimonio que tuvisteis?

Aunque seguía sin creérselo del todo, Wade no deseaba crear un problema donde no existía a fuerza de mostrarse evasivo.

–Ya sabes lo principal. Estaba loco por ella. Se quedó embarazada. Nos casamos, pero murió antes de que el bebé naciera.

–¿Y te quedaste destrozado?

Frunció el ceño ante aquella insinuación de duda de que no hubiera sido así.

–Por supuesto. ¿Alguien te ha contado otra cosa?

–No. Y lo creas o no, no soy amiga de cotilleos. Nunca me has dado motivo alguno para pensar que no has sido del todo sincero conmigo.

—Y, sin embargo, tengo la sensación de que no terminas de creerte que estoy siendo sincero contigo ahora —le dijo con un tono levemente irritado, pese a los esfuerzos que estaba haciendo por mantener la paciencia.

—Perdona, pero suenas cada vez más a un hombre que está escondiendo algo. Dado que demasiado recientemente tuve que lidiar con alguien que resultó no ser nada inocente, tengo que reconocer que eso no me gusta.

Wade la miró con asombro.

—¿Me estás comparando con aquel tipo? ¿Cómo se llamaba... Paul? ¿En serio? —aunque sabía que le estaba escondiendo información, la idea de que ella lo hubiera puesto al mismo nivel de aquel reprensible canalla le había dejado consternado—. Yo no me merezco eso —dijo con amargura. Se levantó antes de que ella pudiera decir algo—. Supongo que Louis tenía razón en una cosa. Venir hoy aquí ha sido realmente una muy mala idea.

Lanzó algunos billetes sobre la mesa y se marchó.

—¡Wade!

Aunque su voz le perseguía, la ignoró. Aquello le resultaba mucho más fácil que ignorar la culpa que de repente le estaba devorando por dentro.

Gabi seguía enfadada cuando abandonó el Seaside Café y condujo hasta Castle's. Entró como una tromba en la cocina, se sirvió un vaso de té, forzó una sonrisa en beneficio de Jerry y se sentó en la zona reservada generalmente para la familia. Dos segundos después apareció Cora Jane.

—¿Cómo sabías que estaba aquí? —gruñó Gabi. Aunque había buscado refugio allí, bajo las faldas de su abuela, había esperado disfrutar de unos momentos de soledad para ordenar sus pensamientos antes de tener alguna conversación con la muy perspicaz Cora Jane.

—Jerry me llamó desde la cocina y me dijo que habías

entrado aquí como si llevaras un nubarrón sobre la cabeza –dijo Cora Jane–. Tengo que decir que tenía razón. ¿Qué te pasa?

–¡Hombres! –exclamó Gabi con tono enfático.

Los labios de Cora Jane se curvaron como para esbozar una sonrisa, pero se obligó a reprimirla y finalmente lo consiguió.

Gabi tomó aire y le contó lo que había sucedido en la comida.

–Yo solo estaba intentando sacar las cosas a la luz y él se volvió loco.

–¿Loco? ¿O quizá se ofendió porque le diste a entender que no confiabas en él?

–Bueno, ahora no confío en él, después del comportamiento tan extraño que ha tenido conmigo. ¿Qué diablos anda escondiendo? –lanzó a Cora una mirada suplicante–. ¿Tienes tú alguna idea?

–Ni la menor pista –respondió Cora Jane–. Y no es a mí a quien tienes que preguntárselo.

–Ese parece ser el consenso general, pero la persona que tiene las respuestas no quiere hablar.

–Dale algún tiempo, cariño. Si hay algo que contar, tengo plena confianza en que Wade se abrirá cuando esté preparado.

–Pero yo ya estoy preparada –protestó Gabi–. Está empezando a gustarme, estamos empezando a intimar. ¿Y si se trata de un enorme error?

–¿Lo sientes como un error?

–No lo sentía hasta hace una hora –dijo ella–. Pero ahora tengo mis dudas. Durante todo el tiempo había pensado que su vida era como un libro abierto, al igual que la mía. Incluso cuando Sally me insinuó que eso podía no ser cierto, no la creí del todo.

Cora Jane frunció el ceño.

–¿Esto empezó con Sally?

Gabi asintió.

—Ella hizo un comentario de pasada, y en seguida se arrepintió de ello.
—¿Estás segura?
Esa vez fue Gabi quien frunció el ceño.
—¿Qué quieres decir?
—¿Fue un desliz o realmente quería remover las cosas? ¿Hasta qué punto conoces a esa mujer?
—Sally no es así —protestó Gabi, segura al menos de eso.
—¿Sabes con seguridad que nunca ha habido nada entre ella y Wade? ¿No podría haberse sentido un poquitín celosa?
—No —declaró Gabi enfáticamente, pero en seguida empezó a cuestionarse.
¿Lo sabía de seguro? ¿Y si Louise había intentado tenderles una trampa? ¿Habría intentado Sally sabotear deliberadamente la atracción que existía entre ella y Wade? Gabi, sinceramente, no se lo creía. Sally había dicho específicamente que no estaba interesada en tener relaciones, ya no. Aun así, quizá aquellos comentarios podían haber sido hechos en su beneficio, para evitar que descubriera una atracción que no había terminado funcionando.
—Bueno, supongo que puedo averiguarlo —le dijo a Cora Jane, sacando su móvil y llamando a la artista.
La confrontación podía no haber resuelto nada con Wade, pero con un poco de suerte oxigenaría el aire con Sally antes de que empezara a imaginar perversos escenarios que no existían.
—¿Todo bien, Gabi? —le preguntó Sally de inmediato.
—¿Puedo hacerte una pregunta?
—Claro.
—¿Has estado relacionada alguna vez con Wade?
—¿Qué? —exclamó Sally con tono incrédulo—. Nunca. ¿Por qué diablos me preguntas eso? ¿Louise o él te dijeron algo que sugiriera que habíamos salido juntos?
—No.

—Bueno, pues por muy guapo o dulce que sea Wade, no tengo intención de relacionarme con nadie en este momento —dijo, repitiendo su habitual frase—. Estoy intentando reconstruir mi vida sola —vaciló antes de preguntarle—: ¿Fue por eso que te dije antes? ¿Te preocupa que yo albergara algún motivo oculto?

—Me avergüenza reconocer que se me pasó por la cabeza —le dijo Gabi—. Wade apareció de pronto y las cosas se complicaron un poco durante la comida, así que ahora me lo estoy cuestionando todo.

—Bueno, pues esa es una preocupación de la que te puedes ir olvidando. A mí solo me interesas tú. Y tampoco te estoy insinuando nada negativo sobre Wade, para que lo sepas. Yo solo te digo que parece que hay detalles que no sabes. Es un buen tipo, Gabi, quizá incluso mejor de lo que te imaginas.

—Gracias, Sally. Espero no haberte ofendido.

—No me has ofendido —le aseguró Gabi—. De hecho, te agradezco que me lo hayas preguntado directamente, en vez de hacer suposiciones que sí habrían podido afectar a nuestra amistad.

—Yo también me alegro de haberte llamado —le dijo Gabi.

—Hasta mañana, entonces.

Gabi suspiró mientras cortaba la llamada.

—Ahora estoy más confundida que nunca —le dijo a su abuela—. Este gran secreto es aparentemente algo que convierte a Wade en un héroe, que no en un imbécil. Pero si ese es el caso, ¿por qué no me lo dice?

Cora Jane sonrió.

—Porque es obviamente algo de lo que Wade no le gusta hablar pero que Sally piensa que deberías saber. Me parece a mí que tendrás que ejercitar tu paciencia hasta que él esté dispuesto a hablar.

—¿Has apuntado alguna vez la paciencia en alguna lista de mis virtudes? —preguntó Gabi, exasperada.

–No, pero esta me parece una buena ocasión para que la practiques.

–¿No puedo simplemente darle caza y persuadirlo para que me lo diga?

–¿Te pareció que estaba de humor para hablar la última vez que lo viste?

–No.

–Bueno, entonces ya tienes tu respuesta. Esta es una de las ocasiones en que necesitas oír a tu abuela.

–Yo siempre te escucho –protestó Gabi.

–Y luego haces lo que quieres –señaló Cora Jane y alzó la mirada–. Además, tengo la sensación de que no vas a tener que esperar mucho para escuchar tus respuestas.

Efectivamente, Wade estaba atravesando en aquel momento el comedor con un brillo de decisión en los ojos. Su expresión se suavizó cuando saludó a Cora Jane con un beso. Miró luego a Gabi.

–¿Podemos hablar? –le preguntó.

–¿Estás ya de buen humor? –le preguntó ella, incapaz de reprimir un tono sarcástico.

–¡Gabriella! –la reprendió Cora Jane.

Wade sonrió.

–No pasa nada. Antes se lo hice pasar mal. Probablemente no se lo merecía.

–¿Probablemente? –repitió Gabi, indignada.

–De acuerdo, no te lo merecías.

–Gracias –dijo ella–. Y quizá hice mal, y me disculpo por mi actitud de antes y de ahora. Ser así de brusca no es la mejor manera de reconciliarse –frunció ligeramente el ceño–. Porque quieres reconciliarte, ¿verdad?

Él asintió.

–Eso es lo que estaba pensando cuando vi tu coche aparcado fuera.

–Entonces os dejo solos –dijo Cora Jane–. Te traeré tu tarta y tu té con hielo, Wade. Mientras tanto, portaos bien.

Gabi sonrió ante la advertencia. Hacía años que no la oía.

Tradicionalmente había sido dirigida a la rebelde Emily. Ella siempre se había portado bien. Era el rasgo que la había hecho destacar en el mundo de los negocios. Se había portado bien, pero siempre con la esperanza de ganar.

En ese momento tendría que ver si podía conseguir las respuestas que quería bajo aquellas circunstancias.

Capítulo 18

Wade se descubrió nervioso mientras diseccionaba la tarta de manzana que Cora Jane le había llevado a la mesa. Sabía que le debía a Gabi no solamente una disculpa, sino una explicación por lo que había sucedido antes. Ni la una ni la otra iba a ser fácil. Dado que la disculpa era la menos difícil de dos conversaciones de por sí difíciles, empezó por allí.

–Lamento lo que te dije durante la comida –le dijo, mirándola a los ojos–. Toda la conversación me evocó un montón de malos recuerdos, pero tú no podías saberlo.

–No era eso en absoluto lo que yo intentaba hacer –repuso ella–. Me siento como si estuviera caminando en la oscuridad. Evidentemente hay algún tema de conversación que es tabú entre nosotros, pero si no sé lo que es, ¿cómo se supone que voy a evitarlo?

–Es un dilema, ¿verdad? –preguntó con tono triste. Se había imaginado lidiando con aquello un millón de veces, pero en la realidad no podía ser más difícil. No solo significaba abrir una vieja herida, sino también desnudar su alma.

Gabi esperó, y empezó luego con cuidado:

–Wade, sé que no tenemos la menor idea de a dónde puede llevarnos esto.

Sabía que ella estaba intentando llenar el silencio que

se había abatido sobre ellos mientras él pensaba lo que quería decir, lo que tenía que decirle.

—Cierto.

—Pero tú quieres que tengamos una relación. Tengo que admitir que mi experiencia en las relaciones es pésima, pero creo que la sinceridad y la comunicación son piezas fundamentales en una relación. Dado que claramente carecí de ambas en mi última relación con un hombre, me gustaría hacerlo bien esta vez. Las evasivas no van conmigo.

—No puedo estar más de acuerdo —dijo él. Le lanzó una mirada triste—. ¿No te basta con saber que estuve casado y que perdí a mi esposa y a mi bebé?

—Si esa es toda la historia, entonces sí —respondió de inmediato—. ¿Lo es?

Wade suspiró profundamente.

—No.

Mientras el silencio se prolongaba, Gabi abrió mucho los ojos.

—Wade, ¿tú no causaste el accidente, verdad? ¿Es de eso de lo que no quieres hablar?

—¡No! Dios mío, no —declaró enfático, sinceramente horrorizado de que semejante pensamiento se le hubiera pasado por la cabeza.

Entendía, sin embargo, que la naturaleza humana aborrecía el vacío. Sin respuestas por su parte, la imaginación de Gabi se ponía a girar completamente fuera de control. Evidentemente no iba a quedarse satisfecha con medias verdades o evasivas. Cualquier cosa que no fuera una absoluta sinceridad dejaría espacio para la más disparatada de las especulaciones. No sabía si tenía que dar las gracias a Sally o a Louise por haber sembrado aquellas semillas de duda en su cabeza, pero le correspondía a él hacerlas frente, hablar de algo que solo muy pocas personas sabían. Y nadie, ni una sola, lo sabía todo. Había guardado el secreto por el bien de Kayla, y quizá por sí mismo.

–¿Qué es lo que has oído sobre mí y sobre Kayla? –le preguntó. Volviendo al tema.
–Que fuisteis amores de instituto. Hasta la camarera de aquella noche en Boone's Harbor decía que solo habías tenido ojos para ella –frunció ligeramente el ceño–. ¿Es que no es verdad?
–Oh, es verdad –dijo, incapaz de disimular la amargura de su voz–. Estuve loco por ella casi desde el primer día en que la vi. Estábamos en el instituto. Ella era nueva en el pueblo. Me acuerdo como si fuera ayer de cuando entró en mi clase. Con su reluciente melena castaña, larga hasta la cintura –una sonrisa soñadora se dibujó en su rostro–. Tenía unas piernas increíblemente largas, que lucía con una minifalda muy corta. Añade a eso una camiseta ajustada y, bueno, seguro que podrás imaginarte la escena. Creo que cada chico de aquella clase de cayó de su asiento al verla. Y todos hicieron todo tipo de cosas estúpidas para llamar su atención.
–Excepto tú –adivinó Gabi.
La miró sorprendido.
–¿Cómo lo sabes?
–No es tu estilo. Cuando Cora te arrastró a Castle's el verano pasado solo por mí, te mostraste de lo más tranquilo y relajado.
–Quizá aprendiera la lección a fuerza de hacer todo lo contrario –sugirió él.
–No lo creo –replicó confiada–. ¿Y bien? ¿Qué sucedió? ¿Te ignoró?
Evocó la manera en que Kayla había gravitado en torno a él, como si de alguna manera hubiera sentido que había encontrado una red de seguridad. Había sido entonces cuando se hicieron amigos.
«Amigos», pensó. Cómo había odiado la palabra en aquel tiempo. Él había querido ser su novio. En lugar de ello, ella había confiado en él, le había confiado sus secretos, le había torturado con las anécdotas de sus citas.

—Ella no me ignoró —dijo con tono suave.

Aparentemente algo en su tono y en sus palabras la extrañó, porque se le quedó mirando aún más fijamente.

—Pero algo fue mal, ¿verdad?

—No mal exactamente. Yo le gustaba, pero en realidad no era su tipo. Le gustaban los chicos rebeldes... cuánto más rebeldes mejor, de hecho. Pensaba en mí como en un amigo.

—Oh, Dios —susurró Gabi con expresión compasiva—. Eso de la rebeldía no va contigo. ¿O es que has cambiado?

Sonrió ante la rapidez con que captó el problema.

—No he cambiado. Sigo siendo el tipo sólido y responsable que siempre he sido. Aburrido a más no poder.

—Tú no eres nada aburrido —replicó con énfasis.

Sonrió.

—Gracias.

—¿Cómo es que terminasteis juntos, entonces? ¿Finalmente ella maduró y se dio cuenta del tesoro que tenía en ti?

Aquella era la parte difícil, la parte que nunca había querido confesarle a nadie, ni siquiera a su hermana. Sospechaba que Louise lo había adivinado porque él le había preguntado veladamente por alguna cuestión legal, pero por una sola vez en su vida ella no había insistido pidiéndole más información. Incluso Louise parecía comprender que el tema estaba vedado, que su orgullo exigía un telón de secreto sobre el resto.

—Kayla no se marchó a la universidad y los dos seguimos juntos. Ella frecuentaba a un montón de chicos de la universidad que venían a divertirse los veranos. Luego se quedó embarazada. Y el tipo se desentendió de ella y del bebé.

Gabi parecía impresionada, haciendo evidentemente la conexión entre aquella situación y la suya.

—¿Pero te comprometiste con ella?

Él asintió.

—No iba a dejar que se enfrentara al embarazo sola.

Estudió su rostro.

—Pero hiciste más que eso, ¿verdad? ¿Reconociste al bebé como tuyo? ¿Dejaste que todo el mundo pensara que tú eras el responsable de haberla dejado embarazada?

Asintió con la cabeza.

—No me conviertas en una especie de santo, Gabi. A mí me sirvió. De hecho, fue como un sueño hecho realidad. Tenía a la mujer que amaba y a un bebé en camino. Quizá no era justo lo que me había imaginado, pero una vez que nos casamos, hicimos que funcionara. De verdad que sí. Fue más difícil para Kayla que para mí, pero ella lo intentó. Creo que sus sentimientos por mí se profundizaron —se encogió de hombros—. O quizá fuera gratitud, pero lo estábamos llevando bien.

—Y entonces los perdiste —dijo Gabi en voz baja—. Oh, Wade, eso debió de desgarrarte el corazón...

—No tienes idea —la miró a los ojos, que se le habían llenado de lágrimas—. No te atrevas a llorar por mí —le dijo—. Y no te pongas a hacer comparaciones.

—Pero aquí estás otra vez, y ahora conmigo.

Wade casi podía ver cómo se retiraba, interpretando lo que había sucedido entonces como un precedente de lo que estaba ocurriendo en aquel momento.

—No es lo mismo —insistió—. No lo es. Kayla y yo éramos una pareja de jóvenes estúpidos. Yo tenía esa vena idealista, me creía capaz de salvarla. Tú, Gabriella, no necesitas que te salve nadie, ni yo ni nadie.

—Pero aun así...

Wade la interrumpió:

—Nada de peros. Claro que hay similitudes entre las dos situaciones. Aunque quisiera negarlo, ahí está Louise para recordarme que me metí en un desafortunado matrimonio por culpa de un embarazo no deseado. Pero te aseguro que las similitudes se acaban ahí.

–¿Cómo puedes decir eso? Estoy embarazada del hijo de otro hombre, Wade. Y aquí estás tú, dispuesto a salvarme.

Él le lanzó una mirada impaciente.

–¿No me has oído bien? Tú no necesitas que te salven, y la atracción que siento por ti empezó mucho antes de que me enterara de lo de tu embarazo. No se trata de ninguna pauta extraña de comportamiento, Gabi. No es más que una desafortunada coincidencia –pasándose una mano por el pelo, se corrigió–: No, desafortunada no. No era mi intención que pareciera eso. Me alegro de que hayas decidido conservar el bebé, pero si te hubieras decidido por la adopción, yo no habría tenido ningún problema. Pese a lo que pueda pensar mi hermana, yo habría aceptado tu decisión.

Pero ella no parecía muy convencida.

–Gabi, ¿qué quieres que te diga? No puedo simular que el pasado no fue lo que fue. Y cuento con una gran ventaja en la que creo que no has reparado.

–¿Cuál? –le preguntó ella, con una sorprendente lágrima rodando por su mejilla.

–Puedo afirmar con absoluta convicción que no tengo que ser el padre biológico de un bebé para amarlo con todo mi corazón. El bebé que perdí formaba parte de mi ser, tanto como si lo hubiera engendrado, quizá incluso más porque lo amaba sin la menor reserva o duda desde el instante en que lo sentí dar su primera patadita.

A esas alturas, Gabi estaba ya llorando, y él no sabía muy bien por qué. ¿La habría ahuyentado con su revelación? ¿Habría hablado demasiado? ¿Se habría puesto demasiado intenso?

–Creo que eres el hombre más bueno, dulce y maravilloso que he conocido –dijo ella mientras las lágrimas continuaban fluyendo–. Y eso me aterra.

El comentario le dejó perplejo.

–¿Te aterra? ¿Por qué?

—Porque ahora entiendo por qué Louise tenía tanto miedo por ti. Wade, yo podría romperte el corazón.

—Pero no lo harás —respondió—. No sé cómo lo sé, pero lo sé.

—Ojalá yo estuviera la mitad de segura que tú —se levantó—. Ahora soy yo la que huye, pero es que necesito tiempo, Wade. Necesito pensar. No creo que pudiera soportar que volvieras a resultar herido, sobre todo si fuera yo la única responsable. Esta vez te mereces un final feliz, y no creo que yo pueda dártelo.

Lo que obviamente no entendía, pensó Wade mientras ella se retiraba, era que su marcha le estaba desgarrando el corazón como nada lo había hecho antes. Por mucho que hubiera amado a Kayla, aquello no había sido más que la pasión de un joven ingenuo. Lo que sentía por Gabi era mucho más profundo. Creía que podían construir la clase de sólida relación que quería para el futuro, pero que no podría llegar a ser si su propio pasado y las dudas de ella se interponían en su camino.

Como había hecho tantas veces de adolescente, Gabi llamó a su hermana mayor tan pronto como regresó a casa de Cora Jane. Samantha siempre había sido su interlocutora en sus dilemas con los hombres. En ese momento tenía uno bien grave.

Mientras ponía a Samantha en antecedentes, una cosa le estaba quedando cada vez más clara. No podía seguir viendo a Wade. Aquella era la ocasión menos adecuada para relacionarse con alguien, y especialmente con alguien con aquel bagaje emocional.

—Espera un segundo —le ordenó Samantha cuando ella se lo dijo—. ¿Crees que Wade está ciego al riesgo que está corriendo?

—Ciego no. Simplemente está minimizando el dolor que yo podría causarle si nuestra relación no llegara a funcionar.

–Puede que considere que tú mereces que corra ese riesgo por ti, cariño.
–Pues no lo merezco –replicó Gabi–. Quiero decir, yo sé que soy una buena persona y que merezco que me amen.
–¿De veras lo crees? –le preguntó Samantha–. ¿O acaso estás demasiado influenciada por la manera en que te trató Paul, como si no fueras más que un objeto al que él podía renunciar?
–¡Paul era un imbécil! –declaró Gabi, enfática.
Samantha se echó a reír.
–Bueno, eso ya lo sabía yo. Y todo el mundo también, solo que no estábamos seguras de que tú lo supieras.
–Bueno, pues lo sé –dijo Gabi–. Puede que me llevara un disgusto o dos cuando rompimos, pero lo superé desde el momento en que aceptó renunciar a sus derechos de paternidad sin la menor vacilación o arrepentimiento.
–Definitivamente un fuerte indicador de la clase de hombre que es –se mostró de acuerdo Samantha–. Entonces, ¿qué es lo que te retiene con Wade? ¿Es que no sientes nada por él? Quiero decir que si no sientes atraída por él ni siquiera un poco, entonces dejar de verle es lo mejor que puedes hacer. Obviamente él es un hombre que ama con pasión. Se merece recibir lo mismo de la mujer de su vida.
Gabi pensó en las pocas veces en que Wade la había tocado, besado incluso. Habían saltado las chispas, eso era indudable. Pero, más que eso, le gustaba de verdad el hombre que había acabado por convertirse en su amigo. Era sólido, de confianza, completamente distinto de los hombres adictos al trabajo que hasta el momento habían desfilado por su vida. Tenía unas prioridades en la vida que ella quería emular. Y ella envidiaba la certidumbre que tenía de que, existiera lo que existiera entre ellos, la relación era posible.
–Ha sido un buen amigo para mí –empezó–. Eso es lo

mismo que Kayla pensaba de él, también. Me siento como si hubiera establecido un patrón de conducta, como si me estuviera aprovechando de él de la misma manera que hizo ella.

—Yo no creo que nadie se aproveche de Wade —dijo Samantha—. Él escogió a Kayla, aun conociendo la situación. Ahora te ha elegido a ti.

—Quizá solo sea uno de esos tipos que no pueden resistirse a acudir a rescatar a las mujeres —sugirió Gabi.

—Tú no necesitabas que te rescatasen cuando te conoció —le recordó Samantha, repitiendo las mismas palabras de Wade.

—¿Y qué? Yo era inalcanzable, al igual que Kayla. Quizá no sea de los que les gusten los rescates, sino los desafíos.

—Gabriella, escúchate a ti misma. Te estás agarrando a la primera excusa que se te ocurre. Deja de hacerlo. Da un paso atrás y piensa en el hombre al que estás llegando a conocer bien. Remítete a lo básico. ¿Te gusta?

—Sí —respondió de manera inequívoca.

—¿Ves? Ahí lo tienes —dijo su hermana—. Empieza por eso. Nadie, ni siquiera Wade ni Cora Jane, te están empujando.

—Bueno, de Cora Jane yo no estaría tan segura —repuso Gabi, irónica.

—De acuerdo, te lo concedo, pero fíjate en lo que te digo. Wade y tú estáis en el comienzo de algo que podría ser muy, pero que muy bueno. Yo daría lo que fuera por tener algo así con alguien —dijo Samantha con un inequívoco tono de nostalgia en la voz.

—Pero tú sales todo el tiempo —protestó Gabi—. Tú siempre has salido con más hombres que Emily y yo juntas.

—Sí, he salido con hombres —repitió Samantha—. Eso es muy distinto. En todos estos años he tenido una sola relación seria, que me ha durado un total de ocho meses, hasta que conseguí un buen papel en Broadway y la carrera de él se estancó. Por cierto que, ahora mismo, me estoy dando cuenta de lo que debió de sentir.

Gabi detectó el matiz de desesperación en la voz de su hermana y decidió que ya habían dedicado demasiado tiempo a hablar de su última crisis. Samantha se merecía un tiempo equivalente.

—¿Has seguido pensando en lo que quieres hacer? ¿Vas a aceptar la oferta de Emily y trasladarte a Los Ángeles? —le preguntó.

—La verdad es que no sé si quiero vivir en el país del sol, de las palmeras y de las personalidades de plástico.

—¡Guau! Eso es un poco duro, ¿no te parece?

—Sí —admitió Samantha—. Creo que probablemente estoy asustada y, como tú, me sirvo de cualquier excusa para evitar un cambio tan dramático.

—O quizá es que ya no quieres seguir trabajando de actriz. Durante muchos años has estado dispuesta a hacer lo que fuera por tu trabajo. Nadie podría culparte si ahora estuvieras dispuesta a renunciar. O, si quisieras quedarte en Nueva York a esperar a que te saliera algo, yo estaría más que dispuesta a ayudarte en todo lo posible.

—Esta semana hablé con un par de agentes —admitió Samantha—. Y llamé a un par de directores de casting que conozco. Solo quería escuchar un punto de vista realista sobre mis posibilidades.

—¿Y? ¿Qué te dijeron?

—Los dos agentes me comentaron que conocían mi trabajo y me pidieron que les enviara mi currículo —explicó con tono más animado—. Estoy incluyendo la serie de clips que he podido reunir de los programas y anuncios que hice en televisión.

—¿Y los directores de casting?

—Me dijeron que tenían proyectos en marcha y que me tendrían en cuenta para un par de cosas, si consigo un nuevo representante. Ninguno de ellos parecía pensar que debía renunciar, aunque fueron muy sinceros sobre la cuestión de mi edad.

–Está bien. ¿Por qué no damos un paso adelante y generamos un poco de publicidad? ¿Qué te parece? –le propuso Gabi, entusiasmada–. Quizá tu antiguo agente no fuera lo suficientemente agresivo y alguno de los nuevos empiece a conseguir cosas.

–Dios mío, sí que eres positiva para mi ego –dijo Samantha–. Hablas como si cualquier cosa fuera posible.

–Yo creo que lo es –repuso Gabi–. La pregunta es: ¿lo crees tú?

–Después de haber hablado con esos cuatro profesionales, admito que estoy empezando a sentirme más optimista.

–¡De acuerdo entonces! –exclamó.

–Pero hay una cosa –la previno Samantha–. Me estoy dando unos pocos meses más de plazo, que no años. No quiero ponerme a servir mesas con cincuenta años, hablando de mis días de gloria...

–Me parece razonable. Tener un calendario en mente nunca está de más. Pero, Samantha, no temas cambiar ese calendario cuando te lo parezca, si percibes que el gran papel de tu vida está a la vuelta de la esquina.

–Olvídate del gran papel de mi vida. Me conformaré con un simple destello de esperanza.

–De acuerdo entonces. Voy a por papel y lápiz. Vamos a tomar algunas notas.

Durante la media hora siguiente, Gabi entrevistó a su hermana como si fuera cualquier cliente cuya historia quisiera vender a la prensa.

–Tú ya sabes de qué va todo esto... –se quejó Samantha.

–Pero puedo enfocarlo mejor y de manera más vivaz si recopilo la información de tus propias palabras. Diseñaré un par de cosas y te las enseñaré en los próximos días. Volveré y buscaré los mejores sitios para publicarlas en los medios de allá. Mientras tanto, ¿podrías informarte tú de los proyectos en los que están trabajando esos directores de casting? Quizá podríamos insinuar que estás pensando aceptar alguna jugosa oferta que genere una gran publicidad.

—¿No es eso deshonesto?

—No si manejo la información adecuadamente. Además, las relaciones públicas son un juego. Lo sabes tan bien como yo. Una vez que la gente empiece a pensar que eres una buena candidata, todos querrán entrevistarte.

Samantha se echó a reír.

—¿Tiene papá alguna idea de lo buena que eras en tu trabajo y de lo imbécil que fue él por no contratarte personalmente?

—Lo dudo —respondió Gabi—. Pero ahora mismo tengo a una clienta maravillosa a la que voy a convertir en una estrella.

—Eso podría resultar demasiado ambicioso, pero te lo agradezco.

—Te quiero —le dijo Gabi.

—Y yo a ti.

—Hablaremos pronto. Gracias por escucharme con lo de Wade. Me ayudaste a aclarar mis pensamientos.

—Cuando quieras —repuso Samantha—. Un último consejo: dale al hombre un descanso. Los hombres como Wade no abundan.

Gabi sonrió.

—No, desde luego no.

Probablemente necesitaría tener eso bien en cuenta.

—Así que le puse al tanto de mi relación con Kayla y ella se marchó —le contó Wade a Louise dos días después de su conversación con Gabi—. No la he visto desde entonces.

Louise se le quedó mirando asombrada.

—¿Se lo contaste todo?
—Todo —le confirmó.
—¿Incluso la parte que nunca me confesaste a mí? —le preguntó deliberadamente.
—Incluso eso —la miró a los ojos.
—¿La has llamado?
—Le dejé un par de mensajes. No me ha respondido —miró de cerca a su hermana—. ¿Te estás regodeando? No te atrevas.
Louise le miró ceñuda.
—¿Sinceramente crees que me alegraría de cualquier cosa que te ocasionara algún dolor? Es por esto por lo que estuve intentando prevenirte. La vida de Gabi está sumida en el caos. Dudo que pueda ver nada claramente en este momento excepto que está embarazada y que no tiene trabajo. Para ella, esta no es precisamente la mejor ocasión para forjar una nueva relación con un hombre, a no ser que sea del tipo pegajoso de mujer que necesita siempre alguien en quien apoyarse.
—Definitivamente ella no es así —dijo Wade, descartando la posibilidad.
Su hermana asintió.
—Estoy de acuerdo, lo que significa que querrá levantarse sola. Quizá entonces esté preparada para recibir a un hombre en su vida.
—Yo quiero ser ese hombre —declaró Wade con tono rotundo.
Louise parpadeó sorprendida.
—¿Tan seguro estás?
—Sí.
—¿Y si decide que lo mejor es volverse a Raleigh? ¿Pensarías seriamente en irte con ella?
—Podría —respondió, aunque eso era lo último que quería hacer. Pensó en la solución a la que había llegado Boone con Emily: abrir un restaurante en California para estar con ella, mientras ella trabajaba en el proyecto de su vida.

¿Cómo podría él no estar dispuesto a hacer menos, si eso era todo lo que necesitaba para que las cosas funcionaran?
—Chico, sí que estás mal —dijo Louise—. Yo creía que jamás te irías de Sand Castle Bay.
—No querría hacerlo —reconoció—. Y creo que el hecho de que Gabi haya puesto en venta su casa de Raleigh es una buena señal de que está cortando aquellos lazos.
—Wade, tú la oíste decir en la comida que no sabe qué futuro la espera aquí. Todo ese asunto de las campanillas de viento me parece una locura. Creo que para ella es una especie de salida creativa, pero dudo que el trabajo de su vida esté en cortar pedacitos de cristal.
Él frunció el ceño ante aquella descripción.
—Tú consideras a Sally una artista, ¿verdad? Tú no desdeñas su trabajo de esa manera.
—Sally es una artista. Gabi está jugando. Y no lo digo como un insulto. Creo que solo falta que lo reconozca ella misma.
Aunque a Wade no le gustaba mucho el tono de su hermana, no podía discutir lo que le decía. En primer lugar, no había terminado una sola campanilla de viento. En segundo lugar, el nivel de entusiasmo de Gabi había disminuido conforme había ido pasando los días en el taller sin que pudiera mostrarles nada.
Y, sin embargo, él creía que su amor por las campanillas de viento, por Sand Castle Bay, por Cora Jane y quizá incluso por él, determinarían que acabara encontrando la felicidad allí. Él solo necesitaba averiguar cómo.
Se levantó.
—Me voy a casa —anunció.
—¿Antes de comer? —le preguntó Louise, sobresaltada.
—Estoy trabajando en un proyecto. Necesito seguir con él.
—¿No te habrás enfadado por lo que te he dicho, verdad?
—No. No habría acudido a ti si solamente hubiera que-

rido un oído compasivo –dijo con una sonrisa–. Para eso, habría llamado a Zack y habríamos salido a tomar una cerveza. De ti sé que sacaré la verdad sin barniz alguno, tal como tú la ves.

Louise frunció el ceño.

–Gracias. Creo.

–De hecho, era un cumplido –le dijo, dándole un beso en la mejilla–. Di a los niños que siento no verlos. Hoy me olvidé de las clases de natación. Ya los veré pronto.

Fue de camino a casa que se le ocurrió una idea. Giró rápidamente y tomó rumbo hacia el campo, a la casa de Sally. Dado que las luces del taller estaban encendidas, pero no las de la casa, la rodeó y llamó a la puerta.

–¡Adelante! –gritó ella.

Wade sacudió la cabeza ante aquella falta de precaución.

–¿No deberías enterarte de quién llama a la puerta antes de invitarle a entrar? –le preguntó.

–Vi tu coche –explicó con tono lacónico, absolutamente concentrada en la pieza de cristal que tenía delante–. Toma asiento. Dame un par de minutos y te dedicaré toda mi atención.

En lugar de sentarse, se acercó para echar un vistazo a su trabajo por encima de su hombro. Estaba trabajando en la pieza central de una campanilla de viento, utilizando fragmentos de cristal que fundiría con calor para crear el bonito y colorido diseño de un velero. Tras admirar la delicadeza de la obra, retrocedió un paso y se dedicó a vagar por el taller mientras contemplaba sus trabajos ya terminados. Reconocía su talento, tanto en el diseño como en la ejecución. No pudo evitar preguntarse si Gabi habría hecho algo que se le hubiese aproximado al menos.

–¡Ya está! –dijo ella al fin con una nota de triunfo y satisfacción en la voz–. Y ahora dime qué es lo que te trae por aquí por segunda vez en el último par de días. Esta visita, ¿también tiene que ver con Gabi?

—De hecho, sí. Me preguntaba cómo le estaba yendo con todo este asunto de las campanillas de viento.
Sally lo miró divertida.
—¿No deberías hacerle esa pregunta a ella?
—Oh, por supuesto que quiero saber su opinión, pero tú eres la experta. Necesito la tuya antes de que vaya a ver a Gabi con una idea a la que le he estado dando vueltas desde que ella llegó al pueblo.
—Explícate —le ordenó Sally.
—Bueno, si ella está revelando un gran potencial y este es su futuro, entonces no merecerá la pena que le mencione mi idea. No quiero que sienta que no tengo fe en ella, si es que trabajar con el cristal es su destino o algo parecido.
Sally le miró fijamente.
—Esto es entre nosotros. Nunca, ni en un millón de años, repetirás lo que voy a decirte.
—Por supuesto.
Pero ella seguía dudando.
—Porque me cae bien, y porque nunca, por nada del mundo, querría herir sus sentimientos.
—Entendido —dijo él, empezando ya a captar la imagen.
—Ella no tiene una sola fibra de talento artístico —explicó Sally con tono sincero—. Sus ideas son buenas. De hecho, ha hecho un par de diseños que no me importaría probar yo misma, pero... ¿la ejecución? —sacudió la cabeza—. Las piezas simplemente no encajan.
—¿Podría conseguirlo con la práctica? Al fin y al cabo, es una principiante.
—Todos hemos sido principiantes alguna vez —dijo Sally—. Recuerdo aquella etapa. Pero créeme, Gabi está todavía por detrás de aquello, sea lo que sea. No me malinterpretes. Ha mejorado algo. Trabaja tan duro y se frustra tanto que lo siento por ella, pero de verdad que no creo que vaya a conseguir nada.
Wade apreció su sinceridad.

—Así que... ¿debería animarla, desanimarla, ofrecerle una alternativa?

—Si tienes alguna alternativa, yo se la ofrecería. Creo que ella es consciente de ello.

Wade asintió.

—¿Te importa si pruebo la idea antes contigo? Puede que quieras implicarte.

Resultaba evidente que había picado su curiosidad.

—Cuéntame —le pidió, ansiosa.

—En realidad, llevo ya algún tiempo pensando en algo así. Nosotros... quiero decir, los artistas locales... tenemos una o dos tiendas favoritas donde vender nuestras piezas, ¿no? Y también podemos ir a unas cuantas ferias durante la temporada.

—Claro.

—¿Y si hiciéramos algo juntos, algo más grande? ¿Y si formáramos una especie de consorcio artístico de algún tipo con alguna galería y, lo más importante, con talleres de trabajo individuales, que se convirtiera en un lugar de visita para los turistas? Otras ciudades tienen ese tipo de cosas, como la Torpedo Factory en las afueras de Washington. Creo que en Miami hay algo similar también. Muchos otros lugares tienen colonias de artistas, también, creo.

A Sally se le iluminaron los ojos.

—Me gusta. Llevo tiempo queriendo convertir este espacio en un albergue. Si tuviera un taller en un lugar así, podría hacerlo. ¿Pero cómo encajaría Gabi en eso?

—Ella claramente tiene sensibilidad para lo que hacemos, aunque no pueda crear campanillas de viento o lo que sea. Y tiene la clase de experiencia en relaciones públicas capaz de poner este lugar en el mapa. Podría ser un negocio beneficioso para nosotros y para ella —miró a Sally con expresión esperanzada—. ¿Qué te parece? Sé sincera. No quiero empezar este camino con ella si la idea es disparatada o si los demás artistas no la apoyan.

—Oh, estoy segura de que habrá algunas pegas —dijo Sally—. Si les llaman artistas excéntricos es por algo. Pero personalmente creo que es una idea fantástica, y estoy de acuerdo en que Gabi es la persona perfecta para sacarla adelante. Es organizada. Ella podría encargarse de la publicidad. Me encanta la idea, Wade. De verdad que sí —de repente le lanzó una astuta mirada—. Aunque sospecho que detrás de todo esto tú tienes un interés muy personal, ¿verdad?

Wade pudo sentir que se ruborizaba.

—Quiero que se quede —confesó—. Y esta idea podría conseguirlo.

—Si necesitas mi ayuda para venderle la idea, solo tienes que decírmelo —se ofreció Sally—. Francamente, creo que se abalanzará sobre ella y creo que tú formarás parte de los motivos que tenga para hacerlo. Su corazón está aquí, Wade. Por su familia, claro, pero también porque siente algo por ti. Lo he visto cada vez que ha salido a relucir tu nombre. Puede que todavía no esté preparada para reconocerlo, pero terminará haciéndolo si tú le das tiempo.

Wade le dio un abrazo.

—Gracias. No le dirás nada, ¿verdad?

—Nada absolutamente —le prometió—. Eres tú quien tiene que decírselo.

Wade asintió agradecido. Sally le había ofrecido exactamente las palabras de ánimo que necesitaba. En ese momento tenía que idear la manera adecuada de convencer a Gabi. Tenía la sensación de que era aquella la oportunidad de su vida para conseguir todo lo que quería. Si ella le daba la espalda, era muy posible que él tuviera que enfrentarse a la perspectiva de perderla.

Capítulo 19

La caja de cristales rotos estaba empezando a afectar a Gabi. Habían pasado semanas y no tenía absolutamente ninguna obra que ofrecer a cambio de sus esfuerzos. Sally había sido paciente y no había dejado de animarla, pero ella se sentía tan frustrada que había empezado a preguntarse si toda aquella idea no habría sido una locura. Incluso había expresado aquella duda en una ocasión, pero nadie le había sugerido que abandonase.

Excepto su padre, por supuesto.

Apenas la noche anterior, hablando con ella por teléfono, se había mostrado absolutamente perplejo ante su empecinada idea de explorar el aspecto artístico de su naturaleza, un aspecto que jamás antes le había mencionado. Su exasperación ante su negativa a regresar a Raleigh y a su carrera había resultado evidente.

–Tenías un buen trabajo, Gabi, un trabajo importante – le había recordado él–. ¿Y estás renunciando a él para qué? ¿Para pintar sobre cristal?

–Para hacer algo hermoso –había replicado ella.

¿Servían las campanillas de viento para salvar el mundo, de la misma manera que lo habían hecho parte de las investigaciones realizadas en Raleigh? Por supuesto que no. Pero aportaban belleza e inocente placer a las vidas de la gente, al igual que cualquier otra forma de arte. Y ella pensaba que eso no debería despreciarse con tanta facilidad.

—Si insistes en hacer esto, hazlo en tu tiempo libre —había argumentado él—. Todo el mundo necesita tener un hobby.

—¿Y tú? —le había preguntado ella, divertida de que un hombre que trabajaba las veinticuatro horas del día se hubiera atrevido a hacerle ese comentario.

—Bueno, no, pero la mayoría de la gente tiene uno. Estoy seguro de que ese Wade podía convertir uno de los dormitorios de tu casa de Raleigh en un pequeño taller.

—Incluso aunque no hubiera puesto la casa en venta, habría necesitado la habitación libre para el bebé —le había recordado.

—¿Has puesto la casa en venta? —le había preguntado él, incrédulo—. ¿Estás loca? ¿Tal como está hoy el mercado? Perderás dinero. Gabriella, no estás pensando con claridad. Llama a la agencia y pon punto final a esto.

—Rotundamente no. Puede que no esté muy segura de muchas cosas, pero pienso vender la casa.

—¿Pero dónde vivirás? —le preguntó como si sus opciones de alojamiento estuvieran limitadas a unos pocos y valiosos kilómetros cuadrados en Raleigh.

—Pienso quedarme en casa de la abuela, al menos hasta que nazca el bebé —respondió con tono paciente—. Luego me buscaré algo en la costa.

—Te vas a arrepentir —había vaticinado su padre, perdida ya la paciencia.

Por primera vez en su vida, Gabi no se había dejado amilanar por sus palabras o por su tono de condena. Y eso que ese día estaba forcejeando con otro frustrado intento, el de un irreconocible revoltijo de cristal de colores, hasta el punto de que no pudo evitar preguntarse si no habría sido un error rechazar la oferta de su padre de ayudarla a encontrar otro empleo. La noche anterior, sin embargo, su orgullo se había impuesto y le había dicho enfáticamente que estaba equivocado.

Miró una vez más la caja de cristales rotos, prueba positiva de que todavía no era la artista que quería ser, y se encogió de hombros. Aunque su padre no estuviera equivocado, eso también estaba bien. Había encontrado algo que tenía el potencial de tocarle el alma.

—Sally, ¿tienes la sensación de estar perdiendo el tiempo trabajando conmigo? —le preguntó.

—Me gusta tenerte cerca.

—No es eso lo que te he preguntado —le dijo Gabi, esbozando una mueca ante las palabras cuidadosamente elegidas de la artista—. ¿Puedes ver en mí aunque sea una chispa de talento?

—Déjame que lo exprese yo de otra manera —repuso Sally—. ¿Estás lista para abandonar?

—No exactamente, pero me siento frustrada. No estoy viendo muchos progresos. Quiero decir que en mi mente puedo ver exactamente lo que quiero crear, y creo que los diseños son bastante buenos. Pero luego empiezo a trabajar el cristal y... —se encogió de hombros—. La cosa cambia.

Sally sonrió.

—La duda de uno mismo forma parte del proceso de cualquier artista. Muéstrame un artista que no haya tenido sus dudas, y yo te mostraré a alguien cuyo ego está brutalmente inflado sin que se base necesariamente en el talento.

Gabi sonrió. Ella también conocía a aquellos tipos. Se preguntó por lo que diría Wade de todo aquello, pero últimamente se estaba mostrando bastante esquivo. No la había llamado después de que ella hubiera ignorado sus primeros mensajes. Tampoco se había pasado por Castle's, según Cora Jane, que estaba claramente picada por ello. Evidentemente se había tomado muy en serio lo que le había dicho acerca de que necesitaba tiempo. Tiempo para pensar sobre todo lo que él le había contado sobre su relación con Kayla y aquel bebé tan esperado que no había sido su hijo biológico.

Durante los últimos días había empezado a echarle realmente de menos, y ese día, con todas aquellas dudas girando en su cabeza, se arrepentía de no ser capaz de llamarle para despejar todas aquellas preocupaciones.

En cualquier caso, pensó, no había razón alguna por la que no pudiera hacerlo. Él no era el único que había necesitado espacio, después de todo. Ella lo había necesitado. Y, en ese momento, ya no quería más. Quizás fuera egoísta por su parte, pero decidió seguir su impulso y hacer la llamada.

Él respondió a la primera.

—Hola, Gabi —le dijo con tono cauto—. ¿Qué pasa?

—Me estaba preguntando si te apetecería ir a cenar a casa de Cora Jane esta noche.

—¿Es idea suya o tuya? —preguntó desconfiado.

—Mía. Ella irá a ver una película con Jerry esta noche. Seré yo la que cocine, para bien o para mal.

Él se rio al escuchar aquello.

—¿Quieres que lleve comida?

Gabi suspiró.

—Me parece una grosería invitarte a cenar y esperar luego que traigas la comida, pero podría ser lo más inteligente.

—¿Italiana, china, algo de Boone's? ¿Qué te gusta?

—Pizza —respondió de inmediato—. Y ensalada. De camino yo compraré el helado para el postre.

—¿A qué hora?

—Ahora mismo saldré del taller de Sally. Probablemente intentaré dormir una siesta de media hora, pero en cualquier momento después de las cinco estará bien. No sé muy bien cuál es tu agenda de trabajo en estos días.

—Seguiré con Tommy durante una hora más o así. Me ducharé, recogeré la comida y estaré allí sobre las cinco y media, lo más probable.

—Perfecto. Gracias, Wade.

—No es necesario que me las des. Me alegro de que me hayas llamado.

–¿Así, sin más? –le preguntó, sorprendida de nuevo por su carácter tan tolerante. Paul habría estado enfurruñado durante una semana si ella hubiese ignorado uno solo de sus mensajes –. ¿Después de la manera en que te traté la última vez que te vi?

–En efecto –dijo él–. Necesitabas tiempo. Yo respeto eso. Te veré dentro de un par de horas.

Gabi cortó la llamada y alzó la mirada para descubrir una sonrisa en el rostro de Sally.

–Ese hombre es verdaderamente un santo –comentó Gabi.

–Un santo con una misión, diría yo –repuso Sally.

–¿Una misión?

–Él te quiere, niña, Lo sabes, ¿verdad? Quiero decir, si no lo has captado, entonces no eres ni la mitad de inteligente de lo que he estado creyendo que eres.

Gabi suspiró.

–Lo que pasa es que no quiero hacerle daño. Louise ha estado temiendo esto durante todo el tiempo y ahora lo temo yo también.

–Wade es un hombre adulto –le recordó Sally–. Ya se ha llevado sus golpes. Evidentemente no te considera una amenaza para su tranquilidad. Quizá deberías confiar en él.

Gabi sonrió. Sí, quizás debería.

–¿Cómo supiste que eras bueno trabajando la madera? –le preguntó Gabi a Wade mientras estaban sentados en el porche de la casa de Cora Jane aquella tarde, disfrutando del tintineo de las campanillas de viento en el aire.

Wade sonrió ante el quejumbroso tono de su voz. Gracias a su reciente conversación con Sally, conocía exactamente su origen.

–Sigo sin estar cien por cien seguro –admitió–. Cada vez que toco un nuevo bloque de madera, me pregunto si encontraré el arte dentro —desvió la mirada—. Estás pensando demasiado en los errores.

—Bueno, por supuesto que sí —replicó ella con tono irritable—. No tengo ni una sola campanilla de viento que enseñar después de todas las horas que he pasado trabajando en esto.

—Horas, ¿eh? —dijo él—. Vuelve a hablar conmigo cuando lleves trabajando meses.

Ella frunció el ceño ante su actitud.

—En algún momento necesitaré convertir esto en un modo de vida o renunciar.

—¿No te va el modelo de artista que se muere de hambre? —se burló.

—Oye, incluso tú tienes un plan de respaldo. Haces todos esos armarios individualizados para pagar las facturas.

—Y tú tienes una buena indemnización, más el dinero que sacarás de la venta de tu casa, y además siempre puedes trabajar en Castle's. Ni el bebé ni tú os moriréis nunca de hambre.

Ella sacudió la cabeza.

—La indemnización no me durará para siempre y, como mi padre me señaló cariñosamente anoche, no es probable que saque gran cosa por la casa de la ciudad. Tendré suerte si recupero la inversión. En cuanto a Castle's... —se estremeció—. A corto plazo, seguro. Como objetivo profesional, no tanto.

Wade se la quedó mirando pensativo, preguntándose si estaría dispuesta a escuchar la idea que ya le había planteado a Sally.

—De hecho, tengo algunas ideas sobre algo que podrías hacer, si es que estás interesada en escucharlas. Pero no quiero con ello sugerir en absoluto que no tengo fe alguna en tu talento artístico.

Ella sonrió.

—Créeme, después de lo de hoy, estoy más que dispuesta a escuchar cualquier idea. Detesto admitir mis fracasos, pero estoy a punto de reconocer la derrota en este frente. Ha sido divertido y satisfactorio en algunos aspectos, sobre todo en lo de pasar todo este tiempo conociendo a Sally, pero en términos generales ha sido frustrante.

–Quizá porque esperabas demasiado y demasiado pronto. ¿No deberías darte más tiempo?

–No voy a abandonar el taller de Sally mañana –dijo–. Pero no me importaría explorar otras opciones. ¿Cuál es tu idea?

–He estado pensando en que necesitamos un consorcio de artistas, una cooperativa, lo que sea –empezó Wade. Describió el tipo que tenía en mente, uno en el que cada artista tuviera su propio espacio de trabajo–. Yo me reservaría un espacio para mis tallas. Se lo planteé hace poco a Sally, y ella me dijo que también estaría interesada. Creo que crear una galería en la que los artistas no solo exhibieran sus obras, sino que también dispusieran de un espacio para trabajar, sería un gran acontecimiento aquí. Los visitantes estarían tan fascinados por el proceso como por las obras acabadas. Y la oportunidad de conocer al artista antes de conocer su obra podría incrementar también el valor de venta. Con tu talento para la organización, podrías armar todo esto, y con tus habilidades con las relaciones públicas, conseguirías atraer mucha atención de los medios. Además, creo que posees espíritu artístico y que sabrías trabajar bien con gente tan temperamental como los artistas.

Ella sonrió.

–¿Como tú y Sally?

–Oye, probablemente nosotros somos dos santos en comparación con algunos con los que te tropieces.

La expresión de Gabi se volvió pensativa.

–De hecho, es un concepto muy interesante –reconoció–. Definitivamente es la clase de nuevo desafío al que podría hincarle el diente.

El primer hálito de entusiasmo de su voz le dijo a Wade

que había picado el anzuelo. Esperó mientras rumiaba la idea.

–¿Realmente crees que una galería de trabajo podría atraer a artistas y a clientes? –le preguntó ella–. ¿Tienes alguna prueba de eso?

–Absolutamente –respondió de inmediato–. Te daré un par de referencias que podrás revisar en Internet, enterarte de cómo funcionan, de lo que ofrecen. Algunos sitios hasta ofrecen clases, creo. Sé que te encanta documentarte. Te daré los enlaces antes de marcharme. Al menos tendrás algo por donde empezar.

–Y combinaría mi interés por el arte local con mi cualificación profesional, ¿verdad? –dijo entusiasmada.

–Y como mi actividad allí me ocuparía al menos dos días a la semana, sería algo en lo que podríamos trabajar juntos.

Aquello pareció tomarla desprevenida.

–¿Quieres decir como socios?

Él sonrió ante su expresión incrédula.

–Es lo primero que tengo en mente para nosotros –se burló–. Ya hablaremos de ello en otro momento. Te daré un poco de tiempo para que te vayas acostumbrando a la idea. No quiero que empieces a elaborar ya una lista de ventajas e inconvenientes.

Se rio ante su asombrada expresión. Uno de aquellos días, finalmente caería. A veces las mejores cosas de la vida no podían planearse como Gabi las quería planear. Simplemente sucedían cuando tenían que suceder. Gracias al cielo que la paciencia era una de sus mayores virtudes.

Cautivada por la idea de Wade, Gabi se quedó en casa al día siguiente y pasó la mañana documentándose en Internet. Investigó un poco primero sobre su planeada cruzada para Samantha para concentrarse luego en las cooperativas de artistas. Encontró más de lo que había esperado. Algunas tenían una impresionante presencia en la red, aparte de su sede física. Cuánto más leía sobre ello, más se entusiasmaba.

Se le ocurría un único inconveniente, pero era personal. Le gustaba Meg Waverly. Se preguntó si Meg y otras dueñas de tiendas de la localidad contemplarían la promoción de algo así como una traición, un indeseado competidor tanto para sus productos como para sus clientes. Pero solo había una manera de averiguarlo, decidió mientras recogía su bolso y se dirigía hacia la puerta.

Sintiéndose más llena de energía que en muchos días, se acercó a pie al centro y llegó a Sea Delights justo cuando Meg estaba dando las últimas instrucciones a Lily para la tarde.

—Debí haber llamado —se disculpó—, pero corrí el riesgo a ver si te localizaba. ¿Tienes prisa? ¿Tienes que ir a algún sitio?

—Fuera de aquí —respondió Meg, cansada—. Me siento como si diez autocares llenos de turistas se hubieran presentado al mismo tiempo esta mañana. Eso casi nunca sucede, y hoy me sorprendió a mí sola. Me muero por un descanso.

—¿Comemos juntas? —sugirió Gabi.

—¿Por qué no agarramos un par de botellas de agua y nos vamos al mar, a sentarnos en el muelle? —fue la sugerencia de Meg—. Me encanta escuchar el sonido de las olas. Eso me tranquiliza, y en cuestión de segundos seré capaz de mantener una conversación civilizada contigo.

—Por mí bien —aceptó Gabi encantada—. Hace siglos que no bajo al muelle.

Meg condujo en silencio. Una vez que hubo aparcado, se unieron a las multitudes de pescadores y turistas del muelle recién construido. Encontraron un banco cerca del mar y allí se sentaron, alzando la cara al sol mientras las olas rompían a sus pies.

—Es una sensación tan buena... —murmuró Meg—. Casi como si una volviera a ser humana.

Gabi comprendía perfectamente cómo se sentía.

—No entiendo por qué no he hecho esto más a menudo. Supongo que porque este muelle aún no estaba construido cuando venía a pasar los veranos aquí con Cora Jane, y cuando terminaron las obras, mis visitas eran demasiado cortas para relajarme así.

—Qué maravilla —dijo Meg y bebió un sorbo de agua. Luego se volvió hacia Gabi con una sonrisa en los labios—. Por cierto, estaba pensando en ir a verte...

—¿De veras? —preguntó, perpleja por el brillo de astucia que distinguía en sus ojos.

—¡Huy! —exclamó Meg con expresión culpable—. Me temo que me estoy adelantando. ¿Por qué no me cuentas tú primero para qué querías verme a mí?

—Anoche estuve hablando con Wade sobre una idea que tiene —empezó Gabi. Al ver que la sonrisa de Meg se ampliaba, adivinó—: Ya la sabes, ¿verdad?

—Wade se la mencionó a Sally, pero le juró que guardara silencio. Ella me la mencionó a mí, y también me hizo jurar que no se la contaría a nadie. Como puedes ver, soy mucho mejor guardando secretos que ella, porque no le he dicho a nadie una palabra —al ver que Gabi arqueaba una ceja, añadió—: De acuerdo, quizá porque fue apenas anoche cuando Sally me lo contó todo.

—Entonces, ¿qué te parece? —le preguntó a Meg.

—Me encanta el concepto.

—¿No estás en contra de la competencia que pueda suponer? —le preguntó Gabi.

—¿Por qué habría de estarlo? Yo no lo veo de esa manera. La gente que venga a visitar un lugar así se enamorará de algunas de las tiendas que ya hay aquí, también. Creo que será una ganancia para todos, especialmente si invertís tiempo y dinero en publicidad y relaciones públicas. Es una manera más de vender la zona como destino turístico.

Gabi sonrió, dando finalmente rienda suelta a su entusiasmo.

–Esperaba que reaccionarías así.

–¿Entonces a ti también te gusta el concepto? –le preguntó Meg–. ¿Estás de acuerdo con ponerlo en práctica?

–Todavía tengo que pensarlo mucho, pero definitivamente creo que estoy más capacitada para hacer algo así que para hacer campanillas de viento, por mucho que las adore.

–¿Y cómo encaja Wade en esta decisión, si no te importa que te lo pregunte?

Gabi se lo pensó bien antes de responder.

–Creo que trabajar codo a codo con él será estupendo.

Meg puso los ojos en blanco.

–No era eso lo que yo preguntaba.

Gabi se echó a reír.

–Lo sé, y si tuviera una respuesta a tu verdadera pregunta, te la daría. La buena noticia, sin embargo, es que el proyecto podría darnos tiempo para aclarar las cosas. Aliviar la presión.

–¿Sabe él que lo estás pensando en serio?

–Por supuesto. Le prometí que lo haría.

–¿Has pensado en cómo funcionaría? ¿Los artistas serían los propietarios? ¿Lo serías tú? ¿Quién encontrará la localización adecuada? ¿Quién alquilará los terrenos?

–Todas esas cosas figuran en la lista de cosas que quiero discutir con Wade –dijo Gabi–. ¿Alguna idea?

–Bueno, por mucho que me guste la idea de una propiedad de los artistas, tengo el presentimiento de que sería imposible ponerlos de acuerdo hasta en el papel higiénico a comprar, para no hablar de las grandes decisiones. Mi intuición me dice que, si tú tienes la capacidad financiera, deberías empezar esto como si fuera un negocio tuyo y dejar simplemente que ellos te alquilaran los espacios para exhibir sus obras o los talleres donde pintar, esculpir o lo que sea que hagan. Y si dirigieras tú la galería, eso te autorizaría a quedarte con una comisión sobre las ventas.

–Bien pensado –dijo Gabi–. Entiendo que dirigir ese tipo de negocios de manera colegiada podría ser muy difícil. Wade y Sally son personas razonables con una trayectoria profesional, pero sospecho que hay artistas que no están especialmente dotados para los negocios.

–Oh, cariño, no tienes idea –dijo Meg–. Entran en mi tienda todos los días con las más estrambóticas ideas sobre los precios. Si algunos se salieran con la suya, yo les vendería sus piezas sin percibir comisión alguna. Cuando no atienden a razones, tengo que pedirles que se vayan, y eso que a veces mataría por tener algunas obras suyas en exposición –se volvió para mirar a Gabi–. ¿Te he asustado con todas estas advertencias sobre sus egos artísticos?

–En absoluto –le aseguró Gabi–. Me estoy entusiasmando. Todas estas ideas están empezando a bullir en mi cabeza. Ya me sentaré después a intentar organizarlas en alguna especie de plan. Mientras tanto, ¿qué tal te va a ti? ¿Cómo está tu hija?

Meg frunció inmediatamente el ceño.

–Ahora sí que has echado a perder mi serenidad tan duramente ganada –dijo con un suspiro teatral–. Te juro que esa chica podría poner a prueba la paciencia de un santo. Cuando no me trae a casa a los chicos más gamberros de su clase para atormentarme, no aparece por allí y me tengo que pasar las tardes buscándola. Debe de pensar que soy una especie de perro sabueso. Cuando finalmente la acorralo, se comporta como si mi único objetivo fuera arruinarle la vida.

–Oyéndote, estoy empezando a preguntarme si no habría sido preferible tener un chico –admitió Gabi.

–No creo que ellos te den menos preocupaciones. Preocupaciones diferentes, en todo caso –dijo Meg–. Yo hablo con otras madres y todas parecen estar en la misma fase, rezando para que podamos superar los años de la adolescencia con nuestros hijos e hijas de una sola pieza y, preferiblemente, fuera de prisión.

Gabi pensó en Jimmy y en lo diferente que era de los jóvenes que Meg le estaba describiendo.

–¿Conoces a Jimmy Templeton? Se graduó el año pasado. No pudo ir a la universidad porque su familia lo necesitaba aquí, pero es un chico maduro, responsable e inteligente, nada que ver con los que estás describiendo. A Wade y a mí nos cae muy bien. De hecho, mi padre está intentando ayudarle para que consiga una beca.

–El nombre no me es familiar, pero en comparación contigo soy una recién llegada a la zona y Analeigh es un par de años más joven. Este año está en primero.

–Unos de estos días, cuando haga mejor tiempo, montaré una barbacoa en casa de Cora Jane y os invitaré a vosotras y a Jimmy. Creo que él podría ser una buena influencia sobre tu hija. No estoy sugiriendo una cita a ciegas, sino que él es la clase de chico responsable que podría ofrecerle una perspectiva diferente de las cosas.

–Yo estoy dispuesta a intentarlo todo –dijo Meg con evidente frustración–. Lo que está claro es que no me comunico bien con ella. Pensaba que aquí sería más fácil, pero supongo que los adolescentes son adolescentes allá donde estén, y mientras existan las oportunidades para meterse en problemas, acaban siempre por encontrarlos –lanzó a Gabi una mirada triste–. Por favor, no me malinterpretes. Ella no es tan terrible. Simplemente está poniendo a prueba los límites y mi último gramo de paciencia.

Gabi la miró con compasión.

–Algo me dice que uno de estos días recordarás esta época y te reirás de ella, sobre todo cuando haya crecido y se haya convertido en una mujer como su mamá.

–Pues no me lo creo del todo, pero me encantaría estar equivocada –repuso Meg–. Bueno, me muero de hambre. ¿Sigues teniendo tiempo para comer, aunque sea tarde?

–Absolutamente. Han pasado muchas horas desde el

desayuno. El bebé y yo estamos más que deseosos de comernos una gran y suculenta hamburguesa, aunque probablemente nos conformemos con una ensalada bien saludable.

–Estupendo –comentó Meg–, dado que pretendo llevarte a un pequeño local vegetariano que lleva una amiga mía. No encontrarás hamburguesas en el menú, pero la comida es tan sana como sabrosa.

–Llévame allá –le pidió Gabi, siguiéndola de regreso al coche.

Una mirada al espejo retrovisor le reveló que tenía el pelo despeinado por el viento y manchas de color en las mejillas, pero se sentía mucho mejor de lo que se había sentido nunca desde que llegó a casa de Cora Jane. Finalmente tenía un plan para el futuro que era real y práctico, que podía proporcionarle la satisfactoria carrera que tanto quería. Que mezclaba sus capacidades profesionales con sus inclinaciones artísticas.

En cuanto a Wade y a lo que podría depararles el futuro... bien, eso también podría arreglarse. Solo tenía que superar aquellas molestas dudas que tenía sobre que estaba sustituyendo a la mujer que él había perdido.

Capítulo 20

Después de su conversación con Gabi, Wade prácticamente contuvo el aliento durante el par de días que estuvo esperando a que tomara una decisión. Tuvo que obligarse a no llamar y agobiarla. Sabía que era una mujer que gustaba de mirar las cosas desde todos los puntos de vista e informarse bien antes de tomar una decisión. ¿No era precisamente eso lo que había guiado su exitosa carrera de relaciones públicas?

Sabía que el proceso exigía investigación, páginas y más páginas de listas, y conversaciones con gente de confianza, como Cora Jane. Imaginaba que acudiría también a Sally, quizá a Meg, e incluso a sus hermanas. Finalmente volvería a verlo cargada de más preguntas, cuando no con una decisión final. Esperar aquel momento, sin embargo, le estaba afectando. Había querido levantar el teléfono y llamarla al menos una docena de veces, pero se había contenido.

Esperar, ser paciente: era lo que había hecho siempre. Al final, había terminado con Kayla gracias a ello. Y aunque todo había desembocado en una terrible pérdida, durante un tiempo había tenido exactamente la vida que había soñado con ella. No dudaba de que la misma estrategia le funcionaría con Gabi.

Pero las apuestas eran todavía más altas esta vez, sus sentimientos más profundos. ¿Y si esperaba demasiado tiempo, sentado en los márgenes, y al final tenía que ver cómo se marchaba? Con aquel miedo latiendo en el fondo, cada vez le estaba costando más ser paciente, pese a que sabía que no debía apresurarla.

Cuando sonó su móvil y descubrió que era ella, al fin, suspiró profundamente antes de responder.

–Hola –dijo, orgulloso de su tono de indiferencia.

–Hola. ¿Quieres que nos veamos en Castle's esta tarde? Me gustaría seguir hablando de esa idea tuya.

–Allí estaré –aceptó de inmediato–. ¿A qué hora?

–Cuando estés libre.

–Voy para allá –dijo, y se echó a reír–. No es que esté nervioso ni nada parecido –resultaba absolutamente patético lo mucho que quería aquello, que la quería a ella.

–Supongo que serás consciente de que vamos a hablar del proyecto de los artistas, que no de otra cosa –le advirtió ella.

–Sí, señora. Todavía no le he planteado ninguna otra pregunta ––le recordó burlón–. Cada cosa a su tiempo, Gabi. Cada cosa a su tiempo.

Y conseguir que aceptara quedarse allí, en la costa, era el primer paso para conseguir todo aquello que quería.

Cuando Wade entró en Castle's by the Sea, Cora Jane le interceptó en seguida.

–Gracias –le dijo con solemne expresión–. Por devolver la luz a los ojos de mi niña.

–¿Ella te ha hablado del proyecto que tengo en mente?

–Hasta el último detalle y, créeme: hay páginas y páginas de ellos –respondió, riendo–. Gabriella no deja mucho al azar cuando decide invertir en algo. Es un torbellino recogiendo información y ordenándola hasta que consigue entenderlo todo.

–¿Qué te parece a ti la idea? –le preguntó, curioso por

conocer su reacción. Cora Jane conocía perfectamente a la comunidad, probablemente mejor que él.

—Me encantaría ya de por sí —le dijo con tono sincero—. Pero es que además permitirá que Gabriella y mi nieta se queden aquí, cerca de mí, de manera que estoy cien por cien a favor. Y ahora vete con ella antes de que empiece a sospechar de mí. En seguida te llevo la tarta. Hoy toca tarta del Misisipi. Hacía tiempo que no la hacía, pero Jerry le tiene mucha afición, así que decidí darle un gusto.

—¿Cuándo piensas convertir a ese viejo *cajun* en un hombre honesto? —se burló Wade—. Deja de hacerle sufrir y cásate con él.

—Las cosas están bien tal como están —le dijo Cora Jane.

Wade no pudo reprimirse de preguntarle:

—¿Es eso lo que piensa Jerry?

—Bueno, no —admitió—. Pero Jeremiah no puede salirse con la suya en todo. Sentaría un mal precedente.

Aunque deseoso como estaba por hablar con Gabi, Wade vaciló.

—Si no te importa que me meta en tu vida... —empezó.

Ella sonrió.

—Supongo que vas a darme a probar mi propia medicina —dijo ella con inequívoca reluctancia.

—Ese hombre ha estado manteniéndose al margen durante un montón de años por respeto a tu matrimonio con Caleb. Quizá haya llegado el momento de que pienses un poco en lo que necesita él, y no solo en lo que te conviene a ti —alzó las manos cuando Cora Jane abrió la boca para protestar—. Solo te estoy diciendo lo que veo. Eres perfectamente libre de no hacerme caso.

—Supongo que me estás dando más libertad de la que yo te doy a ti —gruñó Cora Jane—. Pensaré sobre ello.

—Es una simple sugerencia —dijo Wade.

Atravesó el restaurante y encontró a Gabi observándolo con curiosidad.

—¿De qué estabas hablando con mi abuela? ¿Estabais diseñando una estrategia sobre mí?

Él se echó a reír.

—No. Estaba intercediendo a favor de Jerry. Cora Jane parece inclinada a mantener el statu quo. Y yo pienso que su cocinero quiere mucho más.

—Todas lo pensamos, pero Cora Jane es tozuda como una mula cuando se trata de cambiar algo —dijo Gabi. Su frustración era evidente—. Creo que eso tiene que ver menos con la lealtad a nuestro abuelo que con el deseo de experimentar un poco de independencia después de tantos años de matrimonio. Supongo que no puedo culparla por ello.

—Una perspectiva interesante —admitió Wade—. No se me había ocurrido. Supongo que me he identificado demasiado con Jerry: escondiendo sus sentimientos durante tanto tiempo, esperando una relación que podía no llegar nunca...

Gabi frunció el ceño.

—¿Identificándote con él? ¿Estás hablando de esperarme a mí?

—A ti... y a Kayla —admitió—. He esperado mucho en mi vida —le sostuvo la mirada—. Estoy empezando a pensar que necesito ser más dinámico.

—Wade...

La interrumpió antes de que pudiera protestar.

—Es solo una advertencia limpia, corazón. No un ultimátum al que necesites dar respuesta.

Se lo quedó mirando durante un buen rato.

—A veces me das un miedo tremendo.

—¿Y eso?

—No paras de leerme el pensamiento —gruñó.

—Por lo que he oído, la mayoría de las mujeres estarían encantadas con eso.

—Pues yo lo encuentro irritante.

—Solo porque estás acostumbrada a mantener bien ocultos tus sentimientos.

Un nubarrón de tormenta cruzó por su rostro.

–Por supuesto que no –replicó, y en seguida suspiró–. Oh, está bien. Sí. Los sentimientos son complicados.

–Sí que lo son. Pero al final, son lo único que importa.

–Supongo que eso no te lo puedo discutir –dijo con inequívoca desgana–. Wade, ojalá pudiera superar la idea de que me tienes a mí y a Kayla revueltas en tu mente, y que estás buscando una situación que es un reflejo de la que tenías antes.

–¿Cuántas veces tengo que decirte que las dos no sois ni remotamente parecidas? Con Kayla, bueno, por mucho que quisiera creer que albergaba sentimientos profundos por mí, yo no era para ella más que una red de seguridad. Habría sido una estupidez no reconocerlo. Y en aquel tiempo yo era lo suficientemente estúpido como para no hacerlo –la miró con expresión implacable–. Yo quiero más de ti, muchísimo más. Lo supe desde la primera vez que te vi. Me dejaste sin habla.

–¿Sin habla? –le preguntó, mirándole intrigada.

Podía recordar el momento exacto en que Emily se lo estuvo comiendo con los ojos en un fútil intento por poner celoso a Boone y Gabi entró en el comedor de Castle's, con aquella actitud suya de princesa de hielo.

–Me dejaste sin aliento –confirmó él con una sonrisa en los labios–. Y si no recuerdas mal, tanto Emily como Samantha estaban en la habitación y ni una ni otra me deslumbraron. Fuiste tú, desde el primer instante. Si esto es lo que sucede entre nosotros, Gabi, será tan potente como duradero. No aceptaré nada menos.

Pareció estremecida por su declaración.

–Supongo entonces que eso está suficientemente claro.

–¿Asustada?

–Aterrada –admitió ella.

Él sonrió.

–No deberías estarlo. Una vez que bajes esa guardia tuya

tan bien entrenada, creo que verás lo que yo veo. Hasta entonces, quizá necesitemos concentrarnos en otra cosa.

–Los talleres de los artistas –murmuró, como si de repente se hubiera acordado del motivo por el cual le había llamado.

Wade asintió. Porque no podía resistirse, sin embargo, se inclinó hacia delante y se apoderó de su boca con un beso destinado a acabar con cualquier reserva. Cuando se apartó, con el pulso acelerado, Gabi parecía haberse quedado aturdida.

–Es que son tantas las complicaciones... –comentó triste.

–No tienen por qué serlo –la besó de nuevo, tomándose su tiempo esa vez, disfrutando de aquel largamente postergado viaje de descubrimiento–. ¿Siguen siéndolo?

Ella asintió, pero ya menos segura de sí misma. Fue su expresión lo que le dio más esperanzas de las que había tenido en mucho tiempo.

Gabi no había esperado aquellos besos. Y lo que era más importante, no había esperado aquella reacción suya tan intensa y estremecedora. Aquel hombre tenía sus habilidades, eso tenía que concedérselo. Si a eso se añadía su disposición a esperar el tiempo que fuera necesario, ella no tenía ninguna posibilidad de resistirse.

Lo cual no sería tan malo, pensó mientras lo observaba. Estaba leyendo cuidadosamente las hojas de contabilidad que ella había preparado en su intento por responder a cada pregunta imaginable sobre el proyecto de los talleres de los artistas.

–Has trabajado mucho en esto –comentó Wade, alzando la mirada.

Ella sonrió.

–Ya conoces mi afición a las planificaciones –señaló los papeles que había llevado–. Esto es la punta del iceberg. En la casa tengo más listas. Cada vez que se me ocurre una nueva manera de enfocarlo, la apunto en una hoja.

–¿Y luego las juntas todas y haces los cálculos de gastos? –le preguntó, claramente divertido y quizá un poco impresionado.

–Por supuesto. Empezar no será barato. Y si vamos a hacerlo, queremos hacerlo bien.

Wade arqueó las cejas.

–¿Vamos?

–Bueno, la idea era tuya, y sugeriste una asociación, así que me estoy ciñendo a ese concepto –frunció el ceño–. A no ser que no estuvieras hablando en serio.

–Oye, que yo voy a tope –le dijo encantado–. Tengo algún dinero para invertir y me encargaré de todas las reformas que haya que hacer. ¿Has empezado a buscar algún lugar que pueda encajar en tu idea?

–Encontré algún sitio en un par de centros comerciales, pero la mayoría son demasiado pequeños y creo que la atmósfera no es adecuada.

–Estoy de acuerdo –se apresuró a señalar él–. ¿Qué tal una casa antigua en una zona calificada para uso comercial?

–Mucho mejor, pero todavía no he tenido tiempo de mirar esas propiedades. ¿Has visto tú algo que pudiera funcionar?

–En realidad no, pero empezaré a tener los ojos bien abiertos ahora que sé que estás interesada en embarcarte en esto. ¿Cómo ves lo de la financiación? ¿Esperas encontrar a otros artistas que inviertan?

Gabi sacudió la cabeza y le explicó la teoría de Meg al respecto.

–¿Crees que tiene razón?

–Sí que la tiene –afirmó Wade–. Creo que sería mucho más inteligente que hicieras de esto tu negocio… o el nuestro, si lo prefieres.

–Estoy inclinada a aceptar. Sigo pensando que deberíamos encontrar un cierto número de artistas que se comprometieran a adelantar algo, como por ejemplo alquileres razonables de dos años: de esa manera contaríamos con tiempo para despegar sin muchos problemas. La estabilidad será importante, sobre todo al principio. Si tenemos éxito, algo me dice que tendremos una lista de espera de artistas solicitando espacios para talleres.
–¿En cuántos estás pensando?
–Al menos ente cinco y diez con espacios de trabajo, y quizá el doble que vendan sus obras en la galería. Me gustaría que al menos un artista trabajara allí cada día, así que necesitaríamos un compromiso de un día por semana para cada artista participante. Cuántos más días, por supuesto, mejor –sugirió ella. Frunció el ceño al ver su expresión–. ¿Qué pasa? ¿Demasiado ambicioso?
–No, simplemente me encanta que hayas pensado ya tanto en esto. Sabía que eras la persona perfecta para sacarlo adelante.
–Nos queda mucho todavía para sacar algo adelante –le advirtió–. Hasta el momento solo tengo un artista: tú.
–Sally está dentro –le recordó.
–De acuerdo, dos. ¿Conoces a suficientes artistas locales para completar mi lista de contactos?
–Entre Sally y yo podemos convocar a la mayoría de los de la comarca, todo el este de Carolina del Norte. Meg también tiene algunos contactos. Quizá quieras considerar la idea de tener un espacio de taller para artistas invitados de fuera de la zona, que vengan por ejemplo una vez al mes –dijo.
Gabi lo miró con expresión radiante.
–¡Qué gran idea! Será un buen recurso de promoción –alzó la mano para chocarle los cinco–. ¡Hacemos un gran equipo!
Wade le agarró la mano y se la retuvo.
–Sigue pensando así, querida. Sigue pensando así.

Daba la casualidad de que estaba empezando a pensar de esa manera cada vez más a menudo.

Wade se quedó sorprendido cuando miró a su alrededor y se dio cuenta de que se estaba poniendo el sol. Gabi y él se habían pasado la mayor parte de la tarde hablando, compartiendo ideas que ella había garabateado frenéticamente en una de sus listas. Le encantaba ver aquel aspecto de ella, trabajando a tope, plenamente concentrada y entusiasmada. Lo cual le hacía sentirse todavía más feliz, sabiendo como se sabía responsable de haber sembrado la idea que ella estaba llevando a cabo.

–Oye –le dijo, dándole un ligero codazo–. ¿Te has dado cuenta de que está oscureciendo? Creo que hace tiempo que se han ido Cora Jane y Jerry. A preparar la cena, probablemente.

Justo en ese momento el estómago de Gabi se quejó. Sonrió.

–Compremos algo de comida y vayamos a casa de mi abuela.

–¿Tienes el coche?

–No. Cora Jane me recogió para llevarme a la cita de la ginecóloga. Si se ha ido, estoy colgada.

–Nunca estarás colgada mientras yo ande cerca –dijo Wade–. Vamos. ¿Dónde te gustaría comprar algo?

–Me muero de ganas de una hamburguesa –admitió–. Se me metió en la cabeza cuando estuve con Meg hace un par de días, pero terminamos en un restaurante vegetariano, y todavía no he comido ninguna.

–Pues a por ella –dijo él–. Asegúrate de que lleve de todo. Quiero tomate, queso, cebolla.

Una hora después aparcaban delante de la casa de Cora Jane, donde Wade descubrió un coche desconocido aparcado detrás del de la abuela de Gabi y de la camioneta que pensaba pertenecía a Jerry.

–Parece que Cora Jane tiene compañía –comentó–. A no ser que Jerry haya prosperado y se haya comprado un elegante BMW.

Al escuchar sus palabras, Gabi abrió mucho los ojos. Se sentó muy derecha y masculló una maldición.

–¿Qué? –preguntó él.

–Paul –declaró lacónica.

Wade la miró incrédulo, con el estómago encogido.

–¿El padre del bebé? ¿Ese Paul?

–El mismo –dijo ella.

–¿Qué está haciendo aquí? ¿Sabías que venía?

–¿Estás de broma? Es la última persona a la que querría ver –replicó, aunque la resignación ya se estaba dibujando en su rostro.

–No es demasiado tarde para que salgamos de aquí –le propuso, preocupado por la súbita palidez de sus mejillas–. Podemos ir a mi casa.

Ella suspiró profundamente.

–Por mucho que me gustara hacer exactamente eso, no puedo dejar a Cora Jane sola con él.

–Seguro que estará encantada de cantarle las cuarenta –dijo Wade–. Ahora que pienso en ello, a mí también me gustaría decirle unas palabras.

Gabi le lanzó una mirada preocupada.

–Pero no le dirás nada, ¿verdad? No soportaría una escena.

–No habrá ninguna escena –le prometió Wade. «A no ser que ese imbécil la monte», añadió para sí.

Dentro, encontró a Paul sentado ante la mesa de la cocina, rígidos los hombros, con expresión incómoda. Wade lo estudió con atención, intentando ver lo que Gabi había visto en él. Suponía que era guapo, con ese refinamiento que algunos triunfadores se esforzaban tanto por adquirir. Iba vestido de manera impecable con un traje que probablemente habría costado su salario de un mes, con gemelos de oro de dieciocho quilates y un Rolex en la muñeca.

Demasiado emperifollado para una visita a la playa o a una examante, en opinión de Wade.

Enfrente de él, Cora Jane lo miraba como si fuera una serpiente venenosa y particularmente repugnante que hubiera encontrado en su jardín.

El silencio era atronador.

Cuando Wade abrió la puerta trasera y entró Gabi, Paul saltó de la silla con aspecto aliviado. Al menos hasta que vio a Wade pisándole los talones.

–Bueno –dijo él, con un resoplido que resultaba suficientemente elocuente sobre su reacción al descubrir a Gabi con otro hombre.

–Hola, Paul –le saludó ella con tono indiferente, la cabeza alta–. Esto es una sorpresa.

–Pensé que debíamos hablar –dijo, clavando la mirada en su vientre redondeado–. Sobre el bebé.

–El bebé no es asunto tuyo –le recordó–. Tengo el papel firmado por ti que lo demuestra.

–Sigue siendo mi hijo –insistió él.

–No. Ella es mía –repuso Gabi con tono firme.

Paul la miró sorprendido.

–¿Es una niña?

–Sí.

Paul miró a Cora Jane y luego a Wade.

–Gabriella, ¿podríamos hablar en privado?

–No le veo sentido –repuso, acercándose a Wade como buscando su tácito apoyo. Wade le pasó una mano por los hombros con gesto reconfortante.

Paul entendió el mensaje con claridad y, evidentemente, no le gustó.

–Entonces, ¿así son las cosas? ¿Ya has saltado a la cama de otro hombre? ¿O es que acaso el bebé es suyo, e intentaste endosármelo a mí?

Wade se indignó.

–Un momento, amigo –dijo, dando un paso adelante.

Gabi intercedió.

—No pasa nada, Wade. Deja que rabie. No sabe lo que está diciendo.

Cora Jane frunció el ceño. Aunque había permanecido callada desde que Gabi y Wade entraron, alzó la voz en ese momento, mirando furiosa a Paul.

—Joven, si se atreve a volver a hablar de mi nieta en ese tono, haré que le echen de aquí.

Paul pareció azorado ante la amenaza, pero aun así continuó bravuconeando.

—¿Por quién? ¿Por él? —preguntó, lanzando una mirada desdeñosa a Wade.

Jerry entró entonces en la cocina, permaneciendo lo suficientemente cerca como para intimidarlo.

—Por los dos, si es necesario —dijo en voz baja, con su acento *cajun*—. Aunque no tengo la menor duda de que Wade podría arreglárselas solo. Se muestra muy protector con Gabi.

Por primera vez, Paul se mostró verdaderamente conmocionado ante el frente unido que le estaba plantando cara.

—Hablaré con él en privado —dijo Gabi, intercediendo. Pasó de largo a su lado y se dirigió al cuarto de estar—. Cinco minutos, Paul. Ni un segundo más.

Wade la observó marcharse, reacio.

—Esto no me gusta.

—A mí tampoco me entusiasma —repuso Cora Jane—. Pero le conoce mejor que nosotros. Obviamente cree poder manejarlo.

—Y Wade y yo estaremos aquí por si necesita ayuda —añadió Jerry.

Cora Jane le lanzó una tierna mirada.

—No será la primera vez que has defendido a una de mis nietas —le recordó—. Siempre te dabas mucha prisa en encargarte de cualquier cliente que las molestara.

—Por supuesto —repuso Jerry—. La familia mira por la familia.

Wade se volvió para mirar a Cora Jane y descubrió un brillo de lágrimas en sus ojos. La mujer desvió la mirada.

−Oh, ya sé lo que estás pensando −gruñó−. Que el tipo sea dulce no significa que yo tenga que apresurarme a tomar ninguna decisión.

Evidentemente, Jerry entendió con exactitud lo que quería decir, porque su atronadora risa resonó en la cocina.

−Pero uno de estos días caerás −pronosticó con tono convencido−. Al fin y al cabo, me han dicho que soy irresistible.

−Si eres tan irresistible, ¿cómo es que no te has casado hace años? −replicó Cora Jane.

−Porque solo he tenido ojos para una mujer y estaba fuera de mi alcance −dijo Jerry.

Wade tuvo la inequívoca impresión, sin embargo, de que esos tiempos estaban a punto de terminar.

Cuando Gabi se quedó a solas con Paul, advirtió que tenía el rostro más demacrado de lo que le había visto en mucho tiempo.

−¿Y bien? ¿Qué tal te ha ido? −le preguntó, consciente de que su preocupación por él constituía un viejo hábito difícil de desarraigar.

−He estado replanteándome las cosas −respondió−. Al menos hasta que he visto la facilidad con que has tirado para adelante.

−No he tirado para delante de la manera que estás insinuando. Wade y yo somos amigos. Él ha sido un gran apoyo para mí. Necesitaba eso después de que tú te largaras.

−¿En serio? −le preguntó.

Evidentemente no creía posible que un hombre y una mujer pudieran ser simples amigos.

−Paul, estoy embarazada de un hijo tuyo. Este no es precisamente el mejor momento para que piense en intimar con otro hombre.

Incluso aunque ese hombre fuera tan atractivo que a veces le doliera obligarse a resistirlo.

–Tiene sentido, supongo. En realidad no es tu tipo. ¿Qué es lo que hace? Parece un plantador de tabaco. De esos que se emborrachan con cerveza los viernes por la noche.

Gabi lo miró asqueada.

–Eres tan estirado... ¿Cómo es que no me di cuenta de ello desde el principio?

–Porque yo era exactamente el tipo de hombre que querías, con ambición y con dinero.

Ella sacudió la cabeza.

–Evidentemente fue un error enorme. No me di cuenta en aquel momento de que lo importante no es eso, sino que la persona en cuestión tenga carácter. Creo que la abuela y Jerry tenían razón. Deberías marcharte.

–No hasta que hayamos terminado de hablar –se resistió tozudo–. Quiero que vuelvas a Raleigh. Ahora que he tenido tiempo de acostumbrarme a la idea del bebé, creo que podríamos seguir juntos.

Ella sacudió la cabeza.

–Lo siento. Demasiado tarde.

Su serena negativa lo dejó impresionado.

–No hablas en serio.

–Claro que sí –repuso convencida.

Se daba cuenta de que las últimas semanas la habían cambiado, la habían fortalecido en aspectos que nunca había imaginado. Siempre había sabido que era buena en su trabajo; en ese momento había empezado a creer en sí misma como persona. Sabía que podía criar un bebé ella sola, rodeada por una familia que llenaría la vida de su hija de amor.

Y además, ironía de ironías, ver a Paul le había hecho ver otra cosa. Aquel hombre no podía contrastar más con Wade, que jamás había vacilado ni por un instante en formar parte de su vida o de la del bebé. Aquello le hacía darse cuenta de lo afortunada que había sido al encontrarlo. Aunque estaba muy lejos de dar el salto de fe que sabía que Wade estaba esperando que diera, sabía también que, cuando lo hiciera, él sería el hombre al que querría en su vida.

Se quedó mirando fijamente al hombre que había vuelto su vida del revés pero que, en un giro del destino, había terminado dándole mucho más de lo que le había quitado.

–Vete, Paul. No hay absolutamente nada que quiera o necesite de ti.

Paul debió de detectar la certidumbre de su voz, o quizá ella solo había dicho lo que él había estado esperando escuchar, porque dio media vuelta y se marchó sin mirar atrás.

«Que te vaya bien», pensó, y volvió con el hombre que sí entendía el verdadero significado del carácter y del compromiso.

Capítulo 21

–No me gusta –dijo Cora Jane cuando Gabi la puso en antecedentes a ella, a Jarry y a Wade, sobre el motivo de la visita de Paul–. Puede que te hayas deshecho de él ahora, Gabriella, pero el hecho de que viniera aquí me asusta. ¿Quién sabe cuándo volverá a cambiar de opinión? ¿Y si decide que no puede vivir sin ti?

–Eso está descartado –declaró Gabi, rotunda.

–¿Y si decide que no puede vivir sin reclamar a su hija? –replicó Cora Jane–. Es imposible saber lo que motiva a un hombre que está acostumbrado a conseguir siempre lo que quiere. Podría decidir que convertirse en un hombre de familia sería un excelente recurso para su carrera profesional.

–Estoy de acuerdo –dijo Wade mientras dejaba una fuente de hamburguesas sobre la mesa de la cocina–. Necesitas asesoría legal, Gabi. Habla con Louise. Si esto se sale de su especialidad, al menos podrá recomendarte a alguien que te asegure que el bebé y tú estaréis protegidos.

Aunque Gabi deseaba creer que ambos estaban exagerando, no podía negar que sería inteligente garantizar que la ley estaba de su lado.

–Hablaré con Louise –le prometió–. Pero… ¿podríamos dejar el tema por esta noche? No quiero que se me indigeste la cena. Llevo días queriéndome comer una hamburguesa de queso.

Jerry le cubrió una mano con la suya, grande y ancha, con gesto reconfortante.

—Quítatelo de la cabeza. Algo me dice que ese hombre vino aquí solo para pavonearse con sus exigencias, y así acallar los últimos restos de mala conciencia que deben de quedarle.

Gabi sonrió ante la perspicacia de Jerry.

—¿Lo ves? Es por esto por lo que te quiero tanto. Tú viste lo mismo que yo vi.

—Puede que ese tipo sea un imbécil arrogante, pero aun así puede causar problemas —les previno Wade a ambos.

—Razón por la cual veré a Louise —dijo Gabi—. Y ahora, ¡basta ya!

—De acuerdo, pasemos a ocuparnos de cosas más alegres —propuso Cora Jane con un decidido tono de animación—. Llamó tu hermana. Samantha quería hablar contigo.

Gabi frunció el ceño.

—¿Va todo bien?

—He dicho cosas más alegres, ¿no? Parece que esas referencias suyas que conseguiste incluir en un par de crónicas de sociedad han empezado a generar publicidad en los lugares adecuados. Tiene tres entrevistas esta semana. Una es para un personaje de aparición regular en una serie para horario de máxima audiencia que se está rodando en Nueva York.

—¡Eso es fantástico! —exclamó Gabi, saltando de su asiento con el teléfono en la mano—. Tengo que llamarla. Quiero escuchar hasta el último detalle.

Wade le tocó un brazo.

—Después de que hayas cenado —le dijo con tono suave—. Te estabas muriendo de hambre cuando venías hacia aquí y, gracias a la sorpresiva visita de Paul, han pasado un par de horas desde entonces.

Su reacción inicial fue de fastidio, ya que no le gustaba que le dijeran lo que tenía que hacer. Pero la expresión de genuina preocupación que vio en sus ojos la mantuvo en silencio. Volvió a sentarse y dio otro mordisco a la sabrosa hamburguesa de queso antes de mirarlo.

–Sabes que si esto no estuviera tan rico, no te habría hecho caso.

Él se echó a reír.

–Perfectamente, pero tenía que intentarlo. A veces te olvidas de que tú no eres la única en quien necesitas pensar.

Cora Jane sonrió mientras le escuchaba.

–Vas a ser un marido y un padre maravilloso, Wade.

Gabi casi se atragantó con la comida. Después de aclararse la garganta, se dispuso a decir algo, pero su abuela la acalló con una mirada.

–Solo estoy diciendo lo que pienso de Wade –dijo Cora Jane con tono firme–. De ti no he dicho una sola palabra.

Wade se rio por lo bajo.

–Eso es cierto. ¿Quién sabe cuántas mujeres reconocerían ese extraordinario talento mío y se me disputarían por llevarme al altar?

Aunque sabía que estaba bromeando, sus palabras le provocaron una punzada de celos. No quería que fuera otra mujer la beneficiaria de su ternura y de su cariño. Y sin embargo eso era exactamente lo que estaba arriesgando por tardar tanto en abrazar la relación que tan claramente él quería con ella.

Se atrevió entonces a acariciarle la mejilla, a sabiendas de que se trataba de una pública demostración delante de Cora Jane y de Jerry.

–Todas esas mujeres –dijo muy seria– tendrán que enfrentarse a mí primero.

Cora Jane se apresuró a jalear ese comentario, pero fue la estupefacta expresión de los ojos de Wade lo que la sorprendió.

–¿Te parece bien? –inquirió al tiempo que se preguntaba si no habría ido demasiado lejos, no ya por la tranquilidad de espíritu de él sino por la suya propia. Ciertamente había tenido una epifanía hacía un momento, cuando había valorado las cualidades de Wade frente al carácter tan poco estelar de Paul, pero todavía no se había imaginado lanzándose a una relación seria con él.

La sonrisa de Wade se amplió lentamente.

–Más que bien, cariño. Más que bien.

Entonces, pensó Gabi con una enorme sensación de alivio, ella también estaba más que bien.

Wade casi la arrastró fuera de la casa después de cenar, para llevarla directamente al embarcadero de la parte trasera del jardín. Si buscaba intimidad con ella o si tenía la intención de arrojarla al agua helada, Gabi lo ignoraba.

–Si de repente has decidido salirte con la tuya conmigo, tengo que decirte que este no es el mejor lugar –le dijo Gabi, divertida por las ganas que tenía de quedarse a solas con ella–. Esta vieja y gastada madera tiene astillas, y el banco no está mucho mejor.

Él le indicó que se sentara y se puso luego a pasear. Como continuaba sin decirle nada, ella empezó a preocuparse. ¿Acaso antes había llegado demasiado lejos? ¿Habría, inadvertidamente, transformado un juego en algo mucho más serio?

–¿Te preocupa algo, Wade?

Él aflojó el paso y la miró directamente a los ojos.

–¿Qué te ha pasado hace un rato allí dentro?

–¿Que qué me ha pasado? –preguntó, aunque sabía perfectamente a qué se refería. Necesitaba ganar tiempo, correr a proteger aquellos frágiles sentimientos que apenas esa misma noche había reconocido como lo que eran: el preludio de un amor sólido y duradero, de una clase que jamás se había permitido imaginar que terminaría encontrando.

–¿De repente has decidido que estás lista para una relación? –le preguntó, como si no pudiera creer del todo que se tratara de una posibilidad real.

–Sí –respondió ella de inmediato, y atemperó luego su respuesta–: Más o menos.

–Esto sí que es reconfortante –comentó irónico–. Exactamente lo que todo hombre sueña con escuchar. Entonces, esta súbita decisión... ¿se debe a la inesperada visita de Paul? ¿Estás empezando a pensar que si tú y yo nos embarcamos en algo serio, podremos presentar un frente unido ante un juez o algo así?

Gabi se lo quedó mirando consternada.

–¿Estás loco? Eso nunca se me ha pasado por la cabeza. Paul no tiene nada que ver con esto. Bueno, aparte del hecho de que me hizo ver el increíble hombre que eres. Creo que Jerry tiene razón. Paul vino aquí, hizo su papel y ya no volveremos a verlo ni a saber de él.

–¿Y? No puedes decirme en serio que tuviste una repentina epifanía mientras comías hamburguesas y decidiste que estabas locamente enamorada de mí.

Gabi sabía que no debía, porque él evidentemente lo estaba pasando mal, pero aun así sonrió.

–Quizá sí –le dijo con tono quedo–. Pero no porque me prepararas una gran hamburguesa.

Wade la miró con los ojos entrecerrados.

–¿Por qué entonces?

Dado que era culpa suya que se hubieran aventurado en un territorio emocional previamente prohibido, le debía sinceridad. Le costaba admitir, sin embargo, que medio había enloquecido de celos por un momento.

–¿Fue porque mencioné a todas aquellas mujeres? –le preguntó él, perplejo ante la posibilidad de que un comentario inocente hubiera logrado aquello ante lo que habían fracasado todos sus esfuerzos anteriores–. ¿Te puse celosa, Gabriella?

Gabi suspiró. Así era.

—Un poco, sí —dijo, y añadió precipitadamente—: Pero fue Paul quien me dio el empujón final. Probablemente se lo debes a él.

Wade no pareció especialmente complacido por ello.

—¿Y eso cómo? —preguntó con expresión sombría.

—Esta noche finalmente lo vi como realmente es. Me hizo darme cuenta de que me había salvado por un pelo y de lo increíblemente afortunada que soy por haberte encontrado. Y luego tú mencionaste a todas aquellas mujeres que reconocerían el buen partido que eres —ruborizándose, admitió—: Eso me asustó de verdad.

Se la quedó mirando con expresión incrédula.

—¿De verdad te pusiste celosa? ¿Por mujeres que no existen?

—Quizá un poco —dijo ella—. Simplemente descubrí que no quería que estuvieras con aquellas mujeres.

Él sonrió al escuchar aquello.

—¿De veras? ¿Piensas que debería estar contigo?

—Sí, al menos si me comparo con ellas. Y si esto tiene algún sentido...

La risa de Wade resonó en el embarcadero.

—El mismo sentido tiene que una mujer locamente enamorada de repente empiece a tomar conciencia de que lo está. ¿Alguna posibilidad de que ese sea el caso?

Aunque detestaba confesar el inesperado giro que aparentemente habían dado sus sentimientos, Gabi asintió.

—Podría.

El «hurra» que soltó Wade recordó al que había soltado antes Cora Jane.

—No hace falta que te muestres tan arrogante y engreído por ello —gruñó—. Todavía no es una cosa segura. Creo que el embarazo ha afectado a mis neuronas. Podría no estar pensando con claridad.

—Oh, sí que lo estás haciendo —replicó confiado—. No hay vuelta atrás, Gabriella.

La atrajo a sus brazos, aparentemente ajeno al muy evidente recordatorio de que había pertenecido a otro hombre no hacía tanto tiempo. Esa vez, cuando él la besó, Gabi no se contuvo nada. Y a pesar de la mareante sensación que experimentó, comprendió algo con absoluta certidumbre. Nunca había estado en brazos tan protectores y amorosos.

—Te estoy diciendo que esta situación tiene el potencial de volverse realmente fea —comentó Louise cuando Wade pasó por su casa al día siguiente de que Gabi y él, finalmente y de manera inevitable, se declararan pareja.
—Evidentemente, Gabi te ha puesto al tanto de lo que le dijo el padre del bebé cuando se presentó aquí ayer.
—Sí, y me asusta mortalmente. Ese hombre es impredecible, Wade.
—¿No crees que podrás enfrentarte con él y ganar? —le preguntó Wade, preocupado por Gabi—. ¿Acaso puede rescindir el papel que firmó?
—Ciertamente podría intentarlo y, en las circunstancias adecuadas, hasta ganar. No estoy diciendo que le quitara la custodia a ella, pero sí que podría conseguir un régimen de visitas a su hija a no ser que fuera declarado no apto por alguna razón de fuerza mayor.
—¿Y fue eso lo que le dijiste a Gabi? —le preguntó, arrepintiéndose de no haber ido a casa de Cora Jane a buscarla, en vez de pasarse por allí primero. Debía de estar aterrada.
Louise asintió.
—Le dije también que podría ser prudente garantizarle un régimen de visitas limitado, en lugar de intentar expulsarle de la vida de su bebé. Otra cosa sería si quisiera entregar a la niña en adopción para que empezara de cero, libre de vínculos con sus padres biológicos. Pero ahora que pretende conservarla, el panorama cambia completamente.

–Lou, tú no has visto a ese tipo. No vino aquí porque el bebé le importara siquiera mínimamente. Sea cual sea su motivación, no tiene nada que ver con el amor a una criatura. Si alguien le dijera de repente que tiene que cuidar de su hija, casi puedo garantizarte que se desmayaría de golpe... o contrataría a una niñera para no tener nunca que verla.

–Eso no lo convierte necesariamente en un mal padre. Después de todo, los padres solteros funcionan. Como las madres solteras. O las parejas que trabajan los dos. Todos ellos tienen que tomar medidas responsables en bien de sus hijos.

Él la miró frunciendo el ceño.

–¿De qué lado estás tú?

–Del tuyo, de momento. Y si Gabi me contrata, estaré del de ella, por supuesto.

–No soy yo quien necesita un abogado –le recordó.

–No, pero necesitas que alguien cuide de tus intereses. Estás invirtiendo cada vez más en esta mujer y en este bebé.

–Eso no es ninguna novedad –dijo él, que no veía ningún sentido a debatir sobre ello–. De hecho, a su debido momento, tengo intención de casarme con ella y de tratar al bebé como si fuera mío.

La expresión de Louise se volvió triste.

–Eso es lo que me preocupa. El bebé no es tuyo, Wade. Esa niña pertenece a otro hombre, un hombre que podría reclamarla en el momento en que deseara representar un papel en su vida. No es lo mismo que lo de Kayla, cuando el padre estaba completamente fuera de escena.

Wade la miró ceñudo.

–¿Crees que soy tan estúpido como para no advertir la diferencia?

–Por supuesto que no. Pero conozco el corazón tan tierno que tienes. No quiero que te lo vuelvan a romper.

Pese a su frustración, Wade sonrió ante el tono ferozmente protector de su voz.

–¿No fuiste tú la que una vez soltó un sermón a nuestros padres sobre que debían permitirnos que cometiéramos nuestros propios errores, que eso formaba parte del proceso de convertirse en adultos?

Louise sonrió con expresión triste.

–Bueno, sí, pero entonces se trataba de mí. Ahora se trata de ti. Deseo tanto que seas feliz y que tengas todo lo que te mereces...

–Y Gabi es la mujer que puede conseguir ambas cosas –le aseguró él–. Lo sé, Lou. No voy a decirte que no habrá baches en la carretera. Eso forma parte de la vida. Y quizá Paul se convierta en el mayor y más irritante bache de todos, pero no me asusta. Lo único que me asusta es el pensamiento de perder a Gabi.

Louise le miró sorprendida. Evidentemente no había estado preparada para una declaración tan apasionada.

–Realmente estás enamorado de ella, ¿verdad?

–Hasta las cachas –confirmó.

Louise asintió lentamente. Aunque todavía podía leerse la preocupación en sus ojos, dijo:

–Entonces haré todo lo posible por minimizar el daño que ese hombre pueda hacerle a ella, al bebé y a ti.

–Gracias.

Y si ocurría lo peor y Gabi tenía que compartir la custodia con Paul, él encontraría alguna manera de que la situación funcionara bien para todos. Al fin y al cabo, si Gabi había sentido antes algo por él, por muy equívoco que hubiera sido ese sentimiento, Paul no podía ser tan mala persona.

Hacía un día sorprendentemente cálido, incluso para mediados de marzo, así que Wade había dejado abierta la puerta del garaje mientras trabajaba en su última talla, una garza azul hecha con la última pieza de madera que había encontrado en la playa. Oyó un coche aminorando la velocidad hasta detenerse. Cuando alzó la mirada y descubrió a Sam Castle de pie en el umbral, se quedó con la boca abierta.

—Hola, señor —dijo, incapaz de disimular una nota de precaución en la voz—. ¿Qué le trae por aquí? Gabi no me comentó que vendría a verme.

—Ella no sabe que estoy aquí —dijo Sam entrando sin que lo invitaran y paseando por el taller. Después de detenerse para estudiar varias tallas, se plantó ante Wade—. Pensé que debíamos hablar.

Wade frunció el ceño ante su tono sombrío.

—¿De qué?

—De Gabriella y de esa desquiciada idea que se le ha metido en la cabeza de hacer campanillas de viento. He intentado convencerla, pero no me hace caso. Tengo la sensación de que tú estás detrás de ello.

—Creo que se equivoca —dijo Wade—. Yo no he intentado influenciarla. Y su información no está actualizada. Ella tiene nuevos planes.

La expresión de Sam se iluminó.

—¿Va a volver a Raleigh?

—No, señor, pero tendrá que pedirle a Gabi que le ponga en antecedentes.

—Pero lo importante es que tú quieres que siga viviendo aquí para poder estar cerca de ella, ¿no? He visto la manera en que la miras.

—Si lo que está sugiriendo es que me siento atraído hacia ella, la respuesta es sí. Pero si lo que está diciendo es que yo sería capaz de disuadirla de lo que quiera hacer y donde quiera hacerlo solo por esa razón, entonces se equivoca completamente. Yo solo quiero que sea feliz. No lo era cuando llegó aquí. Ni creo que lo haya sido en mucho tiempo.

Sam pareció sorprendido por aquello.

—Amaba ese trabajo. Y destacaba mucho.

—Y ese trabajo la estaba matando —le desafió Wade—.

¿Sabe por qué? Porque si se esforzó tanto fue para impresionarlo a usted, y eso no lo consiguió nunca.
–Pero yo me sentía orgulloso de ella –replicó Sam, claramente afectado por las palabras tan directas de Wade.
–¿Y usted se lo decía con frecuencia? ¿Alguna vez?
El hombre pareció entristecerse.
–No.
Wade asintió.
–Era lo que me imaginaba.
–Todo eso no tiene nada que ver con el asunto –repuso Sam–. Ella es demasiado buena en lo que hace para malgastar su talento en intentar convertirse en una especie de artista. ¿Quién hace esas cosas?
Wade paseó deliberadamente la mirada por su taller.
–Bueno, yo mismo, por ejemplo.
Sam pareció vagamente sorprendido.
–¿Tú vives de esto?
–De esto y de los armarios de cocina –explicó Wade–. El año pasado gané más como artista que como carpintero de muebles.
–Pero no has renunciado al trabajo que te da de comer, ¿verdad? –replicó Sam con expresión triunfante–. Es eso lo que estoy diciendo. Si Gabi quiere hacer esto como afición, mejor para ella. Pero no debería alejarse de una lucrativa carrera profesional, sobre todo ahora que hay un bebé en camino.
–Señor, con todo el respeto le recuerdo que Gabi tiene una cabeza muy bien amueblada. Debería saberlo. Es por eso por lo que ha introducido algunos cambios en sus planes. Estoy seguro de que ella ha analizado este nuevo objetivo desde todos los puntos de vista. Tiene que confiar en ella.
Su padre lo miró frustrado.
–¿No vas a ayudarme a hacer que entre en razón?
–No si la idea que tiene de ello es que vuelva a la vida que llevaba antes, que le estaba consumiendo todas sus energías.

—Debí haberlo imaginado —dijo Sam, sacudiendo la cabeza—. Tú vives en un mundo de sueños, al igual que ella. Mi madre es otro tanto de lo mismo. Estoy seguro de que ha jugado algún papel a la hora de convencer a Gabriella de que se quede en San Castle Bay. Nada le gustaría más que legar esa rémora de restaurante que tiene a alguna de las chicas.

—En eso también se equivoca —dijo Wade—. Cora Jane ha dejado muy claro que le encantaría tener a Gabi y a la niña cerca, pero ni una sola vez ha intentado influenciarla al respecto. Lo que ha hecho ha sido ayudarla a encontrar su propio camino. Que es lo que yo he intentado hacer también.

Sam se pasó una mano por el pelo.

—Gabi era la más ambiciosa de mis hijas, la más parecida a mí. Simplemente no puedo entender cómo ha podido dar un giro tan radical sin que alguien la presionase.

—Bueno, yo puedo asegurarle que nadie la ha presionado —le dijo Wade—. Y dado que usted ha venido a verme, siento que estoy autorizado a decirle una cosa. Me parece un poco tarde para que decida representar ahora el papel de padre solícito. Durante muchos años, Gabi echó en falta eso y nunca lo obtuvo.

Sam enrojeció al escuchar palabras tan duras, pero en lugar de contraatacar, se limitó a asentir con la cabeza.

—Estoy intentando compensarla.

—Pues entonces le daré un consejo —dijo Wade—. Concéntrese en lo que Gabi desea y necesita, no en lo que usted piense que es lo mejor para ella. Eso es lo único que he intentado hacer yo. Yo solo la he animado a que explorara sus opciones. Ni una sola vez le he dicho lo que debería hacer —le sostuvo la mirada—. Piénselo.

Se preguntó, sin embargo, si un hombre con el éxito y la arrogancia de Sam Castle sería capaz de dar a Gabi la libertad necesaria para que escogiera sus propias opciones y cometiera sus propios errores.

—Hay algo más de lo que necesitamos hablar –dijo Sam.
Algo en su tono alertó a Wade de que aquel podía ser un tema aún más sensible. Solo se le ocurría un tema que podía caer en esa categoría.
—¿Es sobre Jimmy?
Sam asintió con expresión entristecida.
—No va a conseguir la beca. Figuraba entre los preseleccionados y yo intercedí en su favor, pero había demasiados candidatos con excelentes calificaciones. El comité tuvo que tomar una decisión difícil y Jimmy se quedó fuera.
Wade suspiró. Aunque la noticia no era del todo inesperada, no por ello resultaba menos decepcionante.
—Se quedará destrozado.
—Lo sé –dijo Sam–. Últimamente he tenido un par de conversaciones con él, así que sé lo muy entusiasmado que estaba con ello. Intenté evitar que concibiera demasiadas esperanzas, pero a esa edad es difícil aceptar que el rechazo constituye una posibilidad.
—Lo sabía –repuso Wade–. Habló de ello conmigo. Temía que el hecho de no recibir ninguna llamada significara que no había conseguido la beca. Está preparado para recibir la mala noticia.
Pero Sam parecía escéptico.
—¿Has conocido alguna vez a un chico de diecinueve años que haya estado preparado para recibir una mala noticia, sobre todo una que arruine sus posibilidades de alcanzar el brillante futuro que se merece?
—Jimmy se ha llevado muchos golpes en su corta vida. Puede que esté más preparado que la mayoría de los jóvenes –dijo Wade.
—En cierta forma, eso puede hacer que el golpe sea aún más duro –dijo Sam con un tono genuinamente consternado–. Me está matando que esa noticia no sea la que él había esperado. Aunque quería hablar contigo de Gabriella, también quería venir para ver si podía hablar personal-

mente con Jimmy. No quería que escuchara la noticia de alguien que ni siquiera había hablado con él antes.

Wade le miró sorprendido.

—Eso es muy amable por su parte.

Sam se encogió de hombros.

—Lo admito, ese chico me ha llegado al corazón. Me recuerda a otra persona: a mí mismo cuando tenía su edad. La propia Gabi me lo comentó la primera vez que me habló de él —le sostuvo la mirada—. Razón por la cual quiero financiar su educación personalmente.

La declaración dejó a Wade boquiabierto de asombro.

—¿Le pagará usted los estudios universitarios? ¿Por qué?

—Porque se merece esta oportunidad y porque yo tengo los medios para proporcionársela. Sé que no he sido el mejor padre para mis hijas, pero ahora tengo la oportunidad de ayudar a este chico. Quizá eso logre compensar algunas de las cosas que no hice en el pasado. Un poco de equilibrio del karma, o como quiera que lo llamen.

Wade sonrió al escuchar a Sam Castle, un hombre consagrado a la ciencia, hablando de karmas.

—Y ahora viene la gran pregunta —le dijo Sam—. ¿Le cuento que yo estoy detrás de esto o dejo que piense que ha ganado la beca? También puedo decirle que he conseguido una beca diferente para financiar su educación.

—Dígale la verdad —respondió Wade sin vacilar—. No para que usted se lleve el mérito, sino porque la verdad terminará saliendo a la luz y él necesita saberla ahora, de usted. Lo que está haciendo es algo increíblemente generoso. Y él debería saberlo.

—De acuerdo, esa es la respuesta fácil y rápida y estoy de acuerdo contigo en casi cada uno de los puntos —dijo Sam—, pero tú conoces a su familia. Conoces a Jimmy. ¿No lo rechazarán como un acto de caridad?

Wade se sorprendió de la perspicacia de Sam. Aquella sí que era una preocupación real. Le prestó la reflexión que se merecía.

—Creo que depende de cómo maneje usted el asunto –dijo al fin–. Ofrézcale a Jimmy la opción de devolverle el financiamiento.

—Yo no quiero su dinero –protestó Sam–. No quiero que deje la universidad endeudado.

—¿Ni siquiera si esa es la única manera de que termine aceptando la oferta? –preguntó Wade–. Creo que estoy en lo cierto. Creo que esta es la única manera de que Jimmy acepte su ayuda –sonrió–. Por supuesto, cuando llegue el momento y él se haya convertido en una estrella emergente del campo de la biomedicina, siempre podrá usted rechazar el pago que él le envíe o dedicarlo a otra beca para alumnos prometedores.

Sam sonrió.

—Me gusta tu manera de pensar. Eso será lo que haré. Creo que llamaré a mi madre para ver si puede organizar un pequeño encuentro esta noche en su casa. Lo convertiremos en una fiesta. Y tú estarás allí, por supuesto.

—No me lo perdería –dijo Wade. No solo quería ver la cara de Jimmy cuando recibiera la noticia, sino que quería estar allí en caso de que Sam decidiera decirle algo a Gabi sobre su decisión de quedarse allí, en la costa–. Por cierto, señor, antes de que se vaya –le dijo en un impulso, esperando que ese fuera su más persuasivo argumento para que Sam desistiera de convencer a su hija de que volviera a Raleigh–. Por lo que comentó antes, es evidente que usted sabe que estoy enamorado de Gabi.

Para su sorpresa, aquello pareció tomar desprevenido a Sam.

—Sabía que erais íntimos, pero este no me parece el momento adecuado para…

—Esa es precisamente la razón por la que no la he presionado demasiado –se mostró de acuerdo Wade–. Pero pienso pedirle que se case conmigo a su debido tiempo. Me gustaría contar con su aprobación. También pensé que podría encontrar tranquilizador saber que ella no renunciará a todo por quedarse aquí. Puede que termine ganando más de lo que pierda.

Por un instante, Wade pensó que Sam iba a objetar algo, pero entonces una sonrisa se extendió por su rostro.

—Tengo la sensación de que tienes toda la razón en eso —le dijo—. Puede que no te conozca muy bien, pero me gusta lo que he visto de ti hasta ahora. Me gusta cómo cuidas de mi hija, de Jimmy y hasta de mi madre. Dudo que yo tenga algo que decir en la decisión que tome Gabi, pero creo que hará muy bien si te elige a ti.

Para una visita que había empezado de manera un tanto problemática, pensó Wade, había terminado por resolverse muy bien. Por supuesto, podría ocuparse en preparar bien toda su estrategia, pero tenía la corazonada de que a Gabi todavía le quedaba mucho para hacer lo mismo.

Capítulo 22

La reunión apresuradamente improvisada en casa de Cora Jane le pareció a Gabi menos una celebración que un velatorio. No sabía lo que estaba pasando, pero la sombría expresión de su padre cuando llegó un rato antes no presagiaba una velada divertida.

El hecho de que la hubiera alertado de que quería tener una conversación en privado con ella en algún momento de la tarde tampoco sonaba nada prometedor. Se reunió con Cora Jane en el fregadero, donde su abuela estaba lavando la verdura para la ensalada.

–¿Alguna idea de por qué ha aparecido hoy papá por aquí? –le preguntó Gabi.

–Ni una pista. Me llamó antes para decirme que estaba en camino y que si no me importaría invitar a gente. Por supuesto, le dije que estaba bien. No me dio la lista de invitados. Yo invité a Jerry, pero el resto es cosa de tu padre.

–Desde luego no parece una ocasión muy feliz.

–O quizá sencillamente tu padre no esté acostumbrado a organizar fiestas. Ve a ofrecerle una copa de vino. Quizá se suelte un poco, en vez de parecer como si estuviera a punto de hacer un terrible anuncio.

Gabi sirvió una copa del cabernet sauvignon preferido de su padre.

Él frunció el ceño al ver la copa en su mano.
—No deberías beber.
—No es para mí. Es para ti. La abuela pensó que tenías aspecto de necesitarla.

Sam sonrió.
—Qué gracioso. Me acuerdo ahora de los años que pasó acechándome como un halcón para asegurarse de que no estaba bebiendo. De adolescente, habría jurado que esa mujer tenía ojos en la nuca.

Gabi podía imaginárselo. Sus hermanas y ella también habían descubierto que era muy poco lo que podían esconderle a Cora Jane.
—¿Qué edad tenías entonces?
—Dieciséis, diecisiete —admitió con una sonrisa que le hizo parecer mucho más joven que los cincuenta y muchos años que tenía—. Era muy astuta a la hora de vigilarme.
—Creo que has superado de sobra la edad en la que ella se preocupaba de esas cosas —le dijo Gabi—. Entonces, ¿cuál es el gran anuncio que vas a hacernos, papá? ¿Por qué querías que la abuela tuviera gente en casa esta noche?

Él sonrió ante su impaciencia.
—Tú siempre querías ser la primera en saberlo todo.
—Es un rasgo asociado a mi profesión de relaciones públicas —le dijo—. Cuanto más sabes por adelantado, mejor.
—Pero supongo que no tienes intención de seguir trabajando en eso —dijo, lanzándole una mirada taimada—. ¿Verdad?

Ella le miró con curiosidad.
—¿Alguien te ha mencionado mis planes?
—Wade mencionó algo, pero me dijo que tú me darías los detalles.

Su respuesta la puso nerviosa.
—¿Cuándo has hablado con Wade?
—Hoy mismo, un poco antes. Tenía un par de cosas que

quería discutir con él. Tu hombre tiene la cabeza firmemente asentada sobre los hombros.

Aunque Gabi valoraba el elogio procediendo como procedía de su padre, que nunca había tenido una palabra de alabanza para ninguno de los hombres que habían desfilado por las vidas de sus hijas, se sintió impulsado a replicar:

–Wade no es mi hombre.

Su padre sonrió.

–Sospecho que él estará en desacuerdo.

Gabi no sabía qué pensar del hecho de que su padre y Wade se hubieran vuelto de repente cómplices. Él nunca se había tomado el tiempo necesario para llegar a conocer a ninguno de los chicos con los que ella, Samantha o Emily habían salido. Aprobarlos había sido cosa de su madre o de su abuela. El pensamiento de Wade y él compartiendo confidencias le provocó un escalofrío.

–¿Fui yo uno de los temas de los que hablasteis? –preguntó.

–Sí, pero probablemente te alegrarás de saber que me puso firmemente en mi lugar y luego me remitió a ti para que me informaras sobre tus planes futuros.

Gabi no pudo evitar sonreírse.

–Bien por Wade –dijo, pensando que su actitud debía de haber supuesto un verdadero shock para su padre, que estaba acostumbrado a imponerse en todas las situaciones.

–Entonces, ¿qué tienes pensado, Gabriella? –preguntó–. Deduzco que tu obsesión por las campanillas de viento ha desaparecido.

–No exactamente –respondió, y reconoció luego con tristeza–: Parece que no tengo talento alguno para ello.

Se preparó para soportar un «ya te lo había dicho yo», pero él simplemente le preguntó:

–¿Entonces cuáles son tus planes? Sé que debes de tenerlo todo bien planificado. Tú nunca has dejado tu futuro al azar.

Para su sorpresa, parecía genuinamente interesado. Ella le describió el negocio que pensaba emprender.

–Será una combinación de mi gusto por el arte local y de mis habilidades profesionales –concluyó, entusiasmada–. Wade y yo estamos buscando el espacio más adecuado, y ya dispongo del compromiso en firme de unos cuantos artistas para los dos primeros años. Necesitaré más, pero es un buen comienzo.

La sorpresa, y quizás incluso un brillo de aprobación, asomó a sus ojos.

–Pareces feliz –le dijo.

Aunque su padre sonrió, Gabi pudo detectar también un brillo de tristeza en su mirada, como si se resintiera del dramático giro que su vida estaba tomando... lejos de su mundo.

–Estoy realmente entusiasmada –le confirmó–. Sé que esperabas que cambiara de idea y regresara a Raleigh, pero siento que esto es lo adecuado para mí. De verdad que sí.

–¿Y qué papel juega Wade?

–Seguimos trabajando en ello –respondió.

–¿Pero le quieres?

Asintió con la cabeza.

–Sí.

–Entonces estás tomando la decisión correcta, cariño. Ojalá hubieras tomado otra, pero tu felicidad es lo único que importa. Y este no es un mal lugar para criar a un hijo.

–Los veranos aquí, ciertamente, fueron de los momentos más felices de mi vida –confesó Gabi–. Quiero eso para mi hija.

Justo en ese momento se abrió la puerta trasera, interrumpiendo aquel poco frecuente episodio de acuerdo entre ellos, y entró Wade con Jimmy. Al ver al joven, Gabi sospechó de repente de qué iba aquella reunión. Miró a su padre.

—¿Consiguió la beca? —susurró.

La discreta negativa que su padre hizo con la cabeza la desanimó, pero algo en su expresión le dijo que aquello no era el fin de la historia. Por una vez iba a tener que ejercitar algo de la paciencia de la que siempre había ido tan escasa.

Jimmy atravesó la cocina con gesto ansioso, pero se detuvo de repente como si no pudiera decidirse entre la expectación y el rechazo. Aparentemente la expresión cuidadosamente neutral de Sam no le estaba dando ninguna pista.

Gabi miró a Wade y comprendió al instante que él también lo sabía, pero que tampoco estaba trasluciendo nada.

—Oh, por el amor de Dios —dijo Cora Jane con tono impaciente—. No nos tengas en suspenso, Sam. ¿Es por la beca?

—¿Me la concederán? —preguntó Jimmy, ya con un verdadero brillo de miedo en los ojos.

—Me temo que no —contestó Sam, poniéndole una mano en el hombro—. Quedaste finalista, pero no la conseguiste, hijo.

Con los hombros hundidos, Jimmy se esforzó por contener las lágrimas.

—Me lo figuraba —murmuró con voz temblorosa. Se apartó de Sam, de todos ellos, y retrocedió un paso—. Necesito salir a dar un paseo o hacer algo, ¿de acuerdo?

Parecía desesperado por marcharse antes de que se le escaparan las lágrimas.

—Un momento —dijo Sam, reteniéndolo—. La beca que ofrece la compañía no es la única existente.

—Claro, pero ya es demasiado tarde para que pida otra —replicó Jimmy con desaliento.

—Para la que yo me refiero no tenías que postularte —le dijo Sam—. Ya la tienes.

Jimmy alzó la cabeza, mirándole como si no se atreviera a concebir esperanzas.

–¿En serio? ¿Cómo? ¿Presentó usted mi solicitud a alguien más?
–No tuve que hacerlo. Ya la había visto.
–¡Usted! –exclamó Jimmy, claramente estupefacto.
Gabi estaba igualmente asombrada, pero la sonrisa que se extendió por el rostro de Cora Jane le confirmó que no se había imaginado lo que acababa de escuchar de su padre.
–Bien por ti, Sam –le dijo Cora Jane con gesto aprobador.
–Pero yo no puedo aceptar su dinero –protestó Jimmy, aunque parecía como si negarse le estuviera matando–. No sería justo.
–No hay nada injusto en aceptar ayuda cuando uno te la ofrece libremente –le recordó Cora Jane al adolescente con tono firme.
–Y si te cuesta mucho aceptarla –dijo Sam–, siempre podemos plantearla como un crédito, aunque yo preferiría considerarla una beca para un joven muy prometedor y absolutamente merecedor de ella.
–Quizá pueda devolverle el dinero –dijo Jimmy, permitiéndose finalmente considerar la posibilidad–. Aunque eso podría llevarme mucho tiempo. Sé que es un montón de dinero.
–Un dinero bien gastado –añadió Sam–. Y existe otra posibilidad. Podemos organizar las cosas de manera que pasarías a trabajar para mí como estudiante en prácticas pagado durante un año o dos, a cambio de la beca. Lo que sea con tal de que te sientas cómodo. Quiero que aceptes esta oportunidad, Jimmy –Sam le miró fijamente a los ojos, buscando una manera de convencerle–. Hijo, tú te la has ganado. Y el hecho de que quieras devolverme la ayuda es solo una muestra más del valioso joven que eres y de lo mucho que te la mereces. Por favor, déjame hacer esto por ti.
–No lo sé –susurró Jimmy y miró luego a Wade–. ¿Qué piensas tú?

—Creo que se trata de la oportunidad de tu vida —respondió Wade.
—Pero mi padre...
—Tu padre quiere lo mejor para ti —le recordó—. Háblalo con él. Ya lo verás.
—Y yo también me reuniré con él —dijo Sam, e insistió—. Esto no es caridad, Jimmy. Esto es una inversión en el futuro de mi campo, la biomedicina. Espero grandes cosas de ti.

Una lenta sonrisa se dibujó en el rostro de Jimmy conforme se permitía apoderarse por fin de la esperanza que tenía justo delante.

—No se arrepentirá de esto, señor Castle. Le juro que no se arrepentirá.
—Estoy absolutamente seguro de ello —replicó Sam.

Gabi atravesó la habitación y, en un impulso, abrazó a su padre.

—Nunca me he sentido más orgullosa de ser tu hija —musitó—. Esta noche has hecho una gran cosa.
—No podía abandonar al chico —dijo sencillamente su padre—. Simplemente, no podía —le sostuvo la mirada—. Y espero no volver a abandonarte a ti o a tus hermanas nunca más, tampoco.

Era la primera vez que había hecho una promesa semejante. Gabi sabía que si la hubiera hecho antes, habría tenido alguna dificultad en creérsela, pero esa noche, después de lo que había hecho por un muchacho que necesitaba su ayuda, se la creía firmemente.

Emily lanzó una mirada a la ancha cintura de Gabi, le puso las manos sobre las caderas y se las apretó.

—Bueno, no habrá manera de que te pruebes el vestido este fin de semana.
—Gracias por recordarme mis proporciones de hipopótamo —replicó Gabi mientras acariciaba la finísima tela de

su vestido de dama de honor–. Sabes perfectamente lo muy embarazada que estoy. El bebé llegará en menos de dos meses, lo cual constituye la razón por la que, como recordarás, pospusiste la fecha de tu boda a finales del verano. Así que no empieces a fastidiarme.

Emily sonrió, volviéndose hacia Samantha.

–¿Son las hormonas del embarazo las que me están hablando? Está de un humor horrible.

–Sigo aquí, no me he marchado –le recordó Gabi con tono irritable–. Y cada vez menos inclinada a organizarte una despedida de soltera.

Samantha se rio a carcajadas.

–Es tan divertido tener hermanas... –dijo–. Siempre somos compatibles.

–Habla por ti –gruñó Gabi.

Llevaba así cerca de dos semanas, ofendiéndose por todo y por nada, agotada durante la mayor parte del tiempo y comiendo vorazmente. El secreto anhelo que había tenido de convertirse en una de esas embarazadas que irradiaban buena salud y portaban a sus bebés en elegantes tripas que parecían pequeñas cestas de baloncesto no parecía estar haciéndose realidad. Se bamboleaba y no se había visto los pies en días. Finalmente se había rendido y había ido a hacerse la pedicura.

Sorprendentemente, Wade parecía sentirse tan atraído por ella como si fuera la imagen de portada de una revista de premamás. Seguía diciendo que estaba preciosa y nunca se cansaba de masajearle los hombros o incluso los tobillos hinchados. De hecho, deseaba que estuviera allí esa noche para aliviarla de la tensión que toda aquella conversación le estaba causando en los hombros.

–Está pensando en Wade, ¿verdad? –dijo Emily de nuevo, como si ella no estuviera en la habitación.

–¿Cómo lo sabes? –preguntó Samantha, estudiando a Gabi.

–Por su expresión bobalicona –respondió Emily–. ¿Cuándo sucedió eso, por cierto? La última vez que estuve aquí seguía manteniéndole a la distancia de un brazo.

Gabi las miró con expresión ceñuda.

–¿Qué os pasa a vosotras dos? Os comportáis de un modo muy raro. No me creo ni por un segundo que hayáis vuelto este fin de semana solo para probaros una vez más los vestidos.

–No solo para eso –insistió Emily–. La abuela tenía toda una interminable lista de detalles de boda que quería entregarme.

–Y yo he venido para agradecerte en persona el empujón que has dado a mi carrera, el que tanto necesitaba –dijo Samantha–. Últimamente me han dado dos papeles. Ninguno es precisamente estelar, pero al menos estoy trabajando otra vez. Los dos directores de casting mencionaron las referencias que habías insertado en la prensa. Dijeron que les había recordado lo mucho que les había gustado en otros papeles.

Gabi vio cómo le brillaban los ojos a su hermana mayor y sonrió.

–Me alegro. Ya te dije que lo único que necesitabas era un poco de publicidad.

–Bueno, todavía queda por ver cuánto durará, pero la semana que viene me llamarán para otro papel.

–¿Y la serie de máxima audiencia?

–El papel de aparición regular se lo asignaron a otra, pero sí que me dieron un par de papeles menores para posteriores episodios. Los guionistas dijeron que me tendrían en cuenta para la próxima temporada.

–¡Eso es fantástico! –exclamó Emily–. Parece justo la clase de impulso que necesitaba tu carrera.

–Ya veremos –dijo Samantha–. He tenido antes rachas buenas que al final no han derivado en nada.

–Ese es un pensamiento negativo –la reprendió Gabi–. Aquí solo están permitidos los positivos. Tienes trabajo. Emily se va a casar. Yo voy a tener un bebé y el proyecto de talleres artísticos está a tope.

—Y tienes a Wade esperando a sacarte a bailar —se burló Emily.

Gabi sonrió.

—Eso también —de repente frunció el ceño y miró a su alrededor.

—¿Por qué están las ventanas cerradas? Hace un calor sofocante. Hace un día espléndido. Salgamos a respirar aire fresco.

—Probablemente te está dando un sofoco —se apresuró a decirle Samantha—. Yo, de hecho, tengo frío.

—Y yo también —aseguró Emily.

Gabi las miró extrañada.

—¿Un sofoco de embarazada? ¿Estáis de broma?

—Yo te digo que hace frío —repitió Samantha, cerrándose la chaqueta de lana como para enfatizar la frase.

—Está bien —cedió Gabi—. Si no queréis abrir las ventanas, entonces bajaré a beber algo que me refresque.

Y abandonó la habitación antes de que sus hermanas pudieran impedirlo.

Iba por la mitad de la escalera cuando oyó a Emily gritarle desde arriba:

—¡Gabi, súbeme a mí también una botella de agua! ¿Quieres?

Dado que había gritado como si hubiera querido que la oyeran en el otro condado, Gabi no pudo fingir no haberla oído.

—Claro. Samantha, ¿quieres tú algo?

—¡No, estoy bien! —respondió, aunque parecía como si no estuviera tan lejos de Gabi cuando habló.

Gabi terminó por fin de bajar la escalera, se volvió hacia el cuarto de estar y se quedó sobresaltada al escuchar los gritos de «¡sorpresa!».

Se detuvo de golpe, asombrada, y casi se vio arrollada por sus hermanas, que de hecho le habían pisado los talones.

—¿Esto es para Emily? —preguntó confundida, hasta que vio la decoración en tonos rosados y toda la parafernalia del *baby shower*: Una fiesta montada en honor del nuevo bebé.

—¿Estás sorprendida? —quiso saber Samantha, pasándole un brazo por los hombros—. Teníamos tantas ganas de que fuera una sorpresa…

—¿Sorpresa, dices? —repitió Gabi—. Estoy en estado de shock.

Cora Jane se hallaba de pie junto a la mesa de regalos, radiante. Meg, Sally y también Louise le sonreían. Dado que su círculo de amistades femeninas seguía siendo pequeño, Jerry y Wade también estaban allí, aunque el primero parecía decididamente incómodo, como si hubiera preferido mil veces estar en la cocina preparando la comida para la ocasión.

—No puedo creer que hayáis organizado todo esto —susurró emocionada.

—Llevaba planeándolo desde el momento en que me enteré de que estabas embarazada —dijo Samantha—. Si todo lo demás fracasaba, este iba a ser mi último y desesperado intento de convencerte de que te quedaras con el bebé. Gracias a Dios que esta será una celebración en toda regla.

—¿No es un poco pronto para una *baby shower*? —preguntó Gabi pese a que se abalanzaba ya sobre la mesa de los regalos, deseosa de abrir los bonitos paquetes.

—De hecho, todas estamos de acuerdo en que has calculado mal la fecha en que sales de cuentas —dijo Louise—. Tengo alguna experiencia en ese campo.

—¿Alguna? —repitió Meg irónica—. Con cinco hijos, eso es decir poco.

—El caso es que no queríamos esperar tanto, sobre todo cuando Emily dijo que podría volver este fin de semana —explicó Samantha—. Y ahora, dado que sé que te estás muriendo de hambre, la comida primero y después los regalos. Jerry ha estado trabajando como un esclavo en la cocina desde el amanecer.

Gabi abrió mucho los ojos.
–¿Desde el amanecer? ¿Y qué pasa con Castle's?
–Lo hemos cerrado hoy –dijo Cora Jane.
–Pero tú nunca cierras el restaurante –protestó Gabi–. Y estamos en primavera. Hay turistas.
–No son ni mucho menos tan importantes para mí como tú y ese bebé –replicó, enfática–. Y volveré a cerrarlo para la boda de Emily.
–Pero las empleadas... –protestó de nuevo Gabi, sintiéndose culpable de que por su culpa hubieran perdido la paga de un día.
–Cobrarán de todas formas. Así que gracias a ti contarán con un inesperado día de vacaciones pagadas –dijo Cora Jane–. Estoy segura de que la próxima vez que te pases por allí, te rodearán como ansiosos colibríes preguntándote si necesitas algo. Las habría invitado hoy, pero ya estaban haciendo sus propios planes para hacerte otra fiesta.
–¡Abuela! –la reprendió Samantha.
–No tenían intención de que fuera una sorpresa. Ni una sola de ellas es capaz de guardar un secreto.
–Y aparentemente tampoco tú –se burló Emily.
Cora Jane la miró molesta.
–He guardado este, ¿no? No seas maleducada.
–Bueno, basta ya –dijo Jerry–. ¡A comer!
Tras una comida que resultó excesiva hasta para ella, Gabi se instaló majestuosa en una silla mientras sus hermanas le presentaban los regalos. Los diminutos conjuntos de bebé generaron multitud de «¡ooooh!» y «¡aaaah», pero fue el regalo de Wade el que las dejó mudas de sorpresa.
–Soy fatal envolviendo regalos, y este además es demasiado difícil de preparar –dijo, y abandonó la habitación. Cuando volvió, cargaba una preciosa cuna de madera con relieves de conejitos en el cabecero.
–¡Oh, Wade! –susurró Louise cuando Gabi ni siquiera se había recuperado lo suficiente para hablar.

–Es la cuna más preciosa que he visto nunca –logró finalmente susurrar Gabi, con la voz ronca por las lágrimas. No había duda alguna sobre el amor que había puesto en cada detalle–. Muchas gracias. ¿Cómo es que se te ocurrió los de los conejitos?

–¿Será quizá por la cantidad de veces que me comentaste lo mucho que te gustaban de pequeña los cuentos de Beatrix Potter? –preguntó a su vez, irónico.

Acarició el bonito y mullido colchón rosa que había escogido para complementar el diseño de la cuna. Diminutos conejitos bailaban también en el estampado.

–¿Dónde has encontrado esto? Es perfecto.

Él sonrió, tímido.

–Me ayudaron un poco. Le pregunté a Meg dónde podía encontrarlo.

–Fue un poco como mirar a ciegas –dijo Meg–. Él se negó a decirme nada que no fuera que quería algo con conejitos y que fuera rosa –miró a Wade con expresión aprobadora–. Lo hiciste muy bien, amigo.

–Mejor que bien –confirmó Louise.

Pese a que todo el mundo no cesaba de elogiarlo, Wade solo tenía ojos para Gabi.

–¿Te gusta de verdad?

–Me habría encantado cualquier cosa que hubieras hecho para el bebé, Wade, pero esto es increíble –le dijo, tomándole la mano.

Aunque él le había dicho muchas veces con palabras lo mucho que quería al bebé que llevaba en el vientre, allí mismo, delante de ella, tenía la prueba. Había vertido todo su corazón en aquel regalo.

Cuando él se inclinó para acariciarle los labios con los suyos, ella le echó un brazo al cuello y lo acercó hacia sí.

–Te quiero –susurró contra su boca.

Gabi podía sentir su leve sonrisa contra su rostro. Cuando se apartó, aquella sonrisa amplia era de pura felicidad.

–No te arrepentirás, ¿verdad?

–¿De la cuna? Nunca.
–No de la cuna. De lo que acabas de decir.
–¿Qué es lo que ha dicho? –preguntó Louise.
–Eso es cosa nuestra –advirtió Wade a su hermana.
–Jamás soñaría con hacerlo –respondió por fin Gabi, sonriente.

Aunque no se había imaginado nada de todo aquello... ni el bebé, ni la nueva dirección que había tomado su carrera profesional, ni definitivamente su enamoramiento... estaba dispuesta a disfrutar a fondo de cada uno de aquellos momentos tan excitantes.

Capítulo 23

La inauguración de la galería y talleres de la colonia artística estaba programada para el fin de semana anterior al Memorial Day. Gabi seguía asombrada de que todo se hubiera desarrollado tan rápidamente. El hecho de que hubiera tenido la energía necesaria para soportar tantas horas de trabajo había sido una especie de milagro, también. Tenía que agradecer a Wade el haber estado siempre pegado a ella para realizar todas las tareas que le había asignado. Incluso Emily y Samantha habían vuelto a casa esa semana para echarle una mano.

A su lado, Emily le dio un abrazo.

—Este lugar es increíble —le aseguró—. Sigo sin poder creer que hayas podido convertir esta casa en una galería con talleres en tan poquísimo tiempo.

—Conté con ayuda —le recordó Gabi—. Wade hizo las reformas con la ayuda de Tommy Cahill, Jimmy y su papá. Y me parece recordar que tú aportaste una buena ración de ideas en algunos los detalles del diseño. Tommy se quedó impresionado de que pudieras encargarte de tantas cosas desde el otro lado del país. Creo que estaba aterrado de que aparecieras de repente esta semana y le dijeras que lo habían hecho todo mal.

—Para nada —dijo Emily—. Créeme, sé cuándo alguien comprende el efecto que yo quiero lograr, y Wade lo entendió a la primera cuando fui a verle con los planos –dio a Gabi otro abrazo–. Gracias por la libertad que nos diste para encargarnos de ese tipo de cosas.

–Confío en tu buen gusto y confío en Wade –repuso Gabi, y sonrió–. Además, Wade me lo enseñó todo y yo di mi sello de aprobación.

–Un hombre inteligente, que evidentemente conoce muy bien tus tendencias controladoras –dijo Emily–. ¿Eres feliz, Gabi? ¿Realmente feliz? ¿Es esto lo quieres? ¿Quedarte aquí con tu bebé?

–Así es –respondió sin vacilar.

–¿Y Wade? ¿Dónde encaja él? Ha invertido muchísimo en la relación. ¿Y tú?

Gabi se inclinó hacia su hermana y le confió:

–Estoy enamorada de él. Se lo dije finalmente el día del *baby shower*. No sé ni cómo sucedió ni por qué. Él es muy diferente de los hombres que siempre había pensado que me atraían, pero es perfecto para mí. Al principio me molestaba un poco que pareciera capaz de leerme el pensamiento, pero la verdad es que se me metió debajo de la piel.

–Imagino que ayudará que es guapísimo y que está completamente entregado a ti y al bebé.

La sonrisa de Gabi se amplió.

–Oh, sí. Desde luego.

–¿Algún plan?

–Todavía es demasiado pronto. Las cosas tienen que asentarse, y luego ya veremos. Ahora mismo ambos estamos demasiado concentrados en todo lo que está sucediendo. Una vez que hayamos abierto el lugar y el bebé esté aquí, parte de esta magia podría desaparecer.

Emily frunció el ceño.

–No creerás que sucederá eso, ¿verdad?

–Podría suceder –insistió Gabi–. Wade ha vivido durante demasiado tiempo con su idealizado sueño de la familia perfecta. A mí todavía me sigue preocupando un poquito

que yo solo esté llenando un vacío en su vida, el que le dejó la muerte de Kayla y de su bebé en aquel accidente.
 –Cariño, él no se pone nostálgico cuando te mira. A mí me parece que está completamente centrado en el presente. Lo sé porque Boone me mira a mí de la misma forma. Y yo quiero eso para ti y para Samantha. Estoy completamente segura de que lo único que necesitarás para conseguirlo será decir sí a su debido tiempo.
 Gabi quería creer eso, también, pero la cautela le impedía comprometerse al cien por cien. Quizá si nunca se hubiera enterado de toda la historia, si Louise, que conocía tan bien a Wade, no hubiera expresado tan abiertamente su escepticismo, o quizá si las dos situaciones no hubieran sido tan parecidas, tal vez entonces habría podido confiar en su corazón... y en el de Wade. Tal como estaban las cosas, suponía que eso solamente podría decirlo el tiempo.

Wade permanecía a su lado mientras Gabi recorría la multitud que se había juntado en la inauguración de la galería y talleres de la colonia artística. Claramente ella estaba en su elemento. Aunque se había pasado días quejándose de no poder encontrar un vestido de premamá adecuado para la ocasión, Emily la había salvado al aparecer con uno muy sencillo que había adquirido en Rodeo Drive. Cuando ella le mencionó el nombre del diseñador, Gabi había soltado un chillido de entusiasmo, aunque Wade no había tenido la menor idea de quién era.
 Lo que sí sabía era que aquella tela color azul oscuro resplandecía bajo las luces que habían sido instaladas cuidadosamente para enfocar las vitrinas de artesanías expuestas en cada uno de los talleres individuales y en la galería. Aquellas mismas luces parecían reflejarse en los ojos de Gabi, relampagueando como los pequeños diamantes que lucía en las orejas. Se había recogido el cabello en un estilo que nunca le había visto antes, desnudando su cuello

y llenándole del impulso de besarla justo detrás de la oreja, allí donde un extraviado rizo acariciaba la apetitosa piel.

Estaba tan increíblemente hermosa que se volvía loco de pensar que, uno de aquellos días, aceptaría ser suya. Uno de aquellos días, cuando tuviera el coraje de pedírselo. Uno de aquellos días, cuando la vida se hubiera tranquilizado un tanto.

Al otro lado de la habitación, la miró y le hizo un guiño. Ella alzó el pulgar en un rápido gesto, con una sonrisa extendiéndose por su rostro mientras continuaba charlando con el representante de un periódico de Raleigh, un antiguo contacto suyo que se había ofrecido a cubrir la noticia como un favor hacia ella. Wade imaginaba que debía de tener un montón de antiguos contactos que le debían favores, porque había cámaras de televisión por todas partes y los reporteros entrevistaban a los artistas en medio del caos que ella orquestaba.

Wade le había dicho que aquella noche concentrara toda su atención en los artistas, pero de repente se dio cuenta de que en aquel momento se dirigía hacia él con un fotógrafo siguiéndole los pasos.

—Glenn, quiero que conozcas a Wade Johnson. No solo es el cofundador de esta galería: estas maravillosas tallas que ves aquí son obras suyas. Wade, te presento a Glenn, de Asheville.

—Impresionantes —comentó Glenn, concentrada inmediatamente su atención en las esculturas de aves costeras del taller de Wade—. Esta parece como si fuera a echar a volar. Sé de algunas tiendas de Asheville que se alegrarían de poder exhibir tus trabajos.

—Todavía no —dijo Gabi con un tono posesivo en la voz—. Por ahora, tanto él como sus trabajos son todos míos.

Glenn se echó a reír e inmediatamente se hizo a un lado.

—De acuerdo entonces —se volvió hacia Wade—. Confíe en ella. Sabe lo que se hace. Le convertirá en una figura del mundo del arte.

Sacó unas cuantas fotografías de Wade en su taller y después se retiró.
Wade le pasó a Gabi un brazo por los hombros
−¿Y si no quiero ser una figura del mundo del arte?
−No creo que tengas mucha elección. Tus obras te convertirán en una estrella.
−Podría ser una especie de artista ermitaño y solitario −repuso él−. Eso se vendería bien.
−Pero sería difícil proyectar esa imagen y tener un taller aquí, a plena vista −le recordó ella−. Además, eres demasiado guapo para mantenerte escondido.
−¿Entonces no te importa compartirme? −le preguntó él, algo decepcionado por la disposición que mostraba de hacerlo.
−Es tu talento lo que compartiré −aclaró con tono firme−. A ti nunca. Pensaba que te lo había dejado claro.
−Eso está mejor, entonces −le acarició la mejilla con el pulgar−. ¿Eres feliz, Gabriella? Lo pareces.
−Lo soy −le confesó−. Organizar esto juntos, trabajar contigo... ha sido increíble.
−Pero el trabajo duro ya ha pasado para ti −dijo él−. ¿No te aburrirás de ahora en adelante?
−¿Estás de broma? El trabajo duro acaba de empezar. Sí, hemos conseguido buena publicidad muy pronto y la atención mediática de esta noche es increíble, pero la clave está en encontrar nuevos enfoques que promocionar, publicitar este lugar con nuevos artistas y con ideas innovadoras. Una gran inauguración es solamente el principio.
Él sonrió ante su entusiasmo.
−Y apostaría a que ya tienes preparadas algunas de esas innovadoras ideas.
−Absolutamente. ¿Por qué crees que no mencioné el programa de artistas invitados en las primeras notas de prensa? Esa será otra etapa. Y luego daremos clases. Esa será otra campaña. Y quizá una fiesta de Navidad. O una para el Cuatro de Julio, en la que todas las piezas tengan los colores

rojo, blanco y azul. Una vez estuve en una tienda que montó una fiesta así. Hizo que la gente prestara mayor atención a las obras.

La miró perplejo.

–¿Por qué?

–Imagínate una pintura. Si el cliente puede encontrar en ella una mancha de color rojo, o blanco o azul, consigue un diez por ciento de descuento. Si encuentra dos de esos colores, el descuento es del veinte, y del treinta si encuentra los tres colores en una misma pintura. Créeme, la gente estudia los detalles. Y cuando la gente mira las obras tan de cerca y se asegura el mejor descuento, termina comprándola.

–No estoy seguro de que eso vaya a funcionar con mis tallas de madera –dijo Wade, aunque estaba impresionado por un concepto tan astuto.

–Razón por la cual les colocarás etiquetas de colores –sugirió ella–. Quizá crees un logo azul para algunas o bien uno tricolor para alguna que quieras vender rápido. Podrás ser tan generoso o tan tacaño como quieras. Ya lo verás. Será divertido.

–Confío en ti –le dijo él–. Y ahora, ¿cómo te sientes?

–Me siento increíblemente bien –respondió, aunque en sus ojos se leía un inequívoco cansancio.

–¿Qué tal si descansas durante diez minutos con los pies en alto, delante de un plato de los exquisitos aperitivos que ha preparado Jerry?

–Debería estar circulando entre la gente –protestó–. Quiero asegurarme de que los periodistas consiguen las entrevistas que necesitan.

–Nunca había visto a tantos periodistas y tan contentos –le dijo Wade–. Mira a tu alrededor. No les pasará nada porque estén unos pocos minutos sin ti.

Ella miró a su alrededor y asintió.

–Sentarme me vendrá bien.

Wade la instaló en una silla de su oficina y fue luego a

por comida y una copa del champán sin alcohol que se había asegurado de tener a mano para ella y para cualquiera que lo prefiriera. En la mesa del bufé se encontró con Cora Jane.
—¿Qué tal está nuestra chica? —le preguntó ella—. Se ha estado moviendo tan rápido que me recuerda a uno de esos colibríes que se detienen en el aire por un instante para moverse en seguida a otro sitio.
—Con los pies cansados, pero eufórica —respondió—. La he convencido de que se siente en su oficina por unos minutos. ¿Puedes llenarle un plato mientras yo voy a servirle una copa de ese champán falso?
—Por supuesto —dijo Cora Jane.
Cuando Wade volvió de la pequeña cocina que habían montado en la zona del comedor, Cora Jane había apilado varios sándwiches y canapés en un plato, junto con un pedazo de tarta de lima y pasteles de cereza.
—La multitud estaba hambrienta —le dijo—. Menos mal que se está relajando. La comida casi se ha terminado. Si la inauguración ha tenido la mitad de éxito que los aperitivos de Jerry, yo diría que este lugar va a triunfar.
—Una vez que tu nieta se apodera de una idea y la pone en marcha, no hay nada que no pueda conseguir con ella —comentó Wade—. Estoy impresionado. Sabía que la idea era buena, pero ella la ha llevado a otra dimensión.
—Me parece a mí que los dos formáis un buen equipo —le dijo Cora Jane con voz taimada.
Wade se echó a reír.
—Ya puedes dejar de empujarme, Cora Jane. Voy a por todas.
Volvió al despacho para encontrar a Meg y a Sally sentadas con Gabi.
—Aquí llega el gran hombre —dijo Sally—. Wade, lo que Gabi y tú habéis conseguido aquí es sencillamente milagroso. Me han entrevistado dos equipos de cadenas de televisión. Dudo que haya dicho algo suficientemente chis-

peante como para que aún lo estén emitiendo, pero ha sido divertido. Me he sentido como si fuera una celebridad.

–Dale las gracias a Gabi. Debe de haber llamado a todos los contactos que tenía en Carolina del Norte y más.

Gabi sonrió mientras hacía señas para que le acercara el plato de comida.

–A la mayoría. Pero me he reservado algunos para la próxima vez que necesite un favor grande –se llevó a la boca un canapé con sabor a pollo y cerró los ojos–. Esto está riquísimo. Creo que sería capaz de comerme una docena.

–Bueno, según Cora Jane, no estás de suerte. Dice que la comida casi se ha acabado, así que imagino que la multitud se dispersará pronto.

–Justo a tiempo –dijo Meg, lanzando a Gabi una mirada de preocupación–. Pareces agotada. Espero que mañana te tomes el día libre y descanses un poco.

–No podré. Será el día oficial de apertura. Tendré que quedarme aquí por si surge algún problema.

–Bueno, al menos podrás dormir hasta tarde –dijo Sally–. Wade, encárgate de ello. Asegúrate de que no pone los pies aquí antes de las once. Yo me aseguraré de abrir el local a tiempo y de defender el fuerte hasta que ella llegue.

–Yo también vendré a echar una mano –se ofreció Meg–. Mañana tendré a Lily en la tienda, e incluso he convencido a mi hija de que le eche una mano, así que la mañana está cubierta.

–Qué amables sois –dijo Gabi–. Pero de verdad que debería estar aquí a las nueve por lo menos, para asegurarnos de que estamos listos para abrir a las diez.

–A las once y ni un minuto menos –insistió Sally.

Wade sonrió a Gabi.

–Mira, tú no eres la jefa de todo esto –le dijo–. Hay gente aquí que te cubre las espaldas. Quédate en casa y descansa, que yo te traeré donuts recién hechos cuando vaya a buscarte.

A Gabi se le iluminaron los ojos.
—¿De chocolate glaseado?
—Una docena de ellos —le prometió.
—Entonces supongo que bastará con que llegue sobre las once —dijo con tono dócil.
—¿Quién habría imaginado que se la podría comprar con donuts? —exclamó Meg, claramente divertida.
Wade se rio entre dientes.
—¿Cómo crees que conseguí que se fijara en mí la primera vez? No fue por mi belleza ni por mis andares sexys. No. Fueron los donuts los que obraron el milagro.
Gabi la palmeó la mano.
—No te envanezcas. Ya sabes que soy capaz de comprarme esos donuts yo sola.
Empezó a levantarse, se tambaleó y le tendió luego la mano. Wade la ayudó a incorporarse.
—¿Lista para regresar a casa?
—Aún no. Necesito hacer una ronda más y despedirme de todo el mundo. Y asegurarme de que no hay ninguna petición de entrevista de última hora.
—Quince minutos —le advirtió él con tono firme—. Y nos iremos.
—Oooh —se burló Sally—. Me encantan los hombres dominantes.
—Más que los hombres dominantes, los que creen serlo —replicó Gabi, pero abandonó la habitación con Wade.
Eso le dio al menos una leve esperanza de que se ajustara a los quince minutos prometidos.
Porque luego estarían solos para que pudiera decirle lo absolutamente increíble y maravillosa que pensaba que era por haber triunfado aquella noche.

Gabi se frotó la espalda. Llevaba todo el día doliéndole. Lo atribuía a haberse pasado todo el tiempo caminando arriba y abajo por la galería.

El éxito de la noche de la inauguración se había prolongado durante las dos últimas semanas de actividad. Hasta el momento, la frescura de la idea y el entusiasmo que había generado en la comunidad y en el estado no se habían marchitado. Había descubierto que exhibir una variedad de obras que podían aportar alegría, belleza y serenidad a la vida de una persona era algo impresionantemente satisfactorio. Wade había tenido razón cuando le dijo que había múltiples maneras de encontrar satisfacción.

Wade había tenido razón en muchas cosas. Todavía no había decidido si esa cualidad era irritante o enternecedora. En aquel momento, con él mirándola con un ceño de preocupación, la estaba encontrando más bien irritante.

–Estás de parto –repitió él por décima vez en una hora.

–No seas ridículo. No salgo de cuentas hasta dentro de dos semanas.

–Quizás el bebé no ha visto el calendario que tienes pegado en la puerta de la nevera –replicó Wade. Se sacó el móvil del bolsillo, masculló unas cuantas palabras y se lo tendió.

–Hola, Lou –la saludó Gabi mientras miraba a su hermano con gesto irónico.

–Si Wade dice que estás de parto, tienes que ir al hospital –le dijo Louise con tono firme–. Ignorarlo es peligroso. Yo lo hice con el primero y casi tuve a Bryce en el asiento trasero del coche. Mi hermano tiene una asombrosa capacidad para predecir esas cosas. Con Chelsea, ni siquiera me lo pensé. Wade no hizo más que verme la cara y me llevó al hospital.

–Por favor –protestó Gabi, nada convencida.

–Te lo estoy diciendo, está en contacto con un poder superior femenino o algo así. Confía en su intuición.

–De acuerdo, gracias –dijo Gabi, todavía frunciendo el ceño cuando cortó la llamada–. Si quieres que vayamos al hospital, iremos, pero no llames todavía a Emily o a la abuela. Puede que este bebé tarde días en llegar.

Él sonrió.

–Sí, querida.

Varias horas después, una lloriqueante niña de mejillas sonrosadas fue depositada en los brazos de Gaby. Los ojos se le llenaron de lágrimas mientras contemplaba aquella dulce carita, pero fue la maravillada expresión de los de Wade lo que le quitó el aliento.

–¿Qué fue lo que me hizo pensar que podría hacerlo? –murmuró.

Wade la miró como si no se atreviera a creerle.

–¿Hacer qué?

–Separarme de ella –susurró–. Sé que ya había tomado la decisión de quedarme con ella, pero mirando esta carita tan dulce, ni siquiera puedo imaginar cómo pude pensar otra cosa.

–¿No tienes dudas?

–Ni una sola –contestó–. Y ya ni siquiera se trata de lo que ella me hace sentir, aunque en este preciso momento estoy como inundada por este increíble sentimiento maternal.

–Si no es eso, ¿entonces por qué no estás tan segura de que has tomado la decisión correcta?

Ella le sonrió.

–Vi cómo la mirabas cuando la viste por primera vez. Esta niñita te pertenece a ti, a nosotros. Nunca he estado más segura de algo en toda mi vida.

–Me enamoré de ella hace meses –admitió él–. Y de su madre mucho antes.

–¿Aunque sigo siendo todavía una mujer en construcción?

–Soy un artista. Las obras en construcción están llenas de posibilidades y de sorpresas –se sentó en el borde de la cama y le acarició la mejilla–. No puedo imaginarme un solo día en el que dejes de sorprenderme.

–A mí me gustan las cosas muy bien planeadas –le recordó ella–. ¿Funcionará lo nuestro?

–Nos equilibraremos mutuamente.
–O nos volveremos locos mutuamente –objetó ella.
Una sonrisa cruzó por su rostro.
–Yo puedo vivir con eso. ¿Y tú?
Gabi desvió la vista del preciado bulto que sostenía en sus brazos, aquella niña que nunca había esperado abrazar, y mucho menos conservar, para clavarla en los ojos de aquel hombre igualmente inesperado que hacía que todas las cosas parecieran excitantes y posibles.
–Puedo, sí.
–Entonces supongo que deberíamos hablar de unas cuantas cosas.
Ella contuvo el aliento.
–¿Como cuáles?
–Un nombre para nuestra hija, para empezar –le sostuvo la mirada–. Porque será nuestra a todos los efectos que importan.
–Daniella Jane –dijo ella de inmediato.
Él sonrió.
–Has sido terriblemente rápida.
Gabi suspiró.
–Tan pronto como me di cuenta de que no iba a ser capaz de desprenderme de ella, empecé a hacer una lista. Fingí que simplemente estaba garabateando algunas ideas, pero era más que eso. Daniella me gustó y quería el de Jane por la abuela.
Él acarició tiernamente con un dedo la mejilla del bebé.
–¿Qué piensas tú, Daniella Jane?
El bebé pareció balbucear de hecho su aprobación, abriendo mucho los ojos sin poder enfocar todavía la mirada. Gabi pensó que estaba reaccionando al sonido de la familiar voz de aquel hombre.
–Ya te conoce –dijo.
–Por supuesto que sí. Ella y yo hemos mantenido varias conversaciones últimamente sobre lo muy tozuda que es su madre.

Gabi se lo quedó mirando indignada.
-¿Ah, sí?
-Bueno, no puedes negar que todavía tienes que explicarme exactamente cómo voy a encajar yo en ese futuro que estás empezando a imaginar.
-¿No lo sabes aún? -susurró-. A ti tampoco te puedo dejar.
Una sonrisa se dibujó de golpe en el rostro de Wade.
-Entonces supongo que deberíamos hablar de hacerlo oficial -dijo, clavando la mirada en ella-. Te quiero, Gabi. Y quiero a Daniella. Quiero que formemos una familia. De hecho, creo que ya hemos esperado demasiado para formarla. ¿Te casarás conmigo? ¿Pronto? Y, antes de que me lo preguntes, cuento ya con la bendición de tu padre. Hace semanas que me la dio.
-¿Le pediste mi mano a mi padre?
-Puede que no te veas a ti misma como una mujer tradicional, pero yo soy un hombre muy tradicional. Quería hacer el recorrido completo. Y sabemos que Cora Jane está apuntada a la causa.
Gabi se echó a reír. ¿Cuántas veces había intentado ella ahuyentarlo? Más de las que podía contar, pero a pesar de ello se le había pegado como una lapa.
-Me casaré contigo, pero puede que no sea pronto. Quiero caber en un decente vestido de novia. Y la boda de Emily está encima. No quiero robarle protagonismo.
-Estás preciosa, lleves lo que lleves.
Ella volvió a reír al escuchar eso.
-Sigue diciéndome esas cosas y la gente se preguntará si estás mal de la vista. Eso no es bueno para un artista.
-Corazón, una sola mirada a vosotras dos y sabrán que tengo buen ojo para la belleza. Y ahora será mejor que traigamos a tu abuela y a tu hermana aquí o nos lo echarán en cara toda la vida. Creo que Cora Jane quería estar en el paritorio para asegurarse de que el médico supiera lo que estaba haciendo.

–No te preocupes. Le diré que me cuidaste muy bien. Gracias por ayudarme con las contracciones, por cierto. Te comportaste como un gran experto. Debió de ser por todas aquellas ocasiones en las que tuviste que intervenir cuando el marido de Louis no podía llegar al hospital a tiempo.

Él sacudió la cabeza.

–No se pareció en nada a aquellas otras ocasiones –objetó–. Se trata de ti. Y de Daniella. Nunca en toda mi vida he pasado tanto miedo.

Ella se echó a reír.

–Y me lo dices ahora –le apretó la mano–. Jamás lo habría adivinado.

Wade le hizo un guiño.

–Otras tres o cuatro veces y probablemente lo tendré dominado.

–Eso ya lo hablaremos más adelante –le dijo ella con tono severo.

Pero incluso mientras pronunciaba las palabras, supo que después de todo lo que él le había dado en términos de confianza y de un nuevo rumbo para su vida, ella le daría a su vez todo lo necesario para hacerle feliz. Y lo haría sin volver ni una sola vez la mirada a la vida que había dejado atrás, porque el futuro prometía ser todo aquello con lo que había soñado.

ÚLTIMOS TÍTULOS PUBLICADOS EN HQN

Dulces palabras de amor de Susan Mallery

Juego de engaños de Nicola Cornick

Cuando llegue el verano de Brenda Novak

Inmisericorde de Arlette Geneve

Desde que no estás de Anouska Knight

Amanecer en llamas de Gena Showalter

Castillos en la arena de Sherryl Woods

En un solo instante de Carla Crespo

La leyenda de tierra firme de J. de la Rosa

Encadenado a ti de Delilah Marvelle

Una mujer a la que amar de Brenda Novak

La distancia entre nosotros de Megan Hart

Cuando nos conocimos de Susan Mallery

Sin ataduras de Susan Andersen

Sígueme de Victoria Dahl

Siete noches juntos de Anna Campbell